Matt Rubinstein

Ein leichter Regen am Donnerstag

Matt Rubinstein

Ein leichter Regen am Donnerstag

Roman

Deutsch von Eva Kemper

Goldmann Verlag

Die amerikanische Originalausgabe erschien 2007 unter dem Titel
»A Little Rain on Thursday« bei Text Publishing, Australia.

FSC
Mix
Produktgruppe aus vorbildlich
bewirtschafteten Wäldern und
anderen kontrollierten Herkünften

Zert.-Nr. SGS-COC-1940
www.fsc.org

Verlagsgruppe Random House FSC-DEU-0100
Das für dieses Buch verwendete FSC-zertifizierte Papier *Munken Premium*
liefert Arctic Paper Munkedals AB, Schweden.

1. Auflage

Satz: Uhl+Massopust, Aalen
Druck und Bindung: GGP Media GmbH, Pößneck
ISBN 978-3-442-31158-3
Printed in Germany

www.goldmann-verlag.de

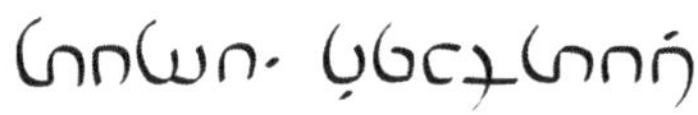

Vor langer Zeit hatte es hier ein Meer gegeben. Übrig geblieben waren eine Helling, um Boote zu Wasser zu lassen, eine alte Werft und ein Gewirr aus Kränen und Gerüsten, daneben ein Picknickplatz mit Betontischen. Von hier aus blickte man auf den Strand. Der Strand jedoch war jetzt endlos, der frühere Meeresgrund erstreckte sich als Sandwüste bis zum Horizont. Während der Sowjetzeit waren die Zuflüsse des Binnenmeeres für die Landwirtschaft umgeleitet worden, und die Fischer waren verschwunden. Die Konservenfabrik konnte eine Zeitlang mit Fischen aus der Ostsee überleben, aber nicht lange. Das Dorf versank im giftigen Sand.

Zhenshchina ging beim einsetzenden Sonnenuntergang an der Küstenlinie entlang. Im Sand lagen rostige Schiffe, deren lange Schatten auf das Dorf zukrochen. Sie war alt; vielleicht hatte sie als junges Mädchen hier gelebt, bevor das Meer sich zurückgezogen hatte. Als sie die Wange an den Rumpf eines alten Fischerboots legte, zeichneten die Schatten die Falten in ihrem Gesicht nach. Unter ihren Fingern blätterte Rost ab. Die Sonne schimmerte in den Salzkrusten, die das Meer zurückgelassen hatte. Die Szene war wunderschön und ergreifend, perfekt komponiert und durch die hohe Lichtempfindlichkeit des Films leicht körnig.

Ihr Gesichtsausdruck hatte etwas Herzzerreißendes an sich, und Jack beugte sich näher, um es zu erkennen. Sie suchte etwas; sie hatte etwas auf dem Schiffsfriedhof verloren. Vielleicht vor vielen Jahren, als die Schiffe noch fuhren, das Meer seine Geheimnisse barg und sie mit ihren Freundinnen am Strand spielte. Jack wusste nicht, was es war, aber sie hob immer wieder die Hand an die linke Brust, zum Herzen, und er dachte, vielleicht hatte sie einen Geliebten oder sogar ein Kind verloren. Er rutschte auf seinem Stuhl hin und her.

Ein untersetzter Mann trat hinter einem halb versunkenen Baggerschiff hervor: Chelovek. Er trug Jeans und eine Baseballjacke. Mit den Händen in den Taschen schaute er sich um wie ein Tourist. Er blieb neben Zhenshchina stehen, keiner von ihnen sagte etwas. Die Szene war nicht mit Musik unterlegt, man hörte nur das Pfeifen des Windes. Es jagte Jack einen Schauder über den Rücken. Aber ihm gefielen die sich langsam senkende Dunkelheit, die Schiffsrümpfe in der Wüste, die beiden Menschen.

Die Frau sagte: »Wenn es donnerstags leicht regnet.«

Jack hielt den Film an, und ihre Lippen verharrten einen Spaltbreit geöffnet.

Er rieb sich über die Stirn und griff nach dem Drehbuch. Die vielfach fotokopierten Seiten wurden von dicken Musterklammern zusammengehalten. Einer halben Seite Regieanweisungen folgte ein leichter Regen am Donnerstag. Er hatte nie eine kyrillische Schreibmaschine gesehen, aber er konnte sich ihre Buchstaben und zusätzlichen Tasten gut vorstellen. Und der Satz faszinierte ihn. Warum sollte es nur leicht regnen, und noch dazu am Donnerstag? Sicher gab es im slawischen Raum dafür vielschichtige Gründe: die fahlen, düsteren Steppen, Tundra und Taiga – und natürlich irgendein geschichtsträchtiger Donnerstag, den der Regen für alle Zeit verändert hatte.

Die Redewendung war nicht gebräuchlich, auch nicht im Russischen, aber er wusste, was sie bedeutete. Sie hieß soviel wie niemals. Wenn Ostern und Pfingsten auf einen Tag fallen, wenn die Hölle zufriert. Doch diese Ausdrücke besaßen nicht die gleiche Sehnsucht und Poesie. Nicht einmal annähernd.

Als er die Tastatur näher heranzog, sprang der Computer an, und der Cursor begann zu blinken. Beide Monitore spiegelten sein Bild wider, sein rotblondes Haar und seine grauen Augen hinter den Brillengläsern. Er war zweiunddreißig Jahre alt, und er wusste nicht, wie er diesen Satz untertiteln sollte. Nie? *Wenn es in der Hölle schneit? Nach ein, zwei Regenschauern am Donnerstag, die es bekanntlich kaum geben wird?*

Der Mann und die Frau in der Wüste, die hoch aufragenden Schiffe hinter ihnen, das Salz und der Sand – sie brauchten den richtigen Untertitel. Aber er war sich nicht sicher, was Zhenshchina sagen wollte. Weigerte sie sich, ihre Suche aufzugeben, oder fand sie sich mit ihrem Scheitern ab? Dachte sie über die Redewendung selbst nach so wie Jack? Leichter Regen, dort in der Wüste, in dem Fischerdorf, das hundert Kilometer vom Wasser entfernt lag – verstand sie endlich, was das bedeutete?

Er tippte mehrere Varianten ein, aber keine passte so recht. Vielleicht verstand er die Phrase falsch. Hieß четверг wirklich Donnerstag? Er spürte allmählich Panik in sich aufsteigen und fragte sich, wann Beth wohl nach Hause käme.

Der Film hieß *Kino.* In gewissen Kreisen war er berüchtigt, und man bezweifelte, dass er jemals untertitelt werden konnte. Vielleicht auf Polnisch oder Tschechisch, aber nie auf Englisch. Seine Kollegen hatten ihm von diesem Auftrag abgeraten, und ihre Bedenken hatten ihn nur verwegener gemacht. Doch er war arrogant und töricht gewesen, und jetzt wich seine Panik der Angst.

Er drückte auf Rücklauf und spulte den Film bis zum Anfang zurück. Sicher hatte er etwas übersehen, in der Wüste und der untergehenden Sonne, in ihrem suchenden Blick und dem Pfeifen des Windes. Etwas musste dort sein. Es musste eine perfekte Übersetzung geben.

Es wurde kälter, in der Luft lag schon der nahende Winter. Jenseits des Lichtscheins der Bildschirme wirkte die Kirche kalt und heilig, wie das Gotteshaus, das sie über hundert Jahre lang gewesen war. Die Decke war so hoch, dass die Dachbalken im Schatten lagen. Durch die langgestreckten Fenster, die Hagioskope, sah man eine niedrige Wolkendecke und die knorrigen Bäume neben dem einzigen Grabstein des Friedhofs. Jack stand vom Schreibtisch auf und suchte im Mittelschiff nach einer wärmeren Jacke. Hinter dem erhöhten, von einer Brüstung eingefassten Altarraum führte eine Reihe steinerner Nischen, die Andachtsräume, in die Sakristei, die mit Linoleum ausgelegte Küche und das Badezimmer. Wände und Decke der Kirche bestanden aus Stein, in die Fenster war Buntglas eingelassen. Sie stand am Stadtrand, in einem der östlichen Vororte Sydneys, und war als elfte Steinkirche in New South Wales errichtet worden.

Beths Vater Frank hatte hier früher, noch bevor Jack ihn kennenlernte, fünfzehn Jahre lang gepredigt. Er war ein junger und enthusiastischer Pfarrer gewesen, aber seine Gemeinde war geschrumpft, und als die Kirche baufällig wurde, wollte die Diözese sie nicht renovieren lassen. Frank hatte sie für eine Handvoll Hostien gekauft und jahrelang instand gesetzt, die meiste Zeit über allein. Aber Gottesdienste waren hier nie wieder abgehalten worden, und seine Gemeinde war nicht zurückgekehrt.

Vor einem Monat war er gestorben. Während der Nachlassverwalter den Zusatz zum Testament verlas, hatte Beth zu Boden geblickt und versucht, unter dem Anwaltsgerede die Stimme ihres Vaters zu hören. Seine Wünsche überraschten sie. Aber sie und Jack hatten in einem zugigen Apartment gewohnt, in dem es überall nach Moder und Essen roch, und aus dem sie so schnell wie möglich ausziehen wollten. Außerdem hatte Frank es so gewollt, es war sein letzter Wille, und das genügte.

Bei ihrem Einzug lag auf allem eine dicke Staubschicht, und überall waren Franks Fußabdrücke. Beth hatte Staub und Spuren als Andenken an ihn bewahren wollen, doch sie hatten die schweren Türen und schmalen Fenster geöffnet, und der Wind war hereingeweht und hatte die Fußspuren wie eine Flut weggespült. In den Andachtsräumen stapelten sich theologische und wissenschaftliche Zeitschriften, deren Seiten mit den Jahren steif geworden waren.

Jack hatte seine Videoausrüstung ausgepackt und Poster von russischen und deutschen Filmen aufgehängt, die er untertitelt hatte. Beth kümmerte sich um den verbliebenen Papierkram. Zwischen den Kirchenbänken und Kanzeln standen ihre Umzugskisten. Auf dem Rückweg zu seinem Schreibtisch bahnte Jack sich einen Weg zwischen ihnen hindurch. Überall standen Kartons mit Kleidung und Fotos und Hunderten von Büchern.

Er arbeitete immer noch an dem Film, als Beth nach Hause kam. Er hörte die schwere Tür und ihre lauten Schritte im Vestibül. Dann drehte er sich um und stand auf, um sie zu begrüßen.

Sie war tropfnass vom Regen. Er hatte so dicht vor dem Bildschirm gesessen, dass er nicht bemerkt hatte, wie das Unwetter schlimmer geworden war. Jetzt klatschte der Regen in Strömen gegen die Fenster, die peitschenden Äste der Jacaranda blitzten im Gewitter auf. Der Wind heulte, und Beth war nass bis auf die Haut. Das Haar hing ihr ins Gesicht, und ihre Wimperntusche war verlaufen. Sie stand im Mittelschiff und tropfte auf die Dielen.

»Tut mir leid, dass es so spät geworden ist. Ich musste noch …«

Nach Stunden in fremden Sprachen hatte er oft das Gefühl, seine eigene sei verkümmert. Er wollte Beth beruhigen, aber er konnte nichts weiter tun, als sie an sich zu ziehen, sodass sie an seiner Schulter verstummte. Er drückte sie, so fest er konnte, in der Hoffnung, sie würde verstehen. Sie lehnte sich zurück und küsste ihn auf den Mund, kalt vom Regen und doch voller Wärme.

»Ich wollte noch bei Mum vorschauen.«

»Und? Alles in Ordnung?«

»Ich weiß nicht. Sie hat ständig – sie hat eine Teekanne mit Whisky, und sie hat sich immer wieder nachgeschenkt. Das waren richtige Porzellantassen voll mit Whisky. Glaubt sie wirklich, das fällt nicht auf?«

»Das ist …« Er zögerte. »Die Idee ist gar nicht schlecht.«

Sie lächelte. »Wahrscheinlich geht es ihr ganz gut. So groß sind sie nicht, oder? Diese Tassen? Und sie hat nur daran genippt. Sie hat erst gepustet und dann einen kleinen Schluck genommen.«

Beth hielt mit Daumen und Zeigefinger den Henkel einer imaginären Tasse fest, pustete mit geschürzten Lippen und machte ein zufriedenes, betrunkenes Gesicht. Dann wurde sie wieder sie selbst und schüttelte den Kopf.

»Es geht ihr gut.«

Er strich ihr eine feuchte Haarsträhne aus der Stirn. »Und dir?«

»Mir auch, danke.«

Er konnte sehen, dass sie geweint hatte, aber vielleicht war es auch der Regen. Als sie seinen Blick bemerkte, ging sie ein paar Schritte das Mittelschiff hinauf. Neben dem verhüllten Altar blieb sie stehen und fuhr mit der Hand darüber. Sie sah aus, als würde sie nach Fingerabdrücken suchen.

»Es war ganz schön kompliziert«, sagte sie. »Ich musste tausend Sachen unterschreiben, ich habe gar nicht richtig zugehört, es ist alles so… Es ist einfach nur merkwürdig. Ich kann irgendwie nicht richtig glauben, dass sie mir gehört. Uns, meine ich.«

»Dir gehört sie natürlich. Sie ist deine Kirche.«

»Ich bin gar nicht sicher, dass ich sie allein haben will. Ich weiß nicht, ob das nicht zu viel wäre.«

»Natürlich nicht. Frank wollte es so.«

»Es scheint so, oder?«

Sie verzog einen Mundwinkel, wie sie es immer tat, wenn sie kein Lächeln zustande brachte. Ihre Schultern unter seinen Händen fühlten sich wie Schwämme an.

»Du bist ganz nass«, sagte er.

Sie ließ zu, dass er ihr den Mantel abnahm, den Rollkragenpulli über den Kopf zog und die Bluse aufknöpfte. Sie streifte Stiefel und Socken ab und folgte ihm in die Ecke bei der Kanzel, die sie zu ihrem Schlafzimmer ernannt hatten; ihre Jeans ließ sie zerknüllt auf dem Boden liegen. Sie setzte sich auf das Bett und zog sich zitternd die Decke um die Schultern.

»Danke, Jack.«

Sie war groß und schlank, mit einer auffallend schönen Haut, die im Herbst so weiß wie Papier wurde. Durch ihre dunklen Augen und ihr beinahe schwarzes Haar, das jetzt durch den Regen rabenschwarz schien, wirkte sie noch blasser. Im Sommer wurde sie überall braun, was ihr besser stand. Jack jedoch mochte ihre Winterhaut, die sich bei seiner Berührung zu einer Gänsehaut zusammenzog und sich über die blauen

Adern auf ihrer Brust spannte, als wäre sie kaum vorhanden.

Er setzte sich neben sie und streichelte ihre Schulter. Sie fühlte sich weich und hilflos an. Als sie seine Arme nasstropfte, blickte er unwillkürlich auf ihre Brüste, die sich unter der Decke abzeichneten. Verlegen wollte er sich von ihr lösen – aber wie immer durchschaute sie ihn. Er fühlte ihr Lächeln an seinem Hals, dann reckte sie sich, um ihn auf die Wange zu küssen und legte eine Hand auf den Schritt seiner Jeans. Sie stand auf, hüllte sich eng in die Decke ein und ging in der Kirche umher. Sie berührte die Ecken der Steine und ließ den Blick an ihren Flächen und Kanten entlangstreifen.

»Wusstest du, dass er sie vor zehn Jahren gekauft hat? Ich dachte, ich hätte das falsch in Erinnerung, aber es stand so in diesem Ding, im Grundbuchauszug. Vor zehn Jahren.« Mit einem Fingernagel kratzte sie über den Sandstein, dann rieb sie die losen Körner zwischen Daumen und Finger. »Eigentlich war es so gedacht, dass er sie instand setzt und die Leute zurückholt. Deshalb hat er sie überhaupt gekauft.«

»So hatte ich das auch verstanden.«

»Aber sieh dich um, alles ist fertig.« Sie blickte zur Decke und schob die Unterlippe vor. »Es ist alles renoviert. Hier muss kein einziger Nagel mehr eingeschlagen werden, nirgendwo sind Kreidemarkierungen oder Sägemehl, es muss nicht einmal mehr eine Rechnung abgeheftet oder etwas an seinen alten Platz zurückgeräumt werden.«

Wollte man in der ganzen Kirche Licht machen, musste man die Neonröhren an der Decke einschalten. Jack und Beth benutzten stattdessen Stehlampen, die einzelne, helle Lichtkegel auf den Boden warfen und riesige Schatten zurückließen. Aber als Jack sich im Mittelschiff umsah, wusste er, dass sie recht hatte.

»Wieso …«

Sie nickte eifrig. »Wieso hat er es einfach so gelassen, wieso war das hier nie wieder eine Kirche?«

»Genau, wieso?«

»Das frage ich mich ja auch.«

Sie glitt von einer Insel aus Licht zur nächsten. Auf der linken Schulter trug sie den Anfang einer Tätowierung: zwei tiefschwarze, sich kreuzende Linien, von denen eine gebogen war. Sie hatte sich an ihrem achtzehnten Geburtstag betrunken, aber nicht so sehr, um es sich nicht anders zu überlegen. Jetzt konnte sie sich nicht mehr erinnern, was für eine Tätowierung sie vor zehn Jahren haben wollte. Die beiden Linien konnten der Anfang von allem Möglichen sein.

»Fandest du die Beerdigung nicht auch merkwürdig? Irgendwie war sie seltsam.«

Sie stieg die Stufen zur Kanzel hinauf, strich mit dem Daumen über die Tür und schlenderte in die Andachtsräume. Zwischen den Regengüssen hörte Jack ihre Schritte und das dumpfe Poltern von Kartons. Die Geräusche wurden immer leiser, als gingen die Räume endlos weiter.

»Unsres Herzens Freude hat ein Ende, unser Reigen ist in Wehklagen verkehrt. Die Krone ist von unserm Haupt gefallen.«

Jack hatte nie einer Kirche angehört oder Männer Gottes gekannt, aber Frank hatte seiner Meinung nach so ausgesehen, wie es sich für einen evangelischen Pfarrer gehörte. Er war groß, hielt sich kerzengerade mit herausgestreckter Brust und hatte einen eckigen Schädel, dazu sonnengegerbte Haut und dichtes, weißes Haar. Seine Nase war gebrochen, wie bei den boxenden Priestern aus Hollywood. Er trug nie seinen Römerkragen, aber die Haut an seinem Hals und seine Kopfhaltung verrieten, dass er es früher getan hatte. Für einen Priester sprach er sehr leise, aber sonst wirkte er wie der Inbegriff eines Geistlichen. Er war ernsthaft, hilfsbereit und Ehrfurcht gebietend, und er hatte etwas Unerschütterliches an sich.

»Ich gehe schwarz einher, doch nicht von der Sonne; ich stehe auf in der Gemeinde und schreie. Ich bin ein Bruder der Schakale geworden und ein Geselle der Strauße. Meine Haut ist schwarz geworden und löst sich ab von mir, und meine Gebeine sind verdorrt vor hitzigem Fieber. Mein Harfenspiel ist zur Klage geworden und mein Flötenspiel zum Trauerlied.«

Der Bischof, der die Trauerfeier abhielt, erinnerte mit seiner Pilotenbrille und der silbernen Haartolle eher an einen Casinobesitzer. Etwas an seiner Haltung oder seiner Stimme wollte nicht recht überzeugen. Eingerahmt von den wunderbaren Stränden der Stadt ragte der Friedhof über die Tasmanische See hinaus. Unter ihnen schäumten die Wellen, und die Hügel um sie herum waren bevölkert von steinernen Engeln.

»Es ist besser, in ein Haus zu gehen, wo man trauert, als in ein Haus, wo man feiert. Trauern ist besser als Lachen; denn durch Trauern wird das Herz gebessert. Das Herz der Weisen ist dort, wo man trauert.«

Frank sei ein weiser Mann gewesen, sagte der Bischof, zumindest habe er immer danach gestrebt. Im Priesterseminar war er berühmt für seinen meisterhaften Umgang mit dem Kricketschläger und seine Imitation der Three Stooges. Doch wer ihm näherstand war beeindruckt von seinem Ringen mit der Heiligen Schrift und seinem Wissensdurst, egal ob es sich um Biblische Archäologie oder Quantenmechanik handelte.

Seine Predigten waren häufig lang, selten orthodox und immer wert, gehört zu werden.

»Weisheit – an den Toren am Ausgang der Stadt und am Eingang der Pforte ruft sie. Hört, denn ich rede, was edel ist. Ich habe Verstand und Macht. Ich liebe, die mich lieben, und die mich suchen, finden mich.«

Beth wirkte mit ihrem schwarzen Hosenanzug und der blassen Haut wie ein Schwarzweißbild, bis sie die Sonnenbrille abnahm. Sie drückte Jacks Hand. Ihre Mutter Judy stand mit gesenktem Kopf neben ihr. Sie trug einen flachen Strohhut mit einem Netzschleier, das Gesicht eine undurchdringliche Maske. Ihre Freunde waren ebenfalls da, Thorn und Peter, Sandy und der kleine Dev. Sie lächelten und blinzelten Tränen fort, obwohl sie den Toten vielleicht zwei- oder dreimal gesehen hatten – Dev, der ihm nie begegnet war, weinte bitterlicher als alle anderen.

»Wir übergeben seinen Leib der Erde: Erde zu Erde, Asche zu Asche, Staub zu Staub.«

Beth hatte Jack einige von Franks früheren Gemeindemitgliedern gezeigt; sie traten mit schuldbewusster Miene von einem Bein auf das andere. Auch Priester und Diakone in Soutane und Stola waren da. Frank war an einem Herzinfarkt gestorben, aber das Begräbnis vermittelte den Eindruck, es wäre ein Selbstmord gewesen, ein Tod, der nicht vergeben werden konnte. Niemand sprach vom Himmel, vom Leben nach dem Tod oder von Gott.

Als Beth aus den Andachtsräumen zurückkam, brachte sie einen Pappkarton mit. Er gehörte nicht zu ihren Sachen, und in Beths Händen, die mit nassem Haar und jetzt ohne Decke dastand, sah er aus, als hätte sie ihn aus einem Schiffswrack gerettet. Die Fensterscheiben wurden von Wasserfällen überflutet, Donner ließ die Kirchenmauern erbeben. Sie setzte sich in Unterwäsche auf den Holzboden und zeigte ihm ihren Schatz.

»Sieh mal, den habe ich gestern gefunden; ich dachte gleich, dass ich ihn kenne. Er stand hinter den Zeitschriften, da muss er schon die ganze Zeit über gewesen sein.«

Sie langte in den Karton und streckte ihm seinen ganzen Inhalt entgegen. Alte Alben und Taschen voller Fotos von Beth als Kleinkind und wie sie zahnlos in die Kamera grinste. Plastikdöschen mit Super-8-Filmen. Ein Magazin mit Dias. Und unzählige Kinderzeichnungen; ein Kricketspiel, ein Tag am Strand, die mit Wachsmalern oder Buntstiften Mum und Dad gewidmet waren, von Beth oder auch Beht. Er sah ihr zu, während sie die Blätter entfaltete und auf den Fotos nach sich selbst suchte.

»Er hat gesagt, er würde die Kirche renovieren, aber er hat sich hier verkrochen, mit diesem ganzen Zeug. Er hätte einfach die Türen aufsperren und die Leute zurückholen können, aber er muss ganz allein hier gesessen und sich diese Bilder angeguckt haben. Jeden Tag.«

Sie drehte sich zu ihm um, halbnackt mitten in der Kirche, und erfüllte damit all die alten Verheißungen. Er schluckte. Sie legte die Zeichnungen zurück in den Karton.

»Ich hasse das. Ich mag mir gar nicht vorstellen, wie er allein hier gesessen hat.«

Er streichelte ihren Hals und wusste nicht, was er sagen sollte. Als sie sich gegen seine Hand lehnte, spürte er das Blut durch sie rauschen.

»Was hat er nur gemacht?«, fragte sie.

Jack blickte sich in der Kirche um. Von der Straße drang ein klagendes Sirenenheulen herein. Der Regen auf den Steinen ließ alles wie aus weiter Ferne klingen. Er zuckte mit den Schultern.

»Hier lässt es sich sicher gut nachdenken.«

»Worüber?«

»Keine Ahnung. Ich würde ja erst mal meinen, über Gott. Aber vielleicht waren es auch die Three Stooges.«

Sie lächelte ihn an. »Vielleicht.«

In einer zärtlichen Variante des berühmten Augenstübers der Stooges strich er Beth mit zwei Fingern hauchzart über die Lider. Sie schloss unter seiner Berührung die Augen und neigte die Wange in seine Handfläche. Nach einem Augenblick warf sie ihm einen schiefen Blick zu.

»War das ... hast du gerade Moe nachgemacht?«

»Ich glaube, ja«, antwortete er. »Vielleicht war's auch Shemp.«

»Das war ... irgendwie daneben, oder?«

»Wahrscheinlich. Tut mir leid.«

»Mach's noch mal.«

Er wollte sie wieder anstupsen, und sie hielt sich eine Hand wie eine Schneide vor Nase und Stirn, um seine Stooges-Finger aufzuhalten. Sie grinste, und als sie seine Hand beiseitezog, stiegen ihr Tränen in die Augen.

»Das haben wir früher immer gemacht. Er war so peinlich. Nicht nur, dass er Priester war, dazu auch noch so eine Art von Humor; ich fand es schrecklich.«

»Es ist schon in Ordnung.«

Sie blickte ihn zaghaft an. »Was hast du sonst noch drauf?«

Er beugte sich vor und biss ihr sacht in die Nase, immer noch als Moe, und sie verzog das Gesicht. Sie strich ihm über die Wange, er erwiderte die Geste wie in einer behutsamen Slapsticknummer. Dann packte sie mit gekrümmten Fingern seine Nase, verdrehte sie und riss die Hand weg.

Leidenschaft kann viele Gestalten annehmen, dachte er. Vielleicht ist Trauer wirklich besser als Lachen. Er streckte die Hand nach ihr aus, während der Regen auf das Dach prasselte. Die Fenster klapperten in ihren steinernen Rahmen.

Mit breitem Brooklyn-Akzent sagte er: »Was, ich sollte …«

Sie führte seine Hand über ihren Körper, die sanften Wellen ihrer Rippen, ihre Handvoll Busen, die Wölbung von Hüfte und Schenkel. Ein Blitz durchzuckte den Himmel, und sie glühte.

»Vielleicht solltest du.«

Seine Finger glitten unter das Bündchen ihres Slips, er spürte ihre Wärme und berührte den Ansatz ihres feuchten Haars. Die Bäume peitschen wild mit ihren Ästen, und irgendwo in der Nähe schlug eine Tür vergessen im Wind. Sie biss sich auf die Unterlippe und sah ihn lange an, dann blinzelte sie und fixierte ihn weiter mit ihrem Blick. Als er sich vorbeugte, um sie zu küssen, hielt er plötzlich inne.

Auf dem Dach krachte es wie Artilleriefeuer.

Und mit einem Mal war die Kirche voll von Schindeln und Moos, Schlamm und zerborstenem Holz. Schimmerndes Wasser und Eiskörner schwebten einen Moment lang in der Luft, sie spiegelten das Licht der Straßenlampen und Blitze und schienen glitzernde Kreise zu beschreiben, bis ein riesiger dunkler Schatten wie ein geflügeltes Wesen durch den Kranz aus Schutt auf den Boden des Altarraums stürzte und das ganze Dach der Kirche um sie herum zusammenbrach.

Mit einem Schrei riss Beth schützend die Arme über den Kopf, während sich über ihnen die Nacht auftat. Eine Reihe Dachschindeln kippelte und fiel. Als sie aufsprangen, rutschten beide auf Wehen von Hagelkörnern aus. Ein schartiger Klumpen, so groß wie Jacks Faust, landete auf dem Boden. Beth schnappte sich die Fotokiste und lief in die Andachtsräume.

Jack wuchtete den Schreibtisch in eine geschützte Ecke. Der Hagel prasselte auf ihn ein und brannte auf seiner Haut. Beth schrie oder lachte; er konnte sie über das Getöse nicht hören.

Sie retteten, was zu retten war, dann liefen sie ins Badezimmer. Jack zündete Kerzen an, während Beth warmes Wasser in die Wanne laufen ließ. Sie lagen beieinander und spürten, wie die Hitze in ihre Körper drang.

Wenn vereinzelte Tropfen sich vom Hahn lösten, kräuselten sich Wellen über die Wasserfläche. Die wuchtige, alte Badewanne stand auf Klauenfüßen, die in der Kirche lästerlich wirkten. Der Hagel war zu Regen geschmolzen, bis auf das stetige Plätschern vom Dach war nichts zu hören. Jack streckte die Zehen nach dem Warmwasserhahn aus.

Beth drückte die Hände unter Wasser, dabei formte sie winzige Strudel. »Glaubst du, Gott ist böse auf uns?«

»Weil wir sein Haus schänden?«

»Oder es darauf anlegen. Immerhin bin ich zwölf Jahre lang hier zur Kirche gegangen. So was in der Art. Es fühlt sich schon komisch an, hier drin rumzumachen.«

»Aber wir haben sie doch entweihen lassen, oder?«

»Vielleicht hat es nicht gewirkt.«

»Dieser Typ – war das nicht ein Bischof?«

Sie betrachtete ihre verschrumpelten Fingerspitzen. »Ich glaube, er ist mal zum Essen zu uns gekommen. Ich erinnere mich, dass er sich mit Dad gestritten hat.«

»Er schien ganz versessen darauf zu sein«, sagte Jack. »Was hat er gleich gesagt? Um sie anderen weltlichen Zwecken zu übereignen.«

»Aber ob er an so etwas gedacht hat?«

»Es ist gut und richtig und missfällt dem Allmächtigen sicher nicht.«

Beth lächelte. »Es ist nicht schlecht.«

Sie lehnte sich an ihn und neigte den Kopf nach hinten, unter sein Kinn. Ihre schaumbedeckten Brüste ragten aus dem Wasser, und ihre Beine schoben sich glänzend über den Wannenrand. Seine plötzliche Erektion drängte gegen die glatte Haut ihres Rückens, und sie glitt nach hinten, während er sie mit Armen und Beinen umfing.

Das Bad hatte sie beruhigt. Die Wanne fühlte sich wie der sicherste Ort auf Erden an. Jedes Mal, wenn er an das Mittelschiff dachte, sah er den Schutt und Regen auf dem Steinboden und das zerborstene Holz des Altarraums vor sich und schob die Gedanken schnell beiseite.

Er häufte Schaumblasen auf ihrer Brust zusammen. »Oder meinst du, Frank ist böse auf uns?«

»Willst du über Frank reden?«

»Wenn du willst.«

Das Wasser hatte den Wannenrand erreicht. Als er nach dem Stöpsel tastete, schwappte Wasser auf den Boden. Sie beugte sich vor und wandte den Kopf zur Seite.

»Ich habe ihm nie gesagt, dass ich nicht mehr an Gott glaube. Ich war einfach jeden Sonntag mit anderen Dingen beschäftigt, bis ich ausgezogen bin. Er hat auch nie nachgefragt, aber er muss es gewusst haben.«

»Sonst hätte er dich sicher darauf angesprochen.«

»Ich glaube, ja«, sagte sie. »Und ich habe ihm natürlich auch nicht erzählt, dass ich mir Coverbands angesehen und mich zum Rauchen mit Jungs getroffen habe, von denen nicht einmal ich viel hielt, aber auch das muss er gewusst haben. Er war viel klüger als ich.«

»Als du fünfzehn warst.«

»Da besonders. Aber vielleicht stimmt das auch nicht, vielleicht hatte er eigene … Er hatte wohl auch Seiten, von denen ich nichts wusste. Dass er in der Kirche nicht wieder predigen wollte und sie ausgerechnet mir vermacht hat. Ich habe ihm einiges nicht erzählt, aber ich dachte immer, das wäre nicht so schlimm. Mir war nicht klar, dass er genauso mit Sachen hinter dem Berg hielt.«

Jack zuckte mit den Schultern. »Ich habe meine Eltern nie verstanden. Als sie gestorben sind, dachte ich, das würde noch kommen. Ich habe auf eine Art Eingebung gewartet, bei der Beerdigung oder am Tag danach, aber das ist jetzt Jahre her.«

»Was wolltest du wissen?«

»Vieles. Was sie übereinander gedacht haben, warum sie nach der Scheidung kaum noch miteinander sprachen, aber um die halbe Welt immer in dieselben Städte gezogen sind. Ob sie jemals glücklich waren, und wenn ja, wann.«

»Vielleicht kann das immer noch kommen.«

Sie zog die Beine an, legte eine Wange auf die Knie und blickte hinaus in die Dunkelheit. Es regnete nicht mehr, die Luft war kühl und angenehm zu atmen. Er wischte Seife von ihrem Rücken und der Tätowierung. Dann strich er mit dem Daumen darüber.

»Vielleicht sollte es eine Meerjungfrau werden.«

»Was denn?«

»Das hier.« Er zeichnete welliges Haar, Brüste und eine Schwanzflosse auf ihren Rücken. »Oder ein Anker, oder vielleicht ein Leuchtturm. Hier.« Er zog ein weites Leuchtfeuer bis über ihre Wirbelsäule.

Sie blickte über die Schulter. »Wie kommst du darauf?«

»Keine Ahnung.«

»Vielleicht sollte es *Jack* werden, vielleicht wusste ich es schon immer.«

»Warum hast du es dann nicht zu Ende stechen lassen?«

»Tom hätte mich umgebracht.«

Er spritzte ihr Wasser ins Gesicht, und sie lachte.

»Harry hätte es sicher auch nicht gefallen.«

»Schon gut.«

Er ließ eine Hand an ihrer Taille entlang ins Wasser gleiten. Sie drückte sich an ihn, mit dem Po presste sie sanft gegen seinen Schwanz; offenbar stand ihr der Sinn nach anderen Dingen. Sie spannte kurz den Körper an, dann stemmte sie sich auf dem Wannenrand ab und ging auf die Knie.

Er grinste. »Was machst du da?«

»Nicht bewegen.«

Sie fand ihn unter Wasser mit der Hand und ließ sich zielgenau auf ihn herabsinken. Die Wanne füllte sich mit Wogen, als Jack sie an der Hüfte festhielt und nach ihren Brüsten griff, während sie sich sehr überzeugend auf ihm wiegte. Als sie die Luft mit bedächtigem Stöhnen erfüllte, spürte er, wie er sich dem Abgrund zuneigte, erst langsam, dann immer mehr, und er murmelte vor sich hin: *»Ein leichter Regen am Donnerstag, am Donnerstag.«* Sie verfielen in einen langsameren, unregelmäßigen Rhythmus, über den sie lachten wie über einen Witz – bis er spürte, wie sich ihre Muskeln anspannten und der Raum von allen Göttern und Göttinnen der Meere erfüllt war. Beth gab einen Laut von sich, der ein Lachen sein mochte. Ihr Körper bebte, vielleicht vom Weinen, und sie ließ ihn erst ihr Gesicht sehen, als sie zu Atem gekommen war. Ihm schien, als läge darin eine Art verlorener Traurigkeit, die ihn überraschte.

Bei Tageslicht sah die Kirche noch schlimmer aus. Der Altarraum war übersät mit Splittern und Steinbrocken, durch das Dach schien der Himmel. Im Mittelschiff drängten sich die Möbel, während sich an den Wänden und auf den Kirchenbänken Kartons stapelten. Vom Bett und den Holzdielen stieg bereits Dampf auf.

Beth betrachtete das Chaos. »Sieh dir das bloß an, Jack.«

»Ich weiß. Von renoviert kann man jetzt nicht mehr sprechen, was?«

Sie verdrehte die Augen. »Nein, im Gegenteil.«

Überall auf der Straße lagen umgestürzte Bäume und herabgewehte Äste. Jedes Auto war verbeult, jede Windschutzscheibe mit sternförmigen Rissen übersät oder ganz zerbrochen. Einige Nachbarn liefen kopfschüttelnd im Pyjama durch ihre ramponierten Gärten. Der Sturm hatte den Großteil der Vororte zwischen der Stadt und dem Meer im Osten verwüstet, bevor er bei der Bucht endlich schwächer geworden war. Die Hagelkörner waren so groß wie Kricketbälle gewesen, so groß wie halbe Ziegelsteine.

Ein eingespieltes Team der Feuerwehr tauchte mit blauen Plastikplanen auf. Um die Kirche abzusichern, musste eine Reihe von Männern eine halbe Stunde lang auf Leitern herumklettern. Der Takler fluchte über seine Knoten, bis ihm einfiel, wo er war. Er wischte sich über die Stirn. »Wohnen Sie hier?«

Beth nickte. »Wir sind gerade eingezogen.«

»In ein paar Stunden geht der Strom wieder. Hoffentlich sind Sie versichert.«

»Bei einer Kirche ist so was bestimmt höhere Gewalt.«

Der Takler hob die Augenbrauen und zog mit aller Kraft die Knoten zu. Nebelwolken trieben am aufklarenden Himmel in die Ferne. Der Wetterbericht kündigte für den Nachmittag leichten Regen an.

Durch die Planen schien blaues Licht in die Kirche, und die heil gebliebenen Glasfenster überzogen den Schutt mit bunten Farben. Der schwerste Stein des Daches war durch den erhöhten Boden des Altarraums gebrochen und bis auf den älteren Grund dreißig Zentimeter darunter gekracht. Jack erhaschte einen Blick auf die ursprünglichen matten Dielenbretter – und noch auf etwas anderes; als die Sonne weiterzog, glitzerte es golden.

»Die hier könnten noch in Ordnung sein«, sagte Beth.

Sie schälte die Filmplakate vom Computer und Fernseher, wo sie festgeklatscht vom Regen lagen. Auf einem zeigte ein japanischer Manga ein farbenfrohes Gemetzel, ein anderes warb für eine erotische Geschichte Gutenbergs. Ein paar waren laminiert und schienen den Regen überstanden zu haben, aber die anderen bluteten Farbe und zerrissen beim Hochheben.

»Vielleicht müssen wir sie mit dem Föhn bearbeiten, das sollte reichen. Und den Sachen in den Kartons dürfte nichts passiert sein. Zum Glück besitzen wir eh nicht viel.«

Ihren Pragmatismus hatte sie wahrscheinlich von Frank, der immer etwas Nützliches zur Hand gehabt hatte, sei es einen Sicherungsdraht oder einen Zeitungsausschnitt. Er hatte ihr beigebracht, Knoten zu binden, über Sport zu sprechen und ohne ihn auszukommen. Sie versuchte, ein aufgequollenes Buch zu öffnen, dann betrachtete sie den Einband, zog die Nase kraus und warf es weg.

Jack drehte sich um und betrat den zerstörten Altarraum.

Unter seinen Füßen klang hohl ein falsches Echo, und wieder blitzte ein Messingring auf, der in den alten Fußboden eingesetzt war. Er kniete nieder und wischte den Schlamm aus einer Furche zwischen den Dielen. Als er an einen rechten Winkel kam, wuchtete er den schwersten Stein beiseite und brachte ein perfektes Quadrat zum Vorschein. Die plane Fläche war an den Ecken abgerundet und mit einem angelaufenen Ring versehen – zu seinen Füßen lag eine Falltür.

»Schau mal.«

Sie blickte von ihrem Bücherstapel auf. »Was ist denn?«

Er hob den Ring an, um ihn ihr zu zeigen, und stampfte auf den Boden. Dem Echo nach taten sich unter ihm tiefe Höhlen auf.

»Wusstest du davon?«

Sie schüttelte den Kopf und verzog zweifelnd das Gesicht. »Willst du sie aufmachen?«

Er kippte den Ring in ihre Richtung. »Du solltest das machen.«

Sie zuckte zurück. »Das ist … Vielleicht ist das keine so gute Idee.«

»Wegen Frank?«

Als sie nickte, glaubte er, ihr kurz ansehen zu können, wie viel Kraft der Verlust ihres Vaters und der Umzug in die Kirche, der Sturm und die Verwüstung sie gekostet hatten. Einen Moment lang wirkte sie winzig und die Kirche um sie herum wie ein Berg.

»Doch, machen wir sie auf«, sagte sie.

»Wir müssen nicht.«

»Mach schon.«

Er sah, dass es ihr ernst war; dann langte er hinunter und zog an der Falltür. Sie war schwerer, als er gedacht hatte. Er stolperte zur Seite, die Falltür öffnete sich, und abgestandene Luft strömte heraus. Beth stand einige Schritte entfernt; er sah, wie der Geruch ihr ins Gesicht schlug.

»Oh, was …«

»Das war nur Luft. Glaube ich zumindest.«

Sie wirkte nicht überzeugt. »Na gut.«

Von der Falltür aus führte eine steile, geschwungene Steintreppe in die Dunkelheit – Jack hatte das Gefühl, als wäre dort unten etwas. Beth ging es ebenso, das sah er an ihrer Körperhaltung. Jede gerade Linie in der Kirche hatte auf den Altar gedeutet, jetzt wurde der Blick auf das Loch im Boden gelenkt.

»Haben wir eine Taschenlampe?«, fragte er.

»Ich hole eine Kerze.«

Kantige Schatten sprangen ihnen entgegen, als sie sich bei Kerzenschein nach unten tasteten. Die Wände waren grob und trocken, die Luft schal. Es ging zehn, zwölf Stufen hinunter. Er hustete, und die Dunkelheit verschluckte sein Husten, während er mit der flackernden, tropfenden Kerze in alle Ecken des Raumes leuchtete, der ganz offensichtlich eine Krypta war.

»Jack?«

»Ja.«

In der Länge maß sie drei, vier Meter, in der Breite etwas weniger, und ihre Decke hing ein Stückchen über Jacks Kopf. Sie war in den Felsen gehauen und mit demselben Stein wie die Kirche ausgemauert worden. Im tanzenden Kerzenlicht liefen die Spuren der Meißel zusammen und auseinander. Auf Knie- und Schulterhöhe waren in zwei Wände Nischen geschlagen worden, so breit und tief wie ein liegender Mann.

Es war kalt, und aus dem Felsen schien ein leises Flüstern zu dringen.

Er rechnete ständig damit, dass die Flamme plötzlich etwas Grauenhaftes enthüllte. Aber dort waren weder Skelette noch eine Faust, die ihm entgegenraste. Nur alter Staub, den die frische Luft aufwirbelte. Jack ließ die Finger über die Nischen gleiten und leuchtete mit der Kerze in die Ecken. Die Krypta war leer, aber er wurde das Gefühl nicht los, dass hier etwas war. Er bekam eine Gänsehaut, als hätte der Stein ihm zugeseufzt. Er wusste nicht, ob es an den Leichen lag, die er sich hier vorstellte, an den zu Staub zerfallenen Knochen, die sich mit dem restlichen Staub vermischt hatten, oder einfach an der Leere. Beth überlief im gleichen Moment ein Schauder.

Wuchtig knallte das Portal zu, und obwohl die Erschütterung noch in der Krypta zu spüren war, schien das in einer anderen Kirche weit weg zu geschehen. Schritte dröhnten über den Dielenboden, und einen Augenblick lang hatte Jack das Gefühl, sie seien in eine ausgeklügelte Falle getappt: das Testament, der Hagelsturm, alles von Feinden eingefädelt. Aber es war nur Beths Mutter, die sich selbst hereingelassen hatte.

»Was zum … Was ist denn hier passiert?«

Sie sahen einander bei dem flackernden Licht an. Am liebsten hätte er Beth einen Finger auf die Lippen gelegt: Sie könnten sich hier unten verstecken, bis die Luft rein war. Sie las die Versuchung in seinem Blick und lächelte, und einen Moment lang wirkte der Ort warm, als hätte er keine Geheimnisse, und es tat Jack leid, ihn zu verlassen.

Judy war in einer üblen Gegend aufgewachsen, der sie durch harte Arbeit und ein ordentliches Englisch entkommen war. Sie erzählte nie von ihrer Kindheit und schimpfte mit Beth, wenn sie redete wie ein Gassenkind. Obwohl sie stets gut gekleidet und ordentlich geschminkt war, hatte sie etwas Zerbrechliches an sich. Auf Jack wirkte sie wie eine liebenswürdige Frau, die sich ihres Platzes nicht sicher ist, als hätte sie nie gewusst, ob sie etwas Besseres oder Schlechteres als Frank verdient hatte. Jack hatte sich, wie bei den meisten Leuten, oft gefragt, warum die beiden wohl zusammen waren.

»So was musste ja passieren. Dieser Mann mit seinen Projekten.«

Beth gab ihr einen Kuss. »Das war der Sturm. Der hat niemanden verschont.«

Judy kletterte über die Überreste der Kanzel und blickte stirnrunzelnd zur Plastikfolie hinauf. »Das kann doch nicht nur vom Sturm kommen.«

Jack wusste nicht, wann sie das letzte Mal die Kirche besucht hatte. Sie ging unsicher umher, als wäre sie zuletzt vor Jahren hier gewesen, und offensichtlich wollte sie nichts anfassen.

»Es war alles in Ordnung, als wir eingezogen sind«, sagte Beth.

Judy sah nicht allzu überrascht aus. »Also war die Kirche hergerichtet?«

»Hat er dir das nicht erzählt?«

Sie schüttelte den Kopf. »Wahrscheinlich ist er gerade erst fertig geworden.«

Beth warf Jack einen Blick zu. Er konnte sehen, dass sie überlegte, wie viel sie Judy fragen könnte. »Ist er immer noch jeden Tag hierhergekommen?«

»Das hat er gesagt. Er ist jeden Morgen gegangen und abends wiedergekommen. Ich habe ihn dann gefragt, wie es läuft, und er meinte, ganz gut.«

»Bist du nie hergekommen?«

Judy setzte sich auf eine der verhüllten Kirchenbänke und

betrachtete die Schindeln und Bohlen, wo früher die Kanzel gestanden hatte. Sie sah aus, als würde sie jetzt gerne rauchen, dabei hatte Jack sie nie mit einer Zigarette gesehen.

»Wir haben hier geheiratet, wusstest du das? Gleich nach seiner Priesterweihe, als er dieser Pfarrei zugeteilt wurde, hat er unsere Hochzeit hier arrangiert.«

»Das wusste ich schon.«

»Von der Gemeinde waren nicht viele da. Aber das Gebäude war wunderschön – na ja, sagen wir malerisch, und es gehörte zu seinem eigenen Pfarramt. Was hatte er nicht alles vor.«

»Hast du dich nicht gewundert, dass er zehn Jahre zum Renovieren braucht?«

Judy blickte hinauf zu einem der Buntglasfenster, das eine aufgeschlagene Bibel inmitten eines Lichtkranzes zeigte, ganz schmutzig vom Staub und dem Stadtregen. »Es war viel zu tun, das Gebäude war völlig heruntergekommen. Außerdem waren sie nur zu zweit. Wahrscheinlich war ich nicht überrascht, dass es so lange dauert.«

»Sie waren zu zweit?«

»Dieser Freund von ihm war dabei, mit dem er immer Laufen gegangen ist. Das war ein richtiger Handwerker, ein Maurer sogar. Er hatte einen katholischen Namen.«

»So was wie Pope?«

Judy verzog das Gesicht. »Nein, irgendwas mit O. O'Rourke. Vielleicht kann er ja das Dach reparieren, falls es ihn noch gibt.«

»Vielleicht. Ja, warum auch nicht.«

Judy aschte ihre unsichtbare Zigarette ab und rieb mit den Fingern über die Abdeckplane. »Ich frage mich, ob ich sie irgendwann einmal ganz sehe. So wie früher.«

»Wir haben alles im Handumdrehen fertig.«

»Das hat dein Vater auch gesagt.«

Beth traten Tränen in die Augen. »Warum bleibst du nicht eine Weile bei uns?«

Judy sah sich um. »Wo?«

»Wir können in der Badewanne schlafen. Die ist riesig.«

»Werd nicht albern. Mir geht's gut.«

»Bist du sicher?«

Judy nickte. »Dir auch?«

Sie alle nickten und blinzelten. Jack hatte keine Ahnung, was sie sonst hätten machen sollen.

Er wusste, dass man nach dem Tod eines Menschen Dinge tun musste, die man nicht erklären konnte; besondere, entscheidende Dinge. Sein eigener Vater hatte nach der Scheidung und dem Buddhismus das Angeln aufgegeben, aber er hatte Jack einmal mitgenommen zu einer langen Mole, die vor Salz und Möwendreck knirschte, und mit ihm die ganze Nacht dort gesessen, während sich die Flut an den Pfählen brach. Er hatte nur wenig gesagt und einfach die Nacht mit seinem zwölfjährigen Sohn verbringen wollen. Sie hatten das nur ein Mal gemacht, aber nach der Beerdigung seines Vaters war Jack fünf Stunden gefahren, um allein auf der Mole zu sitzen. Er hatte es tun müssen. Ein paar Fischer hatten eine imposante Goldschwanzmakrele gefangen. Jack hatte gesehen, wie sie auf dem Deck zappelte; er hatte sich gebückt und sie zurückgeworfen. Der eine, er trug eine Wollmütze, war aufgestanden und hatte gefragt, was zum Teufel er da tue, aber dem anderen waren Jacks schwarzer Anzug und seine müden Augen aufgefallen, und er hatte seinen Freund mit einer knappen, bestimmten Geste zurückgehalten. Er hatte gewusst, was auch Jack jetzt wusste, über die besonderen Dinge.

Am späten Nachmittag hatten sie wieder Strom. Beth suchte aus dem Karton in der Kapelle eine alte Filmrolle heraus, die Jack in den Projektor einfädelte, nachdem er die Leinwand aufgestellt hatte. Der Film war ohne Ton und hatte die Siebziger auf acht Millimeter gebannt. Frank hatte braunes Haar und Koteletten, er wirkte beinahe unnatürlich lebendig. Judy sah aus wie Farrah Fawcett, während sie versuchte, ihrer vierjährigen Tochter das *th* beizubringen. Immer sah man Wasser: den Strand, den Pool hinter dem Haus, den Gartenschlauch. Beth hatte dichtes, blondes Haar und braune Haut, sie sah aus wie ein jüngeres Negativ von sich selbst, von der Beth, die auf einer Kirchenbank saß und auf den Lichtschein starrte. Der Film mit seinen verblassten Farben, den flimmernden Kratzern und Flecken wirkte wie aus einem anderen Zeitalter.

Als sie sich zu ihm umdrehte, erstrahlten die alten Farben auf ihrer Haut. »Sieh dir das nur an. Es ist genau wie in meiner Erinnerung.«

»Es ist toll.«

»Nicht wahr? Eine perfekte Familie. Jedes Mal, wenn ich irgendein Heimvideo gesehen habe, dachte ich, es wäre eines von uns. Ständig habe ich darauf gewartet, dass die Kamera auf uns schwenkt.«

»Du hattest wirklich die passende Kindheit für Heimvideos.«

Sie waren zusammen am Strand, bauten Sandburgen und verbuddelten einander im Sand. Flache Wellen rollten zu schnell ins Bild. Er konnte nicht erkennen, an welchem Strand es war, der Hintergrund war zu verschwommen.

»Mum und Dad und die kleine Beff. Sieh sie dir an. Sie sind verliebt, oder? Das müssen sie sein, mit den ganzen Haaren.«

»Gegen solche Haare kommt man nicht an.«

»Sie sind da jünger als wir jetzt.«

Jack sah näher hin; sie hatte recht. Judy hätte Beths kleine Schwester sein können, sie hatten das gleiche Kinn, die gleichen Schultern. Frank trug ein blaues Shirt, aus dem sein Brustpelz sprießte. Er ging zu Beff und stieß mit zwei Fingern nach ihren Augen; sie knallte sich die Faust gegen die Stirn und fing wild an zu kichern.

»War das ...«

»Komm nicht auf dumme Gedanken.«

Die Kamera schwenkte hoch zur Sonne, und der Strand verschwand. Als die Leinwand dunkel wurde, dachte Jack, die Glühbirne wäre durchgebrannt, doch dann sah er noch einmal hin und erkannte eine Nacht mit matten Sternen, die als orangefarbene Funken aufstoben. Der Film war den Lichtverhältnissen nicht gewachsen, und in der Kirche war es zu hell, aber wie es schien, grillten sie jetzt in einem Park, man sah nur Schemen und glühende Kohle.

Beth starrte mit zusammengekniffenen Augen die Schatten an. »Er wollte immer, dass wir bleiben, bis die Sonne unterging und alle anderen nach Hause fuhren. Dann haben wir Koteletts gegrillt, und er hat uns die Sterne gezeigt und uns alles über sie erzählt, was er wusste.«

Jack meinte, Frank sehen zu können, wie er neben Beff kniete und ihr dunkle Sachen zeigte. Das Klicken der Filmrolle schien lauter zu werden. Die Szene hatte etwas Zeitloses – Frank, der Beth sanft eine Hand auf die Schulter legte, während sie mit geneigtem Kopf gespannt lauschte.

»Er hat mir von dieser Theorie erzählt, dass ganz am Anfang das Universum mit einem Mal ohne Ende größer geworden ist – *wuuusch*, einfach so –, viel schneller als das Licht. Damit war es zwar erst etwa so groß wie ein Kricketball, aber alles war erklärt.«

»Das inflationäre Universum? So in etwa.«

Sie nickte. »Ich habe ihn gefragt, ob Gott das *wuuusch* gemacht hat. Er hat mir nicht geantwortet, er hat einfach nur in den Himmel geguckt und mir eine Woche später gesagt, er wüsste es nicht.«

Ein fahler Streifen glitt über die Leinwand, dehnte sich aus und zog sich wieder zusammen. Offenbar hatte Judy gefilmt; sie war näher an den Grill und seine glühenden Welten herangegangen. Über Beths Gesicht zog ein orangerotes Flackern, während sie von ihrer Kirchenbank aus zusah.

»Er hat nie etwas anderes gesagt, auch nicht in der Kirche. Er hat nie aus der Genesis gelesen, oder von irgendwelchen Wundern. In der Bibel gab es weite Passagen, die er nie angerührt hat.«

»Komisch bei einem Pfarrer.«

»Er hat dafür auch ziemlichen Ärger bekommen. Aber er wollte einfach nicht an etwas Unmögliches glauben, er musste andere Erklärungen finden oder diese Teile einfach ignorieren.«

»Davon muss es eine ganze Menge gegeben haben.«

»Stimmt.« Sie blickte zu ihm auf, als der Film zu Ende war. »Vielleicht blieb am Ende nichts übrig.«

»Vielleicht.«

Die Leinwand zitterte, und die klappernden Spulen peitschten das Endband durch die Luft, doch Frank war noch immer bei ihnen; allein in der Kirche maß er seine Bibel an den Zeitschriftenstapeln und setzte gequält Vers um Vers in Klammern. Wie ein Schiffbrüchiger in der Antarktis, der sein Floß Planke für Planke für seine lebensrettende Wärme verbrennen muss.

Beth hatte einen Tag freigenommen, um mit Jack in der Kirche das Wasser aufzuwischen und den Schutt wegzuräumen; jetzt war sie wieder in der Bibliothek und machte Überstunden. Jack hatte den ganzen Morgen über Kisten weggestellt. Einige Kirchenbänke und Dielenbretter hatten sich beim Trocknen verzogen, aber alles in allem war die Kirche in einem ordentlichen Zustand. Das Videogerät und den Computer mit dem russischen Film hatte er noch nicht ausprobiert.

Mit einer Lampe an einem Verlängerungskabel hatte er alle Ecken der Krypta ausgeleuchtet, aber nicht mehr als mit der Kerze gefunden. Es gab nichts, das sein anfängliches Gefühl erklärt hätte. Die Lampe, die jetzt in einer Nische stand, überzog die Krypta mit einem Lichtstreif inmitten von Schatten. Leise drangen Geräusche und weit entfernte Stimmen durch den Stein. Sie ließen die Krypta noch verlassener erscheinen. Er freute sich schon darauf, sie voller Wein zu packen.

Die Nischen besaßen die perfekte Größe. Er packte eine Kiste voll Rotwein aus dem Hunter Valley, den er zusammen mit Beth gekauft hatte. Die Weinprobe hatte sie nicht sonderlich beeindruckt, aber sie hatten die Trauben in einem großen Holzbottich zerstampfen dürfen, den Beerenbrei zwischen den Zehen und bis zu den Schienbeinen blutviolett. Dann folgte ein Cabernet aus Coonawarra. Er erinnerte sich noch, wie sie durch die knorrigen Reihen gelaufen und Hände voll von Weintrauben gepflückt hatten.

Als er sich bückte und eine Kiste Sémillon und Verdelho hochhob, die er mit einer früheren Freundin gekauft hatte, fühlte er sich, als würde er irgendwie einen Akt der Untreue begehen. Man hatte ihnen versprochen, die Weine würden reifen und weicher werden, aber er war sicher, dass sie mittlerweile sauer waren. Er wusste nicht, warum er sie aufhob.

Die Kiste passte nicht, als er sie neben die anderen schieben wollte. So stur wie seine Exfreundin blieb sie auf halbem Wege stecken. Als er fester schob, ließ sich die Kiste in die Nische zwängen, aber sie lag nicht eben auf.

Er zog sie wieder heraus. Die Nischen waren mit flachen, glatten Steinplatten ausgekleidet, doch der Stein hinter den sauren Weinen ragte etwas nach oben. Er versuchte, ihn nach unten zu drücken, doch es gelang ihm nicht. Beim Versuch, den Stein anzuheben, brach ihm ein Fingernagel ab. Fluchend versuchte er es noch einmal, die Krypta schien von seiner Anstrengung zu zittern – aber der Stein ließ sich schließlich doch anheben.

Er krachte zu Boden, und Jack zerrte an der Lampe, um in die Nische zu leuchten. Er rechnete beinahe damit, einen Geheimgang zu entdecken, eine Kathedrale aus Stalaktiten, die sich unter Sydneys Vororten erstreckte. Er fand nichts dergleichen, nur eine Vertiefung im Fels. Aber einen Herzschlag später wurde ihm klar, warum sich die Krypta nie leer angefühlt hatte.

Es war gute zwei Zentimeter dick, so groß wie ein dickes Comicheft. Die Schnittkanten waren krumm und schief, die Seitenränder spröde. Ein schmutziger Einband umgab die äußersten Blätter, er war umgeknickt wie ein Schutzumschlag. Bis auf die Flecken war der Einband leer. Jack setzte sich damit auf den Boden des Mittelschiffs, um auf Beth zu warten. Selbst in seiner Insel aus nachmittäglichem Sonnenlicht fröstelte er.

Als das Telefon klingelte, überlegte er, wie er ihr das Manuskript beschreiben sollte. Es fühlte sich alt und wichtig an; es besaß eine staubige Präsenz, die er nicht erklären konnte. Aber niemand meldete sich. Er sagte hallo, dann legte er auf, beunruhigt, ohne zu wissen, warum.

Er setzte sich wieder auf den Boden, nahm das Manuskript und öffnete vorsichtig den umgeschlagenen Einband. Er knisterte seufzend, und Jack hatte das Gefühl, er würde etwas zerbrechen. Das Manuskript wollte wieder zuklappen, deshalb musste er die Seiten festhalten. Die inneren Blätter waren heller als der Einband. Mittig auf der rechten Seite standen zwei Wörter, ein Titel in einer schnörkeligen Schrift. Sie war zu kompliziert und verblasst, um sie lesen zu können.

Mit einem Fingernagel fuhr er in eine Ecke und trennte die Blätter behutsam voneinander. Das Pergament ächzte, als er umblätterte, es fühlte sich brüchig an. Die nächsten Seiten schimmerten wie Licht auf Wasser.

Die Schrift wirkte ordentlich und gleichzeitig hektisch, die Zeilen schlängelten sich über das knittrige Papier. Der Text war rasch, aber sauber geschrieben worden. Er wurde von zwei groben Zeichnungen unterbrochen: In der linken, oberen Ecke prangten ein Mann und eine Frau, deren Arme und Beine in verschiedene Richtungen wiesen; ihnen gegenüber stand ein gedrungener, überwucherter Turm aus Tinte, der zum Seitenrand hin bröckelte.

Er kannte illuminierte Manuskripte mit ihren klotzigen, ausgestalteten Initialen, dem Blattgold und den diamantförmigen Serifen – meist als Reproduktionen, aber er hatte auch ein paar Originale im Dämmerlicht berühmter Bibliotheken gesehen: das Lindisfarne-Evangeliar und das Book of Kells, beide eine Kathedrale aus Pergament, die Krönung vieler Menschenleben. Jede Kante war präzise und identisch mit den anderen, ihre Proportionen waren perfekt, ihre Farben kostbar.

Dieses hier war vollkommen anders. Am unteren Seitenrand drängten sich die Zeichen, die Illustrationen besaßen winzige Details, das Pergament wies Knicke, Kniffe und Flecken auf. Aus den anderen Manuskripten schien Vernunft zu sprechen, das Zeitalter der Illumination; dieses neue Manuskript sah aus wie Wahnsinn.

Jack hatte spät lesen gelernt und konnte sich noch an seine Verwunderung erinnern, als seine Eltern und Lehrer ihm zu erklären versuchten, dass diese komischen Zeichen etwas Bestimmtes bedeuten sollten. Er hatte sie beim Wort genommen, aber er hatte ihnen lange Zeit nicht recht geglaubt. Irgendwann hatte er seine Klassenkameraden eingeholt, aber er hatte noch immer das vage Gefühl, dass er anders las als die anderen. Er sah immer noch einen Augenblick lang die Formen und das Ebenmaß von Wörtern, bevor er ihre Bedeutung erkannte, und während dieses Augenblicks war er nicht sicher, dass sie überhaupt Wörter waren.

Hier war es genauso. Die Schrift war einfach, aber elegant und mit ruhiger, sicherer Hand ausgeführt. Die Buchstaben bestanden aus winzigen Formen, und er konnte keinen davon lesen. Er fühlte sich wieder wie damals, bevor er den Bogen raushatte, bevor er das Geheimnis kannte, das alle teilten. Die Zeichen bestanden aus keinem Alphabet, das er kannte, sie besaßen Punkte und Schleifen und Schnörkel, wo keine hingehörten. Aber er hätte schwören können, dass sie eine Art Schrift bildeten.

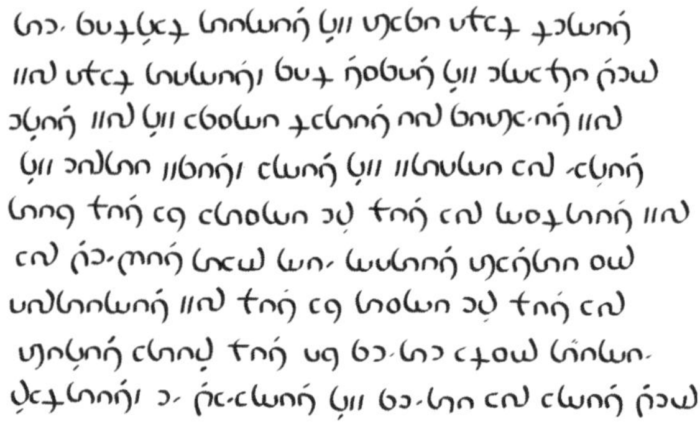

Er hob das Blatt an, aber die nächste Seite konnte er ebenfalls nicht lesen. Er versuchte, in dem Manuskript weiterzublättern, doch er war zu ungeschickt und riss eine Ecke ein.

»Jack?«

Beth stand neben ihm, sie war endlich zu Hause. Ihr Schatten glitt über das Manuskript und ließ die Schrift ganz anders aussehen. Sie beugte sich vor und legte ihm eine Hand auf die Schulter.

»Was ist das?«

»Das lag in der Krypta, unter einem Stein. Es müsste eine Art Pergament sein, oder?«

Sie kniete sich hin, um es zu berühren. »Ich glaube, das ist Vellum.«

»Wo liegt der Unterschied?«

»Wir haben welches in der Bibliothek. Das kommt von Kälbern.«

»Und anderes Pergament?«

»Von Schafen – dafür nimmt man Schafe oder Ziegen.«

»Verstehe.«

»Aber es sind alles Tierhäute, nur von verschiedenen Tieren.«

»Kannst du es lesen?«

Sie blickte in eine andere Richtung, scheinbar hatte sie ihn nicht gehört. Er zupfte an ihrem Shirt.

»Ist das eine Schrift?«, fragte er.

Sie betrachtete die Seite mit zusammengekniffenen Augen. »Keine Ahnung.«

Es war erstaunlich. So etwas hatte er noch nie gesehen; er hatte keinen Schimmer, was es bedeutete. Er klappte das Manuskript zu. Beth hob es auf und wischte es feierlich ab.

»Das ist es, das hat Dad hier gemacht. Es hatte irgendetwas hiermit zu tun.«

»Glaubst du, er hat es geschrieben?«

Die Frage schien sie zu verletzen. »Warum sollte er so was schreiben?«

»Ich weiß nicht«, antwortete Jack.

»Dafür ist es zu alt. Er muss es gefunden haben.«

»Und damit hat er sich hier beschäftigt?«

Sie nickte. »Der Samaritanische Pentateuch, die Schriftrollen vom Toten Meer – er hat immer nach aufschlussreicheren Texten gesucht. Nach Auswegen, nehme ich an.«

»Glaubst du, das hier ist so etwas?«

»Oder ein Disput über … ich weiß nicht, über Gott und die Physik. Oder ein zusätzliches Evangelium. Etwas, das seinen Glauben berührt hat.«

Jack senkte den Blick wieder auf das ramponierte Pergament und seine zahlreichen Seiten. Mit dem verschmutzten Einband und dem unleserlichen Titel machte es nicht viel her, und doch wirkten seine Undurchdringlichkeit und sein möglicherweise düsterer Gehalt auf gewisse Weise bedrohlich.

»Vielleicht«, sagte er.

»Können wir herausfinden, was es ist?«

Er kannte verschiedenste Schriften, nicht nur Kyrillisch, sondern auch verschnörkeltes Arabisch und Chinesisch mit seinen untereinanderstehenden Schriftzeichen. Er hatte gelernt, sich etwas in ihnen zurechtzufinden, und sich teilweise ihre Bedeutung angeeignet. Diese Schrift sah schwieriger aus, sie wirkte verschlungen und uralt.

»Ich weiß nicht«, sagte er.

»Vielleicht haben wir etwas Ähnliches in der Bibliothek.«

Etwas Merkwürdiges lag in Beths Blick. Die unlesbare Schrift beunruhigte Jack, aber er musste ihr helfen, so gut er es konnte.

»Da gehen wir morgen hin«, sagte er. »Gleich als Erstes.«

Die Krypta und jetzt auch der erste Abendfrost hatten den Wein kühl gehalten, doch in seiner Hand wurde er wärmer. Das Lagern war ihm nicht bekommen, er schmeckte dünn und hatte einen unangenehmen Nachgeschmack. Jack beschloss, ihn so schnell wie möglich zu trinken.

Beth schlief. Ihre Trauer um Frank und ihr Bemühen, ihn zu verstehen, hatten sie ausgelaugt, und Jack verspürte den heftigen Wunsch, sie zu beschützen, auch wenn er wusste, dass sie ihn dafür belächelt hätte. Ein Fleckchen Mondschein stahl sich durch das Buntglas und über ihr Gesicht, und sie runzelte die Stirn.

Er trank noch einen Schluck Wein und hielt das Manuskript hoch.

Berge und Täler formten sich aus Tinte. Die Punkte verwischten zu Strichen, aus den Zeilen sprach Persönlichkeit. Die Kalbshaut besaß eine plastische Oberfläche. Bilder zeigten

Pflanzen und Mineralien, den Himmel, fremdartige Apparate und winzige, gedrungene Menschen. Er leerte sein Glas und füllte nach.

Der Wein erinnerte ihn an eine andere Exfreundin von vor langer Zeit. Er war mit einem Freund aus der Highschool durch Italien gegondelt, bis dieser ohne ihn weiterzog. Eine goldene und orangefarbene Zeit voller Sonnenuntergänge. Rosa: Sie sprach nur Italienisch, und er verstand kein einziges Wort. Ihre Sprache, durch die sie ihm fremd und rätselhaft blieb, machte ihm Angst – aber ihre Augen und ihre Beine … Im Nachhinein nahm er an, es war reiner Sex, aber damals hatte er es für eine Verständigung gehalten, die über Worte hinausging. Sie sprachen, ohne einander verstehen zu müssen. Sie blickten sich in die Augen und wussten, dass sie das Gleiche dachten.

Aber er konnte es nicht dabei belassen, er brauchte Sicherheit. Er kaufte Bücher und Kassetten mit Sprachkursen und entdeckte dabei seine Begabung. Innerhalb von sechs Wochen konnte er sich auf Italienisch verständigen. Er sah, wie diese Sprache und alle andere zusammenpassten; für ihn bildeten sie ein logisches Gerüst. Er musste ihre Strukturen nur noch mit Verben und Redewendungen anreichern.

Natürlich hatten er und Rosa sich nichts zu sagen. Je mehr er verstand, desto befangener wurde sie. Ihr Wortstrom versiegte, und alles, was sie sagte, enttäuschte ihn. Als er so weit war, ihr alles übersetzen zu können, was er ihr schon vorher erzählt hatte, sah sie ihn so ausdruckslos an, dass ihm das Herz brach.

Er warf die Bücher weg, aber es war zu spät, die Sprache hatte bereits in ihm Wurzeln geschlagen. Es folgten Französisch und Spanisch, und der Umweg über Deutsch führte schließlich zum wunderbaren Russisch. Und zu einer Karriere als Übersetzer, trotz allem. Rosa lag längst hinter ihm, er hatte sie nie wiedergesehen. Jetzt war sie nicht mehr als ein Geschmack und eine Erinnerung, als er im Mondlicht saß und die Haut von etwas berührte, das er nicht verstand.

Jack hatte Beth drei Jahre zuvor in der Bibliothek kennengelernt, in der sie immer noch arbeitete, der Staatsbibliothek in der Innenstadt. Er untertitelte damals einen kolumbianischen Film und stieß auf ein Zitat aus einem Buch. Er brauchte das Buch, um die Zeile richtig hinzubekommen.

Sie sah ganz anders aus, als man es selbst von schönen Bibliothekarinnen erwartete. Sie hatte langes, dunkles Haar und eine auffallend schöne Haut. Sie trug ein ärmelloses Shirt und sah aus, als hätte sie sich dorthin verirrt. Er räusperte sich nervös.

»Ich suche *Liebe in den Zeiten der Cholera*«, sagte er.

Sie entgegnete: »Ich glaube, ich habe mir etwas eingefangen.«

Er starrte sie an und lächelte, und es war um sie geschehen. Ihre Annäherung glich einem geistreichen Schlagabtausch: Er übersetzte für sie Gedichte, sie suchte für ihn Gedichte über das Übersetzen heraus. Bei ausländischen Filmen erzählte er ihr die schmutzigen Witze, die nicht in den Untertiteln standen. Sie nahm ihn mit zu Lesungen und ließ ihn in seltenen Büchern stöbern. Sie kamen sich vor wie die romantischsten und glücklichsten Sonderlinge dieser Welt.

»Sind Übersetzer wie Übersetzungen?«

Sie lagen im Bett, nachdem sie das erste Mal miteinander geschlafen hatten; das Ausziehen hatte Stunden gedauert.

»Was meinst du?«

»Wie sagt man noch – je schöner, desto treuloser?«

Er lächelte und zeichnete etwas Unlesbares auf ihre Haut. »Es heißt *traduttore, traditore.*«

»Italienisch?«

»Übersetzer, Verräter.«

»Hm. Italienische Redewendungen müssen ja wahr sein.«

»Genau, uns sollte man im Auge behalten.«

Auf ihn traf das nicht zu. Aber weder Witze noch Ablenkungen konnten ausdrücken, was er wirklich fühlte, schon damals.

Er dachte an ihre erste Zeit zusammen, während er mit dem Manuskript durch die Sammlung seltener Bücher ging. Der Raum im Herzen der Bibliothek war luftdicht abgeschlossen und besaß eine Temperaturkontrolle. Ihn überkam eine stille Ehrfurcht, als er die Folianten durchblätterte, die Mönche mühevoll kopiert hatten, oder die ersten gedruckten Bücher. Verschiedene Pergamentsorten, Papier in allen Gewichtsklassen, aus Hader und Nadelholz und Bleiche. Sie dämpften seine Schritte und wärmten den Raum.

Es gab Bücher in vielen Alphabeten über viele andere Alphabete. Er schrieb sie ab, bis ihm das Papier ausging. Nachbildungen von Keilschrift und Hieroglyphen und das Griechisch der Mathematik. Die Buchstaben des Hebräischen sollten die Stellung von Lippen, Zähnen und Zunge andeuten – ihre Form sagte einem, wie man sie aussprach. Ogam eignete sich für das Schnitzen auf Stöcken, Oriya war perfekt, um damit auf Palmblättern zu schreiben. Er las Proto-Kanaanitisch und frühes Phönizisch, das von Schrifttafeln kopiert war. Osteuropäische Schriften, die von der Glagoliza oder dem Kyrillischen abstammten, zeigten ihm viele Schreibarten für den leichten Regen am Donnerstag.

Beth stellte Bücher in die Regale zurück und half den Benutzern bei den Zahlensignaturen. Ab und an sah sie nach, wie weit er gekommen war. Er erschreckte sich jedes Mal, so vertieft war er in die Alphabete. Ein paar sahen vielversprechend aus, doch das lag nur an der Handschrift. Er verglich mehrere Buchstaben aus dem Manuskript mit Beispielen aus den alten Büchern, die er mitten in den Gängen ungeschickt vor sich hielt. Gotisch *othal*, griechisch *phi*, hebräisch *kaph* und *chet*. Er sah den Nachklang von Arabisch und Samaritanisch, von Berbersprachen und Phönizisch. Die Alphabete entwickelten sich in unterschiedlichste Richtungen, aber etwas verband sie doch. Und dieses neue Alphabet stand in einem, wenn auch nicht allzu engen, Bezug zu ihnen. Beth fand ihn über seinen Entdeckungen brütend.

»Hast du etwas herausbekommen?«

Er schüttelte den Kopf. »Ich zeige es morgen Thorn, auf dem Boot. Er hat von so was mehr Ahnung.«

Beth warf ihm einen unsicheren Blick zu. »Vielleicht solltest du es nicht unbedingt Mum zeigen.«

»Du bringst Judy mit?«

»Ich dachte, das tut ihr vielleicht gut. Peter hat gesagt, es wäre Platz genug.«

»Ach, natürlich. Keine Sorge.«

Mit einem Nicken schob sie den Bücherwagen weiter. Einen Moment lang hatte er vergessen, wem das Manuskript gehörte. Und er fragte sich, wie Frank irgendetwas mit einer Sprache anfangen konnte, die niemand anders kannte. Er war unglaublich gebildet gewesen, aber soweit Jack wusste, hatte sich sein Interesse für Sprache auf biblisches Hebräisch und Griechisch beschränkt, vielleicht noch auf Aramäisch, und das Manuskript war in keiner dieser Sprachen verfasst.

Doch selbst ohne Übersetzung konnte es den Glauben des

Pfarrers erschüttert haben. Die geheimnisvollen Illustrationen, die gewundene Schrift – ihr Anblick genügte, um verrückt zu werden. Hatte Frank für himmlische Führung gebetet, wie die Übersetzer der Bibel? Wenn er keine Antwort bekommen hatte und mit diesem widerspenstigen Ding allein geblieben war, konnte ihn schon das verzehrt haben. Als Jack mit den Fingerspitzen über das Pergament strich und die hauchzarten Erhebungen der Buchstaben fühlte, dachte er, ihm hätte es genauso ergehen können.

Es hatte geregnet, und die Bucht wirkte voller als sonst. Der Herbst ließ noch auf sich warten und bescherte ihnen einen milden Samstagabend. Niedrige Wolken zogen über die Strände, und die Lichter der Stadt waren von roten, weißen und blauen Schleiern umgeben. Dutzende Charterschiffe und Ausflugsboote mit Ruhestandsfeiern, Junggesellenabschieden und Büropartys gondelten zwischen den Buchten und Brücken umher, wirkten dort irgendwie verloren.

Peter hatte sie am Fährhafen abgeholt und ihnen auf das Patrouillenboot geholfen. Das schnittige, neue Boot mit seinen Funkantennen hinterließ einen schäumenden Strudel, als es über das Wasser fegte. Peter war vierzig Jahre alt, braungebrannt mit deutlichen Falten, und arbeitete als Taucher für die Wasserschutzpolizei. Wann immer er konnte, machte er mit ihnen kleine Spritztouren, und sie alle genossen das unverdiente Privileg, mal herauszukommen.

»Und das ist bestimmt nicht verboten?«, fragte Judy.

»Keine Sorge.« Peter nahm ihre Hand, als sie auf das Deck hinunterkletterte. »Das Boot ist noch nicht einmal im Dienst. Wir testen es noch, und so geht es doch am besten.«

Thorn saß bereits wie eine Galionsfigur am Bug. Seinen richtigen Namen konnte man kaum aussprechen, aber da er ihn mit der alten Rune für Dorn schrieb, die in Island noch benutzt wurde, nannten ihn alle einfach Thorn. Er übersetzte Sagas und Eddas und sammelte für Jack ausländische Redewendungen.

Er war groß und schlank, sein Haar und seine blassen Augen schienen silbern zu schimmern. Er drehte sich herum, um ihnen zuzuwinken, dann gab er sich wieder dem Stampfen und Schlingern des Bootes hin.

Peter blickte stolz zu ihm hinüber. »Er hat neulich einen Preis gewonnen, aber er will nicht darüber reden.«

Beth wirkte beeindruckt. »Wofür?«

»Seine Nordmänner-Gesellschaft vergibt einen Preis für das beste … wie heißt das noch gleich? Ihr wisst schon, das Meer ist der Weg der Wale, der Himmel ist der Mondpfad. Er hat versucht, es mir zu erklären.«

»Wie hieß seines?«, fragte Beth.

»*Segel und Sonne der Seele.* Liebe, wisst ihr.«

»Das klingt wunderbar.«

»Ja, nicht übel, oder?«

Sandy stieg vom Brückendeck herunter. Sie war auffallend schön, zur Hälfte Inderin und hatte wundervolle grüne Augen. Eigentlich hieß sie Sandhya, aber ihr Name war wie alle anderen gezähmt worden. Sie war der einzige Single in ihrem kleinen Kreis und nahm gleichmütig sowohl Neid als auch Mitleid der anderen hin. Nur selten stellte sie ihnen die Männer vor, mit denen sie ausging. Meist kehrte sie nur mit Geschichten oder Schweigen zurück. Sie hatte zusammen mit Beth Bibliothekswesen studiert und arbeitete jetzt im alten Teil der Stadt im Depositum Fidei, einem Archiv religiöser Schriften.

Jack drückte ihr einen sanften Kuss auf. »Wo ist Dev?«

»Er ist jetzt ein Jahr alt und findet, so was hier sei unter seiner Würde. Meine Eltern schenken ihm die Aufmerksamkeit, die er verdient.«

Sie sah müde aus, doch gleichzeitig umhüllte sie ein Leuchten. Sie trug Peters Jeansjacke über einem goldfarbenen Kleid. Mit dem Champagnerglas in der Hand hätte sie auf jede Milliardärsyacht der Welt gepasst.

»Deine Polizistenfreunde sind zum Anbeißen«, sagte sie zu Peter. »Sind sie hetero?«

»Alle Polizisten sind hetero«, sagte Peter.

»Ich weiß – aber was ist mit diesen beiden?«

»Sogar diese beiden«, antwortete Peter. »Dave und Warren sind so hetero, wie's nur geht.«

»Ich gehe mal lieber wieder zu ihnen«, sagte sie. »Habt ihr Musik?«

»Thorn hat ein paar Sachen hier, aber ich weiß nicht, ob sie dir gefallen.«

Sandy reckte ihr Glas in die Höhe. »Thorn!«

Thorn stieg polternd auf das Achterdeck herunter; als sie ihm zu seinem Preis gratulierten, warf er Peter einen erbosten Blick zu. Sandy ging wieder auf die Brücke, Judy folgte ihr auf der Suche nach Drinks. Mit ihrem farbenfrohen Hosenanzug und dem Seidenschal sah sie nicht aus wie eine Witwe. Peter schaute ihr nach, als sie sich durch die Kajütentür bückte.

»Wie geht es ihr?«

Beth zuckte mit den Schultern. »Scheinbar ganz gut. Es geht ihr … na ja, nicht gerade ausgezeichnet, aber doch beinahe.«

»Sie sieht gut aus.«

»Das tut sie immer. Aber ich weiß nie, was in ihr vorgeht.«

Thorn legte ihr eine Hand auf den Arm. »Denk daran, was die Deutschen sagen: *Alles hat ein Ende, nur die Wurst hat zwei.*«

Beth lächelte ihn traurig an. »Das sagen die Deutschen?«

Thorns Augen blitzten. »Weißt du, was sie noch sagen?«

»Nein, aber das ist auch ganz gut so. Ich gehe ihr lieber helfen.«

Sie erklomm die Stufen zum Brückendeck. Einen Moment später beschrieb das Boot ein paar angeberische Schlenker, die Frauen in der Kajüte lachten, und auch Peters Polizeifreunde amüsierten sich. Thorn schüttelte den Kopf und wandte sich Jack zu.

»Wie geht es denn Beth?«

»Sie kommt ganz gut zurecht. Wir haben etwas in der Kirche gefunden, das wahrscheinlich Frank gehört hat. Was hältst du davon?«

Er holte das Manuskript aus der Tasche und schlug es auf. Thorn und Peter, beide neugierig auf den eigenartigen Text, traten näher. Jack spürte ihre Hände auf seinem Rücken und hatte den Eindruck, ihre Finger hätten sich berührt, ganz kurz nur. Beim Blättern fanden sie weitere Bilder: einen illustrierten Atlas, einen Reiseführer rund um die Welt. Winzige, wacklige Pyramiden und eine annehmbare Sphinx, ein schilfbewachsenes Delta. Kleine Männer mit kegelförmigen Hüten neben Pagoden; dunkle Frauen, die auf Vulkanen tanzten, nackt bis auf umgehängte Schädel. Die Menschen waren klein und dick wie Säcke. Thorn beugte sich näher und fuhr mit dem Finger die Zeilen entlang.

»Welche Sprache ist das?«, fragte er.

»Weißt du das nicht?«

»Ich habe so etwas noch nie gesehen.«

»Bist du sicher?«

»Ein paar von diesen Zeichen, sind das Buchstaben? Es

könnten Runen sein, stilisierte Runen. Sonst wüsste ich nicht, was es sein könnte.«

Jack nahm das Manuskript wieder an sich. »Wer könnte es denn wissen?«

»Vielleicht einer der anderen Übersetzer.«

Sie hatten mit allen möglichen Synchronübersetzern und Untertitlern, mit Übersetzern von Lyrik und von Gebrauchsanweisungen gearbeitet. Zusammen kamen sie auf mehrere Dutzend Sprachen. Aber Jack traute ihnen nicht; als er das Manuskript betrachtete, wurde ihm klar, dass er es nicht ertragen könnte, wenn es von Hand zu Hand weitergereicht würde.

»Ich möchte das nicht so gern an die große Glocke hängen.«

Peter studierte die Seiten mit ebenso viel Interesse wie Thorn; er sprach nur eine Sprache, aber er wusste um Geheimnisse, um verborgene Dinge. »Vielleicht ist es eine Art Code.«

»Was denn für ein Code?«

»Keine Ahnung. Dafür müsstest du wissen, woher der Text stammt, und von wann.«

»Wie sollte ich das anstellen?«

Nach kurzem Überlegen sagte Peter: »Einer von unseren Forensikern hat ein Faible für alte Bücher. Er hat sogar schon mal was für Thorn gemacht, vielleicht kann er dir auch helfen.«

»Müsste ich das Manuskript abgeben?«

»Einen Teil; vielleicht geht dabei sogar ein wenig davon drauf.«

»Ich weiß nicht, ob ich das so gut finde.«

Peter zuckte mit den Schultern. »Zumindest könnte er dir sagen, ob es echt ist.«

»Echt?«

»Oder eine Fälschung. Ich glaube, viele solcher Sachen stellen sich als Fälschung heraus.«

Jack kaute auf der Unterlippe. Das Manuskript hatte so lange in der Krypta gelegen, und wenn ihm Franks letzte Gedanken gegolten hatten, dann konnte es einfach keine Fälschung sein. Es gefiel Jack nicht, dass jemand seine Echtheit anzweifelte. Und ihm gefiel die Vorstellung nicht, es aus der Hand zu geben, geschweige denn auch nur ein kleines Stückchen davon zu opfern. Er wusste nicht, warum er das Gefühl hatte, das Manuskript beschützen zu müssen.

»Ich könnte etwas arrangieren«, sagte Peter. »Falls du nicht zu ihm gehen willst.«

»Was denn?«

»Ihn vielleicht mitbringen, unter einem Vorwand.«

»Würde es bei euch gehen?«, fragte Jack.

Peter sah schuldbewusst aus, und Thorn sagte: »Nicht so gerne.«

»Entschuldigt.«

»Ihr könntet eine Einweihungsparty für eure Kirche geben«, schlug Peter vor. »Überleg mal, wie klasse das wäre mit diesen Steinwänden, dieser Atmosphäre. Dazu ultraviolettes Licht, alle leuchten im Dunkeln, und das zu Thorns Musik. Hast du noch diese Lampen?«

»Ich will daraus keine große Sache machen.«

»Die Musik wäre kein Problem«, sagte Thorn.

»Ich fände es etwas zu früh.«

»Wie wäre es mit einem Abendessen?«, fragte Peter.

»Vielleicht. Das könnten wir nächste Woche machen.«

»In Ordnung«, sagte Peter. »Dann essen wir zusammen zu Abend. Vielleicht wäre er sogar was für Sandy.«

Zwei der Sackmenschen saßen zusammen auf einem Hügel, vier weitere in etwas, das vielleicht ein See oder eine riesige

Blume war. Einer stand in einer Bibliothek voll winziger Bücher, während ein anderer danach suchte. Vielleicht waren sie die Legenden einer untergegangenen Kultur, sackartige Könige, Königinnen und Helden, die in Blumen saßen. Es konnte keine Fälschung sein. Möglicherweise ein Code, aber Jack hatte das Gefühl, es war etwas Wertvolleres. Es musste eine alte Sprache sein, eine Sprache, die man vergessen hatte – bis jetzt.

Auf ihrem Weg Richtung Osten verbreiterte sich die Bucht, und die Dünung schwoll an. Thorns Hände wanderten zu allem, das Peter berührte; zur Reling, zum Rettungsring. Sie passierten eine winzige Insel. Gutgekleidete Menschen unter einem Baldachin drehten sich nach dem Polizeiboot um, das auf sie zuhielt und dann abdrehte. Sandy und Judy tauchten mit ihren Drinks auf. Sandy setzte sich und machte ein betont mürrisches Gesicht.

»Sie bringen Beth bei, wie man das Boot steuert«, sagte sie. »Wie soll ich da mithalten?«

»Sie ist ausgesprochen charmant«, entgegnete Jack.

»Ich weiß, sie kann einfach nicht anders.« Sie wandte sich an Thorn. »Was ist mit der Musik? Los, lass uns hören.«

»Sicher?«

»Klar.«

Thorn stand auf und schwang sich auf die Brücke. Eine Minute später erklang seine Musik. Peter hatte recht, sie war ganz anders als die Musik von den immer weniger werdenden Partyschiffen. Sie klang düster und minimalistisch und schrappte entlang der Grenze zwischen heulendem Wind und menschlichen Stimmen. Über die Bordlautsprecher klang sie unheimlich. Thorn kam aus der Kajüte und kehrte wortlos zum Bug zurück.

Peter deutete mit dem Kopf in Richtung Kajüte. »Du solltest wieder runtergehen. Das sind Seeleute, die kann jeder aufreißen.«

»Na, besten Dank.« Sandy wandte ihm den Rücken zu. »Ich habe total neben mir gestanden, ich krieg's einfach nicht hin. Habe ich schon erzählt, dass letzte Woche jemand per SMS mit mir Schluss gemacht hat?«

»Ist mir auch schon passiert«, sagte Peter. »Zweimal per E-Mail und davor einmal per Telegramm. Die Dinger gibt's heute gar nicht mehr.«

»Glaubst du, du bist ein trostloserer Fall als ich?«

Peter grinste. »Ich hatte mal eine verhängnisvolle Ménage à trois mit eineiigen Zwillingen. Der Hässliche hat mich geliebt, der Schöne wollte nichts von mir wissen.«

Sandy zog eine Augenbraue hoch. »Mit einem Typen habe ich drei Monate lang zusammengewohnt, dann ist er ohne ein Wort abgehauen, und ich habe ihn nie wiedergesehen.«

»Hatte ich auch. Dabei war es sein Haus.«

Sandy zog sich die Jacke enger um die Schultern. »Ich habe jemanden geliebt, und er hat mich geliebt. Aber mit der Zeit habe ich gemerkt, dass er mich immer weniger liebt. Jeden Tag nur ein bisschen weniger, und ich konnte nichts dagegen tun.«

»Auch das ist mir schon passiert. Aber ich war derjenige, der immer weniger geliebt hat, und ich konnte auch nichts dagegen tun.«

Eine Landzunge versperrte den Blick auf die Stadt, an den Ufern sahen sie die Lichter vereinzelter Häuser. Über ihnen zogen die Wolken hinweg, die Luft lud sich auf, und die Musik wurde vom Wind und dem Rauschen der Heckwelle beinahe übertönt.

»Zum Glück haben wir Jack und Beth«, sagte Sandy.

Jack drehte sich zu ihr um. »Wie meinst du das?«

»Ihr seid unsere letzte Hoffnung. Ich weiß nicht, was wir ohne euch machen würden.«

Das Boot gierte, und Thorn rutschte über das Vordeck in die Reling. Er versetzte dem Bug einen Schlag und rief etwas auf Isländisch. Als das Boot wieder Kurs hielt, richtete Thorn sich mit finsterem Blick auf.

Peter wandte sich zu Sandy um. »Wir haben immer noch uns, mein Herz.«

Dankbar sah sie ihn an. »Ich weiß, Peter.«

»Wollen wir tanzen?«

»Wir können es versuchen.«

Sie stiegen über eine Leiter auf die Flybridge und tanzten in der Abendluft einen langsamen Walzer, bei dem sie immer wieder aus dem Takt gerieten, wenn sich das Boot unter ihnen bewegte. Judy starrte in die Dunkelheit, vielleicht auf die Küste, und Jack wusste nicht, was er sagen sollte.

»Ich … hör mal, das mit den beiden tut mir leid.«

Judy lächelte. »Ach was, sie sind hinreißend.«

»Ich meine nur … Na ja, sie müssen dir so trivial vorkommen.«

Sie lehnte sich an die Reling und blickte nach Steuerbord. Jack stellte sich behutsam neben sie. So ließ es sich gut reden, es fühlte sich sicher an. Richtung Steuerbord konnte man alles sagen.

»Ich bin froh, dass du für sie da bist, Jack. All die anderen hatten recht damit. Sie und Frank verband so viel. Es beruhigt mich zu wissen, dass sie dich hat.«

»Sie ist wirklich stark.«

»Aber sie hat ihre Grenzen.«

Thorns Musik war zu Ende, oder die Polizisten hatten sie ausgestellt. Das Boot fuhr durch die Stille, nur das Klatschen des Rumpfes auf dem Wasser war zu hören. Judy leerte ihr

Glas und hielt es mit beiden Händen fest, als würde es sie wärmen.

»Eins muss ich sagen, Jack. Den Mann zu verlieren, mit dem man dreißig Jahre lang verheiratet war, ist schlimmer, als wenn jemand mit einer SMS Schluss macht – auch wenn ich nicht genau weiß, was das ist. Aber vielleicht ist es nicht so schlimm wie ein paar der anderen Sachen.«

Jack schüttelte den Kopf. »Ich kann es mir nicht einmal vorstellen.«

»Frank war ein guter Mann, aber bei uns war nicht immer alles Sonnenschein. Vor allem nicht in den letzten Jahren. Ich weiß gar nicht, warum ich dir das erzähle.«

»Ist schon in Ordnung.«

»Nein, wirklich, ich weiß nicht, warum.«

Judy machte auf ihn immer einen etwas gekünstelten Eindruck, aber jetzt, abends im Wind, wirkte sie ungezwungener, und Jack wusste nicht, wie er damit umgehen sollte.

»Ich weiß noch, besonders nach dem Tod meines Vaters wurde viel idealisiert«, sagte er. »Und viel beschönigt. Aber ich wollte, dass man sich so an ihn erinnert, wie er war, irgendwie exzentrisch, aber auch kalt; eben so, wie nur er war. Ich fand das richtig und auch wichtig.«

Judy schenkte ihm ein unübersetzbares Lächeln. »Vielleicht ist es das auch.«

Als die Lichter am Nordufer der Dunkelheit wichen, beschleunigte das Boot und beschrieb eine sanfte Kurve, um eine Bake auf der richtigen Seite zu passieren. Sie waren wieder in sicheren Händen. Judy blickte zur Kajüte.

»Sag Beth nichts davon«, bat sie. »Sie hat ihn immer durch eine rosarote Brille gesehen.«

Einen Augenblick später stand Beth zwischen ihnen. Sie hakte sich bei beiden ein und starrte mit ihnen Richtung

Steuerbord. Ihre Haut glühte in der Abendluft, ihre Wangen wurden rot. Jack spürte ihre Wärme und die Wärme ihrer Körper, die dem Wind trotzten.

»Ich darf nicht mehr steuern«, sagte sie. »Hast du Thorn dein Manuskript gezeigt?«

»Er weiß nicht, was es sein könnte.«

Jack griff in seine Jacke und spürte das Manuskript über seinem Herzen. Er fühlte sich nicht entmutigt. Überall gab es ausgestorbene und aussterbende Sprachen – es grenzte an ein Wunder, dass überhaupt welche überlebten.

»Was für ein Manuskript?«, fragte Judy.

»Gar keins, Mum. Nur eines von Jacks Projekten.«

Beth drückte seinen Arm und sah ihn schuldbewusst an, bevor sie ihre Aufmerksamkeit wieder nach Steuerbord richtete.

»Seht nur.«

Das Boot hatte die letzte Bucht hinter sich gelassen und steuerte auf South Head und den Leuchtturm zu, der sein zuverlässiges, gelbes Leuchtfeuer durch den Nebel Richtung Horizont schickte. Judy hatte sich umgedreht und sah zur Flybridge, wo Peter und Sandy in der Stille tanzten. Beth jedoch starrte den Leuchtturm so gebannt an, als wäre sie jahrelang auf See gewesen.

»Jack, ich muss dir etwas zeigen.«

»Hier?«

»Nachher.«

Hier an der Steuerbordreling schienen alle Sprachen kostbar, und weder er noch die Welt konnten es sich erlauben, auch nur eine davon zu verlieren – nicht die Signale aus Berührungen zwischen ihm und Beth, nicht die Ketzereien aus Franks und Judys Leben, auch nicht die Schleifen und Wirbel, die zerknittert in seiner Tasche ruhten. Plötzlich fasste er einen Entschluss: Er würde sie alle retten. Er war ihre letzte Hoffnung, während das Boot im weiten Boden die fahle Brandung durchschnitt, den Leuchtturm hinter sich ließ und auf die Stadt zuhielt.

Das Beste am Übersetzen, am Erlernen neuer Sprachen, waren die Tiefe und Beschaffenheit, die es gewöhnlichen Dingen verlieh. Ein Stuhl war nicht einfach ein Stuhl, er war auch das französische Wort für Stuhl, und das russische – und sie alle, ihr Klang und ihre Konnotationen, meinten etwas Unterschiedliches. Es verlieh Objekten neue Dimensionen und Gefühlen neue Nuancen: Liebe war nicht einfach Liebe, sie bestand aus allen Wörtern für Liebe.

Geriet ein Wort in Vergessenheit, reduzierte es den Gegenstand. Jeder Berg oder Ozean oder Wind, jeder Ort wurde geringer, wenn einer seiner Namen verloren ging. So wie die Welt ärmer wurde, als sie vergaß, wie man die alten Schriften las, etwa die meroitische oder die Inuds-Schrift oder Rongorongo. So wie sie mit jeder verlorenen Sprache ärmer wurde, selbst jetzt – besonders jetzt.

Beim ersten Mal nahmen sie sich Stunden für das Ausziehen. Er hatte alle Kleidungsstücke in jeder Sprache benannt, die er kannte, mit allen Wörtern für Bluse und Rock, für Unterhemd und Socken. Und alle Wörter für die Teile ihrer selbst, die sie entdeckten, Bauch und Busen, Brustwarze, Nacken. Es hatte Stunden gedauert. Über die letzten Wörter war er gestolpert, und sie hatten ihre eigenen unsinnigen Wörter erfunden, die zuerst dumm, aber dann ganz natürlich klangen. Sie war ihm darin überlegen und hatte seine Versuche in überraschende und köstliche Wörter verwandelt, in Wörter für

Schwanz und Wörter für Muschi, von denen er wünschte, er könnte sich an sie erinnern.

Jack kam das Manuskript immer vertrauter vor, als er an seinem Schreibtisch saß und es hin und her wendete. Die sieben dicken Lagen bestanden aus je zehn oder zwölf Bogen, sie waren grob geschnitten und beidseitig beschrieben, insgesamt beinahe dreihundert Seiten. Ein Lederstreifen band die Lagen und Deckel zu einem Kodex zusammen. Risse im Velinpapier waren repariert worden, aber die Heftung war aufgegangen und hatte winzige Löcher hinterlassen. Er dachte daran, was Peter am Abend zuvor über seinen Freund, den Forensiker, erzählt hatte, und fragte sich, ob er auch nur einen Teil davon abgeben konnte.

Eine Reihe riesiger Buchstaben folgte den Sackmenschen. Einige sahen genauso aus wie die kleineren Buchstaben, sie hatten deutliche Konturen und waren mit Linien und Kreisen versehen. Es sah aus wie ein Lehrbuch für Kalligraphie, in dem winzige Kommentare jeden Bogen und jeden Querstrich begleiteten; wie asiatische Ideogramme, bei denen jeder Pinselstrich eine eigene Bedeutung besaß und jedem Zeichen Klang und Sinn innewohnten.

Stellte das Manuskript einen letzten Versuch dar, die sterbende Sprache des Schreibers zu bewahren – seine letzte Hoffnung? Und war die Sprache mit all den Wahrheiten der Generationen angefüllt, die mit ihr gelebt hatten? Jack stellte sich vor, wie er selbst alle Wörter aufschrieb, die er kannte, während die Wüste heranstürmte, die Meere anstiegen und Hagel niederprasselte. Das hier sind wir, das waren wir, und so haben wir miteinander gesprochen – falls es dazwischen einen Unterschied gibt.

Sein Magen krampfte sich zusammen, als er eine Seite umschlug und endlich bekannte Schriftzeichen sah: eine Zeile Griechisch, eine Zeile Sanskrit, vielleicht ein Dutzend weiterer Alphabete. Er erkannte sie von seiner Suche in der Bibliothek wieder. Einen glorreichen Moment lang dachte er, dies könnte ein Schlüssel zur Sprache des Manuskripts sein, sein eigener Stein von Rosette – er spürte es zwischen seinen Schulterblättern. Aber dort standen nur die Buchstaben der Alphabete, in ordentlicher Reihenfolge. Sie wurden nicht mit der Schrift des Manuskripts abgeglichen, es gab keine Hinweise, und am Ende wirkten diese alten Alphabete ebenso wenig lesbar wie anfangs das Manuskript.

Peters Freund würde die Seiten zerstören, um an ihre Pigmente, Körnchen und ihren Kohlenstoff zu gelangen. Vielleicht würde er den Schlüssel entdecken, den Jack brauchte, den Namen einer Stadt, eines Flusses oder eines Königs, der ihm Zugang verschaffte. Aber Jack konnte sich von keinem Teil des Manuskripts trennen. Man wusste nie, was von entscheidender Bedeutung war. Jedes Pigmentfleckchen, jeder Federstrich, selbst die Knicke im Vellum konnten wichtig sein. Würde ein Teil geopfert, könnte das dem Ganzen jede Bedeutung nehmen.

Dort stand ein Abschnitt über Pflanzen und Mineralien, fremdartige Wurzeln und Blätter, vergrößerte Kristalle und Schieferungen. Darauf folgte ein Kessel über kleiner Flamme, Kolben in verschiedenen Formen und Größen, Licht, das durch Prismen fiel. Die jahrhundertealten Farben wirkten noch immer kräftig.

Als Beth die Tür zum Vorraum öffnete, fuhr ein Windstoß durch die Kirche. Die letzte Lage zeigte eine Vorrichtung mit Zahnrädern, Hebeln und Glas, gefolgt von einer Reihe bizarrer Bilder: Gnome mit riesiger Stirn und leerem Gesicht; verschiedene Wetterlagen – Sonne, Schnee, Hagel, dichter Regen, leichter Regen – und ein Turm, dessen Spitze in Feuer gehüllt war. Das letzte Bild zeigte eine Bibel oder ein anderes dickes Buch aus Buntglas.

Jack hatte das Gefühl, sich selbst dabei zu beobachten, wie er beobachtet wurde, als sie ihm eine Hand auf die Schulter legte. Sie ging neben ihm in die Hocke, um das Manuskript zu betrachten, und öffnete die obersten Knöpfe ihrer Bluse. Sie roch nach einem anstrengenden Tag.

»Was glaubst du, worum geht es?«, fragte sie.

»Ich weiß es nicht. Es könnte alles Mögliche sein, vielleicht auch wirklich alles.«

»Du meinst, eine Art Enzyklopädie?«

»Vielleicht.«

»Kannst du es schon lesen?«

Er schüttelte den Kopf. »Diese Zeichen – es müssten etwa fünfundzwanzig sein, schwer zu sagen. Dann wären sie wahrscheinlich ein Alphabet, keine Silben oder Ideogramme.«

»Also könnte es Englisch sein? Bevor es einen Unterschied zwischen I und J gab, oder vor dem W? Oder Latein oder Griechisch oder so was.«

»Aber sieh dir mal die Menschen an und die Art der Zeichnungen, so etwas gibt es sonst nicht. Ich glaube, das ist eine ganz neue Sprache – ich meine, eine ganz alte Sprache. Eine vergessene Sprache.«

Beth wirkte skeptisch. »Du hältst das also nicht für einen Code?«

»Vielleicht ist es ein Code, vielleicht etwas völlig Banales in kodierter Schrift. Aber es sieht aus … Hast du nicht auch das Gefühl, es wäre mehr?«

»Was denn?«

»Keine Ahnung. Schöpfungsmythen, alte Geschichten über

Wunder, wahnsinnig tiefgründige Legenden. Über Dinge, die wir uns nicht vorstellen können, zu denen uns die Sprache fehlt.«

Er begegnete ihrem Blick und schwieg; er wusste, dass er sich hatte mitreißen lassen. Er konnte es nicht erklären; er konnte nicht sagen, wo seine Hoffnung endete und die Überzeugung begann. Als Beth sich wieder dem Manuskript zuwandte, sah sie aus wie jemand, der Dinge addiert oder multipliziert.

»Wie Parabeln«, sagte sie. »Oder zeitgenössische Berichte.«

»Vielleicht. Es kommt darauf an, wie alt es ist.«

Sie warf ihm einen Blick zu. »Ich glaube … Ich verstehe, dass Dad sich darin hätte verlieren können. Dass ihn so etwas nicht mehr losgelassen hätte – ich kann das verstehen.«

Er nickte energisch. »Ich auch.«

»Wie finden wir raus, was da steht?«

»Wir müssen mehr über die Kirche erfahren.«

»Dann weiß ich, wohin wir gehen können.«

Das Depositum Fidei lag unter einem der ältesten Gebäude des Landes am östlichen Rand der Innenstadt. Es war nach den Plänen eines Sträflings von Sträflingen erbaut worden, und in den Baracken hatten früher Gefangene, schwache und mittellose Frauen, Waisen und Gerichtshelfer geschlafen. Im Laufe zweier Jahrhunderte war es immer wieder umgebaut worden. Jetzt stellte es ein Museum seiner eigenen Vergangenheit dar. Und die religiöse Sammlung, das Depositum Fidei, hatte von Beginn an im Keller und den Katakomben seinen Platz, dort war sie gewachsen und alt geworden, während sich die Welt über ihr veränderte.

Im Geschäftsviertel machte man Mittagspause, die Bürogebäude leerten sich, und auf den Straßen herrschte Hochbetrieb. Aber das Archiv gehörte zu einer anderen Zeit, und die Geräusche der Stadt erreichten es kaum. Dort standen kilometerweise Bücher, um die sich allein Sandy kümmerte.

»Einer der Marinesoldaten, der mit der Ersten Flotte herkam«, sagte sie. »Er brachte eine Kiste Bücher mit, und dann hat er alles aufgekauft, was er finden konnte. Mit seinem Erbe sollte die Sammlung erweitert werden, und am Ende kam eine ganze Menge zusammen.«

Sie trug einen engen, grünen Rock und eine weite, weiße Bluse, und Jack dachte wieder, wie erstaunlich es war, dass er so attraktive Bibliothekarinnen kannte. Dev saß auf ihrer Hüfte und drehte den riesigen Kopf, um ihn mit großen Augen anzustarren. Die Farbe seiner Haut glich einer Melange, und während er nur wenig Englisch konnte, sprach er alle anderen Sprachen fließend.

»Blizok lokotok«, sagte er.

Beth strich ihm über den Kopf. »Du bist ja umwerfend.«

Dev strahlte sie pausbackig an. »Da nye ukusish.«

Jack zog das Manuskript mit der geheimnisvollen Schrift aus der Jackentasche und breitete es auf dem Tresen aus. Das Kind reckte den Hals danach.

»Was hast du da?«, fragte Sandy.

»Das haben wir in der Kirche gefunden. Wir glauben, es hat Dad gehört«, antwortete Beth.

»Und was ist es?«

»Das wissen wir nicht. Vielleicht etwas Religiöses. Hast du so etwas schon einmal gesehen?«

»Merkwürdige religiöse Schriften? So ziemlich jeden Tag.«

»Nein, ich meine etwas, das dem hier wirklich ähnelt.«

»Ich weiß nicht«, sagte Sandy. »Nach einer Weile sehen sie alle gleich aus.«

Jack betrachtete den sichtbaren Teil der Sammlung. »Was genau habt ihr hier eigentlich?«

»Ach, alles«, antwortete sie. »Über jede Religion irgendwo auf der Welt. Seit zwanzig Jahren steht hier alles voll, jetzt soll langsam einiges verkauft werden. Die Sachen reichen kilometerweit, kein Mensch weiß, was wir alles haben.«

»Wir suchen etwas über unsere Kirche.«

»Wann wurde sie gebaut, im neunzehnten Jahrhundert?«

»So gegen Ende.«

»Versucht es mal neben der Treppe.«

Zu der Baracke gehörten ursprünglich zwei Flügel, die einen großen Hof eingefasst hatten. Der südliche Flügel existierte nicht mehr, aber die Fundamente der drei Gebäude liefen immer noch unter dem Kiesboden des Hofs zusammen und trafen dort auf die Tunnel des Depositum Fidei. Religiöse Schriften aller Art lagerten hier. Alte Bibeln knarzten auf Lesepulten, illuminierte Seiten waren durch Glasscheiben geschützt. Die unterschiedlich großen Regale neigten sich unter dem Papiergestöber aus Konkordanzen und Katechismen, Traktaten und Manifesten, Meditationen und Andachten.

Sie fanden stapelweise Bücher über die Kirchengeschichte in den Kolonien, über Streitigkeiten mit Landbesitzern und das Beschneiden von Pfarräckern. Zu den Vorräten der Ersten Flotte gehörten eine Bibel und ein Gebetbuch; sie nahmen sich edel aus zwischen all den Hängematten und Nägeln, den Butterfässchen und großen Rumfässern. Sträflinge waren zu Priestern geworden und Priester zu Sträflingen. Während Jack und Beth den ganzen Tag lang suchten, wurden sie staubig und andächtig. Sie lasen von Gottesdiensten auf Koppeln und in Hütten, Waldgemeinden, die sich gegen die Rodung zur

Wehr setzten, den ersten Steinkirchen – und fanden schließlich ein Bild ihrer elften Steinkirche.

»Jack, sieh mal.«

Tatsächlich waren es sogar zwei Bilder, eine Stereoskopie von 1861. Die etwa fünf Zentimeter großen Bilder waren zu einem Grauweiß mit einem Stich Hellrosa verblasst, aber sie zeigten eindeutig ihre Kirche. Jack schaute schielend auf die Seite, bis sich in der Mitte die Kirchen zu einem erstaunlich plastischen Bild zusammenfügten. Bäume waren nicht zu sehen; der Friedhof war riesig, und der einzige Grabstein schwebte über der Seite – fast konnte er die Inschrift lesen.

»Oh …«

Als Beth den Trick ebenfalls heraushatte, starrte sie fasziniert auf das Bild. Die Schlieren im Vordergrund waren vielleicht Menschen, die über den leeren Friedhof gingen; die Belichtung hatte mehrere Sekunden gedauert, und alles Bewegliche hätte auf den Platten verwischte Geister hinterlassen. Als Beth ihn ansah, stellte sich ihr Blick wieder scharf.

»Das ist einfach toll.«

»Finde ich auch.«

Sie wandte sich der Bildunterschrift zu. »1811 für Mönche gebaut«, las sie vor. »Ich wusste gar nicht, dass sie so alt ist.«

»Unglaublich.«

»Gibt es denn Mönche in der anglikanischen Kirche?«

»Keine Ahnung. San?«

Sandy schleppte Dev zu ihnen herüber. Außer ihnen hatte den ganzen Tag lang niemand das Archiv betreten; man brauchte neben diesen alten Göttern etwas Gesellschaft. Der Babygott brabbelte unverständliche Gebote vor sich hin, während Sandy ihnen von den anglikanischen Mönchen erzählte.

»Die ersten paar hundert Jahre nach der Reformation nicht – sie haben befürchtet, sie könnten katholisch wirken. Eure

Jungs müssen ein Experiment gewesen sein. Ich schätze, sie konnten sich nicht durchsetzen.«

Beth betrachtete immer noch das Bild. »Offenbar nicht.«

Jack durchsuchte die Sammlung weiter nach den Mönchen. Immer wieder fand er eine Spur und verlor sie dann. Im zwanzigsten Jahrhundert wurde die Kirche einige Male erwähnt, aber er fand kaum etwas über ihre frühe Geschichte. Seine Augen wurden glasig.

Devs Vater hatte er nie kennengelernt; er handelte an der Börse, oder vielleicht auch mit Gemischtwaren, und schickte Geld, ohne weiteren Kontakt zu haben, was Sandy ganz recht war. Jack hatte Sandy ins Krankenhaus gefahren und Dev gesehen, als er noch ganz klein war, die winzigen Finger ebenso wie die grünschwarzen Schlicken, die er machte. Jack und Dev und nun auch Beth – Sandy hatte noch ihren *pitaji*, aber der Rest von ihnen war ohne Vater, sie waren vor der Zeit alt geworden.

Schließlich stolperte er über ein Bündel Dokumente, die aus der Zeit kurz nach dem Bau der Kirche stammten, und in denen es vor Brüdern nur so wimmelte – endlich hatte er einen Beweis für die Mönche gefunden. Sie hatten im Mittelschiff und in den Andachtsräumen gelebt. Bruder Aloysius hatte kein Glück mit seinem Gemüsegarten. Die Hitze hatte Bruder Liam endlich dazu gebracht, sein Schweigegelübde zu brechen. Und alle hielten sie fälschlicherweise für Katholiken. Jack fiel eine einzelne, ungestüm auf die Seite geworfene Zeile auf. Sie wirkte brutal, wie ein Peitschenhieb. Er hielt inne und beugte sich näher, um zu lesen.

> In seiner Jugend genoss unser unseliger Bruder ––––––, dessen Namen meine anderen Brüder sich weigern auszusprechen und den ich auf ihren Wunsch hin nicht mehr

verzeichne, einen gewissen Ruf als trefflicher Commentator und gar als Übersetzer der Heiligen Schrift und erregte zugleich in nicht minderm Maße Neid und sogar Argwohn, – doch durchläuft er seither einen steten Verfall. Nach seiner Ankunft aus England wurden Gerüchte laut: – er habe in Cornwall ein geheimnisvolles und vielleicht teuflisches Document erworben und predige nicht mehr, sondern verfolge äußerst absonderliche Experimente; – und natürlich gab das Ausmaß seines Bestrebens, unserm Orden hier auf den Antipoden beizutreten, Anlass zu manch Speculation und Beunruhigung.

Bruder ------ bleibt für sich ab und verlässt nur selten seine Zelle, mit Ausschluss seiner Besuche der Bibliothek -- wo ich ihn bis tief in die Nacht im Studium versunken sah und wo er zuweilen tagelang bleibt, ohne ein einziges Wort: – Selbst seine Studien wirken gefährlich und sonderbar, denn er brütet über Büchern, die allein er lesen kann; – und er durchstreift die ketzerischsten und okkultesten Räume der Bibliothek, in die sich seine Brüder aus Angst um ihre Seele nicht wagen. Bei sich trägt er eine einzige Kerze, die mit rauchiger, schwarzer Flamme brennt und nie kleiner wird; – er sendet und erhält geheimnisvolle Päckchen, – und häufig bekommt er Nachrichten, die ihn grämlich oder besorgt stimmen. Dem Anschein nach versinken ihm sogar die Augen im Kopfe; mancher sagt, damit sie besser seinen eigenen Geist zu inspicieren vermögen. Und immer dringt aus seiner Zelle ein leises, unablässiges Kratzen, wie von Fingernägeln auf Stein, – viele hielten das für Schreiben, doch wurden keine Schriften gefunden.

Jack überfiel ein kalter Schauder. Ein geheimnisvolles Dokument – das musste sein Manuskript sein. Und die Bücher, die nur ein einziger Mönch lesen konnte, die Tage, die er in der Bibliothek verbrachte. Der Mönch hatte in ihrer Kirche gelebt, vielleicht sogar in der Krypta. Hatte er im Depositum Fidei recherchiert? Waren einige seiner seltsamen Bücher in diesen Regalen gelandet?

Einen Augenblick lang fühlte Jack sich wie ein Echo, das dem gleichen Weg zurück folgte.

Beth las über seine Schulter hinweg mit und holte scharf Luft.

»Hat er das Manuskript geschrieben?«

»Hier steht, er hat es gefunden. In Cornwall.«

Sie legte eine Hand an seinen Hals. »Er war Übersetzer.«

Er las die Seite noch einmal. »Stimmt. Ein Bibelübersetzer.«

»Da drüben.«

Im Archiv gab es alle möglichen Bibeln. Sie war das weltweit am häufigsten übersetzte Buch. Allein auf Englisch gab es ein Dutzend Versionen; hier befand sich Beth auf vertrautem Terrain. Charles Thomsons Übersetzung, Noah Websters Überarbeitung – keine stammte von einem anglikanischen Mönch aus dem achtzehnten Jahrhundert. Sie arbeitete sich durch die Protokolle von Übersetzertreffen, Urheberrechtskonflikten und Gerichtsakten. Es schien ihr Spaß zu machen, und auf ihrer Suche hinterließ sie einen Pfad aus bunten Notizen.

Er genoss es, dabei zuzusehen, wie ihr effizientes Arbeiten in Vergnügen umschlug.

Plötzlich wich der freudige Ausdruck aus ihrem Gesicht, und sie sah zu ihm auf.

»Hier. Ich glaube, ich habe ihn gefunden.«

Er beugte sich näher. Vor ihr lag ein weiteres Buch über die Bibelübersetzung und die Gremien, die für die King-James-

Bibel verantwortlich zeichneten. Von den Übersetzern blieben drei ohne Namen, was spannende Möglichkeiten eröffnete. Doch Jack sah keine Verbindung. »Wo?«

Sie blätterte um. »Jemand aus einem Orden des Saulus und Paulus bei Land's End. Ist das nicht in Cornwall?«

»Ich glaube ja.«

»Es ist von 1777.«

Die Schrift war ein bescheidenes Traktat von nur einer Seite Länge. Er fand keinen Namen, aber Ort und Datum waren richtig. Gebannt las er im Dämmerlicht des Archivs.

Es möge niemand behaupten, wir *Engländer* seien nicht reich gesegnet; besaßen wir doch vor kurzem noch nicht die Heilige Schrift in unserer eigenen Sprache, sondern verließen uns auf die Auslegungen der Priester; nun aber steht ein reicher Schatz an Übersetzungen allen offen. Aber es möge auch niemand abstreiten, dass wir nicht nur gesegnet, sondern auch gestraft sind; wir haben keine Übersetzung, die nicht schadhaft oder gar falsch ist. Denn wir alle kennen die *Bibel*, welche beklagt, in *Gilead* gebe es keinen *Sirup*; oder diejenige, welche berichtet, *Adam und Eva* hätten aus den Feigenblättern *Schürzen* genäht; oder die uns tröstet, *dass du nicht erschrecken musst vor den Käfern der Nacht*: Fürwahr, uns kam von einer Bibel zu Ohren, die in ihrer Pein klagt, *Drucker verfolgen mich ohne Grund.* Und sind diese Fehler auch possierliche Zufälle, so zeigen sie doch die vielen Gefahren der Übersetzung.

Selbst unsere geschätzte *King James Bibel* ist, obgleich poetischste unter den zahlreichen Übersetzungen im Laufe der Geschichte, nicht ohne Makel: Denn sie beruht auf der *Bishop's Bible* und ihrer vielköpfigen Herkunft; und sie ist das Werk vierundfünfzig Gelehrter, was zu viele sind: Denn

> wäre selbst einer Shakespeare wären es dreiundfünfzig nicht; und selbst, wären sie alle Shakespeare, müssten wir fragen, wären vierundfünfzig Shakespeares trefflicher als einer?, und sicher müssten wir antworten, sie wären es nicht: Sie würden zanken und Kompromisse schließen und ihre *Bibel* wäre unvollkommen.
>
> In Seiner Weisheit hat der Herr Seinem Diener das Glück und die Gabe verliehen, jeden der früheren Versuche der Übersetzung zu lesen und zu erinnern und zudem, was noch bedeutsamer ist, das Alte Testament im Hebräischen und das Neue Testament im Griechischen, so sie in Schriftrollen und Fragmenten aus der Vorzeit erhalten sind; und dieser Diener will sein Glück und sein Gabe darauf verwenden, eine neue und endgültige Übersetzung der Bibel in die englische Sprache hervorzubringen: Mit Seinem Segen will er den Widerstreit früherer Übersetzungen schlichten; das Wort des Herrn getreulich wiedergeben und unsere erdgebundene Sprache zum Segen Gottes erheben, so weit es möglich: Dies ist mein Vorhaben.

Noch ein Übersetzer. Jack verstand ihn vollkommen: Diesem Mann war der Sirup aus Gilead ebenso wichtig wie ihm der leichte Regen am Donnerstag. Und er hätte vieles für die Bibel gegeben, die der Mönch beschrieb: ein episches Gedicht, eine religiöse Meditation, eine endgültige Übersetzung.

Beth schien nicht ganz sicher zu sein. »Er ist es, oder? Derselbe Mönch.«

»Es passt alles. Er ist Übersetzer, noch dazu der Bibel – da ist es verständlich, dass die Leute neidisch und misstrauisch werden und er einen gewissen Ruf bekommt.«

»Und dass jemand wie er – dass ihn ein Fund wie unserer … verändert hätte. Was hat dieser andere Mönch gleich geschrieben – seine Augen versanken im Kopf, ständig hörte man Kratzen und Murmeln.«

»Wahrscheinlich«, sagte Jack.

»Und er hat das Übersetzen, sein Lebenswerk, aufgegeben, nachdem er das Manuskript gefunden hatte.«

»So sieht es aus.«

»Das klingt nach Dad. So war er auch.«

Sie sah verletzlich und verzweifelt aus, als wolle sie etwas einfach nicht glauben. Die Wandlung vom aufstrebenden jungen Mönch zum knurrigen Eigenbrötler klang wirklich bitter. Jack hoffte, dass mit Frank nicht das Gleiche geschehen war. Besorgt blickte er ihr in die tränennassen Augen.

»Wirklich?«

»Er kannte viele Bibelstellen auswendig, sogar in verschiedenen Versionen – zumindest in den englischen. Und es gab immer strittige Punkte, unvereinbar mit der Wissenschaft. Ständig musste er sich rechtfertigen.«

»Willst du weitersuchen?«

Sie biss sich auf die Lippe und nickte. »Ich möchte wenigstens seinen Namen herausfinden.«

Aber der Mönch schien keinen Namen zu besitzen. Land's End lag im Südwesten Englands, in Cornwall, wie er gedacht hatte. Die nächste Kirche hieß St. Sennen und war vor achthundert Jahren erbaut worden. Taufen, Beerdigungen und Hochzeiten sowie eine Liste der Pfarrer war verzeichnet, aber ein Mönchsorden wurde nirgends erwähnt. Das Archiv beherbergte Tausende von Schriften, und er konnte nicht davon ausgehen, dass sie auch nur einigermaßen zuverlässig archiviert worden waren. Immerhin hatte er Beth, die eine Expertin im Recherchieren war, doch sie wurde langsam müde. Er glaubte nicht, dass sie noch etwas finden würden.

Als er das Manuskript wieder in seiner Jacke verstaute, fand

Sandy sie. »Da seid ihr ja«, sagte sie. »Tut mir leid, aber ich muss euch jetzt rauswerfen.«

Beth runzelte die Stirn. »Es ist doch noch früh.«

»Wir haben fast Mitternacht. Die Bibliothek ist seit Stunden geschlossen.«

»Wirklich?«

»Ich dachte schon, ihr beiden seid verschollen. Ich bin mit jemandem verabredet.«

»Jetzt?«, fragte Beth. »Wo?«

»Bei mir. Er ist Sänger. Erst singt er Dev in den Schlaf und dann mich.«

Dev räkelte sich in seinem Babykorb und schenkte ihnen ein schläfriges Lächeln. Jack tätschelte ihm den großen Kopf. »Ich glaube, wir sind erst mal fertig.«

»Ich auch«, sagte Beth. »Ich will … Aber ich würde gern noch was anderes machen.«

Man konnte ihr an Stirn und Augen ansehen, dass sie unzufrieden war, als hätte die Geschichte des Mönchs nur noch mehr Fragen aufgeworfen. Vielleicht hatte es auch nichts damit zu tun, aber Jack wusste, es würde um etwas ganz Bestimmtes gehen, über das sie nicht mit sich reden lassen würde. »Sicher«, sagte er.

»Fährst du mich?«

»Natürlich.«

Dev schien es auch zu wissen. *»Dozhdichka.«*

Jack fuhr Richtung Osten auf der leeren Straße, die von der Stadt zur entferntesten Landzunge der Bucht führte. Vorbei an den Vorstädten, dic der Hagelsturm verwüstet hatte, den glitzernden Buchten und den Wäldern aus sich wiegenden

Masten folgten sie der Steigung der schmaler werdenden Landzunge. Jacks geplagter alter Citroën wurde langsamer. Sie bogen mehrmals falsch ab und fuhren aufs Geratewohl weiter, bis Beth ihn bat anzuhalten.

Lichtstrahlen strichen über ihre Köpfe hinweg, als sie ausstiegen, über die Straße gingen und auf dem Seitenstreifen zum Leuchtturm hinaufgingen. Das alte, imposante Gebäude stand mitten in einem Park am Ende der Welt. Beth führte ihn bis an die Klippe und setzte sich ins Gras, das bereits vom Tau benetzt war. Als er die Lichtstrahlen beobachtete, die dicht aufeinanderfolgten, merkte er, wie müde er war, doch an Schlaf war nicht zu denken.

»Früher bin ich mit meinen Freunden hier raufgefahren«, sagte sie. »Wenn wir nirgendwo anders hinkonnten. Ich wollte dann eigentlich rummachen, aber am Ende saß ich nur da und habe aufs Meer gestarrt.«

Der Klang der Brandung an den Felsen schwoll mit dem Wind an und ab. Manche Dinge, besondere Dinge, musste man einfach tun. Er hatte gedacht, sie würden zu Franks Grab fahren, das ein paar Strände weiter im Süden lag, aber Beth hatte ihn in die andere Richtung geführt.

»Deshalb bin ich immer öfter allein hergekommen«, sagte sie. »Dann habe ich hier gesessen und mich einsam gefühlt. Du weißt ja, was man über Leuchttürme und besonders ihre Wärter sagt. Ich habe mir immer vorgestellt, wie ich hier mit dem Leuchtturmwärter sitze und wir zwei einsam aufs Meer starren.«

»Bist du mal auf die Idee gekommen, bei ihm anzuklopfen?«

»Der Leuchtturm funktioniert automatisch. Seit 1976.«

»Schade.«

»Früher gab es noch einen Wärter. Meine Eltern sind mit

mir hierhergefahren, als ich vier oder fünf war. Also habe ich vielleicht ein-, zweimal gemeinsam mit ihm auf das Meer geschaut, ohne es zu wissen. Aber damals war ich nicht einsam.«

»Und wahrscheinlich war es auch tagsüber.«

»Das stimmt. Damals war es immer hell.«

Der Himmel wurde lichter, allmählich konnte man den Horizont erkennen. In der Ferne wurde ein Tanker in trübes Licht getaucht. Das Meer war schiefergrau, es hatte noch keinen Sonnenstrahl eingefangen. Die Wellen brandeten nicht mehr gegen die Klippe, sondern säuselten wie der Wind.

»Ich erinnere mich an ein paar Sachen, die nicht stimmen können. Dad hat uns Geschichten aus der Bibel erzählt, an die er geglaubt hat, und von Artikeln im *New Scientist.* Manche Sachen waren allerdings seltsam ... Ich weiß nicht, woher sie stammten, aber ich bin ziemlich sicher, dass ich sie von ihm gehört habe.«

»Was denn zum Beispiel?«

»Einmal ging es um einen Leuchtturm in der Wüste. Mitten in der Wüste. Ich weiß nicht, wie er dort hingekommen ist oder was mit ihm passiert ist. Vielleicht sollte es eine Metapher sein, und ich habe sie nicht verstanden. In der Wüste gibt es doch keine Leuchttürme, oder? Aber ich erinnere mich daran, als wäre ich dort gewesen.«

Das Leuchtfeuer verblasste in der Dämmerung, und er verlor es aus den Augen. Die Dünung nahm zu, ihr Klang drang durch die stille Luft. Beth umklammerte ihre Knie und blickte auf das Meer hinaus. Jack dachte an den Film, in dem Schiffe im Sand verrosteten. Unter seiner Jacke spürte er die Wärme des Manuskripts.

»Vielleicht gab es dort einmal einen riesigen See«, sagte er. »So groß, dass er Wellen und Gezeiten und gefährliche Riffe besaß, bevor er ausgetrocknet ist. Oder vielleicht haben die Landvermesser sich vertan und Längen- und Breitengrad verwechselt oder so was.«

Sie verlagerte ihr Gewicht, während sie über seine Worte nachdachte. »Wo, in welcher Wüste?«

»Im Binnenland, irgendwo. Und die Leute sind extra hingefahren, hundert Kilometer von der nächsten Stadt aus. Sie haben in der Nähe geparkt, sich neben den Leuchtturm gesetzt und auf die Wüste gestarrt. Und sie haben zugesehen, wie das Leuchtfeuer über den Himmel fegte, und es hat ausgesehen, als würden die Dünen wie Wellen anschwellen und brechen, und der Wind im Sand hat geklungen wie Wasser.«

Sie nickte, als würde sie etwas kosten, das sie gerade für gut befand. »Der Leuchtturm hat funktioniert.«

»Und zwar automatisch. Seit 1976. Aber etwas ist passiert, das Licht wurde schwächer, und der ganze Leuchtturm neigte sich langsam dem Sand zu. Deshalb traf das Licht auf den Boden und streifte über die Wüste, erst weit entfernt und dann näher, und man konnte im Sand sitzen und wurde ein paarmal pro Minute in Licht getaucht.«

Beth sprach im gleichen Tonfall weiter. »Und wenn man mit jemandem zusammen war – vor allem, wenn man ihn gevögelt hat, während das Licht einen streifte –, hat man ihn für immer geliebt. Deshalb sind die Leute in die Wüste gegangen, um zu vögeln, bis das Licht sie traf.«

»Das Licht soll so hell gewesen sein, dass es durch sie hindurchschien.«

Sie sah ihn an. »Woher hast du das?«

»Keine Ahnung. Ich hab's erfunden.«

»Nein, so ähnlich war es. Ich erinnere mich daran.«

»Vielleicht ist es ja wahr. Könnte doch sein.«

»Vielleicht.«

Als sie zurück zum Wagen gingen, färbten sich die Wolken orange und rosa. Sie lehnte sich bei ihm an, eine Hand in seiner Gesäßtasche, und er legte einen Arm um sie, um sie zu wärmen. In der Dämmerung sah der Citroën aus wie ein Insektenpanzer, auf dem Tau schimmerte. Während er fuhr, schlief sie auf dem Beifahrersitz langsam ein. Ihr Kopf fiel auf seine Schulter, und wenn er einen anderen Gang einlegen musste, wachte sie auf.

»Fahren wir nach Hause?«

»Ja.«

»Lass uns in die Wüste fahren.«

»Vielleicht morgen.«

»Morgen ist es zu spät.«

»Es ist schon morgen.«

Plötzlich erinnerte er sich an etwas. Er griff in seine Jacke, legte das Manuskript auf das Lenkrad und schlug es auf; sein Blick huschte zwischen den Seiten und den allmählich voller werdenden Straßen hin und her. Der schiefe Turm auf der ersten Seite … war doch kein Leuchtturm, es gab auch keine Wüste. Aber er wurde den Eindruck nicht los, die Geschichte vom Leuchtturm würde irgendwie aus dem Manuskript stammen. Er hatte das Gefühl, er hätte vielleicht zum ersten Mal gewusst, was er sagen soll, und die richtigen Worte gefunden.

Er merkte, dass er zu schnell fuhr. Er musste unbedingt nach Hause. Um Zeit für das Manuskript zu haben, um darin nach weiteren Geheimnissen zu suchen. Er verspürte ein vages Schuldgefühl, als wäre er untreu gewesen. Und beschleunigte.

Überall auf der Welt starben Sprachen aus, sie verschwanden schneller als Wälder und Fischarten. Manche wurden nur von hundert Menschen gesprochen, manche von fünfzig oder von drei. Andere existierten nur noch im Gedächtnis eines alten Menschen – vielleicht waren das gar keine Sprachen mehr.

Jede stellte ein enormes Unterfangen dar, mit hunderttausendend Wörtern, zahllosen Feinheiten und Unterschieden. Aber sie alle würden untergehen, auch die reichste würde mit ihrem letzten oder vorletzten Sprecher aussterben. Ganz zu schweigen von den Dialekten und der Umgangssprache. Oder den sich stets verändernden Formen wie Slang und Gruppensprache. Die meisten hinterließen nicht die geringste Spur. Andere wurden nur mit Glück festgehalten, in Briefen und Büchern und auf Tafeln fanden sie ihre Gräber.

Und selbst das reichte nicht aus. Für sich genommen war jede Schrift unverständlich. Man brauchte etwas außerhalb, einen Referenzpunkt, eine Eselsbrücke, einen Stein von Rosette. Und Jack hatte nichts dergleichen. Er wusste nichts über das Manuskript, er kannte nur seine Wirkung. Es hatte einen Mönch von Land's End bis zu ihrer Kirche am Ende der Welt geführt. Es hatte einen brillanten Geist in den Wahnsinn gestürzt, vielleicht in dem gleichen dunklen Loch, in dem Jack es gefunden hatte. Dazu hatte es eine Übersetzung verhindert und vielleicht auch Frank verändert.

Nach dem Ausflug zum Leuchtturm hatten sie bis nachmittags geschlafen. Beth fuhr zum Spätdienst in die Bibliothek, und Jack lief mit dem Manuskript in der Kirche auf und ab. Ihm waren keine neuen Geschichten in den Sinn gekommen, auch keine Hinweise. Er kam sich vor wie Frank und der namenlose Mönch, als er auf dem Mittelschiff immer kleinere Kreise zog. Als Beth nach Hause kam, ging er frustriert zu Bett.

Am nächsten Morgen war es windig. Die Abdeckplane klatschte so laut gegen das Dach, dass Jack davon wach wurde. Der Fernsehsender schrieb wegen des russischen Films, um ihn an seinen kleinen Vorschuss und den gerade verstrichenen Abgabetermin zu erinnern. Der Brief klang überdrüssig, als hätten die Senderleute ihn zusammen mit dem Auftrag geschrieben und würden eine Schublade voll ähnlicher Briefe horten, die sie bei weiterem Versagen losschicken konnten. Jack setzte sich an den Schreibtisch und schaltete den Fernseher ein.

Das Bild flackerte leicht, aber sonst war das Gerät offensichtlich in Ordnung. Die Nacht war angebrochen; am Horizont schien nur noch ein sanftes Leuchten, am Himmel stand eine Million winziger Sterne. Zhenshchina blickte hinauf zu den Schiffen, die sich als schwarze Umrisse vor den Sternbildern abzeichneten. Ein Satellit durchkreuzte den Himmel. Sie drehte sich um, aber Chelovek war fort.

Die Fischer hatten versucht, einen Kanal zu graben, der ihr Dorf weiter mit dem Meer verbinden sollte, aber das Meer war zu schnell für sie. Der Kanal war hundert Meter breit und hundert Kilometer lang, aber die Wüste hatte ihn zugeweht. Man erkannte ihn nur noch an den beiden langgezogenen Sanddünen, dem Salz des verdunsteten Meeres und den Fischerbooten, die es nicht zurückgeschafft hatten. Chelovek folgte dem schimmernden Pfad, die ganze Nacht lang lief er an den in Mondschein getauchten Schiffen vorbei. Bald schien es, als würde er andere Landschaften durchqueren, die sibirische Steppe, bei Schneestürmen und sengender Hitze, bei Sonnenfinsternis und Mitternachtssonne.

Zhenshchina sah ihm nach, und der Sand und das Salz warfen bunte Farben zurück, blau, weiß und rot. Chelovek ging an jeder Landschaft vorbei, von der die Russen Aufnahmen besaßen. Die Umgebung wurde per Blue Screen hinter ihn oder direkt auf ihn projiziert, seine Haut wirkte im Licht der Straßenlaternen oder im Regen verzerrt. Die Farben spiegelten sich auf Zhenshchinas Gesicht wider. Neben den Landschaften sah man Szenen von Aufständen, Essensschlangen und Traktoren. Er beugte sich vor und betrachtete jede der Szenen, dann ging er weiter: Seine Suche galt etwas anderem.

Die Fischer hatten den Kanal aufgegeben, doch das Meer zog sich noch weiter zurück. Die letzten Kilometer waren pure Wüste. Die Muster im Sand konnten die Strömung oder der Wind gezeichnet haben. Endlich erreichte Chelovek das Wasser, es war schlierig vor Salz und von einem Chemikalienfilm überzogen. Er kniete nieder und streckte die Hand danach aus, ohne es zu berühren. Dann stand er auf und folgte seinen Fußspuren zurück.

Beth saß auf einer Kirchenbank und strich mit dem Daumen über das Manuskript. Sie war bei der dritten Lage angekommen, der Sage über die Sackmenschen in ihren Blumen und Schoten. Sie saßen am Meer, purzelten Berghänge hinab oder betrachteten den sternenübersäten Himmel. Sie sprachen und dachten im Kräuseln des Meeresgrundes, im Tanz der Funken eines nächtlichen Lagerfeuers. Jack beobachtete Beth, und er konnte die Sprache der Sackmenschen beinahe an ihrem Gesicht ablesen.

Wieder dachte er an Peters Freund, den Forensiker. Er hatte immer noch das Gefühl, das Manuskript beschützen zu müssen. Nur sein engstes Umfeld wusste davon, und so war es ihm auch lieb. Aber er brauchte Hilfe. Als Beth umblätterte, stand er auf.

Sie sah zu ihm hoch. »Glaubst du, dass sie … dass einer von ihnen schlau daraus geworden ist?«

»Ich weiß nicht.«

»Dieser Typ, dieser Mönch … Es klingt, als hätte er viel Zeit darauf verwendet. Und Dad war klug, aber ich glaube, sein Latein war nicht allzu gut.«

»Vielleicht konnte er das mit was anderem wettmachen.«

»Womit denn?«

»Vielleicht haben beide das Rätsel gelöst.«

»Dann hätte das wenigstens einer von ihnen dazuschreiben können. So was wie: ›Falls sich jemand fragt, was das soll …‹ Das würde es allen deutlich leichter machen.«

»Das hätten sie machen sollen.«

»Solange das, was sie herausbekommen haben, nicht total umwerfend war – oder völlig entsetzlich.«

Jack nickte unbehaglich. »Könnte auch sein.«

»Kennst du das, wenn man sich manchmal aus heiterem Himmel ganz schrecklich fühlt? Manchmal ist es auch das Gegenteil, aber meistens ist es so, als hätte man sich gerade an etwas so Schlimmes erinnert, dass man gar nicht versteht, wie man es auch nur eine Sekunde lang vergessen konnte.«

»Aber es kann auch das Gegenteil sein?«

»Manchmal. Aber es ist, als könnte genau das hier dabei herauskommen, wenn man dieses Gefühl erklären und aufschreiben würde.«

Mit prüfendem Blick sah er sie an, aber sie schien nicht von einem schrecklichen Gefühl oder einer schlimmen Erinnerung – oder deren Gegenteil – ergriffen zu sein. Wieder nickte er.

»Vielleicht.«

»Hast du dieses Gefühl auch manchmal? Dass du nicht erklären kannst, was du fühlst?«

»Ständig.«

Sie schmunzelte über den Nachdruck in seiner Stimme, dabei hatte er ihr endlich von ganzem Herzen zustimmen können. Sie wandte sich wieder dem Manuskript zu.

»Was machen wir jetzt?«

Er holte tief Luft. »Ein Freund von Peter arbeitet in einem Labor, er kann es untersuchen. Wir müssen nur ein paar Stückchen davon abschneiden, das ist alles.«

Der Gedanke schien ihr wehzutun, und er liebte sie dafür. »Wirklich?«

»Oder etwas abschaben oder so.«

»Na ja … wenn es nicht anders geht.«

»Ich bin davon auch nicht begeistert.«

Sie hielt ihm das Manuskript hin, und er wog es in der Hand, bevor er es zusammengefaltet in eine Umhängetasche schob. Auf einmal wirkte es gewöhnlich, wie ein ramponierter Erstlingsroman, den jemand ständig mit sich herumgeschleppt hatte, wie etwas Autobiographisches.

Dann klopfte es an der Tür.

Beth zuckte kurz mit den Schultern, hielt dann inne und stellte die Füße auf den Boden.

»Das ist Dads Freund, der mit dem katholischen Namen. Ich habe ihn gebeten, sich das Dach anzusehen.«

»Oh. Gut.«

Franks Freund O'Rourke war ein ernsthafter Mann, der sich am Portal bekreuzigte. Mit seinen weißen Haaren und dem robusten Äußeren ähnelte er Frank sehr. Beth zog ihn ins Mittelschiff, wo sich beide das Dach anschauten. Dann sah sie nervös zu, wie er eine Leiter anlehnte und das Loch abklopfte. Sie hatte die Bluse verkehrt zugeknöpft. O'Rourke blickte herab und wischte sich über die Stirn.

»Sieht hier oben ganz stabil aus.«

Beth spähte zu ihm hinauf. »Sind Sie sicher?«

»Diese alten Kästen sind doppelt und dreifach sicher gebaut, die halten eine Menge aus. Aber dieser Sturm hatte es verdammt in sich, mit so was hätte ich nie gerechnet. Echt nicht.«

»Können Sie es reparieren?«

Er kletterte die Leiter herunter und schlug sich den Staub von den Händen. »Kein Material, meine Liebe, und auch keine Zeit. Es gibt noch mehr kaputte Dächer, das können Sie sich ja denken.«

Mit den Händen in den Taschen blickte sie zu Boden. »Wir dachten, weil Sie früher schon in der Kirche gearbeitet haben …«

Er trat einen Schritt zurück. »Ich bin ja wohl kaum Schuld daran, dass …«

»Nein, nein. Ich meinte nur, weil Sie mit meinem Dad befreundet waren.«

O'Rourke kratzte sich an seinem weißen Haupt. »Ja, das … das mit Frank tut mir leid. Ich habe erst nach der Beerdigung davon gehört. Aber es tut mir wirklich leid.«

»Danke,« antwortete sie mit bittendem Blick.

»Hören Sie, ich schiebe Sie dazwischen, sobald es geht. Ich lerne gerade einen Neuen an, das dürfte die Sache einfacher machen. Aber es dauert mindestens noch eine Woche, eher schaffe ich es nicht.«

Sie strahlte. »Vielen, vielen Dank. Ist das mit der Abdeckplane so in Ordnung?«

»Sollte es.«

»Danke.«

Mit einem Nicken wandte er sich zum Gehen, aber Beth war noch nicht fertig; sie stand im Mittelschiff und versperrte ihm den Weg. Als er die Augenbrauen hob, bildeten sich tiefe Falten auf seiner Stirn.

»Als Sie hier gearbeitet haben«, fragte sie, »wann war das?«

»Ach, das ist 'ne Weile her. Sieben, acht Jahre etwa.«

Sie warf einen Blick auf die Umhängetasche auf dem Schreibtisch, und Jack wusste, dass sie überschlug, wie viele Tage und Stunden Frank hier allein verbracht hatte. Das Resultat ließ sie blinzeln.

»So lange?«

»Na ja, sie sah katastrophal aus, aber die Bausubstanz war in Ordnung. Deshalb hat es nicht so lange gedauert. Und Frank war wie besessen, er wollte nicht aufhören, bevor alles fertig war.«

Beth Augen glänzten, doch Jack sah in ihnen auch Härte. »Und den Altarraum, wann haben Sie den gemacht? Gleich zu Anfang?«

»Den …« O'Rourke bemühte sich, den Begriff zuzuordnen. »Ach, das. Nein, den haben wir nicht angerührt. Das ist alles original.« Stolz deutete er mit einer ausholenden Geste auf den hinteren Teil der Kirche, dann hielt er inne und sah Beth an. »Na ja, zumindest war er das mal.«

»Sie haben keinen neuen Altarraum gebaut? Keine Dielen verlegt?«

»War nicht nötig. Wir haben im – wie heißt das noch, Vestibül? – das meiste neu gemacht. Und die ganzen Dachziegel, ein paar Fenster und neue Steine, und es musste eine Menge neu verfugt werden, wenn ich mich richtig erinnere. Aber das war's. Die Termiten hier in der Gegend sind wohl alle katholisch.«

Beth lächelte schwach. »Offenbar.«

O'Rourke wollte sie aufmuntern und beugte sich näher zu ihr. Er wusste, dass etwas nicht stimmte, aber er hielt sich für zu alt, um sich vorstellen zu können, was es war. »Kann ich noch was für Sie tun, meine Liebe?«

»Sie haben also unter den Dielen oder unter der Kirche sonst nichts gefunden?«

»Nur Steine, vielleicht ein paar alte Shilling, die durch die Dielen gefallen waren. Worum geht's denn?« Er kratzte sich am Kopf und blickte hinüber zum Altarraum – und zur Falltür. »Gibt's den so was. Darauf wollten Sie hinaus.«

»Haben Sie das noch nie gesehen?«

Er schüttelte den Kopf. »Ist da unten was?«

»Nein, nichts.«

»Darf ich mal?«

Jack blickte O'Rourke mit zusammengekniffenen Augen an, aber Beth winkte ihn einfach näher. O'Rourke stemmte die Falltür auf und ging hinunter in die Krypta. Jack hörte die Weinflaschen aneinander stoßen und meinte sogar, das Schaben der losen Steinplatte zu hören, aber O'Rourke tauchte wieder auf, bevor er ihm folgen konnte.

»Kalt da unten«, sagte der Maurer.

»Und Sie wussten nichts davon?«, fragte Beth wenig hoffnungsvoll. »Sicher?«

»An so was würde ich mich doch erinnern. Das ist für Tote, oder?«

»Dafür war es gedacht.«

»Unheimlich.«

Dieses Mal ließ sie ihn gehen. Das Buntglas zeigte jetzt nach seinem Besuch andere Farben, das Licht hatte sich verändert. Beths Schritte hallten laut wider, als sie das Mittelschiff durchquerte und sich auf das Bett setzte. Jack ging ihr rasch nach.

»Vielleicht hat Frank es trotzdem gefunden.«

Verletzt sah sie ihn an. »Wie denn?«

»Möglicherweise später allein – dafür hätte er keinen Maurer gebraucht. Vielleicht waren ein paar Dielen im Altarraum locker – eine oder zwei hätten schon gereicht. Sieben, acht Jahre, da hätte er es leicht finden können.«

Wieder überschlug sie im Kopf die Zeit. »Das ist solch eine lange Zeit.«

»Vielleicht haben die beiden es ja doch gefunden.«

»Du meinst, der Kerl hat uns gerade was vorgemacht? Warum?«

»Keine Ahnung. Aber es könnte doch sein.«

Beth wandte den Kopf ab. Er merkte, wie wichtig das Manuskript für sie war. Ohne diese Schrift blieben ihr nur Spekulationen und grenzenlose Schuld. Frank brauchte etwas Großartiges, eine Erschütterung seines Glaubens – er konnte sich seine letzten Jahre nicht einfach nur mehr und mehr zurückgezogen haben. Jack wusste, sie könnte die Vorstellung dieser schleichenden Verzweiflung nicht ertragen.

»Wir finden heraus, was es ist.«

Sie schüttelte den Kopf. »Es ist nicht wichtig.«

»Doch, das ist es, du wirst schon sehen.«

»Jack?«

»Ich bin gleich wieder da.«

Das Forensische Institut befand sich in einem hellen, modernen Gebäude am Rand der Stadt. Wie draußen die Mittagssonne vertrieb das Licht hier jeden Schatten. Das Foyer wimmelte vor Uniformen und Laborkitteln. Jack kramte das Kleingeld aus den Taschen und trat durch die Metalldetektoren, während die Wachleute seine Umhängetasche durchleuchteten. Auf dem Monitor erhaschte er einen Blick auf das Manuskript und die wirre Schrift.

Mit quietschenden Sohlen suchte er die nach Desinfektionsmittel riechenden Gänge nach dem richtigen Büro ab. Peters Freund war ein groß gewachsener Mann, der jede überflüssige Bewegung vermied. Seine dunklen Haare und Augenbrauen waren von Silber durchzogen. Er trug einen weißen Kittel und eine komplizierte Laborbrille.

»Du kannst mich Ash nennen«, sagte er. »Ich wusste doch, dass Peter etwas im Schilde führt. Ich dachte, er will mich verkuppeln.«

»Das vielleicht auch«, sagte Jack. »Aber meine Sache konnte nicht warten.«

Ash warf einen Blick auf das Manuskript und sah ihn beeindruckt an. »Na, dann bist du hier richtig«, sagte er. »Jeder Gegenstand trägt seine gesamte Geschichte mit sich herum. Wir alle tun das. Alles, was wir berühren, alles, was wir waren.«

Er sprach leise und mit einem Enthusiasmus, der in der sterilen Atmosphäre Wärme verströmte. Jack beobachtete, wie er das Manuskript gegen das Licht hielt, um seine Oberflächen und Kanten zu untersuchen.

»Hast du so was schon oft gemacht?«

»Wir haben's hier meistens mit Straftaten zu tun, mit gefälschten Testamenten, Erpresserbriefen und so was. Aber alte Dokumente sind eine Art Hobby von mir. Dieses hier ist eine echte Schönheit.«

»Was machst du damit?«

»Wir brauchen ein kleines Stück des Materials, um es zu datieren, und etwas Tinte für den Chromatographen, und wir kratzen etwas von dem Dreck ab.«

»Wie lange wird es dauern?«

»Ein paar Wochen, fürchte ich. Wir haben im Moment ziemlich viel zu tun.«

»Was hältst du davon?«

»Ach, wahrscheinlich ist es nichts Bedeutendes.« Er sah Jacks Enttäuschung. »Ich meine, wahrscheinlich ist es eine Fälschung. Aber im Grunde kann so etwas interessanter sein als etwas Echtes. Schließlich bleibt die Frage, warum und wie jemand so etwas hergestellt hat.«

»Vermutlich.«

»Stell dir nur die Möglichkeiten vor. Die Wikinger haben Amerika entdeckt, Paulus als Prediger in London. Kann ich dieses Stück hier nehmen?«

Er hatte eine Seite mit Pflanzenabbildungen aufgeschlagen, auf der sich eine grüne Ranke bis an den Rand des Pergaments schlängelte. Jack nickte stumm, und Ash schnitt einen Streifen vom unteren Rand ab.

»Das ist gut, hier haben wir Tinte und Pigment zusammen. Man sagt, der Laodizenerbrief von Paulus wäre eine Fälschung, weil er aus anderen Briefen zusammengesetzt ist, aber fast das ganze Matthäus-Evangelium stammt aus dem Markus-Evangelium oder umgekehrt. Was sagt dir das?«

Jack dachte, Peter könnte recht haben: Sandy würde dieser zurückhaltend leidenschaftliche Wissenschaftler gefallen. Seine eigenen Hoffnungen hinsichtlich des Manuskripts begannen allerdings zu schwinden. Eine Fälschung würde Beth nicht helfen, sie wäre schlimmer als nichts.

»Ich weiß nicht«, sagte er.

Ash wandte sich wieder den Seiten zu. »Jetzt nur noch ein

Stückchen für den Kohlenstoff und für Staub und Pollen. Also eine Ecke von dem Einband hier, ja?«

»In Ordnung.«

Ash schnitt mit dem Skalpell eine Ecke des vorderen Einbands ab. Es war nicht so schlimm, wie Jack befürchtet hatte, doch Ash wirkte überrascht.

»Was ist das?«

Ein weißer Streifen spähte zwischen dem aufgeschnittenen inneren und äußeren Einband hervor, wie ein freigelegter Knochen. Als Ash das Manuskript schüttelte, rutschte die Ecke eines Blatts durch das Loch.

»Sieh mal, da drin ist etwas.«

Er löste die Einbände voneinander. Mit einem erneuten Seufzer des Pergaments rutschte ein zusammengefaltetes Blatt Papier heraus und flatterte zu Boden.

Jack hob es auf und faltete es auseinander. Er konnte nur eines denken: *Frank.* Also hatte er doch eine Notiz hinterlassen – er oder jemand anders.

Die sorgfältige Zierschrift war mit Federkiel und schwarzer Tinte zu Papier gebracht. Oben und unten standen abgesetzte Zeilen wie bei einem Brief. Er erkannte, dass er einen englischen Text vor sich hatte, aber er konnte ihn nicht lesen. Auch als er einige Male blinzelte, half das nicht. Er fühlte sich in seine Kindheit zurückversetzt, als er eine große Verschwörung vermutet hatte.

Er starrte auf die Formen, doch sie widersetzten sich ihm. Er wollte nicht mehr als einen Namen; er wollte wissen, wer Absender oder Adressat des Briefes waren. Nichts half. Aber unten stand ein Datum, und Zahlen schienen einfacher zu sein. Die Ziffern ergaben *1781*.

Von Frank konnte der Brief nicht stammen. Das Schreiben war älter als die Kirche, älter als die Kolonie.

»Was ist das?«, fragte Ash.

Jack hörte aus seiner Stimme ein tieferes Interesse heraus. Hielt er den Brief für einen Teil einer umfassenderen Täuschung? Oder war sein Gerede von Fälschungen nicht ehrlich gewesen, hatte er etwas Authentisches und Dringliches erspäht?

»Scheint ein Brief zu sein«, sagte Jack.

»Na, dann lass mal sehen.«

Ash hätte ihm den Brief direkt vorlesen können, aber Jack steckte ihn instinktiv in die Tasche. Er hatte Ashs Zynismus eher getraut als seiner plötzlichen Ernsthaftigkeit. Er wollte den Brief selbst lesen.

»Ach, es ist nichts«, sagte er.

»Soll ich ihn auch für dich datieren?«

»Nein. Ich muss los.«

Ash warf ihm einen merkwürdigen Blick zu. »In Ordnung. Bleibt es bei unserem Treffen am Wochenende?«

»Sicher.«

Jack klappte das ramponierte Manuskript zusammen und verstaute es wieder in seiner Tasche. Er nahm Ashs Visitenkarte mit, auf der ein Logo mit einem Auge und einer Lupe prangte, und beeilte sich, durch die Sicherheitskontrollen zu kommen. Das makellose Licht und der nüchterne Stahl, die unnachgiebige Haltung gegenüber Geheimnissen – das alles war falsch. Er würde der Sache selbst auf den Grund gehen.

Schweiß rann ihm in die Augen, als er im Wagen saß und auf den Brief starrte. Oben stand eindeutig eine Adresse. Der Text verschwamm, und er versuchte, sich zu beruhigen. Eine Buchstabenkombination wiederholte sich: Das war der Name. *Bru, Brud? Bruder.* Der Brief war an einen Bruder gerichtet, an einen der Mönche vermutlich. Das reichte schon, um den Lesefluss zu starten.

An Bruder Constant,
von der Kirche des Saulus und Paulus,
bei Land's End
28. Februar 1781

Werther Bruder Constant,
obgleich Eure Bekantschaft mir nicht vergönnt ist, reicht doch Euer Ruf weit als hochgelehrter Mann, der seinen Diener in allem übertrifft, nur nicht an Jahren. Daher schreibe ich, um Euch dies Manuscript zu übereignen. Vor etwa fünfzehn Jahren erstandt ich es bei Mr. Bakers Auction für eine erkleckliche Summe; da es beschrieben war als alchemistischer Text, als atlantisches Tagebuch & als profaner Codex.

Dies Manuscript umwirckte mich vom ersten Augenblick mit einem Zauber, durch sein feines Pergament & die sorgsame Schrift, die es schmückt; doch meine Verzauberung ist schaal geworden und bleibt schaal: Denn ich weiß nicht & muß doch wissen, wie es um seine wahre Bedeutung und Beschaffenheit bestellt ist. Es ist wie eine schöne Kirche oder ein Palast, den man über Jahre sieht und bewundert, bis man sich einmal fragt, welche Schätze er birgt; und da ich mich jetzt solches frage, kann ich mich an diesem Manuscript nicht mehr erfreuen, eh es nicht übersetzt wurde.

Auf die Versuche einer Übersetzung verwandte ich viele Jahre, nutzte viele Technicken, i.e. Bücher in vielen Sprachen, matematische Tabellen, kabbalistische Sendungen, die Grundsätze geheimer Schriften etc. & zeigte das Manuscript verschiedenen Collegen, die in der That zu ihrer Verwunderung und äußerstem Bedauern zum gleichen Ergebnisse kamen. Ich lege nun dieses höchst sonderbare Document bei: Auf daß Ihr erfolgreich seid, wo alle anderen versagten, & auf daß ich mich von seinem Zauber befreie.

Ich verbleibe, etc.
Johann Johnson

Es war großartig – die noch uneinheitliche Orthographie, die atemlose Beschreibung des Manuskripts, ein Text von Alchemisten, ein Schatz aus Atlantis und ein weiterer Mann, der sich jahrelang damit beschäftigt hatte. Vor allem hatte sein Mönch einen Namen: Bruder Constant, sein Übersetzerbruder. Eine Konstante in einer sich verändernden Welt. Er hatte das Manuskript 1781 erhalten, vier Jahre nach seinem Entschluss, die Bibel zu übersetzen, und es hatte ihn vollkommen abgelenkt. Er hatte es von Land's End nach Sydney gebracht, es in seiner Krypta studiert und unter einer Steinplatte versteckt – und warum? Um es für immer zu verbergen, um die Welt vor seinem Geheimnis, seinem rätselhaften Unheil zu schützen? Oder damit es auf seinen Nachfolger warten konnte? Wenn Frank das Rätsel nicht gelöst hatte, würde Jack es tun. Noch einmal suchte er in dem Brief nach Hinweisen. Er würde es herausfinden, für sie alle. Er wusste, woher Bruder Constant das Manuskript hatte – und woher Johann Johnson vor ihm es bekommen hatte.

Die Firma von Samuel Baker versteigerte auch fast dreihundert Jahre später noch Bücher. Aus den bescheidenen Räumlichkeiten in Covent Garden war ein weltumspannendes Unternehmen geworden. Jack fuhr vom Forensischen Institut zur örtlichen Niederlassung, einem schmalen Gebäude mit bläulicher Steinfassade an einer Innenstadtkreuzung. Es war vielleicht hundert Jahre alt, wirkte aber deutlich älter mit seinen knarrenden Eichendielen und dem in die Geländer polierten Pfeifenrauch. Gestrenge Auktionatoren blickten von Ölgemälden herab, während Jack die alten Kataloge der 1760er Jahre durchblätterte, also aus der Zeit etwa fünfzehn Jahre vor Johann Johnsons Brief.

Die Plakate und Flugblätter erlaubten faszinierende Einblicke in Auktionen oder Verkäufe zu Höchstgebot, die im London des achtzehnten Jahrhunderts stattfanden. Eigentümliche Bücher über Theologie, Geschichte, Physik, Mathematik, Reisen zu Land und zu Wasser etc. Lyrik und Schriftensammlungen, seltsam gebunden und mit vergoldetem Rücken, viele in Truthahnleder. Zerknitterte Originale und glatte Faksimiles, Folianten und Drucke im Duodezformat: *Über das korrekte Tragen von Hüten, Begegnungen mit verschiedenen kleinen Menschen, Diagnose und Behandlung von Hysterie bei Frauen.*

Was für endlose Bibliotheken geschrieben und gesammelt wurden, schon damals. Jack überlegte, wie viele dieser Bücher wohl noch existierten. Selbst seine eigene Sammlung umfasste hunderte von längst vergriffenen und beinahe vergessenen Titeln. Beth besaß noch mehr, ganze Kisten voll, die man nach Gewicht versteigern müsste. Gab es riesige Deponien, Friedhöfe für Bücher, oder zerfielen sie einfach zu Staub? Die Kataloge wirkten immer gewichtiger, während er sie auf der Suche nach Johnsons Auktion durchstöberte.

Er las, dass die gesamte wertvolle Bibliothek von Mr. Jan Reynolds, seit kurzem bankrott, von Mr. Samuel Baker in seinem Auktionssaal in der York Street verkauft wurde – und das

1763. Die meisten Bücher waren nicht weiter bemerkenswert und wurden nur kurz beschrieben; einige wenige verdienten mehr Aufmerksamkeit, weil sie selten waren oder hervorragend gebunden. Und dann:

> 105. Anon., –. Manuskript auf Vellum, 300 S., Foliant. Verfasst in sauberer, aber unbekannter Schrift, mit nach bestem Wissen einzigartigen Lettern; sei es der *Ersten Sprache* oder von Alchemisten; & jedenfalls erstanden von einem Gründungsmitglied der *Royal Society* in *London*.

Jack starrte auf die Beschreibung. Ging es hier um das Manuskript, das Johann Johnson gekauft hatte, das Manuskript in seiner Umhängetasche? Es besaß die gleiche Größe, bestand aus dem gleichen Material und war sicherlich in einer einzigartigen Schrift verfasst. Jack las den Text noch einmal. Das Manuskript war älter als Johnson und Constant und viel älter als Frank. Er wusste nicht, was das bedeuten sollte: Die erste Sprache, die Alchemisten. Und er war auch nicht sicher, was die Royal Society genau war –, aber sie war echt, sie existierte, und das brachte ihn einen Schritt weiter.

Als er die Kirche wieder betrat, lag Beth auf dem Rücken auf einer der Kirchenbänke, ein Bein angezogen und den Fuß flach auf das Holz gestellt. Draußen war es bewölkt, das Licht der Stehlampen durchdrang die dämmrige Kirche. Auf dem Boden neben ihr standen sechs offene Weinflaschen, die unterschiedlich weit geleert waren. Mit einer Hand hielt sie ein Weinglas auf dem Bauch fest.

»Tut mir leid, dass es so spät geworden ist«, sagte er.

Sie lächelte ihn an. »Ich war unten im Keller und hatte Lust auf eine Flasche, aber ich konnte mich nicht entscheiden. Ich hätte nicht so viele aufmachen sollen.«

»Ich helfe gerne.«

»Und sieh mal …«

Sie beugte sich vor und schlug ihr Glas gegen eine Flasche. Das Klirren hallte durch die Kirche. Sie verzog in einer Art benebelter Konzentration das Gesicht, als sie eine weitere Flasche auswählte und ihr einen höheren Ton entlockte. Sie nickte zufrieden, dann spielte sie eine gläserne Melodie.

»Das ist nett«, sagte er.

»Das ist der ›die Flaschen sind halb leer‹-Blues.«

Hinter dem Wall aus Flaschen lag ein Stapel der Kindheitsfotografien, die sie gefunden hatte: Sie fuhr auf einem Holzroller, saß auf einer Wippe oder backte einen Sandkuchen. Frank hatte die Arme um sie gelegt und zeigte ihr, wie man einen Kricketschläger hielt. Das kalte Licht schien auf die Puzzlestücke ihrer Kindheit, die sie auf dem Boden hin und her schob.

Er beugte sich über sie. »Geht es dir gut?«

»Ach ja, alles bestens. Danke.«

»Warum bist du denn in die Krypta gegangen?«

»Ach, nur …« Sie wedelte mit der Hand. »Ich weiß nicht. Hast du im Labor was herausbekommen?«

Sein Blut geriet in Wallung. »Es hat einmal einem Gründer der Royal Society gehört; ich weiß nicht, welchem. Und der Mönch hieß Constant.«

»Das haben sie durch bloßes Ansehen herausbekommen?«

Er legte die Tasche auf den Schreibtisch und reichte ihr den Brief. Während sie ihn mit leicht unscharfem Blick betrachtete, ließ er sie allein, um ihre Regale und Kisten zu durchsuchen. Zusammen besaßen sie Bücher jeglicher Art: alle möglichen Geschichtsbücher und Biographien, Bücher über Mythologie und Wissenschaft, zusammengewürfelte Enzyklopädien von irgendwelchen Flohmärkten. Er durchforstete sie, bis er eine Beschreibung der Royal Society of London for the Improvement of Natural Knowledge fand, 1660 gegründet und die älteste noch existente Gelehrtengemeinschaft. Ein anderes Buch führte ihre berühmten Mitglieder auf: Isaac Newton, Joseph Banks, Benjamin Franklin. Interessant, aber nicht genug.

»Das ist großartig«, sagte Beth.

Mit einem ermutigenden Lächeln streckte sie ihm den Brief entgegen – wie jemand, dessen Kind es gelungen war, einen Schneemann zu kritzeln. Er nahm ihn wieder an sich und suchte weiter.

Die Andachtsräume waren immer noch vollgestopft mit Franks Zeitschriften. Alte Ausgaben von *Vetus Testamentum* und *The Expository Times* stritten monatelang über die Bedeutung von Kapiteln und Versen der Bibel; Frank ließ sie irgendwann allein weitermachen. Er schnupperte in *Scientific American* und setzte sich bald mit *Evolutionary Biology* und *Geochronology Today* auseinander. Er las weiterhin das *Journal of Science and Faith*, zumindest abonnierte er es weiter. Jacks Erinnerung an den alten Mann wurde immer klarer und greifbarer, während er sich durch die Stapel arbeitete.

Eine der Zeitschriften hatte zum Jahrestag der Gründung der Royal Society eine Sonderausgabe herausgebracht, über ihre Anfänge als das Invisible College, ihre erste Satzung – und die Handvoll Gründungsmitglieder, Hooke, Glanvill, Wren. Jack fühlte sich wie ein Ertrinkender, der irgendwo plötzlich Halt findet, als er mit der Liste ins Mittelschiff ging und die Namen nachschlug.

Sie alle waren Männer der Religion und Wissenschaft, genau

wie Frank. Robert Hooke benannte die Zellen von Lebewesen nach den Zellen der Mönche. Joseph Glanvill war Theologe und untersuchte Hexen und Geisterphänomene. Christopher Wren baute London nach dem Großen Brand wieder auf, darunter auch fünfzig Kirchen und die St. Paul's Cathedral. In dem Schutt hatte er vielleicht Relikte gefunden, Manuskripte in Krypten, so wie ihres.

Jack leckte sich die Finger an und blätterte weiter. Neben ihm stapelten sich die Bücher und Zeitschriften.

Beth beugte sich vor, um über die offenen Flaschenhälse zu blasen. Die unsteten Töne waberten über den Boden und klangen zwischen den zersplitterten Dachbalken nach. Als sie eine etwas schiefe Tonleiter spielte, füllte sich der Raum mit Geistern. Jack blickte auf und sah, wie sie sich Weißwein nachschenkte; in ihrem Glas stiegen rote Schlieren auf wie Rauch.

»Geht es dir auch wirklich gut?«, fragte er.

»Ja, sicher. Hast du ihn schon gefunden?«

»Kann ich nicht sagen.«

John Wallis bot sich als Möglichkeit an, ein Mathematiker und Kryptologe, der das Zeichen für Unendlichkeit erfunden hatte. Vielleicht war das Manuskript doch ein Code. Ein Kryptologe, ein Gründungsmitglied, ein geheimes Alphabet. Jack malte ein paar zaghafte Pfeile an den Rand.

»Es ist nur … Ich versuche schon die ganze Zeit, mich an etwas zu erinnern, das nicht auf diesen Bildern ist. Etwas über Dad, von damals. Hier drauf ist alles, an das ich mich erinnern kann.«

Wieder sah sie die Fotos durch: der Strand, der Rasen hinter dem Haus, der Botanische Garten. Nur wenige Bilder, die mit Selbstauslöser oder von Freunden aufgenommen waren, zeigten die ganze Familie; sie waren alle unscharf oder nicht richtig getroffen. Auf den meisten Fotos waren nur Bruchstücke der Familie zu sehen.

»Man glaubt, die eigenen Erinnerungen sind so lebhaft und detailliert und endlos«, sagte sie. »Aber dann wird einem klar, dass sie alle in diese kleinen Vierecke passen, und sie sind flach, die Farben verblassen, und sie sind alles, was man hat.«

Er legte das Buch aus der Hand und setzte sich neben sie. »Du weißt bestimmt noch mehr, als du denkst. Irgendwas wird dich daran erinnern, und dann fällt dir immer mehr ein.«

Sie senkte den Blick. »Etwas ist da schon. Eine Sache vielleicht.«

»Na siehst du.«

»Kannst du mich fahren? Noch einmal?«

Er hatte den ganzen Tag lang die Spur des Manuskripts verfolgt, aber er wusste, dass O'Rourke sie verunsichert hatte und sie nicht mehr davon überzeugt war, das Buch habe etwas mit Frank zu tun – und vielleicht hatte sie recht. Wenn Frank mit ganz anderen Dingen beschäftigt gewesen war, halfen Jacks Entdeckungen nicht, ihn zu verstehen – aber vielleicht war das egal. Vielleicht konnte das Manuskript auf andere Weise helfen, mit seiner verlorenen Sprache, seinen vergessenen Wundern. Er wusste nicht, wie, aber beim Leuchtturm hatte er so ein Gefühl gehabt.

»Wohin du willst«, antwortete er.

»Es dauert nicht lange.«

Während sie sich die Schuhe anzog, steckte Jack die Korken in die Weinflaschen und räumte die Bilder wieder in ihre Alben. Es schienen viele zu sein, mehrere hundert, aber am Ende blieb nicht viel übrig. Nicht, wenn sie mit vierundzwanzig Bildern pro Sekunde an einem vorbeirasten, wie der lange, ungesehene Film des eigenen Lebens.

Als er die Bücher einsammelte, sprang ihm ein Satz ins

Auge. Erster Sekretär der Royal Society war John Wilkins, ein Mathematiker und Bischof, der Städte auf dem Mond geplant und über Maschinen philosophiert hatte. Er hatte Bücher über Geheimschriften und ihre Entschlüsselung verfasst, und eine Sprache aus Musiknoten – seine letzte Schrift war sein *Versuch über ein Realschriftzeichen und eine philosophische Sprache.*

Jacks Herz setzte einen Schlag aus. Er wusste nicht recht, was das bedeuten sollte, aber er musste es herausfinden. Er schloss das Buch, legte den Brief zum Manuskript und die Umhängetasche auf eine Kirchenbank. Dann schnappte er sich seine Schlüssel.

Sie nahmen die gleiche lange Straße Richtung South Head, aber dieses Mal fuhren sie nicht bergauf, sondern blieben nahe der Bucht. Vorbei an dem alten Fischerdorf in der Watsons Bay mit seinen unvergleichlichen Holzhütten bis zu Camp Cove, dem letzten sicheren Hafen vor dem offenen Meer. Die Erste Flotte hatte hier Halt gemacht, und vielleicht auch Constant. Eine lange Seereise, Gerüchte über Monster – und das Signalfeuer, wo später der Leuchtturm stehen sollte.

»Dieser Mönch, Constant – er müsste hier durchgekommen sein«, sagte Jack.

Die Aussicht war seit damals unverändert: Die Stadt lag verborgen hinter den Windungen der Bucht, während das gegenüberliegende Ufer unberührte Natur zeigte. Beth blickte wortlos in die Dämmerung und auf die stahlgraue Bucht. Jack setzte sich in den Sand, als sie auf das Wasser zuging. Er kannte das Gefühl von Trauer und Wehmut, das Bedürfnis, etwas zu vergessen oder auch, sich zu erinnern. Als sie zurückkam, lag in ihren Augen die Farbe von Sturm.

»Ich bin hier einmal fast ertrunken. Zumindest dachte ich das, ich war nie sicher.«

Es fielen immer wieder ein paar Tropfen, wie so oft im Spätherbst, und der Sand drückte sich kalt zwischen ihre Zehen. Vielleicht befanden sich oben auf den schroffen Klippen beim Aussichtspunkt The Gap noch Menschen, aber hier unten in der Bucht waren sie allein. Er sah ihr zu, wie sie sich neben ihn setzte, und betrachtete ihre angezogenen Knie, ihre blassen Beine.

»Ich hatte gerade schwimmen gelernt, so ein wildes Paddeln war das. Und abenteuerlustig wie ich war, bin ich gleich ins Tiefe gegangen. Meine Eltern haben gerufen, ich soll nicht so weit rausschwimmen. Das habe ich nie verstanden; du etwa? Dass mit ›raus‹ das Wasser gemeint war? Ich fand immer, es hätte andersherum sein müssen.«

Jack setzte sich auf dem Sand zurecht. »Das hängt wohl davon ab, wie man das Wasser sieht.«

»Ich fand ›rein‹ immer passender. Jedenfalls wollte ich nicht zurück, ich wollte weiter rausschwimmen. Aber dann habe ich mich umgedreht und gesehen, dass ein Sturm im Anzug war, von den Heads kam eine riesige Wolkenbank herüber. Du weißt ja, wie das im Sommer ist.«

»Mit den Sommerstürmen.«

»Ich habe einfach Panik bekommen und völlig vergessen, wie man schwimmt. Plötzlich war da dieses komische Zwielicht, wie jetzt, und nichts rührte sich, und ich bin in dieser riesigen, grauen, stillen Bucht untergegangen. Ich habe Salz geschmeckt. Weißt du, wie es einem in der Kehle brennt? Ich hatte schreckliche Angst.«

»Was ist dann passiert?«

»Dad kam hinterher. Ich weiß noch, wie ich auf dem Rücken lag und er mich gezogen hat, dabei habe ich immer noch

Wasser geschluckt. Dann habe ich weinend auf dem Strand gelegen, so etwas Warmes und Trockenes hatte ich noch nie gefühlt. Ich versuchte, Luft zu kriegen, und Dad hat die Hände an mein Gesicht gelegt und geweint, er musste mir seine und meine Tränen vom Gesicht wischen.«

»Warst du in Ordnung?«

»Muss ich wohl, an mehr kann ich mich nicht erinnern. Nur an das Ertrinken und an den Sand. Und dass ich immer schrecklich böse auf ihn war, wenn ich daran gedacht habe.«

»Auf Frank?«

Sie nickte. »Ich dachte immer, das wäre so was wie Stolz, als wäre ich böse auf ihn, weil er mich gerettet hat, als würde ich mich schämen oder als wäre es mir peinlich, gerettet werden zu müssen. Aber dann dachte ich – ich weiß auch nicht.«

Der Regen setzte wieder ein; die dicken, trägen Tropfen hinterließen dunkle Krater im Sand. Gelegentlich fuhr eine Windböe über den Strand. Hinter sich hörten sie Stimmen von Leuten, die rasch zum Parkplatz liefen. Sie drehte sich um, dann sah sie ihn wieder an.

»Ich kann mich nicht daran erinnern, dass er nass war. Bis auf die Tränen. Er war nicht nass.«

»Wie meinst du das?«

»Er war nicht nass, das war nicht Dad. Jemand anders muss mich gerettet haben, wahrscheinlich der Rettungsschwimmer und nicht er.«

Sie blickte hinauf zu den Wolken und zuckte zusammen, als ein Regentropfen ihr Gesicht traf. Sie wischte ihn fort, dann sah sie zu beiden Seiten den Strand entlang und runzelte die Stirn.

»Willst du schwimmen gehen?«, fragte sie.

»Es ist zu kalt.«

Sie zuckte mit den Schultern. »Ich dachte, ich hätte Panik

bekommen, aber vielleicht wusste ich auch, dass da etwas verkehrt war. Vielleicht wusste ich es und war deshalb wütend auf ihn. Wenn man ein Mädchen von sechs, sieben Jahren ist, sollte einen nur der eigene Vater retten. Er sollte es doch wohl schaffen, das eigene Kind zu retten.«

Während sie redete, knöpfte sie ihre Jeans auf, streifte sie von den Hüften und über die Füße. Offenbar hatte sie einen Entschluss gefasst. Sie warf ihm ihre Jeans zu.

»Findest du, ich bin zu streng?«

»Kann sein. Was hast du vor?«

»Ich gehe schwimmen.«

»Wir haben fast Winter.«

»Ach was, es ist für diese Jahreszeit richtig mild.«

»Es regnet. Und es ist spät.«

»Komm mit runter zum Wasser.«

Sie öffnete den Reißverschluss ihrer Jacke und zog ihr Shirt aus. Sie trug schwarze Unterwäsche, und mit ihrer Gänsehaut richteten sich die feinen Härchen auf ihrem Körper auf. Er hatte das Gefühl, sie wollte ihm vieles sagen, aber das meiste würde er nicht verstehen. Dann ging sie ins Wasser.

»Und jetzt frage ich mich, ob er es wusste, ob er das Gleiche gefühlt hat. Ich meine, ich bin nicht mehr zur Kirche gegangen und habe ihn im Grunde fallengelassen. Ich habe ihn allein gelassen, während ihm die Augen im Kopf versanken und er vor sich hingekritzelt hat.«

»Das wissen wir gar nicht.«

»Aber vielleicht spielte das eine Rolle – vielleicht ist er so komisch geworden, weil wir nicht für ihn da waren. Du weißt doch, wie solche Geschichten manchmal aus dem Nichts entstehen und dann völlig außer Kontrolle geraten – langsam, aber gleichzeitig wahnsinnig schnell.«

Ihr langgestreckter, schmaler Leib versank im Wasser, die

Rückenwirbel maßen die Tiefe, die Schultern hatte sie hochgezogen. Es regnete Bindfäden. Als sie ganz eintauchte, zog sie graue Kräuselwellen hinter sich her.

Er erinnerte sich an Judy, wie sie an der Steuerbordreling gelehnt hatte. Wenn überhaupt, dann hatte sie sich von Frank entfernt, oder sie hatte zugelassen, dass er sich entfremdete. Er überlegte, Beth davon zu erzählen, trotz Judys Bitte.

Der Regen wurde stärker und zeichnete zerfetzte Muster auf die Wasserfläche. In der Ferne schwebten Vögel verloren unten den Wolken. Beth schwamm ans Ufer. Er sah ihr zu, als sie flaches Wasser erreichte und sich hinstellte; das Haar klebte ihr am Kopf, salzige Rinnsale überzogen ihren Körper. Sie setzte sich in den vom Regen zernarbten Sand und rieb sich zitternd die Arme. Als er ihr seine Jacke um die Schultern legen wollte, winkte sie ab.

»Du holst dir noch den Tod.«

»Fühl mal meine Haut. Prickelt sie von außen?«

»Sie ist eiskalt.«

»Ich bin so weit geschwommen, bis ich die Stadt sehen konnte. Sie sieht im Regen umwerfend schön aus.«

»Du hast auch umwerfend schön ausgesehen, so im Regen.«

»Die Lichter gehen an, auf der Brücke und in den Häusern.«

Er versuchte, ihre Gänsehaut fortzureiben. Ihr Körper war mit losem Sand bedeckt, wie mit einer zweiten, kratzigen Haut. Sie wischte sich die Körner vom Handgelenk, während sie auf das dunkler werdende, glatte Wasser hinausblickte. Dabei kniff sie die Augen zusammen, als wolle sie in den Kräuselwellen lesen.

»Ich habe einmal von einer Stadt gehört, die am Ufer einer Bucht aus Treibsand stand. Das war dieser trockene Treibsand, in den man hineinfallen kann und der dann eine große

Sandfontäne in die Luft schießt. Man kann nicht einmal darin schwimmen, man versinkt einfach. Nur diese riesigen, flachen Boote konnten über seine Oberfläche segeln, von einer Seite der Bucht zur anderen.«

Die Kälte ließ sie zittern. Sie hatte die Knie angezogen und die Füße auseinandergestellt. Jack legte einen Arm um sie. Ihm war schleierhaft, wie es ihr gelingen konnte, nicht mit den Zähnen zu klappern. Er wusste auch nicht, worauf sie hinauswollte. Er dachte an John Wilkins' Realschriftzeichen, an seine philosophische Sprache. War es das, was Constant mitgebracht hatte? Eine ganz eigene Art zu schreiben und zu sprechen … aber worüber genau?

»Niemand wusste, wie tief der Sand war«, sagte Beth. »Aber sie haben ihn in Stein gefasst und ihre Stadt um ihn herum gebaut und so Jahrhunderte lang gelebt. Und jeder wusste, dass ab und an ein junges Mädchen versuchen würde, darin zu schwimmen, und dass der Sand sie verschluckte. Sie sank dann bis auf den Grund, wo die anderen Mädchen lagen, ohne zu verwesen; sie trockneten einfach aus, während das Wasser aus ihren Körpern nach oben stieg … in kleinen … Blasen.«

Jetzt fingen ihre Zähne an zu klappern. Sie fühlte sich in seinen Armen an wie Eis, so kalt, dass er sie nicht wärmen konnte, sie würde ihm seine Wärme entziehen, und beide würden am Strand erfrieren. Judy hatte gesagt, Beths Stärke hätte ihre Grenzen, und er fragte sich, ob sie recht hatte.

»Wir sollten lieber nach Hause fahren.«

Sie sah ihn an, als würde ihr gerade erst klar, wo sie sich befand. »Ist gut«, sagte sie.

Es war wieder Donnerstag, seit dem Hagelsturm war etwas über eine Woche vergangen. Beinahe ebenso lange hatte Jack mit dem Manuskript gerungen und war nur Stück für Stück vorangekommen, aber jetzt machte er endlich Fortschritte. Er wünschte, er hätte den Brief früher gefunden, und bedauerte, das Manuskript Ash gezeigt zu haben. Er spürte, welches Potential es in sich barg, als er damit durch die Bibliothek ging; er spürte, wie seine Andeutungen Gestalt annahmen. Forensische Ergebnisse brachten ihn nicht weiter, er brauchte etwas Tiefergehendes.

In einer dämmerigen Ecke, geschützt vor der nachmittäglichen Sonne, stand eine Reihe von Mikrofilmlesegeräten. Beth hatte ihm die richtige Spule herausgesucht, einen schwarzen Plastikstreifen auf einer Spindel, um den eine Schnur gebunden war. Pamphlete und Gebetbücher rauschten über den hellen Bildschirm, bis er auf den ersten Seiten von John Wilkins' Meisterwerk anhielt. Der *Versuch über ein Realschriftzeichen und eine philosophische Sprache* wurde zuerst 1668 von der Royal Society gedruckt. Jack machte sich beim Lesen Notizen, den Block gegen den Bildschirm gelehnt, während die projizierten Buchstaben seine Hände umhüllten.

> Es lässt sich nicht leugnen, dass die *Verschiedenheit* der *Zeichen* eine Begleiterin des Fluchs von *Babel* darstellt, nämlich der Vielzahl und Verschiedenheit der *Sprachen.*

Doch gelänge ein Unterfangen, wie es hier vorgeschlagen, so stellte es die sicherste Heilung gegen den Fluch der Sprachverwirrung dar, indem es alle anderen *Sprachen* und *Zeichen* überflüssig machte.

Denn *Alphabete* fallen ohne Ausnahme in vielerlei Hinsicht der gerechten Kritik anheim. Sie sind kunstlos und wirr, die *Vokale* und *Konsonanten* tummeln sich in wildem Durcheinander. Ihre *Formen* stehen in keiner *Beziehung* zu ihren Wesen und Kräften, wie es das Streben eines künstlich geschaffenen Alphabetes wäre.

Was den Doppelsinn der Wörter betrifft, die ihnen *Metaphern* und *Redewendungen* geben, so ist er in allen verbreiteten Sprachen so offensichtlich und so mannigfaltig, dass Beispiele nicht nötig sind; jede Sprache nennt besondere Phrasen ihr Eigen, die, so man sie getreu in eine andere Sprache übersetzte, wirr und unsinnig erschienen.

All die Phrasen, die Jack gesammelt hatte. *Iss die Suppe oder spring aus dem Fenster. Du willst eine betrunkene Frau und zugleich ein volles Fass. Wenn es donnerstags leicht regnet.* Am Ende waren sie nur hübsche Spielereien, unbedeutend. Es musste eine bessere Möglichkeit geben.

Wilkins zufolge stammte die erste Sprache von Gott und war vollkommen. Sie verlieh den Menschen schwindelerregende Macht und Eifer und ließ sie in die Ebene von Schinar ziehen, um einen Turm bis in den Himmel zu bauen …

Jack erkannte darin den Turm von Babel. Die Menschen kamen ihrem Schöpfer beunruhigend nahe. Er verwirrte ihre Sprache und vertrieb sie über die ganze Erde, und seitdem haben sich ihre Sprachen immer weiter voneinander entfernt. *Atta unsar, thu in himinam, Fater unsar, thû pist in himile, Vater unsir, du in himile bist, Unser Vater ynn dem hymel.* Jack formte stumm die Wörter nach, die immer glatter wurden, wie Kiesel in einem Flussbett, je weiter sie sich von der Sprache Gottes entfernten. Es schien keine Hoffnung zu geben, sie waren alle verloren – aber Wilkins schrieb weiter.

> Doch gäbe es eine solch universelle Schrift, um Dinge und Gedanken auszudrücken, die allen Menschen in allen Ländern verständlich wäre, sodass verschiedene Völker sie mit der gleichen Leichtigkeit schreiben und lesen könnten, dann könnte diese Erfindung alle *Künste* und *Wissenschaften* zu bessern und verbreiten helfen: Denn die viele Zeit, die jetzt für das Erlernen der Wörter nötig ist, könnte dann auf das Studium der Dinge verwandt werden. Die Vervollkommnung einer solchen Erfindung wäre der einzige Weg, die zweiundsiebzig Sprachen der ersten Sprachverwirrung zu vereinen.

Jack las den Absatz noch einmal. Eine universelle Schrift, die alle Menschen in allen Ländern lesen konnten. Das Manuskript hatte einem Gründungsmitglied der Royal Society gehört – und hier versprach ihr erster Sekretär eine neue Art von Schrift. Jack versuchte, sich die Form einer Sprache vorzustellen, die jeder lesen und schreiben konnte, und wie ein Buch in dieser Schrift wohl aussehen würde. Er hatte das Gefühl, er wusste es bereits.

Beth fand ihn zwischen den Schaukästen. Mit dem gleichen leicht besorgten Gesichtsausdruck wie beim Aufwachen drückte sie die Fingerspitzen gegen ihr Schlüsselbein.

»Jack, du warst doch schon mal an diesem Strand, oder?«

»Seit ich klein war, glaube ich.«

»Hast du da schon mal Rettungsschwimmer gesehen?«

Er zögerte. »Nicht dass ich wüsste.«

»Der Strand liegt in einer Bucht. Da gibt es keine Rettungsschwimmer, oder?«

»Wahrscheinlich nicht.«

»Und gab es auch nie.«

»Es muss jemand anders gewesen sein«, sagte Jack.

»Ja, muss es wohl«, sagte sie. »Jemand anders.«

Sie hatte ihre Jacke angezogen und hielt ihre Handtasche fest. Jack sah auf die Bibliotheksuhr; es war nach fünf, ihre Schicht war zu Ende. Das alte Buch schimmerte auf seinen Händen: ein Heilmittel gegen die Sprachverwirrung, eine vollkommene Erfindung.

»Ich werde ihr von der Kirche erzählen«, sagte Beth. »Dass sie seit Jahren fertig war.«

»Judy?«

Sie nickte. »Sie muss doch etwas ahnen. Vielleicht gibt es eine einfache Erklärung, etwas ganz Alltägliches.«

Wieder dachte er daran, was Judy ihm auf dem Boot erzählt hatte. Ob Frank überhaupt versucht hatte, ihr alles zu erklären? Vielleicht hatte er gedacht, es wäre die Mühe nicht wert. Und wenn er nur deshalb jeden Morgen aus dem Haus gegangen war, weil er sich dort nicht wohlgefühlt hatte … Beth würde das nicht wissen, und Judy würde es ihr nicht erzählen wollen.

»Muss das sein?«, fragte er.

»Ich muss es wissen.«

»Soll ich mitkommen?«

»Nein, lass ruhig.«

Er war erleichtert, auch wenn er es nicht zeigen konnte. Er hatte das Gefühl, er konnte mehr bewirken, wo er war.

Es war ein enormes Unterfangen, eine Liste mit allen Gegenständen und Vorstellungen, die einen Namen brauchten. Wilkins füllte meterweise Mikrofilm mit seiner verästelten Einteilung von Himmel und Erde. Metaphysisches, Größen und Flächen, tierische und pflanzliche Spezies. Gewächse wurden entsprechend ihrer Blätter eingeteilt, in sukkulente oder netzadrige: Grieblinge, Maulbeere, Löffelkraut, Süße Akazie. Oder entsprechend ihrer Samenkapseln: Leindotter, Blutweiderich, Zwergmispel. Fische waren länglich und rund, flach oder dick. Regen konnte als Nieselregen, Schauer, Guss, Sturz- oder Platzregen niedergehen.

Der Bischof hatte für diese Unterteilungen ein eigenes Schreibsystem erfunden. Während Jack die Zeichen abschrieb und ihre Winkel und Schnittpunkte übte, dachte er an Beth. Wie viel von ihr könnte er in dieser Sprache beschreiben?

Wilkins' Schrift war nicht die Gleiche wie in Jacks Manuskript. Jack konnte seine Enttäuschung nicht unterdrücken. Er dachte, er hätte die Antwort gefunden: Wilkins hatte eine vollkommene Sprache erfunden und in ihr das Manuskript verfasst. Jetzt merkte er, dass es nicht so einfach war. Und doch erinnerte Wilkins' Arbeit Jack in gewisser Weise an das Manuskript, seine Struktur und Form. Sie waren einander auf eine Weise ähnlich, die er nicht genau benennen konnte.

Die Bücherei wurde geschlossen; in den unteren Etagen gingen die Lichter aus, als Jack das Ende des Mikrofilms erreichte. Der Essay schloss mit einem Gebet in fünfzig Sprachen, darunter in seiner eigenen: *haı coba oo ıa ril dad, oche nash Izghae yease nanaebaesaegh.* Jack sprach das Gebet mit, die Bitte um Weisheit und Stärke: *Vater unser, der du bist im Himmel.*

Die Lautsprecherboxen erfüllten die Kirche mit Thorns ätherischen Larghi. Beth würde noch einige Stunden bei Judy bleiben. Jack schlenderte mit dem aufgeschlagenen Manuskript von einer Stehlampe zur anderen und hielt es ins Licht.

Was er in der Bibliothek gesehen hatte, ließ ihn nicht los. Weniger Wilkins' Schrift als vielmehr sein Vorhaben. Er hatte das Manuskript für eine Art Enzyklopädie gehalten: der Mann und die Frau, die unzähligen Pflanzen, die Kolben mit Chemikalien. Er hatte die vielleicht romantische Vorstellung gehegt, eine verlorene Sprache gefunden zu haben. Aber stattdessen – was, wenn es stattdessen eine neue Sprache war, eine neue Ausdrucksmöglichkeit? Eine vollkommene Sprache, strukturiert durch Logik und Philosophie? Der halbfertige Turm, die Sackmenschen und die unterschiedlichen Regenarten – vielleicht gehörten sie zu einem Versuch, alles zu kategorisieren, alles auszudrücken.

Jack schaltete in der ganzen Kirche eine Lampe nach der anderen aus. Eine solche Sprache zu sprechen, als Einziger, und sie erfunden zu haben. Welche Klarheit in ihrem Verständnis – und welche Einsamkeit, wie ein Gott oder Engel, alles hörend, ohne antworten zu können.

Er machte es sich auf dem Sofa unter der letzten Lampe bequem. Eigentlich wollte er aufbleiben, bis Beth kam, aber er fühlte, wie der Schlaf nach ihm griff. Beunruhigt überlegte er, was Beth und Judy wohl machten. Hatten sich die beiden mit großen Thermoskannen voller Whisky betrunken? Sie hatte sich von dem Manuskript abgewandt, um ein anderes Rätsel zu lösen, und er wusste nicht, wohin Wind und Gezeiten sie treiben würden. Ihm fehlte die gemeinsame Arbeit mit ihr, obwohl es auch spannend war, das Manuskript mit seinem Geheimnis für sich allein zu haben. Dieses Gefühl war kompliziert, und er bezweifelte, dass es dafür in irgendeiner Sprache ein Wort gab.

Durch einen Traum von Buchstaben hörte er Beths Schlüssel im Schloss und das Klicken der Eingangstür. Das Manuskript lag aufgeschlagen auf seiner Brust. Beth durchquerte mit leisen Schritten die Kirche, setzte sich auf das Sofa und schmiegte sich an ihn. Er schloss sie in die Arme, während sie versuchte, sich nach dem Mittelschiff umzudrehen, ohne ihn dabei zu wecken. Er drehte die Lampe zur Seite.

»Wie geht es Judy?«

»Ich habe es ihr nicht erzählt.«

»Nicht?«

»Ich wollte es, aber ich habe es nicht.«

Sie sprach mit ruhiger Entschlossenheit, die späte Stunde ließ sie sanft klingen. Er wusste nicht, was er sagen sollte, und drückte ihr einen Kuss hinter das Ohr. Als sie sich enger an ihn schmiegte, verstand er, dass Schweigen manchmal besser war als Worte.

Es war Samstag, die Bibliothek hatte nur kurz geöffnet. Beth war mit einem Ausdruck der Verwunderung zu Bett gegangen und mit der gleichen Miene zur Arbeit gefahren. Jack lief den ganzen Tag lang in der Kirche auf und ab, in der einen Hand das Manuskript, in der anderen seine Notizen. Der Hagelsturm, der das Dach zum Einstürzen gebracht hatte, lag zehn Tage zurück, das Manuskript hatte er vor über einer Woche in der Krypta gefunden. Constant hatte es vor seinem Eintreffen in der Kirche dreißig Jahre lang studiert, Johnson hatte sich fünfzehn Jahre lang damit befasst, bevor er sich an den Mönch gewandt hatte, und beinahe ein Jahrhundert lag zwischen Wilkins' Tod und der letzten Auktion von Jan Reynolds. Jack besaß es erst seit einer Woche, aber er hatte seine Notizen noch einmal gelesen und neue Ideen aufgeschrieben, und am Abend wusste er, wie er weitermachen wollte.

Wilkins hatte eine in jeder Hinsicht vollkommene Sprache versprochen. Ein Zeichen für jeden Laut, und einen Laut für jedes Zeichen. Die Phrasen und Sätzen sollten perfekt sein, die Grammatik genau und flexibel. Ihre Grundlage aber wären Zeichen.

Jack legte das Manuskript aufgeschlagen auf die Arbeitsfläche in der Küche, während er sechs Fischfilets häutete und einlegte. Die Fische waren länglich und rund, zumindest nach Wilkins' Klassifizierung, und er marinierte sie mit verschiedenen adrigen und sukkulenten Kräutern. Zudem hatte er Teig für ein halbes Dutzend Brötchen angesetzt, den er in den letzten Sonnenstrahlen des Nachmittags gehen lassen wollte. Er wischte Mehl von den Seiten des Manuskripts und beugte sich näher, um das Alphabet zu betrachten.

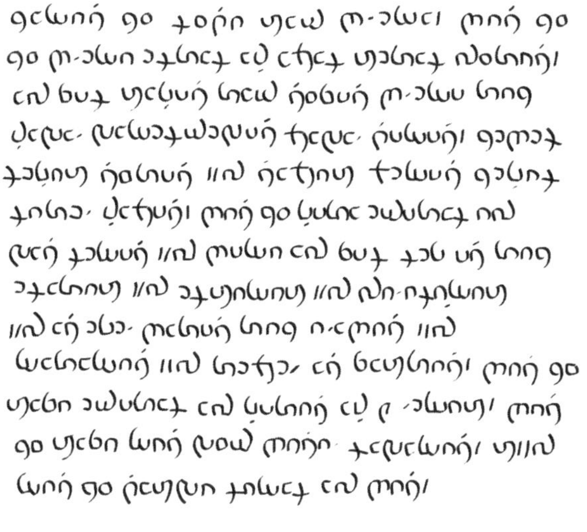

Dann setzte er sich wieder an sein Notizbuch. Er kopierte die Symbole, um herauszufinden, wie viele es gab und wie sie kombiniert werden konnten. Es schien einige Ligaturen zu geben, wie bei *fi* und *fl*; ihre Grenzen waren nur schwer zu erkennen. Er korrigierte und verfeinerte so lang, bis er sicher war, alle gefunden zu haben:

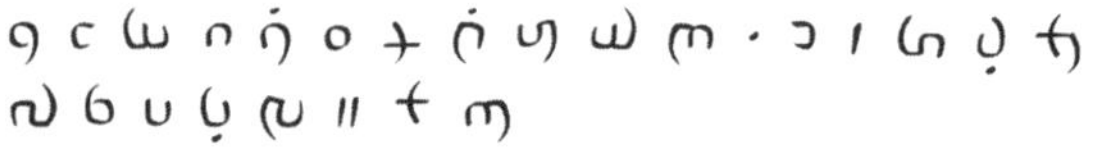

Der einfache Strich schien nur am Wortende zu stehen, also stellte er vielleicht so etwas wie einen Punkt oder ein einfacheres Satzzeichen dar. Der Rest war wahrscheinlich Buchstaben, insgesamt gab es vierundzwanzig. Er verzeichnete in einer Tabelle, wie oft sie in Kombination auftraten, und bis zum Ende der ersten Seite hatte er einige Regeln herausgearbeitet: ,  und  tauchten immer wieder auf, während ,  und  nie zusammenstanden. Er spürte, wie sich die Eigenschaften der Zeichen herauskristallisierten.

Laut Wilkins sollten Wörter angenehm und elegant klingen und leicht auszusprechen sein. Jack beschloss, die unterschiedlichen Laute – Vokale, Approximanten, Nasale, Frikative und Plosive – nach ihrem Wohlklang zu ordnen. Zu der Sprache gehörte vielleicht die Zeichenfolge *Kluft*, aber sicher nicht *Lkutf* und schon gar nicht *Lkbtf*. Sie würde Horrorkombinationen wie im Russischen und Georgischen vermeiden, etwa *vzglyad*, *mtsvrtneli* oder *prtskvnis*. Sie würde stimmhafte und stimmlose Laute unterscheiden. Jack schob die Zeichen so lang hin und her, bis er eine grobe Liste mit ihren wahrscheinlichen Klassen erstellt hatte.

Vokale

Approximanten

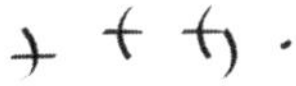

Nasale

Frikative

Plosive

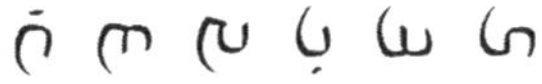

Die Listen wiesen bereits eine gefällige Symmetrie auf. Die Konsonanten ,  und  wurden entlang der Längs- und der Höhenachse gespiegelt; vielleicht stand jede Form für einen Teil des Mundes, und seine Varianten bezeichneten die Art des Klangs, der dort produziert wurde. Die Lippen formten *p*, *b*, *f* und *m*; hinter den Zähnen entstanden *t*, *d*, *s* und *n*, hinten beim weichen Gaumen *k* und *g*, der Frikativ *ch*, wie in *Bach*, und der Nasal *ng* wie in *Ding*. Jack formte die Laute und spürte, wie seine Zunge nach den anderen Zeichen suchte. Die letzten Frikative  und  lagen ganz nah, vielleicht *sch* und das *g* oder *j* wie in *Marge* oder *Journal*; die Approximanten waren Variationen von *l* und *r* und *j* und dem englischen *w*. Die sechs Vokale konnte er nur erraten, aber er wusste, dass sie gleichmäßig im Mund verteilt sein mussten: Vielleicht *i*, *a*, *e*, *o*, *u* und dazu noch ein Schwa-Laut, ein schwaches, kurzes *ä*.

Die untergehende Sonne sandte ihre Strahlen durch den Kirchhof und in die Küche. Er knetete ein paar Minuten lang den Brotteig und sah dabei durch das Fenster. Draußen badete der einsame Grabstein in orangefarbenem Licht; er war schon immer zu abgetragen gewesen, um leserlich zu sein, aber in den langen Schatten glaubte Jack, die Buchstaben zum ersten Mal erkennen zu können. Er glaubte, sie lauteten *Constant.* Die Sonnenstrahlen fielen als goldene Schattierungen auf das Manuskript und seinen Notizblock. Er las weiter.

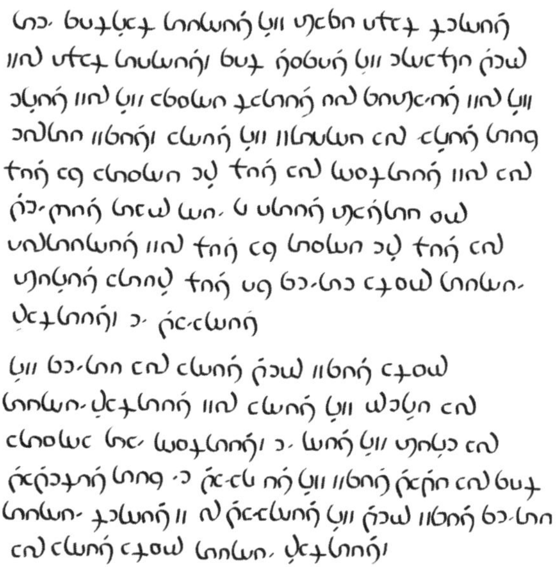

Wilkins hatte seinen Essay mit der Sprachverwirrung begonnen, bei der die erste Sprache in siebzig oder zweiundsiebzig unterschiedliche Sprachen gespalten wurde. Der halbfertige, von Unkraut überwucherte Turm im Manuskript musste Babel sein. Und das würde irgendwo auf der Seite stehen, denn Namen bildeten keinen Teil der philosophischen Sprache. Jack suchte nach dem Muster: Ein Plosiv, ein Vokal, der gleiche Plosiv, ein anderer Vokal, ein Approximant.  kam dem nahe, aber statt des Konsonanten wiederholte sich der Vokal. Das Gleiche galt für , das zudem mit einem Approximanten begann. Keines der beiden Wörter passte genau.

Er fand die richtige Kombination schließlich ganz unten auf der Seite, in dem Wort . Es war zu lang, doch die ersten fünf Buchstaben mussten *Babel* ergeben. Vielleicht war das abschließende  ein grammatisches Zeichen. Es war das häufigste der Zeichenpaare, die er aufgelistet hatte, besonders am Wortende. Vielleicht wurde es bei Substantiven benutzt oder für Ortsnamen. Jack überflog die Seite und fand es noch einmal, in . Beim letzten Wort hielt er inne; langsam gewöhnte er sich an diese neue Art des Lesens. Frikativ-Vokal-Nasal-Vokal-Approximant: So lautete das Muster für *Schinar*, die Ebene in Mesopotamien, wo der Turmbau stattfand. Er hatte den Schlüssel gefunden, aus dem sich die restlichen Buchstaben ergaben.

Ter scholpal tikim pu naschi owal lekim us owal tokim. Schol mschom pu ekayi bekh epim us pu aschki latim is Schinarim us pu esti uschim. Akim pu utoki as rapim tizh wim azh atki ef wim as kltim us as bergim takh kir kotim namti kh ostikim us wim azh tki ef wim as nipim atif wim ozh scherte alkh tikir faltim. Er barakim pu scherti as akim bekh uschim alkh tikir faltim us akim pu khepi as atka tar kltim. Er kim pu nipe as Babelim tizh re barakim pu uschim babi as schol tikir lekim us barakim pu bekh uschim scherti as akim alkh tikir faltim.

Jack hatte keine Ahnung, was das hieß, aber auf jeden Fall bedeutete es etwas, es war eine Sprache. Einen Satz las er laut vor. Er klang wie eine Beschwörung, wie eine Zauberformel, die man nicht bis zu Ende sprechen oder wiederholen sollte.

Er formte die Brötchen und schob sie zum Backen in den

Ofen, dann goss er sich ein Glas Wein ein und machte sich an den Fisch. Plötzlich überkam ihn der Drang, sich in der Krypta zu verkriechen und etwas Schweres an den Ring der Falltür zu hängen, seine Haare und Fingernägel wachsen und die Augen barmherzig in den Höhlen versinken zu lassen. Er fühlte sich wie in einem Traum, zu dem er nie mehr zurückkehren konnte, wenn er erwachte. Die Fische brutzelten, und er schüttelte die Pfanne, um sie vom Boden zu lösen, während er mit der freien Hand immer weiterschrieb.

Ihm wurde klar, dass alle Zeichnungen im Manuskript ihre eigenen Wörter besaßen, jede Art von Pflanze und Mineral, jede Mixtur und Legierung. Jede Form des Regens, jede Art Wasser, ein Wort für Regen, der auf das Meer fällt, ein Wort für zurückgehaltene Tränen. Nichts, was Ash mit seiner Wissenschaft entdecken mochte, war damit vergleichbar.

Plötzlich schlugen Flammen aus der Pfanne. Er sprang vom Ofen zurück und riss das Manuskript mit sich. Als er einen Deckel auf die Pfanne knallte, füllte sich die Küche mit Rauch. Die Kirchenpforte öffnete sich und fiel zu, dann hörte er Beths Schritte, während in seinem Kopf noch die Wörter herumschwirrten. Dichter Regen, feiner Regen, ein Regenbogen, eine Flut. Und die Art Regen, die donnerstags fällt, aber nur ganz leicht.

Wenn sie heimkehrte, in ihrer Bibliotheksbluse, deren tadellos glatter Kragen am Hals offen stand, und mit den praktischen, flachen Schuhen, umgab sie stets eine strahlende Aura der Professionalität. Sie durchlief winzige, magische Verwandlungen, wenn sie das Haar zu einem Pferdeschwanz band. Er liebte die sanften Abdrücke der BH-Träger auf ihren Schultern; er spürte, wie sie zu ihm zurückkehrte, wenn ihre Haut sich glättete. Und sie befreite ihn von der jeweiligen Übersetzung, an der er gerade arbeitete; jede Nacht entdeckte sie ihn von Neuem.

Heute Abend jedoch wirkten ihre Bewegungen unnatürlich steif, und das Manuskript hielt ihn stärker gefangen, als es seine Untertitel jemals konnten. Er hatte das Gefühl, dass sie sich weit nacheinander strecken mussten, als sie sich umarmten; ihr Kuss konnte ihn nicht aus dem Zauber wecken. Sie löste sich von ihm und wedelte den Rauch fort.

»Was ist passiert?«, fragte sie.

»Nichts. Ähm, das ist Cajun-Küche. Komm mit raus.«

Der Himmel verdunkelte sich, und hinter Bäumen und Gardinen gingen Lichter an. Constants Name auf dem Grabstein wurde unsichtbar. Beth schien sich zu sammeln. Als er sie erneut berührte, fühlte er sich ihr näher. Sie sah sich draußen um.

»Du hast schon gedeckt.«

»Der Abend ist wunderbar dafür, richtig mild.«

»Stimmt. Wir brauchen noch einen Teller.«

»Für wen?«

»Mum.«

»Dann ist nicht genug zu essen da.«

»Wir bekommen schon alle satt.«

»Wie Jesus.«

Sie wirkte zufriedener, aber er wusste nicht, was sie mit Judy vorhatte. Ihren Gesichtsausdruck konnte er nicht recht deuten. Das Manuskript rief nach ihm, mit dem Sirenengesang neuer Wörter. Er schüttelte das Gefühl ab und drehte sich zur Kirche um.

»Sie sind da.«

Sandy holte Dev aus dem Kindersitz in Thorns altem Saab, während Peter ein Reisebettchen und eine Wickeltasche aus dem Kofferraum hievte. Thorn stand mit einem verdutzten Gesichtsausdruck daneben. Dann sah er Beth und streckte ihr eine Weinflasche entgegen.

»Ihr habt es also geschafft«, sagte sie.

»Ja, wir sind eine richtig moderne Familie.«

Judy fuhr in einem Taxi vor, während Peter das Reisebettchen die Eingangsstufen hochwuchtete. Sie wirkte unsicher, griff sich immer wieder ans Haar und strich ihre Kleidung glatt, obwohl beides wie üblich perfekt saß.

»Ich hoffe, es macht euch nichts aus«, sagte sie.

»Nein, wir haben jede Menge Platz«, sagte Jack. Er wandte sich an Peter. »Kommt dein Freund Ash auch?«

»Ich habe ihm Bescheid gesagt«, antwortete Peter. »Aber ich habe ihm diese Woche schon ein paarmal auf den Anrufbeantworter gesprochen, und er hat sich nicht gemeldet. Ich will ihn noch etwas fragen.«

Sandy gab Dev ein Fläschchen und legte ihn in den Andachtsräumen schlafen. Der Abend blieb mild, und sie aßen draußen auf dem Kirchhof Brot und tranken Wein. Peter erzählte, die Wasserschutzpolizei hätte einen alten Sedan aus dem Hafen gefischt und darin einen Koffer voll mit Ausweisen von Frauen gefunden, aus Ländern, die nicht mehr existierten, wie der DDR und Jugoslawien, Obervolta und Zaire. Peter hoffte, dass sie Fälschungen waren und nicht irgendwelchen gestrandeten Frauen gehörten. Das Auto war mit Seepocken und Algen bedeckt; es hatte jahrelang dort unten gelegen.

»Auf jeden Fall kommt er zu spät«, sagte Peter. »Können wir anfangen?«

Jack hielt den Fisch für Ash im Ofen warm und teilte die anderen auf. Von der Küche aus beobachtete er den Tisch draußen. Neben jedem Glas brannte eine Kerze, die Gesichter schienen in der Dunkelheit zu schweben.

Sie verstanden sich gut; Peter saß zwischen Thorn und Sandy und hatte um beide einen Arm gelegt. Thorn lehnte sich an ihn, während Judy ununterbrochen trank. Aber etwas war anders, sie machten ungewöhnliche Pausen und schwiegen. Als Jack zurückging, wurde ihm klar, wie verletzlich sie waren, wie sehr sie alle voneinander abhingen.

Peter erzählte ihm: »Dave und Warren wollen Beth die Feinheiten des Bootfahrens beibringen. Wahrscheinlich heuern die beiden sie noch an.«

»Na prima«, sagte Sandy. »Mir wollten sie nicht einmal zeigen, wie man eine Rettungsweste anzieht.«

»Also wirklich, Sandhya«, sagte Judy. »Sie sind für die beiden viel zu hübsch.«

Beth warf ihr einen entrüsteten Blick zu. »Und ich?«

»Du weißt, dass du hübsch bist, mein Schatz. Aber Sandy ist so exotisch. Solche Männer wüssten gar nicht, was sie mit ihr anfangen sollten.«

»Sie haben ihnen auch gefallen, Judy«, sagte Peter. »Die Jungs fanden Sie umwerfend.«

»Dann versuchen Sie es doch mal«, meinte Sandy. »Die beiden waren nicht übel.«

»Sandy«, sagte Beth.

»Ich möchte doch meinen, dass ich noch etwas Besseres abbekomme, auch wenn ich eine alte Witwe bin.«

»Mum!«

Der Blick, mit dem Beth und Judy einander anstarrten, war auf beiden Seiten ebenso vorwurfsvoll wie zerknirscht. Beth sah zuerst weg und wandte sich an Sandy. »Was ist mit deinem Sänger, San?«

Sandy blickte zu Boden. »Der war wohl doch eher eine Eintagsfliege.«

Peter kommentierte das mit einem übertriebenen Schulterzucken. »Ich habe alles versucht, ich weiß nicht, was ich noch machen soll.«

»Wolltest du mir nicht heute jemanden mitbringen?«

»Auch das habe ich versucht. Ich weiß nicht, was mit ihm ist.«

Jack schenkte Peter Wein nach. »Neulich schien bei ihm alles in Ordnung zu sein.«

»Du warst bei Ash?«

»Ja, damit er sich mal das Manuskript ansieht.«

Judy stellte ihr Glas ab und sah Jack an. »Das Manuskript, von dem du auf Peters Boot erzählt hast?«

»Stimmt«, sagte Jack vorsichtig. Beth hatte Judy anfangs nichts von dem Manuskript sagen wollen, als sie dachte, es hätte Frank aufgefressen. Das glaubte sie jetzt nicht mehr. Aber vielleicht irrte sie sich – las er in Judys Gesicht Erkennen oder doch bloß Neugier? Jedenfalls war es jetzt zu spät.

»Was hat er gesagt?«, fragte Peter.

»Er meinte, es wäre wahrscheinlich nichts Besonderes.«

»Tut mir leid.«

»Aber vielleicht ist doch etwas dran.«

Thorn nahm die Flasche und schenkte sich ein. »Was denn?«

»Es war ein Brief dabei, aus dem achtzehnten Jahrhundert, der mir ein paar Hinweise gegeben hat. Ich glaube, es könnte so etwas wie eine künstliche Sprache sein. Eine philosophische, eine vollkommene Sprache.«

»Oh.« Thorn lehnte sich zurück. »Wie enttäuschend.«

»Na ja, es sei denn, dass diese tatsächlich funktioniert.«

»Wie funktioniert?«

Jack versuchte, in Worte zu fassen, was er gesehen hatte. »Du kennst ja die Geschichte mit Sprache und Denken, dass die Sprache das Denken formt. Was wäre, wenn es tatsächlich eine bessere Möglichkeit gäbe, Dinge auszudrücken, und Wörter für alle wichtigen Ideen und die Beziehung von Dingen zueinander?«

Thorn sah ihn überdrüssig an. »Du weißt doch, dass diese ganzen philosophischen Sprachen idiotisch sind. Große Ideale, aber am Ende listen sie nur die Sachen auf, mit denen sich ihre Erfinder beschäftigt haben.«

»Bis jetzt gab es noch keine guten, aber das heißt nicht, dass es keine geben kann.«

Judy deutete mit ihrem Glas auf Thorn. »Ich finde, es klingt wunderbar. Und so nützlich. Freut mich für Jack, dass er eine vollkommene Sprache gefunden hat.«

Beth fuhr dazwischen. »Mum, er hat keine vollkommene Sprache gefunden.

Judy stellte ihr Glas ab. »Das hat er aber gesagt.«

Beth schüttelte den Kopf. »Es ist wie – San, erinnerst du dich noch, wie wir im College die Dewey-Dezimalklassifikation gelernt haben? Und an diesen Witz über die chinesische Enzyklopädie, die alle Tiere so komisch unterteilt hat. Sie waren … eine Kategorie umfasste streunende Hunde, eine andere Meerjungfrauen, dann gab es Tiere, die gerade einen Wasserkrug zerbrochen hatten und welche, die von Weitem aussahen wie Fliegen. Das war von Foucault oder so, richtig?«

»Ja, aber er hat Borges zitiert.«

»Genau. Aber geht es nicht eigentlich darum, dass Sprache immer arbiträr ist und jede Einteilung der Welt auf irgendeine Art dumm?«

Thorn breitete die Hände aus. »Damit dürfte sie dich erwischt haben, Jack. Natürliche Sprachen entwickeln sich zumindest über Jahrhunderte, jeder trägt dazu bei – und sieh dir mal an, welche Probleme sie haben. Stell dir vor, du müsstest bei null anfangen.«

Jack sah sich am Tisch um und betrachtete die Gesichter im Kerzenschein. Nur Judy sprach ihm Mut oder Hoffnung zu, und sie hatte den ganzen Abend über in großen, eleganten Schlucken Wein getrunken. Plötzlich bekam er Zweifel.

»Aber stellt euch eine Sprache mit allen treffenden Begriffen vor«, sagte er. »Mit allen Wörtern, die uns sonst Probleme machen. *Schadenfreude* und *esprit d'escalier*, *saudade* und *duende.*«

Das war kein Argument, es war eine Flucht. Er wusste, dass er damit die Unterhaltung von seiner vollkommenen Sprache ablenken konnte, auf die plötzlich ein Schatten gefallen war. Er schämte sich ein wenig, als Judy verdrossen die Arme verschränkte.

»Ich weiß nicht, was die letzten beiden bedeuten«, sagte sie.

»Das weiß keiner von uns, zumindest nicht sicher. *Saudade* ist eine Art Sehnsucht, *duende*… ich weiß nicht, so etwas wie Inspiration. Aber dafür muss man erst die Sprache als Ganzes verstehen. Es gibt noch jede Menge solcher Wörter.«

Thorn stellte sein Glas ab. Ihm war klar, was Jack tat, aber es störte ihn nicht. »Das was Sandy hat, nennen die Deutschen *Torschlusspanik*«, sagte er. »Die Angst, keinen abzubekommen.«

Sandy verzog das Gesicht. »Und was ist mit diesen verdammten Kerlen, die einfach nicht bleiben, was haben die?«

»Natürlich *Schwellenangst.*«

Während Jack den letzten Wein einschenkte, suchte er nach Wörtern, die ein Verlieren beschrieben, das schlimmer war als eine Niederlage.

»Im Russischen geht es immer ums Trinken«, sagte er. »Es gibt verschiedene Wörter für fröhlich-betrunken, rührselig-betrunken und so betrunken sein, dass man singt. Es gibt ein

Wort für die letzte Flasche, die man nicht braucht, aber immer hat.«

Judy leerte ihr Glas. »Das klingt wunderbar.«

Den bereitgestellten Wein hatten sie getrunken, deshalb schlich Jack auf Zehenspitzen durch die Andachtsräume, vorbei an Dev in seinem Bettchen, durch die Falltür und die steinerne Treppe hinunter. Auf den Flaschen lag bereits eine dicke Staubschicht. Als er nach seiner üblichen Sorte griff, hatte er das Gefühl, wieder am Anfang zu stehen. Vielleicht hatte er sich nur etwas vorgemacht. Das Manuskript zeigte wiederkehrende Muster, aber sie waren nicht so streng wie bei einer philosophischen Sprache, wo jedes Zeichen etwas bedeuten musste. Die Muster zeigten sich in Endungen, Gruppierungen und Partikeln, wie bei einer natürlichen Sprache.

Er ging mit dem Wein ins Mittelschiff, wo sein Notizbuch lag. *Er kim pu nipe as Babelim. Wim azh doti af azh babi as akir lekim.* Er formte die Worte stumm mit den Lippen. Dev stand in seinem Bettchen, hielt sich am Rand fest und schaute mit großen Augen wissend in das Dämmerlicht der Andachtsräume. Jack beugte sich näher und flüsterte ihm zu: *»Ter scholpal tikim pu naschi.«*

Er hatte keine Ahnung, was er gesagt hatte. Dev blinzelte, dann machte er einen Schritt zurück. Er plumpste hin und sah Jack neugierig an.

Jack warf einen Blick in sein Notizbuch. *»Owal lekim us owal tokim?«*

Dev wurde bleich und fing an zu schreien. Der schrille Akkord sprach bei Jack einen Urinstinkt an, und während der kleine Junge aus voller Kehle brüllte, riss Jack wie zum Schutz die Arme hoch.

Sandy war als Erste da; sie nahm ihn hoch und ließ ihn an ihrer Schulter weiterbrüllen. Die anderen folgten ein paar Schritte hinter ihr. Sie musste schreien, damit Jack sie verstand.

»Was ist passiert?«

»Nichts, ich …«

Aber sie versuchte bereits, Dev zu beruhigen; sie lief mit ihm im Kreis herum, hielt ihn mal so und mal anders und streichelte ihn. Die anderen schreckte das Gebrüll ab. Peter mochte Kinder, aber Thorn wirkte vollkommen entsetzt. Beth und Judy pressten mit genau der gleichen Geste eine Hand an das Schlüsselbein.

»Ich bringe ihn lieber nach Hause«, sagte Sandy. »Würde es dir etwas ausmachen, Peter?«

»Überhaupt nicht, mein Herz. Wir kurbeln einfach die Fenster runter oder drehen die Musik lauter.«

»Es tut mir leid, Jack. Beth. Es war wirklich schön.«

»Geht es ihm gut?«

»Das wird schon, wahrscheinlich hat er nur …« Sie schüttelte den Kopf. »Alles in Ordnung.«

Judy machte einen Schritt auf Peter zu. »Ihr habt nicht zufällig noch Platz für mich, oder?«

Peter wirkte überrascht. »Ach, reichlich – wenn Sie wirklich wollen.«

»Wir können dich gleich fahren, Mum.«

Beths Stimme hatte einen leichten Unterton. Aber Judy war ihre Mutter, sie kannte jeden Unterton. »Sei nicht albern, Peter fährt in die gleiche Richtung.«

Sie küssten sich zum Abschied, dann beeilten sie sich, durch das Vestibül und hinaus in die Nacht zu kommen. Devs Stimme war noch einen Block weiter zu hören, und Jack fragte sich, was er wohl gesagt hatte.

Judy war verschwunden, bevor Beth irgendetwas hatte sagen oder fragen können. Jack merkte ihr das an, als sie den Abwasch erledigten. Beth ließ sich beim Abtrocknen viel Zeit. Dabei blickte sie nur auf den Kirchhof, nicht zu ihm. Das heiße Wasser lief ab; die Spüle war voller Tran und Gerbsäure. Er nahm den Teller für Ash aus dem Ofen und stellte ihn in den Kühlschrank.

Zu seiner Überraschung legte Beth das Trockentuch weg und lehnte sich an ihn, ihre Wange an seiner Schulter. »Das vorhin tut mir leid. Das mit Borges.«

Er betrachtete ihre Spiegelung im Fenster. Sie war zwei Fingerbreit kleiner als er. Als er ihre Halsbeuge streichelte, sagte er: »Es ist nicht deine Schuld.«

»Nein, ich meine … Du hast bestimmt eine vollkommene Sprache.«

»Ich bin da nicht so sicher.«

Er fing ihren Blick im Fenster auf; sie schien etwas abzuwägen. Dann sah sie weg.

»Na ja … ich habe heute etwas gefunden, über Dad. Das hat mich ganz schön umgeworfen.«

Sie überraschte ihn immer wieder, stets war sie ihm zwei, drei Schritte voraus. »Was hast du gefunden?«, fragte er.

»Komm mit.«

Sie ging mit ihm durch die Andachtsräume ins Mittelschiff. Die Steine hallten immer noch von Devs Gebrüll wider. Auf einer der Kirchenbänke stand Beths Handtasche; sie öffnete sie und zog eine dicke Fototasche heraus.

»Ich dachte, Dad hat sie aus einem bestimmten Grund hier in der Kirche gelassen. Damit ich Bescheid weiß, wenn ich will.«

Jack war nicht überzeugt. Der einfachste Grund war häufig gar keiner: Dinge geschahen, Menschen bekamen Herzinfarkte, sie ließen Kartons zurück. »Glaubst du, es ist etwas Wichtiges?«

»Fällt dir an ihnen etwas auf?«

Sie gab ihm die Fotos, die er schnell durchschaute. Kleinformatige Schwarzweißaufnahmen, verblasste Farbbilder. Auf jedem Foto war Beth zu sehen. Sie war ein hübsches Kind, mit vier noch blond, mit sechs braunhaarig, und vor der Kamera so unbefangen, wie er es von ihr gar nicht kannte.

Er verstand nicht, was das sollte. »Du bist wirklich süß«, sagte er.

»Das meine ich nicht. Sieh dir die beiden an.«

Auf dem ersten Bild sonnte sie sich in einem öffentlichen Schwimmbad neben dem Becken. Sie trug einen blauen Einteiler und eine übergroße Sonnenbrille, die wohl Judy gehört hatte, und posierte wie ein Filmstar. Sie war braungebrannt, mehr als man es bei Kindern heutzutage zuließ. Auf dem nächsten Bild saß sie auf einer Picknickdecke und zog die Nase kraus, während sie sich einen breiten Streifen Haut vom Arm pellte. Er betrachtete die Gesichter und Gestalten genauer.

»Dieser Typ hier?«

»Siehst du ihn?«

»Könnte sein.«

Ein Mann im hellblauen Rollkragenpullover und etwas, das nach einer braunen Cordjacke aussah, stand mit den Händen in den Taschen da. Zuerst beobachtete er Beth am Schwimmbecken von der anderen Seite eines Drahtzauns aus, dann stand er im Schatten eines Baumes hinter der Picknickgesellschaft. Auf dem ersten Bild war er gute zwei Zentimeter groß, auf dem zweiten kleiner. Es hätten auch verschiedene Männer mit der gleichen Kleidung sein können, aber es schien derselbe Mann zu sein.

»Wer ist das?«, fragte Jack.

»Keine Ahnung. Er wirkt vertraut, aber ich weiß nicht warum. Vielleicht, weil ich ihn den ganzen Tag über angestarrt habe.«

»Möglich.«

»Aber er ist mir wegen irgendetwas aufgefallen, etwas an ihm ist komisch. Es ist doch merkwürdig, wenn man denselben Menschen auf zwei verschiedenen Bildern sieht, oder?«

Auf beiden Fotos war der Hintergrund von Dutzenden Menschen bevölkert, sie schwammen im Pool und waren im Park. Doch jetzt wirkte der Mann, den Beth gefunden hatte, wie die einzige Gestalt auf den Bildern und in der ganzen Stadt. Es musste eine Verwechslung sein, sie bildeten sich das bestimmt nur ein.

»Ich weiß nicht, Beth. Du hast hier jede Menge Bilder, und auf ein paar taucht derselbe Kerl auf… Und das war vor zwanzig Jahren, damals gab es hier noch nicht so viele Leute, da lief man sich bestimmt hin und wieder über den Weg.«

Ihrem Blick nach war sie nicht überzeugt. »Könnte sein.«

»Außerdem sind die besseren Vororte eine Welt für sich. Da ist es normal, wenn man immer wieder dieselben Leute sieht, und wenn sie nicht gerade eine auffällige Behinderung haben, erinnert man sich wahrscheinlich nicht an sie.«

»Oder wenn sie nicht außergewöhnlich gut aussehen.«

»Aber selbst dann. Wir haben schließlich dreißig Jahre lang nur acht Kilometer voneinander entfernt gewohnt; ich muss dich früher schon gesehen haben. Und dann war ich bestimmt ganz…«

Er stieß einen Pfiff aus, als wäre eine umwerfende Frau vorbeigegangen. Sie schenkte ihm ein schiefes Lächeln.

»Nicht immer in diesen dreißig Jahren, bestimmt nicht. Ich meine, in den Achtzigern, mit diesen Frisuren und der Zahnspange, da hättest du…«

Sie spreizte die Hände und ahmte stumm ein Würgen nach. Jack musste unweigerlich lachen.

»Aber es ist erschreckend, wie wenig wir behalten«, sagte er. »Und wie viel wir vergessen. Im nächsten Augenblick ist alles weg; die Leute haben keine Gesichter mehr, sie verschwinden in der Menge.«

Sie nickte. »Es macht einem wirklich Angst.«

»Es ist bestimmt nichts Schlimmes.«

»Wahrscheinlich hast du recht.«

Als er mit den Fingerspitzen über die Bücherregale fuhr, spürte er, wie seine vollkommene Sprache verblasste. Wörter wanden und krümmten sich auf dem Boden, so spröde wie Insekten. Er fand ein spanisches Buch mit Essays und Kurzgeschichten von Borges. Er schlug das Inhaltsverzeichnis und dann das *Emporio celestial de conocimientos benévolos* auf, die Enzyklopädie des chinesischen Kaisers. Die eigenwilligen Kategorien waren alle vertreten. Zahme, Fabeltiere, die sich wie Tolle gebärden, und so weiter, *perros sueltos* – das ganze Unterfangen spottete jeder Klassifikation. Er blätterte zum Anfang des Essays; der kurze Text trug – natürlich – den Titel *El idioma analítico de John Wilkins.*

Das war kein Rundumschlag, sondern ein gezielter Angriff. Borges lobte Wilkins für seine vielfältigen Interessen und seine Mondstädte, zögerte aber nicht, seine universelle Sprache mit ihren Zweideutigkeiten, Redundanzen und Defiziten zu zerpflücken. Er lieferte eine logisch aufgebaute und plausible Bestandsaufnahme, an der es nichts zu rütteln gab.

Als die Schatten sich verdichteten und Beth tief und fest schlief, wusste er, dass er einen Fehler gemacht hatte. Er hatte keine Ahnung, was das Manuskript war. Er hatte es ans Licht gebracht, und jetzt konnte niemand Ash erreichen. Jack hatte die heimliche Faszination des Forensikers gespürt, und er mochte sich gar nicht vorstellen, dass ihm etwas zugestoßen sein könnte. Aber wenn das Manuskript keine vollkommene Sprache darstellte, dann vielleicht das Gegenteil.

Der nächste Morgen war sonnig und mild. Es kam einem Verrat gleich, sich wegen irgendetwas zu sorgen bei diesem wolkenlosen Wochenendhimmel, dem Hafen voller Yachten, dem Schlagen der Segel und Klirren der Takelage in der Brise. Doch das Sonnenlicht drang kaum bis in die Andachtsräume, und die Krypta blieb den ganzen Tag über kühl und dunkel.

Ashs Visitenkarte führte nur seine Büronummern auf. Jack rief immer wieder an, aber niemand hob ab. Allerdings war es auch Sonntag. Eine automatische Ansage der Telefonzentrale gab die Bürozeiten an; er würde bis morgen warten müssen. Er rief Peter an, um nach Ashs Privatnummer zu fragen, doch der kannte sie nicht. Jack lief in der Kirche auf und ab, so wie einst Frank, dabei drückte er das Manuskript an sich, vielleicht ebenfalls wie Frank, auch wenn ihm Letzteres immer weniger wahrscheinlich erschien.

Es war keine vollkommene Sprache; so etwas existierte nicht. Wahrscheinlich war es eine Fälschung, wie Ash gesagt hatte. Aber Ash war nicht aufzufinden, und Jack wurde das Gefühl nicht los, dass sein Verschwinden mit dem Manuskript zusammenhing. Mit einer okkulten Macht, wie sie die Mönche gefürchtet hatten, einem rätselhaften Unheil.

Beth sortierte die Fotos zu einzelnen Stapeln. Sie versah sie mit Klebezetteln und malte Pfeile auf die Zettel. Mittlerweile war die Anzahl der Bilder gestiegen; offenbar hatte sie noch mehr Alben und Umschläge voller Fotos gefunden. Sie hielt sie sich nah vor Augen und drehte sie ins Sonnenlicht. Es schien nie hell genug zu sein.

Am Montag rief er Ash erneut an und ließ es lange klingeln. Er versuchte sein Glück bei der Telefonzentrale, aber niemand hatte Ash gesehen. Er hatte sich auch nicht freigenommen. Jack sagte sich, es gebe zahlreiche Gründe. Er konnte sich nicht ernsthaft vorstellen, dass das Manuskript irgendetwas damit zu tun hatte, und versuchte, nicht mehr daran zu denken.

Beth machte sich rasch zum Gehen fertig. Er war immer noch nicht an ihren Körper gewöhnt: Jedes Mal, wenn er sie ansah, schien er sie aus einem leicht anderen Blickwinkel zu betrachten. Sie bemerkte, dass er sie beobachtete, während sie sich die Bluse überstreifte, und antwortete mit einem zarten, geschmeichelten Lächeln. Sie drehte ihm den Rücken zu, während sie die Ohrringe anlegte, aber er konnte sich ihr konzentriertes Gesicht vorstellen. Sie zog die Hose an und richtete sich auf, als es am Portal klopfte. Dann drehte sie sich zu ihm.

»Erwartest du jemanden?«

Mit einem Kopfschütteln ging er zur Tür. Die letzten Tage hatten ihn nervös gemacht: Ash ließ nichts von sich hören, er selbst war gescheitert. Die fröhlichen Geräusche der Vorstadt drangen bis ins Vestibül, trotzdem blieb er argwöhnisch.

Franks Freund O'Rourke stand auf der Treppe, neben sich eine Leiter und eine stumme Begleitung. Der angekündigte Lehrling hatte dunkles Haar, graue Augen und eine Haut, die aussah, als hätte sie zum ersten Mal Sonne abbekommen. Seine Augen hatten etwas Besonderes an sich, selbst bei einem kurzen Blick; sie waren blass und wirkten ungerührt. O'Rourke hob eine Hand an den Mützenschirm.

»Ach, hallo. Wir wollen Ihr Dach machen. Das hier ist Max.«

O'Rourke hatte abgestritten, unter der Kanzel etwas gefunden zu haben, aber Jack nahm ihm das nicht ab. O'Rourke hatte sich in der Krypta umgesehen, als suchte er nach dem Manuskript, als wollte er nachsehen, ob es noch in dem Versteck lag. Jack wusste, dass diese Gedanken paranoid waren, aber er konnte nicht anders.

»Können Sie nicht ein anderes Mal kommen, vielleicht morgen?«, fragte er.

»Wir brauchen jeden Tag«, antwortete O'Rourke. »Aber wir könnten in sechs Wochen wiederkommen.«

»Nein, nein. Kommen Sie rein.«

Beth knöpfte sich gerade die Bluse zu, über der Kehle und der Wölbung des Busens. Der Lehrling sah zu ihr hinüber, und sie drehte sich weg.

»Kann ich Ihnen etwas zu trinken anbieten?«, fragte Jack.

»Vielleicht später, danke.«

Beth zog sich die Schuhe an, als Max und O'Rourke nach draußen verschwanden und an der Wand rumorten. Er hörte sie über das Dach turnen, die katzengleichen Schritte von Max und das vorsichtige Auftreten O'Rourkes. Die Abdeckplane wurde weggerissen, ein Sonnenstrahl fiel auf den Boden. Beth gab ihm einen Kuss und fuhr in die Bibliothek.

Als der halbe Vormittag verstrichen war, glitt ein Schatten über das Portal, und die Post wurde eingeworfen. Darunter war ein weiterer Brief wegen des russischen Films, unterschrieben mit demselben Stift wie der vorherige. Jack hatte seit einer Woche nicht mehr an den Film gedacht und war froh, an ihn erinnert zu werden. Er setzte sich an den Schreibtisch und ließ das Band laufen.

Dunkle Wolken segelten über das Wüstenmeer, sie verdeckten die Sterne und den Mond. Zhenshchina hockte neben dem zur Seite geneigten Kiel eines Schiffes, dessen Schanzkleid und Schlote deutlicher hervortraten, je mehr die Wolken sich verzogen. Chelovek war von seinen Reisen zurückgekehrt. Er beugte sich zu ihr und erzählte von den Wundern, denen er auf der langen Wanderung begegnet war. Er hatte Geologen gesehen, die kilometertief unter Sibirien Bohrungen durchführten und sich die Ohren zuhielten, als die Schreie der Verdammten hervorbrachen. Eine Kathedrale voll mit Buntglas, das nach und nach zerflossen war. Ein Land im Kriegszustand, das Flugplätze aus Holz gebaut hatte, um den Feind zu täuschen; der Feind hatte die Flughäfen mit hölzernen Bomben beworfen. Er hatte Bibliotheken versinken sehen, weil ihre Architekten das Gewicht der Bücher nicht eingerechnet hatten.

Chelovek sprach leise, aber schnell; die Zeit würde nicht einmal reichen, um die Hälfte davon in Untertitel zu fassen. Auf dem Bildschirm durften nie mehr als zwei Zeilen stehen, mit höchstens fünfzig oder sechzig Zeichen. Jack versuchte, so gut wie möglich mitzuhalten, aber er hatte das Gefühl, alles würde etwas bedeuten, alles sei wichtig. Er musste immer wieder zurückspulen und von Neuem beginnen; es dauerte den ganzen Tag lang. Max und O'Rourke klopften an die Tür und sagte ihm, sie würden am nächsten Morgen weitermachen. Wieder versuchte er, Ash anzurufen, wieder ohne Erfolg. Die Welt da draußen wirkte öde und trügerisch.

Beth kehrte heim und sortierte ihre Fotos, während Jack sich mit den Russen herumschlug. Sie schliefen beide unruhig, und am nächsten Tag wachte Beth spät auf. Den Morgen verbrachte sie auf dem Boden, wo sie die Fotos auf den dunklen

Dielen anordnete. Jack sah ihr zu, während er eine Schüssel Müsli aß und versuchte, Ash anzurufen.

Sie hatte alle Fotos herausgesucht, auf denen ein Fremder zu sehen waren – irgendjemand außer ihr selbst, Frank und Judy. Es sah aus, als sei sie ihr Leben lang von Menschen umgeben gewesen. Auf jedem Bild betrachtete sie mindestens ein verschwommener Beobachter aus dem Hintergrund.

»Was hast du gefunden?«, fragte er.

Sie schob ein Foto über die Dielen zu zwei weiteren, die sie zuvor ausgesucht hatte. Es zeigte ihre Reflexion in einem Spiegelkabinett, vielleicht im Luna Park, mit aufgerissenen Augen und breitem Grinsen. Und genau in der Wölbung des Spiegels, wo der konkave in den konvexen Teil überging, war die verwischte Gestalt eines Mannes. Der langgezogene Farbklecks ließ sich nicht deuten, er war nicht mehr als ein paar Farbflächen in Kamelbraun und Hellblau.

»Glaubst du, er ist das?«

»Du nicht?«

»Na ja. Man kann kaum was erkennen.«

»Für sich genommen nicht, aber zusammen mit den anderen. Es gibt noch mehr, aber da trägt er andere Sachen, deshalb ist es schwerer zu sagen.«

Jack sah die restlichen Fotos durch. Sie schienen sortiert zu sein, aber er konnte nicht erkennen, welche der Figuren im Hintergrund sie meinte. Sie waren alle verschwommen und hinter Bäumen oder anderen Menschen verborgen.

»Mir sagt das nicht viel«, sagte er.

»Sie sind etwas klein, ich will sie vergrößern lassen.«

»Was bedeuten sie wohl?«

»Ich weiß es nicht.«

Sie wandte sich wieder den Fotos und ihrer nicht nachvollziehbaren Hierarchie zu und tauschte zwei aus. Wonach suchte sie? Franks Wissenschaft und Ketzerei, seine Erzählungen von Leuchttürmen und dem Universum, wie sie fast ertrank und gerettet wurde, die Jahre, die Frank sich in der Kirche verkroch – welche Verbindung mochte sie da sehen? Die Geschichten, die Fotos – sie waren Zeichen und Symbole, aber er kannte ihre Bedeutung nicht.

Das Telefon klingelte, und als er abhob, erwartete er weiteres Schweigen, das Geschwätz eines Telefonverkäufers oder eine freundliche Erinnerung an eine Rechnung, alles ein Verrat an der Sprache.

»Jack? Hier ist Ash.«

Jack war erleichtert. »Ash. Ich dachte schon, dir wäre etwas passiert.«

»Was sollte mir passiert sein?«

Er wusste es nicht. Angestrengt suchte er nach einer Erklärung, die nicht lächerlich klang. Dann schüttelte er den Kopf.

»Ach, keine Ahnung. Nichts.«

»Du solltest herkommen«, sagte Ash.

Sein Interesse erwachte. »Wirklich?«

»Und zwar gleich.«

Wieder war es ein sonniger Tag, der Himmel strahlte blau, und es schien unmöglich, dass es in der Welt Geheimnisse geben sollte. Aber in den hell erleuchteten Fluren des Forensischen Instituts war die Luft kühl, und Jack fiel der Unterton in Ashs Stimme ein, als er anklopfte.

Ash sah erschöpft aus. Seine Augen waren rot umrandet, sein Kittel mit matten Flecken übersät. In seinem Labor stapelten sich Pizzaschachteln und Limonadedosen. Dazwischen lagen die Streifen des Manuskripts, sie waren verbrannt, abgeschabt, mit Lösemitteln entfärbt. Zittrig suchte er sich einen Weg durch den Müll, sein früherer Elan klang nun wie Fieberwahn.

»Es ist so, Kohlenstoff-14 wird von lebendem Gewebe im gleichen Umfang aufgenommen, wie es zerfällt. Aber wenn das Gewebe abstirbt, wird nichts mehr aufgenommen, und die Isotope zerfallen mit der Zeit. Deshalb kann man messen, wieviel Kohlenstoff-14 sich in toter Materie befindet, und aus dem Unterschied zum aktuellen Vorkommen in der Atmosphäre berechnen, wann das Gewebe abgestorben ist.«

Jack versuchte, ihm zu folgen. »Du meinst, die Kuh.«

»Ja, oder die Kühe. Wir nehmen an, dass atmosphärisches 14C immer konstant ist, aber das stimmt nicht. Es wird von Sachen wie Atombombentests und Luftverschmutzung beeinflusst. Aber wir gleichen das mit Hilfe von alten Baumringen und so was ab.«

»Und?«

»Ich würde sagen, dass diese Kühe irgendwann zwischen 1090 und 1120 gestorben sind.«

Jack war überrascht. »Ganz schön alte Kühe«, sagte er.

»Genau, alte Kühe. Die Schrift auf dem Vellum könnte allerdings viel später entstanden sein. Sagen kann ich nur, dass die benutzte Tinte damals zur Verfügung stand. Es ist Eisengallustinte, sie besteht aus Pflanzengallen und Eisensulfat; mit anderen Worten: Vitriol.«

»Also ist es echt?«

»Es kommt darauf an, was du damit meinst. Aber es ist alt. Es wurde vor langer Zeit geschrieben.«

In Jacks Kopf drehte sich alles. Neunhundert Jahre – wie viele Bücher dieses Alters existierten noch? Und sie alle waren nur Fragmente, die unter Glas in abgedunkelten Räumen aufbewahrt wurden.

»Woher stammt es?«, fragte er.

»Ich bin nicht sicher. Es enthält Aleppogallen aus der Türkei und Gummi Arabicum, wahrscheinlich aus Ägypten, aber beides war in ganz Europa über die Handelswege verbreitet. Und der Staub, die Pollen – wie es aussieht, war das Manuskript überall, es ist schwer zu bestimmen.«

»Ach ja?«

Ash nickte, aber in seinem Blick lag ein Zögern. Jack sah auf die untersuchten Seiten und dann wieder zu dem Wissenschaftler.

»Was ist denn?«, fragte er.

»Es ist so, Eisengallustinten haften normalerweise dadurch, dass sie sich in das Pergament fressen, sie werden durch eine Reaktion gebunden. Irgendwann frisst sich die Tinte dann ganz durch. Aber hier scheint die Tinte auf der Oberfläche zu schweben, sie hat sich kein bisschen eingegraben.«

»Soll das heißen, die Schrift ist zu neu?«

»Viel zu neu. Die Reaktion müsste stärker sein, wenn die Schrift von heute Morgen wäre.«

»Was bedeutet das?«

Ash bedachte Jack mit einem langen, abschätzenden Blick. »Weißt du, als wir – als die Wissenschaft – bewiesen hat, dass das Turiner Grabtuch höchstens aus dem Mittelalter stammt, wurde dagegen argumentiert, die Auferstehung hätte die Ergebnisse verfälscht. Stell dir mal vor, der radioaktive Jesus bombardiert sein Leichentuch mit Isotopen.«

»Was willst du damit sagen?«

»Ich will sagen, ich weiß es nicht. Aber sieh dir das hier an.«

Ash schaltete das Deckenlicht aus und ging mit der abgeschnittenen Ecke des Einbands zu einer Lampe auf dem Arbeitstisch. Die dunkle Leuchtröhre darin erinnerte Jack an Constants ewige Kerze mit ihrer schwarzen Flamme. Ein Klick, dann war der Raum von intensivem ultraviolettem Licht erfüllt. Ash sah in seinem Laborkittel aus wie ein Gespenst, und die Flecken darauf glichen Blut, als er die Ecke unter die Lampe hielt. Jack verschlug es den Atem.

»Was ist das?«

»Ich weiß es nicht, wir haben nicht genug davon.«

Es war kaum auszumachen, eine Reihe von Schleifen und Strichen auf dem jetzt violetten Pergament, Adern unter seiner Haut. Eine abgeschnittene Ecke Schrift aus Kratzern; den unsichtbaren Kratzern, wie sie alle alten Bücher bekamen.

»Wahrscheinlich ist es eine Art Inschrift, ein Name oder ein Datum«, sagte Ash. »Ein Namenszug, weißt du, im Innern des Einbands. Wenn du den Rest mitbringst, können wir es ganz lesen.«

Er war vorsichtig, aber Jack entging sein starrer Blick nicht. Er war wie Johann Johnson und seine Freunde, wie Bruder Constant: Ash brauchte Gewissheit, er musste herausfinden, was sich dahinter verbarg. Intellektuelle Neugier verfinsterte sich zu Leidenschaft und Verlangen. Und das rätselhafte Unheil verdichtete sich. Im Moment stand er auf Jacks Seite, aber er würde die Entdeckung für sich allein wollen.

»Ich würde mir auch gerne den Brief ansehen, wenn du ihn noch hast.«

»Ja, schon klar.«

»Also bringst du alles her?«

»Ich rufe dich in ein paar Tagen an.«

Jack wusste nicht, was er tun sollte. Das Manuskript hatte ihn enttäuscht – auf unverzeihliche Weise, wie er fand. Es war einige Jahrhunderte älter als Wilkins und hatte nichts mit ihm zu tun – es war neunhundert Jahre alt und konnte alles Mögliche sein. Europa war im finsteren Mittelalter verloren und suchte nach Licht. Die Welt wurde von neuen Eroberungen erschüttert. Pierre Abélard schrieb in Paris, Thomas Becket in Canterbury, Omar Khayyam in Nischapur, die Skalden, die Sagas und Eddas in Norwegen und Island. Sie machten große Fortschritte in Theologie und Mythologie, in Astronomie und romantischer Liebe.

Er hatte sich in der Forensik getäuscht. Das Labor raunte ihm Versprechungen hinterher, während er durch die Sicherheitsschleuse und über den Rasen zum Parkplatz ging. Ash und seine Kollegen würden das Manuskript einordnen und beschreiben, seine Geschichte nachzeichnen, es unterschiedlichen Lichtquellen aussetzen. Jack könnte sich von seiner Fixierung darauf lösen und zurückkehren in die Welt, zu ihrem blauen Himmel, dem Wind in den Bäumen. Es wäre so einfach, ihm fiel wirklich kein …

Aber plötzlich unterlag sein Körper nicht mehr der Schwerkraft, er stürzte kopfüber nach vorn. Unter ihm flog der Boden hinweg, als er auf eine Baumreihe neben dem Parkplatz zuschoss. Er versuchte, mit den Armen zu rudern, um sich aufzurichten, aber ihm waren die Richtungen und Dimensionen nicht klar, und mit einem Mal war da nur noch diese Riesenfaust, die durch einen Glastisch krachte, und schon das Geräusch schien ihn bis zu den Bäumen zu tragen, und er wusste, es würde geschehen, er konnte nichts tun, es war zu spät, um …

Als er die Augen öffnen wollte, war alles rot und schwarz und schien zu schmelzne, wenn er hiesah und …

Er versuchte es noch einmal, er kämpfte gegen die Dunkelheit an und wollte bleinbe, wo er wqr, aber große Amre zogne ihn in die Edre sånft zaxt sqcht …

Af gim zh mendi takh gim ozh schesti ukhotal as zim …

Als er den Kopf hob, sah er eine schwarze Rauchwolke aus den zerborstenen Fenstern des Forensischen Instituts aufsteigen. Mit Blinklichtern und heulenden Sirenen rasten Rettungswagen auf ihn zu. Die Zeit lief seltsam ab. Er lag auf einer Trage. In seinen Ohren hämmerte es, sein Blick flackerte, während er auf die Ruine vor sich starrte, und berov er es mrkte, wudre er wieder …

Endlich kämpfte er sich aus der Bewusstlosigkeit. Etwas Weiches und Saugfähiges klebte an seinem Kopf, aber sein Gesicht war noch warm und feucht vom Blut. Sein Hals knackte, als er sich umsah. Der Rasen war mit Glas und Übertragungswagen übersät, und alle schienen zur anderen Seite des Gebäudes zu laufen – zu Ashs Seite.

Benommen wollte er sich aufsetzen, aber ein Sanitäter hielt ihn zurück.

»He, das lassen Sie mal besser bleiben.«

Er gehörte nicht zum offiziellen Ambulanzdienst, sondern trug die schwarz-weiße Uniform der Freiwilligen Johanniter, der St. John Brigade. Jack hatte sie bei Konzerten und Kricketspielen im Einsatz gesehen, aber nie recht gewusst, was es mit ihnen auf sich hatte. Ihre Epauletten zeigten das Malteserkreuz, dessen vier weiße Arme auf schwarzem Grund zusammenliefen. Die richtigen Sanitäter trugen ein rotes Kreuz. Er versuchte noch einmal aufzustehen.

»Wohin bringen Sie mich?«

St. John steckte sein Funkgerät ins Halfter. »Wir leisten nur Erste Hilfe, wir können Sie nirgendwo hinbringen. Wir warten auf einen Krankenwagen.«

»Ich glaube, mir geht es gut.«

»Kumpel, vor einer Minute haben Sie wirres Zeug geredet. Sie sollen einfach hier warten.«

»Was habe ich denn gesagt?«

»Weiß nicht. Klang irgendwie nach Endzeit.«

Jack starrte ihn an. »Nach End… – haben Sie damit etwas zu tun?«

»Womit?« St. John folgte Jacks Blick auf seine Schulter. »Ach, das? Nein, Sie meinen den Apostel Johannes. Wir gehören zu Johannes dem Täufer, wir wollen nur helfen.«

»Aber Sie sind trotzdem… Sie sind trotzdem religiös, oder?«

St. John sah ihn ruhig an. »Offiziell sind wir *pro fide* – für den Glauben –, aber wir sind auch *pro utilitate hominum*, wir unterscheiden da nicht.«

»Mir geht's wirklich gut.«

»Bleiben Sie einfach liegen.«

»Aber Sie können mich nicht festhalten, oder?«

St. John hob die Augenbrauen und trat einen Schritt von der Trage zurück. Jack versuchte aufzustehen. Es fiel ihm schwerer als gedacht. Sein halbes Blickfeld wurde von dunklem Nebel eingehüllt. Alle Vögel der Erde schwärmten durch den Himmel über dem Labor, fanden sich zu langen, dichten Gebilden zusammen und schossen herab, um Fleisch von den Knochen von Königen und Feldherren und mächtigen Männern zu picken. Nein – das stimmte nicht. Er schüttelte den Kopf und die Endzeit verflog, bis auf den Rauch und die Blinklichter der Krankenwagen. Er stolperte zur anderen Seite des Gebäudes.

Von der windabgewandten Seite des Labors waren nur ein schwarzes Loch und ein Streifen Schutt auf dem Rasen übrig. Zwischen geborstenem Holz und noch mehr Glas wanderten einige rußverschmierte Wissenschaftler umher. Murmelnd deuteten sie auf dieses und jenes, einige machten sich Notizen. Jack atmete auf, als er Ash unter ihnen sah, mit angesengtem Kittel, Hände und Kopf überzogen mit Schwarz und einem besorgniserregenden Dunkelrot. Er stellte einen verkohlten Bürostuhl auf und setzte sich, als Jack näher kam.

»Was ist los, was ist passiert?«

Ash versuchte, ein paar vom Feuer in Mitleidenschaft gezogene Zettel zu glätten. »Sieh dir das nur an – jetzt werden wir nie erfahren, wer was gestohlen hat und wo der Schatz vergraben liegt. Die ganzen Geheimnisse. Darum ging es wohl auch.«

»Was meinst du damit?«

»Normalerweise bestechen sie einfach jemanden; sie haben das früher schon versucht, aber noch nie …«

»Bist du in Ordnung?«

»Mir geht's gut, nur …«

»Sag niemandem, dass ich hier war, ja?«

»Was?«

»Der Polizei. Oder sonst wem.«

Aber Ash war schon wieder mit den Zetteln beschäftigt, dabei beschmutzte er sich mit noch mehr Ruß und Dreck. Die ganzen Fußspuren und Zahnabdrücke, all die ungelösten Rätsel. Jemand tippte Jack auf die Schulter. Um ihn herum blitzten Fotoapparate. Zumindest war das Manuskript in Sicherheit. Er war nicht paranoid gewesen, er hatte recht gehabt, sie alle hatten recht gehabt. Rätselhaftes Unheil, gewaltiges Unheil. Er wusste nicht, wer dafür verantwortlich war, aber es fühlte sich an wie das Ende der Welt.

Auf dem Weg zu seinem Auto ging er den Krankenwagen aus dem Weg. Er musste nach Hause zu dem Manuskript und in den Schutz der Kirche. Ungeschickt schloss er die Tür auf und steckte den Schlüssel in die Zündung, dann ließ er den

Motor im Rückwärtsgang und im ersten Gang absaufen. Er rumpelte vom Parkplatz und fuhr so langsam er konnte durch Nebenstraßen. Selbst auf seinem guten Auge sah er nur ein unscharfes Flimmern. Ihn erschreckten die anderen Wagen, die in sein Blickfeld rasten. Er kannte sich hier nicht aus, er würde nie nach Hause finden.

Eine gewundene Straße führte ihn an den Rand der Bucht, und er stellte entsetzt fest, dass sie leer war. Die Meere hatten gekocht, trockener Sand erstreckte sich bis zum gegenüberliegenden Ufer. Überall lagen Schiffswracks: Fähren und Dampfer voller Austern, alte Barken und Kutter versanken im Sand, die Masten wirkten wie skelettierte Knochen. Daneben hunderte Einkaufswagen und ein Mini-U-Boot. Der Himmel hatte die Farbe von Rost.

Als Nächstes bekam er mit, wie er ruckelig an einem Park voller Männer mit hellblauen Hemden und braunen Jacken vorbeifuhr. Es waren verschiedene Männer, aber mit derselben Kleidung. Sie standen in Grüppchen zusammen und blickten ihm nach, als er den Motor abwürgte und dann stotternd davonfuhr. Sein Kopf war zu klein, er spürte die Knochennähte seines Schädels.

Er wollte nur nach Hause, aber die Straßen oder der Wind führten ihn nach Nordost, auf South Head und den Leuchtturm zu. Schwärze trieb in seinen Blick, sie blähte den Grünstreifen am Straßenrand zu einem Tunnel auf. Er hatte Angst vor dem, was er dort wohl finden mochte, welchen apokalyptischen Anblick. Doch das Meer war zurückgekehrt, es brandete in großen Wellen gegen die Klippen, und ihm ging es besser. Er setzte sich, um dem endlosen Raunen der Wellen zu lauschen, bis er die Augen wieder öffnen konnte. Er musste den ganzen Nachmittag lang herumgefahren sein. Auf halbem Weg die Anhöhe hinunter ging ihm das Benzin aus, und er musste den Wagen im Leerlauf hinunterrollen lassen, während die Reifen schaurig über die Straße säuselten.

Beth wartete am Portal auf ihn. Er war ausgestiegen und eine halbe Stunde lang gelaufen, und jetzt überflutete sie das Mittelschiff mit Licht.

»Also warst du es doch«, sagte sie. »Ich habe dich in den Nachrichten gesehen und Peter angerufen, aber niemand hatte von dir gehört.«

»Ich habe mir den Kopf angeschlagen. Mir geht's gut.«

»Mein Gott, du hast eine Gehirnerschütterung.« Sie sah ihm in die Augen oder betrachtete sie zumindest: Ihrem Gesichtsausdruck nach konnte sie in ihnen nicht lesen. »Es heißt, das waren Kriminelle.«

Er erinnerte sich an etwas über Bankunterlagen und Besitzurkunden, gewöhnliche Probleme. Aber es musste mehr dahinterstecken. »Sie waren zu viert«, sagte er. »Auf Pferden. Und eine Frau mit einer … einer Art Bestie.«

Sie strich ihm über die Stirn und drückte sich an ihn. Über ihre Schulter hinweg sah er überall auf den Kirchenbänken Fotos liegen.

»War Peters Freund da, hast du ihn gefunden?«

»Er hatte leichte Verbrennungen.« Jack streckte die Hände aus, wie Ash es getan hatte, als er durch die Trümmer gestolpert war. »Ich glaube, es war nicht allzu schlimm.«

Sie hatte Ausschnitte der Bilder größer abgezogen und diese so weit vergrößert, wie es die Auflösung des Films erlaubte. Die Körnung wirkte willkürlich, die Farben liefen ineinander. Flecken und Formen, reine Illusionen. Sie glichen den verschwommenen Dingen, die er den ganzen Tag über gesehen hatte.

Sie zeichnete sanft seinen Bluterguss nach. »Worauf lässt du dich da nur ein?«

Die Dämmerung verschleierte seinen Blick. Er spürte, wie die Kraft aus ihm wich, und wie sie fühlte, dass er zusammenklappte, wie sie ihn stützte und zum Bett brachte. Er wusste nicht, worauf er sich da einließ. Sie schaltete das Licht aus, die Nacht war ihm willkommen. Er sah, wie sie die unscharfen Bilder betrachtete, jetzt alle ein verzerrtes Spiegelkabinett, und als die Dunkelheit ihn endgültig umfing, dachte er, er könnte ihr dieselbe Frage stellen.

Jack verschlief den nächsten Tag. Am Rande bekam er mit, wie die Bauarbeiter auf das Dach kletterten und wie Beth sich leise in seiner Nähe bewegte oder sich manchmal an ihn schmiegte. Er sagte ihr immer wieder, es ginge ihm gut und er wolle nicht ins Krankenhaus, aber vielleicht schlief er auch. Der Tagesablauf schien durcheinander zu sein; die Sonne stand immer anders, als er es erwartet hätte. Er versuchte, sich nicht an seine Träume zu erinnern.

Mitten in der Nacht wachte er auf, zumindest glaubte er, wach zu sein, und sah einen Splitter aus Mondlicht durch die Kirchenmauern dringen. Er versuchte, genauer hinzuschauen, aber seine Augen waren noch geschlossen. Der Splitter dehnte sich zu einem Streifen, der sich schimmernd wand. Er wusste, was es war: das Stückchen Schrift, das Ash vom Manuskript abgeschnitten hatte, und das unter seinem Untersuchungslicht aufgeleuchtet hatte.

Egal, wie Beth einschlief, am Ende drehte sie ihm immer den Rücken zu. Er stand auf und ging leise um sie herum, um ihr ungeschütztes Gesicht zu betrachten. Er hatte es erst wenige Male gesehen: Ihre Lippen standen leicht offen, ihre Züge waren weich und sanft, sie wirkte zehn Jahre jünger oder fünfzig Jahre älter. Aber heute Nacht war ihr Gesicht angespannt, sie klammerte sich an etwas, versuchte, im Schlaf Geheimnisse zu enträtseln.

Er folgte ihrem blicklosen Starren durch die Kirche zu den

Fotos, die auf den Kirchenbänken und dem Boden lagen. Als er zwischen ihnen umherging, sahen die Gesichter wie Prellungen aus. Sie hatte sie gerade sortiert, als er bandagiert nach Hause getorkelt war. Sie hatte sie liegen lassen. Ihre Sorge um ihn rührte ihn, und er wünschte sich, dass er ebenso reagiert hätte. Und doch ließ er sie allein im Bett, um im Schatten der Abdeckplane seinem Silberstreif bis in die Andachtsräume zu folgen, unter dem Vorwand, er tue es schließlich auch für sie.

Das Labor war explodiert, aber er war glimpflich davongekommen. Die Streifen, die Ash vom Manuskript abgeschnitten hatte, waren verloren. Doch es wäre weitaus schlimmer, wenn er es ganz dagelassen hätte, wenn es verbrannt wäre … Er konnte es nie wieder dorthin mitnehmen, und auch nirgendwo anders hin. Aber vielleicht musste er das auch nicht. Peter hatte ihn an die Partys erinnert, bei denen er mit Stroboskopen und Farbfiltern alle möglichen Lichteffekte gezaubert hatte. An Halloween hatten seine Gäste blendend weiße Zähne gehabt und Unterwäsche, die durch die Kleidung schien – und seine ultraviolette Leuchtröhre, seine schwarze Kerze hatte er immer noch … Er setzte sie in eine Schreibtischlampe ein, ging mit der Lampe und dem Manuskript in die Krypta und schloss die Falltür hinter sich.

Dann setzte er sich auf die steinernen Stufen und schaltete die Lampe ein.

Das Licht war unbeschreiblich. Er leuchtete, das Manuskript leuchtete, und die Adern oder kleine Fehler im Stein überzogen die Wände mit winzigen Sternen. Eine optische Täuschung ließ die Mauern verschwinden und zeigte nur Lichtpunkte, die in der Ferne verschwanden. Plötzlich war er weit entfernt von der Krypta und der Kirche; er schwebte im erst wenige Sekunden alten Universum. Ihm war schwindlig, er musste den Stein berühren, um wieder in die Realität zurückzufinden.

Als er das Manuskript aufschlug, glänzten in dem Einband Unterschriften auf, wie Ash vermutet hatte. Im violetten Licht strahlten sie silbrig schwarz, und es waren Dutzende. Johann Johnson hatte seinen Namen verzeichnet, die beiden großen J waren in der unteren Ecke abgeschnitten. Jan Reynolds hatte seinen Namen 1723 eingetragen, und sogar John Wilkins – 1638 hatte er als Jo unterschrieben. Also hatte er doch damit zu tun, zwar nicht als Autor des Manuskripts, aber als sein Schüler, sein Sklave. Das älteste Datum, das Jack entziffern konnte, lautete 1554, aber neben manchen Namen stand keine Jahreszahl. Rossignol, Argenti, Giovanni Porto oder Porta – sie überschnitten sich, als wären die Älteren überschrieben worden. Er zeichnete sie mit dem Finger nach und konnte kaum glauben, was ihm wie ein Wunder, wie eine Vision erschienen war. Schließlich fand er Constant, wie er es sich gedacht hatte.

Er hielt die Seite schräg unter die Schwarzlichtlampe auf der Suche nach Franks Namen, nach einem Hinweis, dass der alte Mann die Krypta und das Manuskript doch gefunden hatte. Wenn es doch nur so wäre, wenn er hier gesessen und auf diese Seiten gestarrt hätte, wenn er doch nur das Gleiche wie Jack entdeckt hätte. Dann könnte Beth ihre körnige, verzerrte Kindheit hinter sich lassen und müsste nicht zu dem gleichen Schluss kommen wie Jack – dass ihre Eltern sich nicht ebenso sehr geliebt hatten, wie sie die beiden liebte, und dass Frank es nicht hatte ertragen oder ändern können. Aber er konnte den Namen des Pfarrers nicht finden.

Er blätterte weiter, das Manuskript war voll leuchtender Notizen – sie hatten schon immer dort gestanden. Wie die Notizen, die er sich in seinen eigenen Büchern und Zeitschriften machte. Gerade, gewellte und doppelte Unterstreichungen,

Striche neben ganzen Absätzen, winzige Abkürzungen in verschiedenen Handschriften. Manchmal, besonders dem Ende zu, waren seitenlang keine Notizen zu finden, aber sie setzten immer wieder ein.

Die meisten Anmerkungen waren ebenso rätselhaft wie der Text. Einige der Pflanzen waren mit Wilkins' unverkennbaren Realschriftzeichen versehen: Er hatte sie für Maulbeeren und Löffelkraut gehalten. Andere Notizen konnten Englisch oder Deutsch, Italienisch oder Russisch sein, die meisten waren unleserlich. Aber sie alle waren Hinweise, ein Aufblitzen des Verstehens. Jemand hatte *Babel?* neben den halbfertigen Turm geschrieben, darüber stand in einer anderen Schrift *Pharos*. War das ein Austausch über viele Jahre hinweg, oder waren nur zwei Männer daran beteiligt, die jeder für sich der Dunkelheit Fragen stellten?

Einige Notizen bezogen sich nur auf bestimmte Bereiche, auf Geschichte oder Kalligraphie, Pflanzen oder Metalle. Aber der beharrlichste Ansatz reichte bis fast zum Ende, erst nach den Apparaten und Tinkturen wurde er spärlicher. Die Zeichen schienen durch das Pergament; da stand zum Beispiel *1 Kr 14,2, Dan 5,8, Off 5,4*. Jack fiel das Kratzen aus Constants Zelle ein, seine Kenntnis der Bibel – diese Abkürzungen stammten sicher von ihm. Frank hätte sie auch schreiben können, aber Constant war wahrscheinlicher. Das Pergament war alt und spröde, und seine Feder hatte sich mit der glatten Oberfläche abgemüht. Und sogar er war in den Kolonien Wahnsinn und Tod anheimgefallen, und sein Kratzen war verstummt.

Jack saß da, ließ die Fingerspitzen über die Seite gleiten und beobachtete, wie die Schrift verschwand und wieder sichtbar wurde. Er hätte nicht einmal schätzen können, wie spät es war, aber er hörte die Vorstadt allmählich zu einem neuen Tag erwachen. Er kam sich wie ein Gefangener vor, der in seinem Kerker auf die lichte Welt über der Erde lauschte. Die Vielzahl der Stimmen konnte sich weder auf eine Tonart noch auf ein Tempo einigen, und jetzt tappte auch noch Beth über den Dielenboden der Kirche. Als die Schreibtischlampe plötzlich zur Seite gerissen wurde, wusste er, dass sie das Verlängerungskabel gefunden hatte.

»Bist du da unten?«

Die Falltür öffnete sich und ließ Tageslicht in die Krypta; die silbrige Schrift des Manuskripts verblasste. Er strich über die Seite, konnte aber keine der Vertiefungen spüren. Er blinzelte hinauf zu Beth.

»Ich bin früh wach geworden«, sagte er. »Ich wollte etwas ausprobieren.«

»Geht es dir gut?«

Er griff sich an die Stirn, weil ihm seine Prellung wieder einfiel. »Alles in Ordnung, mir geht's schon viel besser.«

Sie bückte sich in die Krypta. »Vielleicht solltest du lieber zum Arzt gehen.«

»Nein, ich bin in Ordnung.«

»Wenn man dich da unten so sieht, könnte man nämlich glatt denken, du bist wahnsinnig geworden.«

»Ich bin nicht wahnsinnig.«

»Komm rauf.«

Sie ging die Stufen rückwärts hinauf, und er folgte ihr ins Mittelschiff. Die morgendliche Geräuschkulisse aus Mixern und Kaffeemaschinen, Laubbläsern und Straßenverkehr war oben lauter. Er stützte sich an der kühlen Mauer ab.

Das Manuskript hatte er mit heraufgebracht. Als sie es entdeckte, sah er so etwas wie Eifersucht über ihr Gesicht huschen.

»Haben sie dir im Labor etwas sagen können? Vorher, meine ich.«

»Es stammt aus dem elften oder zwölften Jahrhundert. Es ist fast tausend Jahre alt. Und es haben schon viele versucht, es zu entziffern.«

»Ist es viel wert?«

»Wahrscheinlich, müsste es eigentlich – danach habe ich nicht gefragt.«

Sie kniff die Augen zusammen. »Und was ist es? Glaubst du, es ist etwas richtig Tolles, voller wichtiger Geheimnisse oder so was?«

Sein Blick fiel unwillkürlich auf das Manuskript, und im Licht des Morgens sah es eher gewöhnlich aus. Aber er fühlte noch die Spuren dessen, was er gesehen hatte, in seinen Fingern pulsieren. Es ging nicht um Frank, nicht unmittelbar. Er wollte Beth sagen, dass er es für sie tat, doch er war sich plötzlich gar nicht mehr so sicher. Er streckte es ihr entgegen.

»Ich weiß nicht. Es fühlt sich so geheimnisvoll an. Aber selbst wenn nicht, selbst, wenn ich wüsste, dass es etwas Triviales ist, würde ich wissen wollen, was genau.«

Sie nahm das Manuskript nicht an; sie verschränkte die Arme über der Brust und zog die Schultern vor. Auf ihrer Wange und Schläfe zeichneten sich noch die Falten des Bettlakens ab.

»Warum?«

Sie klang nicht verärgert, nur verschlafen und verwirrt, aber sie verlangte nach einer Antwort.

»Ich … ich habe einfach das Gefühl, dass sonst etwas mit mir nicht stimmen würde.«

»Du musst es herausfinden.«

Er spürte zaghafte Erleichterung. »Ich würde es gerne.«

»Wenn du das nicht herausfindest, ergibt alles andere keinen Sinn.«

»So in etwa, ja.«

Sie sah ihn mit einem Blick an, der ebenso skeptisch wie durchdringend war. Leidenschaften sind wie Träume, dachte er, wie richtige REM-Träume – die eigenen waren immer die interessantesten. Aber man gab sich Mühe, wenn man jemanden liebte. Man wachte auf und hörte zu, man versuchte zu verstehen.

Ihre Fotos lagen immer noch auf den Kirchenbänken und Dielen verstreut, und bei Tageslicht erkannte er, wie weit sie mit dem Film gegangen war; sie hatte in ihm Sandstürme entfesselt, so körnig waren die Bilder. Als sie ihn traurig ansah, dachte er, sie hätte vielleicht über ihre eigene Suche gesprochen. Er fühlte sich wie ein Betrüger: Seit Jahren hatte er sich als Übersetzer bezeichnet, dabei verstand er gar nichts.

Sie hob ein Bild auf, hielt es sich dicht vor die Augen und dann weiter weg. »Ich habe ihn wohl verloren. Ich dachte, ich hätte ihn, aber sieh mal. Erkennst du was?«

Die Farben des Bildes waren Scharlachrot und Gold, hervorgerufen durch Halogenidkristalle mit einer chemischen Empfindlichkeit für die Primärfarben des Lichts; in Klumpen und Inseln zogen sie sich über den Film. Er konnte darin nichts erkennen.

»Eigentlich nicht.«

Sie nahm das Foto zurück. »Das ist nur Bildrauschen, oder? Aber das trifft auf alles zu, wenn man nah genug herangeht.«

Er dachte, damit hätte sie wohl recht. Zeitungsfotos, Einzelbilder von Filmen – sie waren Illusionen, die sich aus ihren Bestandteilen zusammensetzten. Und sogar diese teilten sich auf in Atome, in den Raum zwischen ihren Elektronen.

»Dad hat immer gesagt, dass dort Gottes Platz ist«, sagte sie.

Während er ihr zusah, dachte er daran, wie er die Poren ihrer Haut betrachtet hatte, die Brechung des Lichts auf ihrer Iris, die Linien ihrer Tätowierung – aber jeder Pfad des Wissens führte über ein Ödland der Unkenntnis. Er wusste, dass sie Frank vermisste, aber er konnte nicht erkennen, wie diese Sehnsucht aussah: Ihm fehlte die richtige Auflösung, die Körnung.

»In Bildern?«

Sie zeigte ihm das gesprenkelte Foto. »Im Chaos, in dem Bereich, der sich nicht messen lässt. Für Dad war die Physik unverzichtbar, er wusste, dass Gott die Regeln nicht umgehen würde. Aber alle Gesetze haben ihre Grenzen, irgendwann bleibt nicht mehr als Wahrscheinlichkeit – und er glaubte, das war der einzige Ort, an dem Gott noch sein konnte, von dem aus er die Fäden ziehen konnte, ohne, dass es jemand wusste.«

»Nicht schlecht.«

»Er kam einmal mit einem Bild von diesem Mandelbrot-Fraktal nach Hause und sagte, das wäre ein Bild vom Himmel mit seinen Küstenlinien und Binnenmeeren. Er war hin und weg davon.«

»Da liegt die Sache aber etwas anders – egal, wie nahe man herangeht, es bleiben immer Details.«

»Ja, aber irgendwann hört man auf, man muss es einfach. Man hört auf, bevor man Gott erreicht.«

Sie hatte die Bilder ihrer Genauigkeit nach angeordnet: Zuerst kamen die beiden Fotos des Mannes in Hellblau und Braun, auf denen die Gesichter fleckig und voller Schatten, aber immer noch erkennbar waren; je körniger die Aufnahmen wurden, desto mehr zersetzten sich die Bilder. Die letzten

Fotos hatten nichts mehr mit den ersten gemein. Ihre Farbe war auf Tintenkleckse reduziert, sie sahen nach nichts aus.

»Und dieser Typ, ist das Gott?«, fragte er.

»Vielleicht. Je genauer man hinschaut, desto weniger sieht man.«

Sie sammelte die Bilder wieder ein, die unschärfsten legte sie nach oben auf den Stapel. Dann packte sie den Stapel in den Pappkarton auf die Originale. »Er ist nicht Gott. Er ist eine Sackgasse.«

Jack sah in den Karton. Einige der Schwarzweißfotos waren nicht größer als Visitenkarten; er verstand, wie sie so schnell so körnig werden konnten.

»Wer hat die gemacht?«

»Dad. Er hatte so eine winzige Kamera, eins von seinen geliebten Spielzeugen.«

Sie wühlte in der Kiste und hielt ihm eine Schachtel aus mattem Silber entgegen, nur wenig größer als ein Feuerzeug. Als Jack die Kamera in die Hand nahm, spürte er, wie schwer sie war. Sie besaß einen schlanken Belichtungsmesser und Rädchen für Verschlusszeit und Schärfe. Als er sie an den Enden auseinanderzog, fand er einen Bildsucher und eine Linse von jeweils weniger als einem Zentimeter Durchmesser.

»Das ist eine Spionagekamera«, sagte er.

»Ein Original. Sie müsste aus den Fünfzigern oder Sechzigern sein.«

Als er den auffälligsten Knopf drückte, schnappte der Blendenverschluss auf; eine Hundertstelsekunde später lächelte Beth ihn durch den Bildsucher an. Er nahm die Kamera herunter und betrachtete sie anerkennend von allen Seiten.

»Sie funktioniert noch, sie ist komplett mechanisch.«

Die Kamera ließ ein knappes Surren hören, als er sie zusammenschob, und eines der Rädchen drehte sich von einer Markierung auf die nächste – die letzte. Stirnrunzelnd zog er die Kamera wieder auseinander, wobei eine Vertiefung sichtbar wurde. Als er darauf drückte, glitt die Kamera weiter auseinander und eine Patrone rutschte heraus. Sie maß etwa zweieinhalb Zentimeter und sah beinahe genauso aus wie eine Rolle Mikrofilm.

»Schau mal«, sagte er.

Er war sich nicht sicher, ob er das Richtige tat. Sie hatte die Bilder mit ihren imaginären Eindringlingen weggelegt. Vielleicht würde sie sich damit abfinden, Frank zu vermissen, ohne ihn zu verstehen. Trotzdem gab er ihr den Film, und sie drehte ihn nach allen Seiten.

»Können wir ihn entwickeln lassen?«, fragte sie.

»Ich weiß nicht, ob es solche Filme überhaupt noch gibt.«

»Kannst du das für mich rausfinden?«

»Sicher. Natürlich.«

Sie berührte seinen Arm, und wieder befanden sie sich gemeinsam auf der Jagd. Es war die falsche – aber sie war besser als nichts. Beths Gesicht hatte seinen morgendlichen Schleier abgeschüttelt, ihre Augen waren klar, ihre Haut glatt. Die Sonne strahlte durch die Kirchenfenster. Sie gab Jack einen Kuss auf die Wange und drückte ihm die Patrone in die Hand.

»Wenn du Zeit hast.«

Sie schloss die Tür hinter sich, und Jack stand plötzlich allein im weiten Mittelschiff. Er drehte den Film, dieses winzige Wunder, hin und her. Aber es war noch zu früh, die Fotogeschäfte hatten noch geschlossen. Er legte den Film auf die Kirchenbank neben der Tür, blickte vorsichtig hinauf zum Dach und ging zur Krypta.

Die Notizen, die unter dem Schwarzlicht sichtbar geworden waren, hatten unzugänglich gewirkt, aber jetzt konnte Jack das eine oder andere ausmachen. Handschriftliche Notizen zogen sich entlang der Ränder und füllten sogar den Raum zwischen den Zeilen. Die verschiedenen Schriften hatte er bereits in der Bibliothek gesehen, auf seiner Suche nach dem rätselhaften Alphabet: die kantigen Kleinbuchstaben aus Süditalien, die fetten gotischen Schriften, wie sie in Deutschland benutzt wurden, die zierliche Schnörkelschrift des mittelalterlichen Englands und die Kursivbuchstaben der Humanisten des sechzehnten Jahrhunderts. Sie bildeten ein Gewirr alter Stimmen, einen Disput, bei dem niemand zuhörte.

Der erste Abschnitt wurde in gotischer Schrift kommentiert; Jack gelang es, das deutsche Wort *Engel* zu entziffern. Der Schreiber hatte gedacht, die Sackmenschen wären Engel, die hoch über der Welt in ihren Blumen und Kletterpflanzen schwebten. Jack erwärmte sich allmählich für die Vorstellung von unförmigen Engeln, als die Schrift abbrach. Auf der nächsten Seite plädierten französische Notizen dafür, die Sackmenschen seien Feen und Ritter; sie trugen Namen wie *Oberon* und *Hüon* und *Kalif.* Bei dem Abschnitt über Kalligraphie angekommen diskutierten mehrere Italiener in ihrer geneigten Schrift über Codes und Chiffren. Sie unterstrichen in jedem Wort bestimmte Buchstaben und reimten sich Verschwörungen gegen den Papst zusammen.

Jack markierte mit den einzelnen Fingern die Kommentare. Als er das Manuskript kippte, sah er, dass er so die sieben Lagen des Manuskripts trennte. Die Lagen schienen nicht mit den Kapiteln des Manuskripts übereinzustimmen, es gab keinen Grund, warum die Kommentatoren sich genau an diese Grenzen gehalten haben sollten. Es sei denn … Das Manuskript war offensichtlich einmal geteilt gewesen.

Das musste es sein. Irgendwann war das Buch in seine sieben Lagen geteilt und über ganz Europa verstreut worden. Jede Lage hatten die Gelehrten vor Ort studiert, wobei ihre regionalen Interessen in ihre Interpretationen mit eingeflossen waren. Seine Bedeutung hatte sich in Dutzende Möglichkeiten aufgesplittert. Und dann, vielleicht einige Jahrhunderte später, musste es wieder zusammengefügt worden sein.

Eine hauchzarte Glosse zog sich vom Anfang des Manuskripts bis zu seinem Ende; sie war selbst im ultravioletten Licht kaum zu entziffern. Sie sah aus wie die karolingische Minuskel, eine kleine Schrift mit Kreuzen und Haken, in der *Beowulf* verfasst worden war. Die Aufteilung des Manuskripts musste wenig später stattgefunden haben. Der nächste durchgehende Kommentar war offenbar in der jüngeren Schnörkelschrift gehalten und enthielt alchemistische Symbole. Dann folgten die Glyphen von Wilkins' Realschriftzeichen, und schließlich Constants Verweise.

Constant war stets bei ihm, und er versuchte sich vorzustellen, was der Mönch wohl in dem Manuskript gesehen hatte. Frank hätte den Hintergrund und die Varianten der Bibelverse gekannt, ohne sie nachzuschlagen. Wie viel leichter wäre es gewesen, wenn Frank und O'Rourke den Altar beiseitegeschafft und die Krypta gefunden hätten, und welchen Trost hätte es Beth gespendet?

Ihm fiel auf, dass die Kirche über ihm still dalag, ohne Schritte oder Klappern vom Dach. Als er aufstand, verrieten ihm Knie und Rücken, dass viele Stunden verstrichen sein mussten. Er öffnete die Falltür. Das Dämmerlicht in der Kirche überraschte ihn. Die Abdeckplane war wieder über das Dach gespannt, Max und O'Rourke waren gegangen.

Beths Filmpatrone lag noch neben der Tür. Er sah sie im Schein der Lampe und wusste, dass es zu spät war. Er hatte einen ganzen Tag verloren. Er dachte daran, sie zu verstecken und sich etwas auszudenken, ließ sie aber doch liegen, wo sie war.

Das Vorwort des Übersetzers war der Teil der King-James-Bibel, der Jack am besten gefiel, und der einzige, den er wirklich glaubte. *Das Übersetzen öffnet das Fenster, um das Licht hereinzulassen, es hebt den Vorhang beiseite, sodass wir in das Allerheiligste blicken können.* Er setzte sich mit seiner Faksimileausgabe in das Mittelschiff und verglich sie mit dem Manuskript und Constants Verweisen.

Die Übersetzung war wunderbar, und er fragte sich, wie Constant sie wohl verbessert hätte, als er die erste Anmerkung des Mönchs nachschlug. *Dan 5,8* und *Off 5,4* stammten aus den großen Apokalypsen des Alten und Neuen Testaments. *Da wurden alle Weisen des Königs hereingebracht, aber sie konnten weder die Schrift lesen noch die Deutung dem Könige anzeigen.* Jack spürte, dass die Laborexplosion und die letzten Tage wie ein Schatten auf ihm lasteten. Er berührte seine bandagierte Stirn. *Und ich weinte sehr, dass niemand würdig erfunden ward, das Buch aufzutun und zu lesen, noch dreinzusehen.*

Genesis und die Verwirrung der Sprache umrankten den Turm auf der ersten Seite, auf der Jack die Worte Babel und Schinar ausgemacht hatte. *Wohlauf, laßt uns herniederfahren, und ihre Sprache daselbst verwirren, daß keiner des andern Sprache vernehme!* Constant hatte die Stelle ebenso verstanden wie Jack. Darauf folgten die aufgelisteten Alphabete, eingerahmt von Wundern aus der Apostelgeschichte und dem Korintherbrief: *Wie hören wir denn ein jeglicher seine Sprache, darinnen wir geboren sind?* Dann kamen der Abschnitt über Kolben und Tinkturen und eine großzügige Verteilung von Gaben: *Einem andern, Geister zu unterscheiden; einem andern mancherlei Sprachen; einem andern, die Sprachen auszulegen.* Die vagen, poetischen Hinweise ließen erste Konturen aus dem Dunkel aufsteigen.

Beth blieb an der Tür stehen und blickte einen Moment lang auf die Kirchenbank, auf der noch die Filmpatrone lag. Sie öffnete die obersten Blusenknöpfe, während sie sich über ihn beugte, um in seine Bibel zu sehen. Mit einem fragenden Gesichtsausdruck strich sie ihm durch das Haar.

»Suchst du etwa auch nach Gott?«

»Vielleicht, ich weiß nicht.«

»Wenn diese Kirche nämlich nachher so aussieht wie in *Shining* und ich nach Hause komme, während du ein Ave Maria nach dem anderen in den Computer hämmerst…«

Er grinste. »Ich dachte, das ist eine anglikanische Kirche.«

»Ja, aber ein Katholik hat sie repariert, also wer weiß.«

Sie sah zum Dach hinauf. Aus ihrem Blickwinkel konnte sie keine Veränderung erkennen. Mit einem Schulterzucken richtete sie sich auf, und als sie sich wegdrehte, glaubte er, im letzten Moment ein Stirnrunzeln gesehen zu haben. Er wollte sich schon für den Film entschuldigen, dachte dann aber, es läge wahrscheinlich an etwas anderem.

Er war bei den Vorrichtungen mit Kolben und Hebeln stehen geblieben und las dort weiter. *Und es wird ein Schwert durch deine Seele dringen, auf daß vieler Herzen Gedanken offenbar werden. Siehe, du hast Lust zur Wahrheit, die im Verborgenen liegt, du lässest mich wissen die heimliche Weisheit.* Und wieder Daniel, dieser große Übersetzer: *Und ich ging zu dem einen, die da stunden, und bat ihn, daß er mir von dem allen gewissen Bericht gäbe. Und er redete mit mir, und zeigte mir, was es bedeutete.*

Schön wär's, dachte Jack.

Beth kehrte mit einem Glas Wein zurück und setzte sich neben ihn auf das Sofa. Das Licht der Lampe überzog ihr Gesicht mit Schatten. Nachdem sie einen großen Schluck getrunken hatte, entspannten sich ihre Züge. Sie betrachtete ihre Hand, die sie durch die Streifen aus Licht und Schatten bewegte.

»Findest du, ich sehe immer noch so aus?«, fragte sie.

Er legte die Bibel beiseite. »Was meinst du?«

»Wie früher. Auf der Arbeit habe ich mich im Spiegel gesehen und dachte, das kann nicht sein. So sehe ich nicht aus.«

»Diese Spiegel sind manchmal wenig schmeichelhaft.«

»Ich brauche keine Schmeicheleien, sondern einfach Beständigkeit. Ich meine, wenn ein Spiegel jemanden zeigt, der man nicht ist, dann ist er kein besonders guter Spiegel, oder?«

Ihre Bibliotheksbluse stand weit offen. Sie biss sich leicht seitlich auf die Unterlippe. Das Haar hatte sie zu einem lockeren Pferdeschwanz zusammengebunden, ein paar Ponysträhnen hingen ihr ins Gesicht. Sie wirkte müde, aber sie sah so aus wie immer.

»Du siehst immer noch aus wie du selbst.«

»Wirklich?«

»Du bist wunderschön.«

Nicht gänzlich zufrieden lächelte sie ihn schief an. Die Gedanken vieler Herzen, Wahrheit im Verborgenen und die Bedeutung der Dinge. Frank hatte nicht an Wunder geglaubt, ebenso wenig wie jetzt Jack – aber wenn es eine Möglichkeit gab, Constants Verweise zu verstehen, seine Metaphern richtig zu deuten, dann würde er dafür Himmel und Hölle in Bewegung setzen. Er wusste nicht, was es sein konnte, aber er wusste, dass er es brauchte, und zwar sofort.

Der letzte Eintrag stammte aus dem Hohelied Salomos. Es gehörte zu den beiden Büchern der Bibel, in denen Gott nicht erwähnt wurde. Jack erinnerte sich an Franks merkwürdige Beerdigung mit ihren Bezügen auf Weltliches. Die eingekratzte Abkürzung stand neben dem brennenden Turm auf der letzten Seite. Jack verstand sie nicht, aber er las die Worte der Braut.

Des Nachts auf meinem Lager suchte ich, den meine Seele liebet. Ich suchte; aber ich fand ihn nicht. Ich will aufstehen und in der Stadt umgehen auf den Gassen und Straßen, und suchen, den meine Seele liebet. Ich suchte; aber ich fand ihn nicht.

cn) 6u+

Jack hatte die Kirche nicht verlassen, seit er vom Labor nach Hause gestolpert war; zwei Tage lang war er im Dunkeln geblieben. Er brachte das Manuskript in die Krypta und versteckte es unter der Steinplatte, unter der er es gefunden hatte. Nachdem er den Kopfverband abgewickelt hatte, musste er sich überwinden, hinaus in die Morgendämmerung zu gehen. Er wusste nicht, was als Nächstes explodieren würde: dieses Haus, jener Briefkasten. Er zuckte noch bei jedem Schritt zusammen, als er seinen Wagen erreichte.

Der Citroën stand schräg wie ein Fluchtwagen einen halben Meter vom Bordstein entfernt. Hinter den Scheibenwischern klemmten drei Strafzettel. Er fand eine Tankstelle, die ihm einen Reservekanister verkaufte, und schüttete fünf Liter in den Tank. Einen Moment lang saß er mit geschlossenen Augen da, bevor er den Zündschlüssel herumdrehte, blinkte und in die Stadt fuhr.

Der junge Mann im Fotoladen spielte mit einer Digitalkamera, als Jack das Geschäft betrat. Mit skeptischem Blick nahm er die Patrone und sagte, er müsse beim Filialleiter nachfragen. Als der ältere Mann dann den Film hochhielt, funkelten seine Augen.

»Acht mal elf«, sagte er zu Jack. »So einen habe ich seit Jahren nicht gesehen.«

»Können Sie ihn entwickeln?«

Der Filialleiter nickte. »Bis heute Abend. Wie groß wollen Sie die Bilder haben?«

Jack dachte an Beths Vergrößerungen. Er wusste, wie schnell der Film seine Schärfe verlieren und wie seine Ränder verschwimmen würden. Aber sie wollte keine Illusion, sie musste sehen, was wirklich dort war.

Er hielt die Hände weit auseinander. »Groß.«

Das Manuskript war durch die Hände von Spionen und Dichtern, Geistlichen und Okkultisten gegangen. Am Ende hatte es sie vielleicht bezwungen, aber es hatte sie alle von seinen Geheimnissen überzeugt. Es hatte etwas mit Übersetzung zu tun und mit Wahrheit.

Beth arbeitete nicht, deshalb musste Jack sich allein in der Bibliothek zurechtfinden. Er sammelte einen Stapel Bücher ein und ging damit in eine ruhige Ecke. Es waren Bücher aus all den Gegenden dabei, in denen das Manuskript wahrscheinlich gewesen war, und Bücher über alles, von dem die Notizen handelten. Ein matter Sonnenstrahl kroch über den Schreibtisch.

Er fing mit den Italienern an, deren Minuskeln die riesigen Buchstaben und den dichtesten Text eingerahmt hatten. Vielleicht stammten sie von Leone Battista Alberti, Architekt von Kathedralen und Aquädukten, einer der Väter der abendländischen Kryptographie. Oder von Giambattista della Porta, der eine unsichtbare Schrift auf hartgekochten Eiern vorschlug und Wörter auflistete, die kodierte Botschaften wahrscheinlich enthalten würden: *Werter* und *hochachtungsvoll* in Briefen, oder in Liebesbriefen *Herz, Feuer, Flamme, Tod, Mitleid, grausam.*

Im nächsten Buch las er etwas über Johannes Trithemius, Abt im rheinländischen Kloster Sponheim. Seine *Steganographia* wurde Ende des fünfzehnten Jahrhunderts verfasst, aber erst nach seinem Tod veröffentlicht. Sie beschrieb ein Netzwerk von Engeln, die göttliche Botschaften über die Welt verbreiteten, und wurde rasch verboten. Später hielt man seine Werke für Metaphern, für kunstvolle Beispiele von Kryptographie – aber vielleicht hatten die Zensoren doch recht. Die eckige gotische Schrift im Manuskript musste von ihm stammen.

Die Bücher erzählten immer wieder die gleichen Geschichten, während sich in der Bibliothek das Licht veränderte. Alle frühen Wissenschaftler wurden der Zauberei und des Hexenwerks angeklagt. Ihre Gilden wurden aufgelöst, ihre Abhandlungen verbrannt. Eine klare Grenze zwischen Physik und Magie existierte nicht, und Jack schien es so, als sei jeder ein Alchemist gewesen. Er las von ihrer Suche nach der wahren Natur der Dinge und von den Alphabeten, die sie für ihre Geheimnisse erfanden. Ihre verschlüsselten Begriffe hätten selbst Thorn verblüfft: der grüne Löwe, die Kröte im Schlamme. Roger Bacon und Thomas Charnock mit ihren alchemistischen Symbolen. Und George Ripley, von dem nur beiläufig und vom Hörensagen her berichtet wurde, der Jack trotzdem immer wieder auffiel. Ripley war ein Mönch aus Yorkshire, der Frankreich, Deutschland und Italien bereiste, um 1478 nach Hause zurückzukehren mit der Behauptung, er kenne das Geheimnis der Transmutation der Metalle – er sagte, er könne Blei in Gold verwandeln.

Das Muster war fadenscheinig, aber es existierte. Alle Männer, über die er las, alle Abhandlungen über Wissenschaft und Wunder erinnerten ihn auf die eine oder andere Weise an das Manuskript. Er wusste, dass seine Einzelteile über Europa verstreut gewesen waren, und jetzt sah es so aus, als hätte jedes eine erstaunliche Reaktion ausgelöst. Alberti und della Porta hatten ihr Talent zum Entschlüsseln auf ihre Abschnitte angewandt, um bald federführend in der Welt der Geheimbotschaften zu sein. Trithemius und seine Schüler wiederum hatten eine andere Lage des Manuskripts zu Abhandlungen über Engel erhoben. Sie hatten darin die Vorlage ihres himmlischen Botendienstes gesehen. Andere Teile des Manuskripts waren in die Tradition der Trouvères und Troubadoure eingeflossen, die ihren Rittern und Königen magische Kräfte verliehen. Sie alle hatten in dem Manuskript etwas anderes gelesen, und vielleicht hatten sie alle zum Teil recht gehabt.

Die Alchemisten jedoch hatten den Seiten des Manuskripts das Meiste entnommen. Jack spürte seinen Einfluss überdeutlich, als er von ihren Versuchen und Fehlschlägen las. Sie waren seine aufmerksamsten Schüler, mit ihrem mageren Siebtel gaben sie sich nicht zufrieden. Sie brauchten alles. Deshalb hatte George Ripley Europa bereist, um die Teile des Manuskripts zusammenzutragen und zu vereinen – es konnte kein anderer gewesen sein. Später hatten die wieder zusammengesetzten Seiten John Wilkins zu seinem Versuch einer philosophischen Sprache inspiriert, möglicherweise Jan Reynolds in den Ruin getrieben, Johann Johnson Rätsel aufgegeben und dann Constants Geist verwirrt – aber zuerst hatte George Ripley sie vereinen müssen.

Jacks Respekt wuchs, je mehr er las. Ihm wurde klar, dass es in der Alchemie nicht nur um Metalle ging, sondern um jede Art der Verwandlung. Blei sollte nicht nur zu Gold werden, sondern Krankheit zu Gesundheit und Tod zu Unsterblichkeit. Ihre große Aufgabe war die Vervollkommnung der Seele. Gold war natürlich auch nicht zu verachten. Und Ripley war reich geworden, unglaublich reich. Jedes Jahr nach seiner Rückkehr nach England hatte er dem Johanniterorden einhunderttausend Pfund gespendet. Für heutige Verhältnisse müsste man die Summe mit tausend multiplizieren – nicht schlecht für einen Geistlichen und Gelehrten. Jack fragte sich, wer diese Ritter waren und womit sie diese Unsummen verdient hatten. Aber er hatte da schon eine Idee.

Der Bibliothekar nahm seinen Bestellzettel mit misstrauischer Miene entgegen. Jack dachte, vielleicht ließen ihn seine Bücher über Kryptographie und Alchemie wie einen Spinner oder Schlimmeres aussehen. Vielleicht landete man wegen solcher Bücher auf Regierungslisten, wie bei *Mein Kampf* oder *Der Fänger im Roggen.* Er sollte seine Spuren besser verwischen. Es wäre ihm lieber gewesen, wenn Beth gearbeitet hätte. Er sah auf die Bibliotheksuhr, weil er es auf jeden Fall in den Fotoladen schaffen wollte, bevor er schloss.

Er ging zurück an seinen Tisch und schlug das erste Buch auf. Ihm zufolge hieß der Johanniterorden einst Orden vom Spital des heiligen Johannes zu Jerusalem. Gegründet 1099 nach der Eroberung der Heiligen Stadt während des ersten Kreuzzugs vollzog der Mönchsorden bald den Wandel zum militärischen Ritterorden. Es gab die Johanniter länger als ihre größten Konkurrenten, die Tempelritter, deren Besitz sie später zum Großteil übernahmen. Bis dahin war Jerusalem gefallen, und die Johanniter hatten die Insel Rhodos erobert, die zweihundert Jahre lang ihr Hauptquartier blieb. Mit Hilfe von George Ripleys Schenkungen wehrten sie mehrere Angriffe der Sarazenen ab, wurden jedoch 1522 von Süleyman dem Prächtigen vertrieben und siedelten nach Malta um, wo der Orden bis zu Napoleons Zeiten fortbestand.

Jack hatte von den Templern gehört, die trotz ihres kurzen Bestehens eine immer noch blühende Legendenbildung inspiriert hatten. Es hieß, sie hätten den Heiligen Gral und die Bundeslade gefunden und das Turiner Grabtuch aus Jerusalem mitgebracht. Am ersten Schwarzen Freitag der Geschichte wurden sie im Oktober 1307 wegen Ketzerei festgenommen; man warf ihnen vor, falschen Göttern zu huldigen und den wahren Herrn zu verleugnen, einander auf die Lippen und das Gesäß zu küssen und mit ausgefeilten Finanzstrategien schamlosen Reichtum angehäuft zu haben. Seit ihrer Auflösung hatte man sie mit einer Reihe wahnwitziger Verschwörungen in Verbindung gebracht, manche davon scherzhaft, manche ernst, manche betrügerisch, alle letzten Endes undurchschaubar.

Jack wusste allerdings nichts über die Johanniter, welche die Templer haben kommen und gehen sehen, freudig deren Besitztümer übernahmen und dann weitere fünf Jahrhunderte, vielleicht auch länger, bestanden. Seit dem Verlust Maltas 1798 wurde der Orden weltweit in verschiedenen Formen weitergeführt oder wiederhergestellt, dabei erlangte er den größten Einfluss in Russland, Rom und England. Aber die Johanniter hatten immer auf einer breiten internationalen Basis gearbeitet, die nach der Einverleibung der Besitztümer der Templer in sieben *langues*, sieben Zungen, aufgeteilt wurden: Provence, Auvergne, Frankreich, Italien, Aragon, Deutschland und England.

Ein vertracktes Puzzlestück schien seinen Platz gefunden und sich in das Bild eingefügt zu haben. Sieben Zungen, sieben Lagen des Manuskripts. Er hatte seine Spuren bereits nach England, Deutschland, Italien und Frankreich verfolgt. Handschriften, die typisch für die Provence oder Auvergne oder das alte Königreich Aragon waren, hatte er nicht gefunden, aber das alles konnte kein Zufall sein. Die Johanniter hatten das Manuskript in seine sieben Lagen geteilt und diese in ihre sieben Regionen verbracht, wo sich ihre Wirkung entfaltete, bis George Ripley sie unter Aufbringung großer Summen wieder vereinte. Warum hatten sie es geteilt? Um es besser deuten zu können oder um seine Geheimnisse zu wahren? Und woher stammte es ursprünglich?

Die Johanniter hatten unter verschiedenen Flaggen und Standarten gekämpft, um sich schließlich für ein Kreuz mit vier nach innen laufenden Armen und acht Spitzen zu entscheiden: das Malteser- oder Johanniterkreuz, das nach ihnen benannt wurde. Jack glaubte, er habe es schon einmal gesehen, konnte es aber nicht richtig einordnen. Die Erinnerung schien in Rauch gehüllt: brennende Ungläubige, einstürzende Gemäuer, das Ende der Welt.

Bei seiner Rückkehr vom Fotolabor war die Kirche voll: Beth war bereits zu Hause, Max und O'Rourke beendeten gerade ihre Arbeit. Er hörte sie durch die Andachtsräume, als er am Fernseher vorbeiging; ihre Stimmen legten sich leise über die Abendnachrichten. Sie tranken in der Küche Kaffee. Durch die Hintertür, die auf den Kirchhof ging, sahen sie eine Wolkenbank im Farbenspiel der untergehenden Sonne aufleuchten. Beth drehte sich zu ihm um.

»Jack, sieh dir die Wolken an.«

»Wunderschön.«

O'Rourke hob die Tasse hoch. »Ich habe gerade erzählt, dass wir passenden Stein gefunden haben. Sehr hübschen Sandstein, eine wahre Freude.«

»Gut. Das ist prima.«

Die Farben der Wolken verblassten nach und nach, doch lange hielten sich noch zarte Schatten. Max sah Jack mit leicht zusammengekniffenen Augen an. Seine Lippen verzogen sich zu einem selbstvergessenen Lächeln, das bald wie die Farben des Himmels verging.

»Max hat uns von Wladiwostok erzählt«, sagte Beth.

»Wirklich?«

»Schau mal.«

Max ging zur Seite, damit Jack den Sandstein auf der Küchenplatte sehen konnte. In seine Oberfläche war ein Relief von gut einem Zentimeter Tiefe geschnitzt. Eine Bucht, eine Halbinsel, eine Reihe Anlegeplätze. Im Vordergrund ein Frachtschiff und sanfte Wellen. Ein Häufchen neuen Sands war von der Arbeitsfläche auf den Boden gerieselt. O'Rourke stellte seine Tasse ab.

»Erstaunliche Geschichte, wie gesagt. Seine Frau hat im Internet einen Typen von hier kennengelernt und ihn dazu gebracht, ihr ein Flugticket zu kaufen, den langen Weg von Russland rüber. Ihre ganzen Freundinnen haben das auch so gemacht, meint Max. Also kommt er sie suchen, hat kein Glück und entscheidet sich stattdessen zu bleiben. Er hat so einen Brief dabei, mit dem er überall weiterkommt: Mein Name ist Max, und das und das ist passiert. Ich habe ihm ein bisschen Englisch beigebracht, erst mal, wie ein paar Sachen heißen.«

»Jack spricht Russisch.«

Warum nicht, dachte Jack. *»Ja govorju po-russki.«*

Max sah ihn ausdruckslos an. Lag es an Jacks Aussprache, oder benutzte Max vielleicht einen Dialekt, der schon einer anderen Sprache glich? Ein seltsamer Ort, Wladiwostok, ein Außenposten umgeben von Asien, eine kyrillische Insel in einem Meer aus Ideogrammen. Er versuchte sich vorzustellen, wie Max aus der Hafenstadt hereilte, um seine Frau zur Heimkehr zu überreden, aber er konnte sich nicht vorstellen, wie Max irgendjemanden zu irgendwas überredete – oder es auch nur versuchte, mit diesen sphinxgleichen Augen.

»Ich sag doch, er spricht nur in Stein«, meinte O'Rourke.

»Das hier hat er gerade gemacht«, sagte Beth. »Während wir zugesehen haben.«

»Keine Sorge, der Stein war über.«

»Sie können ihn aber auch ins Dach setzen.«

Jack streckte die Hand nach dem Sandstein aus. Er fühlte sich rau an und drückte sich zwischen die Rillen seiner Fingerspitzen. Jack zeichnete die Konturen der Bucht nach, die durchhängenden Trossen, das Kielwasser des Schiffs. Max nahm Hammer und Meißel und haute einen Sichelmond in den Himmel. Jack konnte gerade noch die Hand wegziehen.

»Dann soll er ins Dach«, sagte Jack.

Auf ein Nicken von O'Rourke hin nahm Max den Steinklotz auf und schleppte ihn nach draußen. Jack und Beth sahen ihm nach, als er das Relief neben einem Stapel roher Steine abstellte, direkt neben Constants leerem Grabstein.

»Ein echtes Postkartenmotiv«, sagte O'Rourke.

Sie nickten. Der Himmel verdunkelte sich zu einem Indigoblau, die Wolken wurden anthrazitfarben. Das Licht der Küchenlampe brach sich auf dem gemeißelten Stein und ließ das Motiv unscharf erscheinen. Das erinnerte Jack an die Abzüge, die er in der Jacke bei sich trug. Nachdem Max und O'Rourke zusammengepackt hatten, brachten er und Beth die beiden hinaus und schlossen das Portal hinter ihnen. Er drehte sich zu Beth um und reichte ihr die neue Fototasche.

»Schau dir mal die an«, sagte er.

»Oh.« Sie nahm die Bilder mit einem überraschten Lächeln und zerzauste ihm das Haar. »Vielleicht melde ich mich doch nicht als Internetbraut an.«

Er beugte sich vor, um die Bilder zu betrachten. Die Körnung war so grob, dass die Kanten ausgefranst wirkten. Viele der Bilder schienen kein richtiges Motiv zu haben, sie zeigten sich kreuzende Balken, helle Sonnenstrahlen, die Textur von Stein. Aber dann entdeckte er ein Muster, das er erkannte: ein Kreis und die Kontur eines Buchs. Er sah hinauf zu dem Buntglasfenster unter dem Dach, immer noch das Gleiche wie früher.

»Ist das hier gemacht worden?«

»Ja, alle.« Beth sah sich ebenfalls das Bleiglasfenster und den Innenraum der Kirche an. »Ich habe sie gemacht. Siehst du?«

Die Bilder ergaben mehr Sinn, als die kleine Beth lernte, mit der Kamera umzugehen. Die Gemeinde war herzzerreißend klein. Die Wände wiesen Flecken auf und bröckelten. Vielleicht kam das vom Film, vielleicht schmeichelte der Film der Kirche auch. Da war Judy, die aussah wie die Vorzeigefrau eines Pfarrers, mit den Händen im Schoß und zusammengepressten Lippen. Und Frank hinter der Kanzel; wegen des Bildausschnitts in leichter Schräglage bot er der Gemeinde Führung durch die Wunder der Welt. Er wirkte inspiriert und inspirierend. Voller Nachdruck streckte er die Hand mit gespreizten Fingern von sich. So wie das Bild von unten aufgenommen war, glaubte Jack, er könne Frank so sehen wie Beth ihn gesehen hatte: als Propheten, als Adepten, als Vater in jeder Hinsicht.

»Du hast die Aufnahmen gemacht?«

Sie nickte. »Ich hatte sie ganz vergessen. Er wollte, dass ich es mal versuche. Ich muss acht oder neun gewesen sein. Wahrscheinlich …« Sie lachte. »Wahrscheinlich fiel mir nichts anderes ein, was ich fotografieren könnte.«

»Sie sind klasse.«

»Gott, es ist, als wäre ich zurückversetzt. Du kennst das doch, als Kind durchschaut man vieles nicht. Aber plötzlich teilen sich die Wolken, und man sieht die Dinge richtig, man versteht sie.«

Sie starrte immer noch auf Frank, und er fragte sich, was sie gesehen hatte. Die Körner schienen ihm wenig zu sagen. Er glaubte, in Franks Zügen Neugier und Erkenntnis aufblitzen zu sehen. Frank sah aus wie ein großer Anführer, und Jack sackte leicht in sich zusammen, als er sich vorstellte, wie der alte Mann abgebaut hatte und während seiner letzten Jahre in der Kirche auf und ab gelaufen war.

Doch Frank so zu sehen, wie er einmal gewesen war, und das durch die Augen des Menschen, der ihn am meisten geliebt hatte, machte ihm Mut. Selbst wenn man allein endete, zählte doch, was man einmal war, was man getan und versucht hatte. Beths Augen glänzten.

»Ich dachte damals, er müsste so was wie Jesu bester Freund sein. Als ich noch aus tiefstem Herzen an Jesus glaubte – ich dachte, Jesus hatte wirklich Glück, einen Freund wie Frank zu haben.«

»Wahrscheinlich hattest du recht.«

»Als ich älter wurde und meinen Glauben verlor, war ich entsetzt, dass ich so viel Zeit in der Kirche vergeudet hatte. Im Nachhinein fand ich es allerdings nicht so schlimm, ich dachte, vielleicht war es das wert gewesen. Weil ich deswegen so für ihn empfand.«

»Siehst du, du erinnerst dich doch.«

Sie hielt ihm die Bilder hin. »Aber wieder sind es Bilder, wie ich gesagt habe.«

»Diese Sachen sind nicht auf den Bildern.«

Dankbar sah sie ihn an. »Und ich habe die Fotos vorher nie gesehen.«

»Nein.«

Sie nickte mit bescheidener Zufriedenheit und ging weiter die Fotos durch. Er hoffte, es würde ihr helfen. Vielleicht fand sie Trost darin, was Frank für ein Mann gewesen war, vielleicht konnte sie dann endlich trauern. Jedenfalls schien sie ein wenig Frieden dabei zu finden. Er wandte sich wieder den Fernsehnachrichten zu.

»O mein Gott«, sagte sie. »Das ist er.«

Er wollte sich umdrehen, um zu sehen, wen sie meinte, aber er sah sich selbst im Fernsehen. Die Nachrichten fassten die Ereignisse der Woche zusammen. Sie zeigten das verkohlte Labor, der Bildschirm pulsierte in Rot und Blau. Jack stolperte über den Rasen. Das Hemd hing ihm aus der Hose, und er fasste sich an die Stirn, bevor er einen Augenblick lang direkt in die Kamera starrte. Es dauerte nur einen kurzen Moment, aber es versetzte ihm einen Schlag, der ihn an die große Faust erinnerte, das diffuse Licht und die Ambulanz der Johanniter.

Da waren sie wieder, in ihren schwarzweißen Uniformen mit dem Malteserkreuz. Die schwarze Robe des Sünders und das weiße Zeichen des Erlösers: Das waren die ersten Farben des Ordens vom Spital des heiligen Johannes zu Jerusalem, neunhundert Jahre später, weniger reich, weniger kriegerisch, aber sie trugen dasselbe Kreuz und benutzten denselben Namen.

Er blickte zu Beth, um zu sehen, ob sie ihn in den Nachrichten entdeckt hatte. Sie sah so aus, wie er sich fühlte, auf ihren Zügen zeichnete sich eine befremdliche Mischung aus Erkenntnis und Verwirrung ab. Aber sie starrte nicht auf den Fernseher, sondern auf eines der Fotos. Es war ein Schnappschuss der Gemeinde, unscharf durch die Körnung und die langsame Verschlussgeschwindigkeit, doch er zeigte einen glänzenden Schädel, einen Kopf, der auf vertraute Art schiefgehalten wurde, einen hellen Stoff, der sich an den Hals schmiegte ... Jack wollte die Nachrichten weiterverfolgen, um zu sehen, was sie herausgefunden hatten, aber sie sah ihn mit einem Ausdruck an, der bar jeder Hoffnung oder Fröhlichkeit war.

»Ich wollte nicht, dass er es ist. Ich wollte ihn hier nicht haben.«

Mehr wollte sie darüber nicht sagen. Sie steckte die Fotos zurück in die Tasche, ohne seine Fragen zu beantworten. Ihre Bewegungen wurden im Laufe des Abends immer träger. Sie aß ein paar kalte Reste, zog sich aus und ließ ihre Kleidung auf dem Boden liegen. Jack hielt sie in den Armen, während sie erschöpft einschlief. Ihr Körper zuckte, aber ihre Augen unter den dünnen Lidern blieben reglos, als sei ihr der Schmerz bis ins Mark gedrungen. Ihr Zittern und Herumwälzen hielt ihn wach, doch er hätte ohnehin nicht schlafen können.

Nach der Laborexplosion waren die Johanniter als Erste zur Stelle gewesen. Führten sie ihre Kreuzzüge im Geheimen fort? Die Schriftzeichen hatten immer leicht arabisch ausgesehen; gehörte das hier zum großen Kampf der Geschichte? Die Ritter praktizierten nun Erste Hilfe, die Sarazenen brauten Sprengstoffe zusammen, und eine oder beide Seiten hatten geschworen, das Manuskript zu finden oder seine Entdeckung zu verhindern.

Sein Herz raste unaufhörlich. Er ließ Beth vorsichtig aus den Armen gleiten und setzte sich auf die Bettkante. Dann versuchte er, möglichst ohne ein Knarren der Dielen zur Falltür zu schleichen. Das Mondlicht strich über das Manuskript, als er damit ins Mittelschiff ging. Das Portal war abgeschlossen, aber jeder konnte durch die schmalen Kirchenfenster sehen. Vielleicht wäre das Manuskript in der Krypta sicherer gewesen, aber er wollte es nicht aus den Augen lassen. Er ging wieder ins Bett, legte sich auf den Rücken und drückte das Manuskript an sich.

Vielleicht steckten die Johanniter auch mit den Bombenlegern unter einer Decke und hatten den Schutt nach ihrem gemeinsamen Geheimnis durchsucht. *Pro fide* und *pro utilitate hominum*, für den Glauben, im Dienste der Menschen – aber welche Ungeheuerlichkeiten waren für diese Ziele begangen worden, lange vor der Eroberung Jerusalems und auch danach? Heute, wo alles das Gegenteil bedeutete, klangen diese Worte düster.

Er sagte sich, das seien alles Zufälle. Beths Atemrhythmus veränderte sich, ihre Augen zuckten, und die Lider flatterten; endlich träumte sie. Er hätte ihr helfen sollen, aber er hatte eine große Gefahr auf ihre Kirche gezogen. Ihm schnürte sich die Kehle zu, als er sie so im bläulichen Licht liegen sah. Er sagte sich, er würde sich alles einbilden. Aber während die Nacht langsam verstrich, musste er ständig an all das denken, was er über das Manuskript wusste, über sein Alter, die großen Geister, die sich daran aufgerieben hatten – und im Lichte dessen, während die ersten Boten der Dämmerung aufkamen und Beth sich von ihm wegdrehte, wie sie es immer tat, schien alles möglich zu sein.

Jack fiel in einen unruhigen Traum über schreckliche Bücher und unaussprechliche Schriften. Der Traum war kälter und leerer als die echte Nacht, aber er war kaum merkwürdiger. Kreuzfahrer und Alchemisten, Spione und Geistliche, alle möglichen Wahnsinnigen: Selbst ohne die Leichtgläubigkeit, die der Schlaf mit sich brachte, hätte er keinen Unterschied feststellen können – bis er plötzlich im grauen Licht der Kirche aufwachte, als hätte jemand etwas Entsetzliches geflüstert.

Beth saß in einem seiner T-Shirts auf einer Kirchenbank. Sie stützte das Kinn auf ein angezogenes Knie und starrte auf den vorderen Teil der Kirche, wo sich Altarraum und Kanzel befunden hatten. Er konnte fast vage Schemen vor ihren Augen vorbeitreiben sehen: Frank, der rastlos hin und her lief, hinter ihm nebelgleich seine Gemeinde – und eine Art Schatten über dem Altarraum. Das musste von seinem Traum kommen oder von der Prellung an seiner Schläfe. Sie presste die Lippen auf ihr angezogenes Knie. Er stand auf, ging über den knarrenden Boden zu ihr und legte ihr eine Hand auf die Schulter.

»Geht es dir gut?«

»Ich bin früh wach geworden«, sagte sie.

»Was ist los?«

Sie sah überrascht aus. »Nichts. Wie spät ist es?«

»Kurz vor acht.«

»Ich muss mich für die Arbeit fertig machen.«

Aber sie bewegte sich nicht. Das unscharfe Foto des Kahlköpfigen lag neben ihr auf dem Boden. Dieses Bild war das deutlichste nach den ersten beiden, die sie gefunden hatte, und selbst in den Grautönen sah er nach demselben Mann aus. Seine leicht verschobene untere Gesichtshälfte und sein selbstsicheres Lächeln beunruhigten Jack.

»Wer ist das?«, fragte er.

»Ich weiß es nicht.«

Sie hielt den Kopf schief, damit sie das Bild auch nicht aus den Augenwinkeln sehen musste. Draußen rumpelte ein Laster vorbei.

»Aber du glaubst, dass es etwas mit ihm auf sich hat, oder?«, fragte er.

Sie atmete tief aus. »Ich will nicht darüber nachdenken. Wenn das derselbe Kerl ist, jemand aus der Gemeinde – von hier –, wenn er uns und gerade mich damals verfolgt und Dad plötzlich die Kirche für immer dichtgemacht hat … Ich meine, was kann dieser Kerl gewollt haben, was kann er getan haben?«

»Du glaubst doch nicht …«

Er konnte nicht aussprechen, was sie nicht dachte. Ein kaltes Prickeln überzog seine Kopfhaut, als er an die Bilder dachte, die er von ihr als Kind gesehen hatte, im Badeanzug, nackt … sie war ein sehr hübsches Kind gewesen.

Beth zuckte mit den Schultern. »Das ist eine Kirche, hier schickt man niemanden weg. Auch keine Einsamen oder Verrückten. Manchmal können sie nirgendwo anders hin.«

»Du erinnerst dich nicht, dass etwas passiert ist?«

»Nein, aber auch an sonst nichts. Es gibt so viel, woran ich mich nicht erinnere.«

»An so etwas würdest du dich bestimmt erinnern. Falls etwas passiert wäre.«

»Nicht einmal das weiß ich.«

Ihre Stimme klang gleichmütig und abwesend, als spräche sie über einen alten Film, von dem sie nicht mehr wusste, ob sie ihn gesehen hatte, aber er glaubte, in ihr tiefe Abgründe zu hören. Sie schenkte ihm ein schwaches Lächeln, das zu sagen schien, da könne man ohnehin nichts tun.

»Ich muss zur Arbeit«, sagte sie. Sie kreuzte die Arme und zog sich das T-Shirt über den Kopf, und unwillkürlich, ohne darüber nachzudenken, sah er weg.

Er wollte, dass sie in der Kirche in Sicherheit blieb, aber er konnte sie nicht dort festhalten. Ihm war klar, wie sich das anhören würde. Ein alter Ritterorden hatte die ketzerischen Templer mit ihren Relikten und erbeuteten Schätzen geschluckt. Während der Belagerung seiner befestigten Insel hatte er einem Alchemisten seinen wertvollsten Besitz verkauft, ein Manuskript, das so bedrohlich war, dass es über das gesamte geheime Reich des Ordens verteilt werden musste und trotzdem in den Obsessionen eines ganzen Zeitalters nachwirkte. Der Alchemist hatte das Geheimnis des Manuskripts entdeckt, doch es war mit ihm untergegangen; der Orden hatte sich zu einer freiwilligen Hilfsorganisation entwickelt, wollte das Manuskript aber immer noch zurück. Sie würde glauben, er mache sich über sie lustig und nähme ihre Sorgen nicht ernst. Ein Gemeindemitglied, das herumschlich und sich für hübsche Mädchen interessierte – das klang wesentlich plausibler als die Geschichte über das Manuskript. Aber Jack hatte Beweise: in seinen Büchern, seiner Krypta, der Verletzung an seiner Stirn.

»Ich fahre dich«, sagte er.

»Willst du in die Bibliothek?«

»Nein, aber ich muss ein paar Sachen erledigen.«

Sie sah ihn neugierig an. »Was denn für Sachen?«

»Ein paar Recherchen.«

»Ist schon gut, ich kann mit dem Bus fahren.«

»Ich mach's doch gerne.«

Sie zuckte mit den Schultern, sah aber nicht erfreut aus. Er achtete darauf, den Wagen anzulassen, bevor sie zu nah kam. Er hatte die Johanniter-Ambulanz im Telefonbuch nachgeschlagen und besorgt festgestellt, das ihr Hauptquartier in der Innenstadt in einer Straße lag, die von der Hauptstraße abzweigte. Er war hunderte Male daran vorbeigelaufen und -gefahren. Jetzt fuhr er einen Umweg und verfranzte sich in Einbahnstraßen.

»Ich komme zu spät«, sagte sie, weniger als Beschwerde denn als Anmerkung.

»Tut mir leid.«

Er fand schließlich sein Ziel und ließ sie bei der Bibliothek aussteigen. Nachdem er gewartet hatte, bis sie drinnen in Sicherheit war, blieb er noch eine Minute am Straßenrand stehen. Eigentlich wollte er so schnell wie möglich zurück zur Kirche und sich einschließen, aber er konnte nicht einfach dasitzen und warten, bis sie ihn fanden, bis sie Beth fanden. Er musste ihnen entgegentreten.

Die St. John's Ambulance, das Hauptquartier der Johanniter, befand sich in einem schlichten Sandsteinbau hinter Feigenbäumen. Es war kein Wunder, dass er es nie bemerkt hatte. Aber das Malteserkreuz war in den Stein gehauen, wie in die Festungsmauern von Valetta, und als er seinen Mut zusammennahm und die schwere Tür aufstieß, wusste er, dass er das Lager des Feindes betrat. Selbst einen weniger paranoiden Betrachter hätte der Anblick so vieler Uniformen auf einmal beunruhigt. Zwei oder drei Menschen in Uniform, die im Park spazieren gingen, waren harmlos, aber ein ganzes Gebäude voll Uniformierter, und das in Städten überall auf der Welt, mit ihren Rängen und Befehlsketten – das war etwas anderes. Mit einem Mal wirkten sie eher wie eine Streitmacht. Vor allem, wenn man wusste, dass ihre Mitglieder seit Jahrhunderten mit demselben Wappen in die Schlacht gezogen waren, bei Jerusalem, Akkon und Antiochia – und wenn man noch mehr wusste, so wie Jack. Er blieb mitten in der Eingangshalle stehen, während Johanniter mit ihren Schlapphüten und Walkie-Talkies vorübereilten. Es war zu gefährlich, er hätte nicht herkommen dürfen. Er drehte sich um, verbarg sein Gesicht und hoffte, er würde es bis zur Straße schaffen, bevor sie ihn erkannten.

Ein junger Freiwilliger mit kurzen, schwarzen Haaren hielt seiner Kollegin die Tür auf und kam hinter ihr herein. Erschrocken sah Jack, dass er derjenige war, der ihm nach der Explosion des Labors geholfen hatte. Wieder spürte er die Erde erbeben und sah die Rauchfahnen über den Himmel ziehen – und St. John, der Johanniter, war sofort zur Stelle gewesen. Es war aus: Jack würde nicht entkommen.

Aber der Freiwillige sah an ihm vorbei und winkte der Empfangsdame hinter ihm zu, einer groß gewachsenen Frau mit mediterranem Teint und freundlichem Lächeln, und Jack konnte wieder atmen. Vielleicht hatte St. John beim Forensischen Institut ein Dutzend Leute versorgt, und hundert allein in der letzten Woche. Vielleicht wussten die Johanniter doch nichts über Jack; vielleicht hatten sie nur erfahren, dass das Manuskript aufgetaucht war, aber nicht, wer es gefunden hatte. Er konnte immer noch unbemerkt verschwinden.

Nach einem Schritt blieb Jack stehen. St. John hatte viel

über seine Organisation gewusst, über ihre lateinischen Wahlsprüche und ihren Namenspatron; vielleicht wusste er noch mehr. Und er hatte Jack geholfen, aus welchem Grund auch immer. Wenn Jack jetzt ging, würde er vielleicht nie Gewissheit bekommen – oder erst, wenn es zu spät war.

»St. John! Hallo, St. John!«

Er sagte es, ohne nachzudenken; er wusste nicht, wie er ihn sonst hätte nennen sollen. Überrascht sah er, dass der Freiwillige stehen blieb und sich umdrehte.

»Entschuldigung – was gibt's?«

Er wusste, dass ihm nicht viel Zeit blieb. »Ich brauche ein paar Informationen.«

St. John deutete auf den Empfangsschalter. »Dann sollten Sie Carol fragen. Sie kann Ihnen einen Zettel mit allen wichtigen Daten geben oder den Jahresbericht.«

»So etwas steht nicht im Jahresbericht.«

St. John sah Jack mit zusammengekniffenen Augen an und versuchte, ihn einzuordnen. »Woher kennen Sie meinen Namen?«

»Ich habe einfach St. John gesagt – Sie wissen schon, das steht auf Ihrem Abzeichen.«

»Ach so. Richtig.« Er blickte auf das Malteserkreuz auf seiner Schulter. »Es ist nur so, ich heiße wirklich St. John. Allerdings wird das *Sinjin* ausgesprochen.«

»Tatsächlich?«

»Mein alter Herr war ein Rechtsritter.«

»Bei Ihnen gibt es noch Ritter?«

»Rechtsritter und Ehrenritter, und dazu Ordensdamen.«

Jack senkte die Stimme. »Können wir uns irgendwo unterhalten?«

St. John musterte Jack und seine Verletzung an der Stirn eingehend. Dann zeichnete sich auf seinem Gesicht Wiedererkennen ab. »Sie waren bei der Explosion, beim Forensischen Zentrum.«

Das Blut pulsierte in Jacks Kopf. Er überlegte, es abzustreiten, aber er wusste nicht, wohin das führen sollte. »Stimmt«, sagte er. »Sie haben mich versorgt.«

»Sie hatten eine Gehirnerschütterung. Geht es Ihnen gut?«

Jack berührte seine Stirn. »Ich glaube schon.«

»Wir können hier drinnen reden.«

Jack war unsicher, seine Gedanken überschlugen sich. St. John wusste, dass er beim Forensischen Institut gewesen war, aber er konnte nicht sicher sein, was Jacks Verbindung mit dem Manuskript anging. Er würde versuchen, Jack auszufragen und ihn mit Informationen zu locken; Jack würde das Gleiche probieren müssen. Es war zu riskant, er fühlte sich dem nicht gewachsen, und doch folgte er St. John die Flure entlang.

Das Gebäude war eine Kreuzung aus Krankenhaus und Bürogebäude. Jack versuchte, sich unterirdische Stockwerke unter ihren Füßen vorzustellen, feucht und moosbewachsen und von Fackeln erhellt, aber es fiel ihm schwer. Als St. John eine unbeschriftete Tür öffnete, zögerte Jack kurz. Vielleicht waren St. Johns Absichten weniger kompliziert, und das hier sollte kein Wettstreit, sondern eine Falle sein. Doch dann dachte er an Beth und ging hinein ins Dunkle. St. John schloss hinter ihnen die Tür, dann legte er einen Schalter um. Flackernd ging das Deckenlicht an und enthüllte einen Raum voller Körper.

Es waren mindestens hundert, sie lagen aufeinandergestapelt auf dem Boden und waren wie Gefangene auf einem Zug ins Verderben zusammengeschnürt. Keiner besaß Arme oder Beine, ihre identischen Gesichter wirkten anmutig und gelassen. St. John bemerkte seinen Blick.

»Kennen Sie die Geschichte?«, fragte er. »Das ist die Totenmaske eines jungen Mädchens, das im neunzehnten Jahrhundert aus der Seine gezogen wurde. Niemand kannte sie, aber sie war so schön, dass man Kopien der Maske anfertigte und sie sich in ganz Europa an die Wand hängte. Die Leute schrieben Gedichte über sie und machten Skulpturen, und irgendwann auch diese Übungspuppen.«

Sie verliehen dem Raum eine gewisse Tragik, all diese armen französischen Mädchen, denen Tag für Tag Atem eingehaucht, die aber nie gerettet wurden. Sollte das eine Warnung sein, wie bei diesen Drohgebärden von Gangstern, wie ein Kuss auf den Mund oder ein Fisch im Bett? Jack sammelte sich und richtete seine ganze Aufmerksamkeit auf St. John.

»Ihr Vater war ein Ritter, und in einer ziemlich hohen Position?«

»Er hatte nie ein Amt inne oder so was. Aber er war als Hospitaliter vorgeschlagen. Hätte es auch werden sollen. Aber das ist natürlich alles Politik.«

Jacks Herz schlug wie wild. »Was machen Hospitaliter?«

»Sie verwalten die Augenklinik in Jerusalem. Die machen Hornhauttransplantationen und so was.« Er bemerkte Jacks Gesichtsausdruck und lächelte. »Was haben Sie denn gedacht?«

»Nichts, eigentlich nichts. Keine Ahnung.«

St. John sah sich um. »Hören Sie, sparen Sie sich lieber Ihre Zeit. Viele Leute kommen her auf der Suche nach allen möglichen großen Geheimnissen. Aber mein Vater ist so weit aufgestiegen wie nur wenige, und er war ein ganz normaler Mensch. Er hat Konferenzen besucht und über Fortschritte in der Medizin gesprochen. Er hat mir nie von irgendwelchen merkwürdigen Dingen erzählt.«

»Also gibt es keine Verbindung zum ursprünglichen Orden?«

»Es gibt eine Verbindung; viele Organisationen haben den alten Orden wieder aufleben lassen oder sich von ihm inspirieren lassen, manche wurden sogar von ein paar echten Rittern gegründet. Aber die Geschichte geht nicht nahtlos weiter. Nach dem Verlust von Malta war es im Grunde vorbei.«

Seine Augen blitzten, einmal kippte seine Stimme; er sprach wie jemand, der selbst nach Geheimnissen forschte. Vielleicht suchte er, ebenso wie Beth, weil sein Vater ihm ein Rätsel war, aber wahrscheinlicher schien, dass er nach dem großen Schatz der Johanniter suchte, nach dem Manuskript. Sie beide schlichen darum herum, ohne es zu erwähnen.

»Aber ihre Schätze und ihre Geheimnisse«, sagte Jack. »Die haben sie doch nicht einfach Napoleon überlassen, sie müssen sie von der Insel mitgenommen haben.«

»Es ist nicht bewiesen, dass es überhaupt welche gab. Sie waren wohlhabend und hatten das Bankwesen praktisch erfunden, aber sie verloren die meisten ihrer Besitztümer in Europa; nachher blieben ihnen nur Piraterie und Sklavenhandel. Wir kommen hier dem eigentlichen Gedanken näher als die Ritter jemals auf Rhodos oder Malta. Aber selbst in schlimmsten Zeiten waren sie vor allem Geschäftsleute.«

Er mauerte; seine Ausbildung war zu gut. Jack würde sich offenbaren müssen, wenigstens teilweise. Er schluckte.

»Wurden sie nicht durch Einnahmen aus der Alchemie finanziert?«

St. John hielt inne und sah ihn an. Plötzlich schienen alle Gesichter im Raum ihm zugewandt. Sie zeigten ein leises Lächeln.

»Das Geschenk von Ripley«, sagte St. John.

»Eine Menge Geld.«

»Aber George Ripley hat immer eine Menge Geld besessen. Seiner Familie gehörte halb Yorkshire. Er warf damit um sich, damit die Leute glaubten, er hätte Erfolg mit seiner Alchemie. Als er alt war, gab er allerdings zu, dass er nie etwas umgewandelt hat, und er hat den Leuten gesagt, sie sollen seine Bücher verbrennen, wenn sie welche finden.«

»Er hat gesagt, sie sollen verbrannt werden?«

»Ja, nachdem er sich bei den Karmelitern in Lincolnshire zur Ruhe gesetzt hatte. Man sollte sie verbrennen oder ihnen keinen Glauben schenken, weil sie falsch und eitel waren. Er meinte, er hätte alle Tore gefunden, aber keinen Schlüssel.«

»Was für einen Schlüssel?«

»Ich weiß es nicht. Aber das ist sowieso alles unwichtig.«

Das leicht schiefe Lächeln auf den vielen Gesichtern wirkte wissend, und Jack sank in sich zusammen. St. John hatte von Ripleys Rückzug mit Bedauern erzählt, als hätte er sich ebenso hochfliegende Hoffnungen gemacht, um dann genauso tief zu fallen. Jack nahm dem freiwilligen Helfer fast ab, dass er ihn vor der gleichen Enttäuschung bewahren wollte. Seine Geschichte klang rührend, wenn sie denn stimmte. Aber St. Johns Wissen über die Johanniter und ihren unseligen Patron ließ sich auch anders erklären. Jack konnte ihm nicht trauen.

»Und wofür war dann das ganze Geld?«

»Ich weiß es nicht«, sagte St. John. »Es erkaufte den Johannitern vierzig weitere Jahre auf Rhodos und half ihnen wahrscheinlich nach Malta. Für Ripley war es allerdings ein Verlust.«

Jack betrachtete die vielen Puppen. Er erinnerte sich daran, wie Beth fast ertrunken war, und an ihre Geschichte über die Bucht aus Treibsand und die Mädchen, die auf ihrem Grund lagen, und fragte sich, was das alles wohl zu bedeuten hatte. Er hatte sich in dem Manuskript und seinen Gefahren nicht getäuscht, aber er war verwirrt und konnte nicht genau erkennen, wie alles zusammenpasste. Und vielleicht hatte er in seiner Angst um Beth ihre Ängste übersehen. Er hatte nicht an sie geglaubt, er hatte es nicht gewollt. Viel zu lange hatte er sie außer Acht gelassen. Er wusste, wohin er als Nächstes gehen musste.

Als Frank beschlossen hatte, im Priesterseminar zu bleiben, hatten seine Brüder ihn für seinen Teil der Familienfarm ausbezahlt, fünfhundert Hektar am südlichen Ende des Getreidegürtels. Sie hatten mit Dürre und Wurzel- und Stängelfäule zu kämpfen, und Franks Anteil war nicht viel wert gewesen. Immerhin hatte er damit ein kleines Haus kaufen können, ein gutes Stück von der Kirche entfernt. Jack fuhr langsam, er war immer noch so nervös wie auf dem Hinweg zu den Johannitern.

Das einfache, solide Backsteinhaus stand in einer Straße, die in den letzten Jahren so weit wie erlaubt saniert worden war. Sein stets makelloses Äußeres wirkte mittlerweile etwas düster und altmodisch. Jack war zu festlichen Abendessen und Grillfeiern hier gewesen. Das Haus, der gepflegte Garten mit Schuppen und das schöne Wohnzimmer boten ein angenehmes Zuhause, und er hatte seine Besuche mit Beth stets genossen, ebenso wie das Familientheater, das sie jedes Mal seinetwegen aufgeführt hatten.

Frank war seit sechs Wochen tot, und schon sah alles verwildert aus, dabei hatte Judy sich schon früher immer um den Garten gekümmert. In den Blumenbeeten machte sich Unkraut breit, in der Auffahrt lag Laub.

Judy trug wie üblich ihr Hauskleid aus Satin und leichtes Make-up, aber ein paar Haarsträhnen hatten sich gelöst. Sie kam mit verschränkten Armen an die Tür und blickte nervös links und rechts die Straße hinunter.

»Jack? Ist alles in Ordnung?«

»Kann ich reinkommen?«

Als sie ihn einen Moment lang betrachtete, sah man ihr zum ersten Mal ihr wahres Alter an. Sie hielt die Fliegentür auf und suchte den Horizont ab, bevor sie die Tür hinter ihnen beiden schloss. Dann umklammerte sie seine Schulter, und ihm bohrten sich eiskalte Finger in die Brust.

Der Verfall, der draußen nur angedeutet war, trat im Haus deutlicher zutage. In der Spüle stapelten sich schmutzige Teller, die Arbeitsplatten und Tische standen voller Weingläser und Whiskytumbler, daneben fand sich ein überquellender Aschenbecher mit Zigarettenstummeln, die bis zum Filter aufgeraucht waren. Ihn beschlich leise Angst. Er hatte auf Judys nüchterne Sachlichkeit gezählt: Sie machte sich über ihre Ehe nichts vor, und ihre Deutlichkeit hatte alles erklärt. Bei jedem anderen hätte eine solche Nachlässigkeit ein Zeichen von Trauer sein können, aber bei Judy schien sie auf Schlimmeres zu deuten.

Bei dem Abendessen neulich hatte sie nach dem Manuskript gefragt, und einen Moment lang hatte er geglaubt, sie würde es wiedererkennen. Wenn Frank es doch gefunden hatte und Judy wusste, was es mit ihm gemacht hatte – was war es? Wusste sie, dass die Johanniter es jetzt auf Jack abgesehen hatten? Er war nicht überzeugt davon, dass alles einen Sinn ergab, und versuchte sich zu erinnern, warum er hergekommen war.

Judy ließ den Blick über die Unordnung schweifen und sah ihn dann trotzig an. Ihre Unvollkommenheit machte ihm Mut, gleichzeitig verunsicherte ihn der Gedanke, was wohl dahinterstecken mochte. Sie ging zu der halbvollen Whiskyflasche auf der Vitrine.

»Willst du vielleicht einen Drink?«

»Es ist erst elf Uhr.«

»Ich weiß, wie spät es ist.« Sie sah ihn böse an. »Das ist mein erster.«

»Na, meinetwegen.«

Er war enttäuscht, dass sie sich nicht die Mühe mit der Thermoskanne und den Teetassen gemacht hatte. Der Whisky lag ihm schwer auf der Zunge und zog ihm den Magen zusammen; es war viel zu früh dafür. Aber er fühlte, wie Wärme in ihm aufstieg und zwischen ihnen so etwas wie Komplizenschaft entstand.

»Wie geht es meiner Tochter?«, fragte Judy.

»Deshalb bin ich eigentlich hier.«

Beinahe verdrießlich starrte sie auf ihr Glas, als wäre sie beleidigt, dass er nicht nur für einen guten Schluck hergekommen war. Doch dann hob sie den Blick zu ihm.

»Was kann ich für dich tun, Jack?«

»Tut mir leid, dass ich das fragen muss, aber du hast auf dem Boot erzählt, dass es zwischen dir und Frank nicht ganz einfach war. Ich habe überlegt ...«

»Ich hätte das nicht sagen sollen.«

Ihre Stimme klang rau; vielleicht kam das vom Whisky, aber es schien eher an ihrer Stimmung zu liegen. Er holte langsam Luft und musterte aufmerksam ihr Gesicht, die Risse in der altgewohnten Fassade.

»Es tut mir leid«, sagte er. »Ihr hattet also keine Schwierigkeiten?«

»Doch, natürlich.« Sie funkelte ihn an. »Natürlich gab es manchmal Schwierigkeiten. Wir waren dreißig Jahre lang verheiratet. Ich weiß ja nicht, wie deine Beziehung mit Beth aussieht, aber wenn du vorhast, länger zu bleiben, solltest du dich auch auf ein paar Schwierigkeiten gefasst machen.«

Ihm stieg die Hitze ins Gesicht. Ihr verächtlicher Unterton

überraschte ihn, und ihm wurde klar, dass er sie überhaupt nicht kannte. Sie hatten sich oft gesehen, aber sie waren sich fremd.

»Ich weiß, dass es mich nichts angeht. Aber Beth will Frank verstehen, sie braucht das Gefühl, ihn zu begreifen, bis zum Ende. Und aus irgendeinem Grund glaubt sie, es wäre etwas Schreckliches passiert.«

»Du hast ihr doch nichts gesagt, oder?«

Er sah die Angst in ihren Augen. Was hatte ihre Distanziertheit durchbrochen? Es war nicht das Manuskript. Das dreckige Geschirr, die Stapel ungeöffneter Briefe – also gab es doch Geheimnisse, die Frank betrafen, und ebenso Beth. War Judy zu dem gleichen Schluss gekommen wie Beth? Vielleicht hatte sie unter Franks Sachen ein Tagebuch gefunden – oder hatte sie es die ganze Zeit über gewusst?

»Ich habe ihr nichts gesagt«, antwortete er. »Aber ich finde, du solltest mit ihr reden.«

Doch plötzlich war er sich nicht mehr sicher. Er kannte Judy nicht, und jetzt wirkte sie gefährlicher, als er vermutet hatte. Wenn Beth doch recht hatte, wenn Judy alles bestätigen und ihren Phantomen Leben einhauchen konnte, dann hätte er nicht herkommen sollen. Er hatte einen schrecklichen Fehler begangen.

»Ich kann ihr erzählen, dass wir ein paar Probleme hatten«, sagte Judy. »Wir waren uns nicht immer einig. Es war nichts allzu Ernstes, und wir wollten nicht, dass sie sich Sorgen macht, deshalb haben wir vielleicht einen Teil unserer Beziehung von ihr ferngehalten.«

»Stimmt das?«

Wieder ließ sie den Blick über die benutzten Gläser wandern, und dieses Mal wurde ihm klar, dass sie sich nicht für die Unordnung schämte, sondern eher etwas wie Panik verspürte.

Und wieder ließ ihn diese neue Einsicht in allem unsicher werden. Er starrte auf die Teller.

»Wir haben uns immer geliebt«, sagte sie. »Es ist wahr, von ganzem Herzen. Du hast recht, es geht dich nichts an, aber ich möchte nicht, dass Beth jemals daran zweifelt.«

Waren das die Reste einer Einladung, die sie nicht weggeräumt hatte, schämte sie sich, sechs Wochen nach Franks Tod ein Abendessen gegeben zu haben? Nein – er sah die Spuren verschiedener Mahlzeiten, keine davon passend für eine Abendeinladung. Da standen vier Teller, sechs Untertassen und acht Weingläser. Die Zigarettenstummel im Aschenbecher konnte er nicht zählen, aber alles andere war in gerader Anzahl vorhanden, alles ließ sich durch zwei teilen. Die Schatten schienen aus dem Raum zu weichen. Die Schlussfolgerung war ungeheuerlich, aber er zählte noch einmal nach und war sicher, dass er recht hatte.

»Judy, entschuldige, darf ich mir mal die Hände waschen?«

Sie wirkte erst überrascht und dann misstrauisch, aber winkte dann Richtung Korridor. Er wusste, dass er etwas finden würde. Einen frischen Rasierer, eine Zahnbürste. Er inspizierte die Regale und Schränkchen, die Waschbecken und Badewannenablage. Wenn ein Mann lang genug hier gewesen war, um diese Unmenge an Zigaretten zu rauchen, musste er etwas dagelassen haben.

Aber da war nichts bis auf ein neues Seifenstück, ein knochentrockenes Handtuch und eine Ersatzrolle Toilettenpapier unter einer Häkelhaube. Der Raum war so tadellos sauber wie der Rest des Hauses schmuddelig war. Sie hatte ihn ausgetrickst und in das Gästebad geschickt.

Mit angehaltenem Atem lauschte er. Der Mann konnte in diesem Moment im Haus sein, im Schlafzimmer oder in Franks Zimmer, und ungeduldig warten, während Judy versuchte,

Jack loszuwerden. Die Stille wurde von leisen Geräuschen durchbrochen, von dem Klirren der Eiswürfel in Judys Glas und dem Knarren ihres Stuhls, als sie unruhig wurde, weil er so lange brauchte. Er hatte das Gefühl, jemand säße nebenan, reglos wie eine Statue, und wartete darauf, dass Jack ging, um wieder atmen zu können.

Und dann hörte er es. Ein leises, reibendes Geräusch, dicht gefolgt von einem zweiten. Sie klangen wie ein *ts*, wie ein Feuerzeug, das zweimal angemacht wird. Es war nicht aus der Küche gekommen. Der Mann war nervös und hatte sich eine Zigarette anstecken müssen; vielleicht blies er den Rauch aus dem Fenster und versuchte, ein Zittern der Hände zu unterdrücken. Jack atmete tief ein und konnte Rauch riechen, da war er sich beinahe sicher.

Er drehte kurz den Wasserhahn auf und ging zurück in die Küche zu Judy. Einen Augenblick lang dachte er, er hätte sich geirrt und sie würde rauchen, aber das tat sie nicht. Sie schenkte sich nach und sank auf ihren Stuhl. Dann deutete sie mit dem Glas in seine Richtung und sah ihn mit einem Blick an, den er gleichzeitig abstoßend und herzzerreißend fand.

»Aber niemand versteht den anderen, Jack. Nicht richtig, nicht wahrhaftig. Niemand ergibt für andere einen Sinn.«

Er leerte sein Glas und stellte es auf den Tisch. Es schien plötzlich das Einzige zu sein, was sie verband.

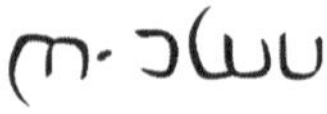

Als Jack durch Nebenstraßen zurückfuhr, hatte er den Eindruck, die Welt sei greller und oberflächlicher, als er geglaubt hatte: Sie besaß weniger Schatten, ihre Schwächen traten offen zutage. In Judys Haus war ein Mann, nicht einmal zwei Monate nach Franks Tod. Sie hatte Probleme angedeutet, aber Jack hätte nicht gedacht, dass sie so groß waren, wie es jetzt schien.

Er parkte direkt am Wasser und setzte sich auf die Ufermauer. Ihm fiel ein, dass er einige Tage zuvor bereits hier gewesen war: nach der Explosion des Labors, als die Bucht ausgetrocknet war und der Sand oder Treibsand bis zum anderen Ufer gereicht hatte. Das war ein Traumbild gewesen, ausgelöst durch seine Gehirnerschütterung. Jetzt war das funkelnde Wasser zurückgekehrt, und alles war klarer.

Wenn sie diesen Mann vor Franks Tod getroffen hatte – aber auch, wenn ihre Ehe so fadenscheinig geworden war, dass sie sich so schnell verlieben konnte –, dann war es verständlich, dass Frank sich in seine Kirche zurückgezogen hatte. Und wie hätte er wieder predigen sollen? Sein Glaube war durch seine intellektuelle Neugier und seine wissenschaftlichen Zeitschriften zu geisterhaften Schemen aufgerieben; er machte sich keine Hoffnungen mehr, und von einem Mann in seiner Lage war wenig Nächstenliebe zu erwarten.

Und doch konnte das Manuskript der Grund gewesen sein – es hatte Frank in seinen Bann geschlagen oder Judy vertrieben, alles hatte mit ihm begonnen oder war seinetwegen schlimmer geworden. Aber es gab tausend einfachere Gründe, dreißig Jahre voller Gründe.

Also war das Geheimnis gelüftet, und die Antwort schien unerträglich, doch nicht so schlimm, wie sie hätte sein können. Frank tat ihm entsetzlich leid, und auch mit Judy hatte er Mitleid – aber vor allem war er Beths wegen erleichtert, dass der Mann auf den Fotos eine Erfindung war, das Ergebnis einer zu weit getriebenen Suche. Jack hatte sie alle gerettet.

Er stellte den Wagen eine Straße weiter ab und nahm die Abkürzung durch den Park. Immer wieder blickte er sich um. Das Licht wurde schwächer, als er die Kirche erreichte, und die Schatten verlangsamten seine Schritte. Er dachte an die Wasserleichen und an Beths Geschichte über den Strand. Konnte er ihr wirklich von dem Mann in Judys Haus erzählen? Vielleicht ging es ihr mit ihren quälenden Fragen besser. Vielleicht waren sie dem Wissen vorzuziehen, dass Frank verraten worden war, dass seine Kirche trotz aller Mühen in Trümmern lag.

Beth saß in ihrer Arbeitskleidung auf den Eingangsstufen und betrachtete die Nachbarschaft, deren Farben und Formen miteinander verschmolzen. Mit einem befremdlichen Gesichtsausdruck blickte sie auf den Kirchhof und die Straße entlang. Jack ging über den knirschenden Kies zu ihr.

»Hast du deinen Schlüssel vergessen?«

»Nein.«

Sie neigte den Kopf leicht zur Seite, damit er ihr einen Kuss auf die Wange geben konnte, dann deutete sie Richtung Tür.

»Ich kann da irgendwie nicht reingehen.«

Er setzte sich neben sie auf die Stufe, den Rücken an das alte Holz gelehnt. Die Haut über ihrem Schlüsselbein hatte sich zusammengezogen, wie das Meer, über das der Wind weht. Er betrachtete den Kirchhof, die Auffahrt, die niedrigen Sträucher. Er glaubte, eine Bewegung zu sehen. Vielleicht waren sie ihm doch gefolgt.

»Hier draußen kannst du auch nicht bleiben«, sagte er.

»Nein. Ich konnte diesen Teil der Nacht nie leiden. Oder des Tages.«

»Wenn es dunkel wird.«

»Nein, das Zwielicht. Dunkelheit ist in Ordnung, dann ist es schon Nacht. Aber dieses Zwielicht.«

»Ich mag es auch nicht.«

»Es ist weder das eine noch das andere. Als ich klein war, hieß Zwielicht für mich immer Räuber und Monster, nur schlimme Dinge. In meinen Alpträumen war immer Zwielicht.«

»In meinen auch.«

Als er den Arm um sie legen wollte, drehte sie sich weg; plötzlich war zwischen ihnen ein Abstand. Sie machte keine Anstalten aufzustehen, also hielt er den Arm einen Zentimeter hinter ihrem Rücken und spürte, wie die Hitze des Tages abklang. Beth kauerte sich zusammen und schauderte.

»Ich glaube, es war um diese Zeit, bei diesem Licht. Den ganzen Tag lang kommt diese alte Geschichte langsam zurück, aber ich kann mich nicht richtig erinnern, alles ist in diese Unfarbe getaucht. Es muss etwa um diese Zeit passiert sein.«

»Was denn?«

»Es war etwa so spät wie jetzt, und ich war allein. Ich weiß nicht, wo Mum und Dad waren, ich weiß nicht, warum sie nicht hier waren. Niemand war hier. Ich war wohl zwölf oder dreizehn, ich musste zur Toilette, hinten raus, und ich ging durch die ... du weißt schon, durch die Andachtsräume Richtung Küche. Sie waren dunkel, stockfinster, und es schienen so viele zu sein.«

Aus ihrer Stimme sprach jetzt weniger Unsicherheit. Jack versuchte, weiter vorne etwas zu erkennen, aber das Licht reichte nicht aus, er sah nur Schatten.

»Und er war da, plötzlich war er da. Er saß auf einer dieser Steinplatten, ganz schlaksig mit spitzen Knien, und sein Gesichtsausdruck war einfach entsetzlich, mit einem abgrundtiefen … einer Art Begehren, bei der man weinend weglaufen wollte.«

Er versuchte, sich an die Bilder zu erinnern, die sie ihm gezeigt hatte, und an die Schlieren, die das Gesicht des Fremden verdeckt hatten. Woher kam dieser entsetzliche Gesichtsausdruck? Jacks ganzer Kopf kribbelte.

»Und es war beinahe so, als würde ich ihn wirklich kennen. Als hätte ich ihn die ganze Zeit gesehen, wenn er in der Nähe war, im Park, in der Kirche, und als gäbe es eine Verbindung zwischen uns. Und dann hat er … ich weiß nicht, wie es passiert ist, er hat … ich weiß nur, dass er …«

»Beth.«

»Ich weiß es nicht. Ich weiß es einfach nicht. Irgendwann kam Dad, aber der Mann war weg, und Dad fragte mich, was passiert war, wo ich gewesen bin, und ich sagte, nichts, mir geht's gut, aber ich konnte nicht aufhören zu weinen, und er wusste es. Er hat nichts gesagt, er hat nur ein ernstes Gesicht gemacht, aber er muss es gewusst haben.«

Ihre Augen leuchteten, und ihre Stirn legte sich in ein Labyrinth aus Falten, aber sie ließ weder in ihre Lippen noch in ihre Stimme ein Zittern dringen. Sie klemmte die gefalteten Hände nicht mehr zwischen die Knie, sondern saß da, als sollte kein Körperteil das andere berühren. Die Ellbogen waren zur Seite gestreckt, die Finger gespreizt – die meisten ihrer Zellen waren seit damals wieder und wieder erneuert worden, sie hatte hundert Häute abgestreift, aber ihr Körper stieß sie immer noch ab. Das war nicht wahr, es konnte nicht wahr sein.

»Beth, das ist nicht passiert.«

In ihren Augen blitzte ein Ausdruck auf, der ihre Lippen nicht erreichte. »Das war das letzte Mal, dass ich in die Kirche gegangen bin. Ich bin nie wieder dort gewesen. Und dann hat er sie geschlossen. Er konnte keinen Gottesdienst mehr hier abhalten, nicht nach dem, was passiert war; nicht nach dem, was er gesehen hatte.«

Er ergriff ihre Hand. Sie zuckte bei seiner Berührung zusammen, aber er ließ nicht los. »Du bist nicht mehr hergekommen, weil du ein Teenager warst. Mehr nicht. Und die Kirche wurde erst viel später geschlossen, erst vor zehn Jahren. Warum hätte er sie überhaupt kaufen sollen, wenn so was passiert wäre?«

Sie sah ihn an, als hätte er sie verraten. »Was willst du damit sagen?«

»Dass es nicht passiert ist.«

»Junge Mädchen werden belästigt. Auch in Kirchen.«

»Ich weiß, und es ist schrecklich. Aber du nicht. Manchmal geschieht so etwas, aber nicht dir.«

»Aber ich erinnere mich daran.«

»Woran erinnerst du dich?«

»Etwas ist passiert.«

Er hörte die Schärfe in ihrer Stimme und rückte von ihr ab. »Du hast vorher nie geglaubt, dass so etwas passiert ist. Du bist eine schöne, ausgeglichene Frau, du hattest nicht mal eine Essstörung.«

»Ich kann mich genau an diesen Kerl erinnern, an diesen Mann, wie er in der Kirche im Dunkeln sitzt, in der Kälte, und es zieht …«

»Du suchst nach einem Grund, warum all diese merkwürdigen Dinge geschehen sind.«

»Und, warum sind sie geschehen?«

All die ertrunkenen Mädchen, all die Wasserleichen. Vor hundert Jahren war eine Frau in die Seine gefallen, und man hatte sich ihr Gesicht an die Wand gehängt, ihr Lächeln in Gedichten beschworen, während im tiefen Treibsand junge Mädchen verdorrten und ihre Körpersäfte aufstiegen bis in den Himmel, und all das, weil eines Tages ein Vater nicht da war, um seine Tochter zu retten. Jetzt suchte sie nach riesigen Wellen und Sandstürmen und Gründen für ihr Ertrinken.

»Er hat sie gekauft, damit er sie schließen konnte«, sagte sie. »Er hat so lange herumgewerkelt, wie er konnte, damit er sie nicht wieder öffnen musste. Etwas Schreckliches ist hier geschehen, und er hat sich dafür die Schuld gegeben. Und als er mit dem Renovieren fertig war, gab er es nicht zu, weil niemand sie je wieder betreten sollte.«

»Aber warum sollte er sie dir dann vererben?«

»Ich weiß nicht, um … ich weiß es nicht.«

Eine Träne rann über ihre Wange. Sie ließ sich nach hinten sinken, zuckte jedoch wieder vor, als sie mit dem Rücken die Tür berührte. Er konnte es nicht ertragen.

»Das war es nicht.«

Sie sah zu ihm hinauf. »Etwas ist geschehen.«

»Vielleicht, aber nicht das.«

»Was dann?«

Er schloss die Augen und glaubte, schwache Lichtstrahlen über nicht erkennbare Formen gleiten zu sehen. Als er die Augen aufschlug, war alles Schatten und trügerisches Zwielicht. Er holte tief Luft.

»Was, wenn deine Mutter jemand anderen kennengelernt hätte?«

Sie lachte, aber in ihren Augen blitzte Panik auf. »So etwas würde sie nie tun. Judy?«

»Und wenn doch? Wenn irgendetwas dran wäre?«

»Hat sie dir was erzählt?«

Er spürte den vertrauten Wind zwischen den Körnern, den dünnen Sandstrahl, der nach oben schoss, als er im Treibsand versank. »An dem Abend auf dem Boot hat sie gesagt, sie hätten Probleme gehabt. Besonders gegen Ende. Und als ich heute zu ihr gefahren bin, war jemand bei ihr im Haus.«

»Du bist zu ihr gefahren?«

»Jemand wohnt dort. Ein Mann.«

Ihr Gesichtsausdruck wurde undurchdringlich. Ihre Züge verwischten, ihre Haut verschmolz mit der Luft. Ihre Stimme klang tonlos und so gleichförmig wie Licht.

»Bist du sicher?«

»Überall lag Zeug rum, und Zigarettenstummel, und sie hat sich komisch verhalten. Und als ich ihn gehört habe, ist mir alles klar geworden.«

»Gesehen hast du ihn nicht?«

»Nein.«

»Was hast du gehört?«

»Ein Feuerzeug. Zweimal.«

Sie lehnte sich von ihm weg. »Ein Feuerzeug?«

»Zweimal.«

Sie sah ihn ungläubig an. »Das kann alles Mögliche gewesen sein!«

»Und ich habe Rauch gerochen, außerdem stand da ein voller Aschenbecher. Und Judy raucht nicht.«

»Das behauptet sie. Sie behauptet auch, sie wäre keine Alkoholikerin, aber du hast sie ja gesehen. Ich halte es für wesentlich wahrscheinlicher, dass sie anfängt zu rauchen, als dass sie etwas mit einem anderen Mann anfängt.«

Er sank nicht weiter, aber fühlte auch keinen Boden unter sich. Er steckte im Sand fest. »Das war so ein Gefühl«, sagte er.

Sie stand auf. »Du erzählst mir, meine Mutter hätte eine Affäre. Ich brauche mehr als ein Gefühl und zwei Geräusche, die vielleicht von einem Feuerzeug stammen.«

Die Nacht brach an, und die Welt gewann wieder an Schärfe. Jack wusste nicht, was passiert war. Er hatte Beth helfen wollen. Er hatte befürchtet, seine Entdeckung würde sie verstören, aber er hätte nie gedacht, dass sie ihm nicht glaubt. Er hätte Judy zur Rede stellen und sichergehen sollen. Beth nahm ihren Schlüssel, schloss die Tür auf, öffnete sie und trat in die leere Kirche.

»Es tut mir leid«, sagte er.

Jack hatte selbst nie eine Affäre gehabt. Er verstand es im Grunde nicht. Andere Frauen fielen ihm nur auf, wenn Beth sie ihm zeigte. Ist sie nicht hübsch? Oder hat sie nicht ein schönes Kleid an? Dann würde er sagen, ja, sicher, denn das war alles, was Beth hören wollte.

Er wusste, dass manche Männer mehr als eine Geliebte hatten und alles entsprechend regelten. Manche Frauen unterhielten Affären und schafften es, sich zu verschiedenen Zeiten verschiedenen Menschen zu widmen. Aber er verstand diese Menschen nicht und hatte angenommen, er würde so jemanden nicht kennen. Er war selbstsicher, vielleicht auch arrogant oder vertrauensvoll: Er kannte keine Eifersucht. Nie würde er eine Frau fragen, wo sie war.

Beth, so glaubte er, verstand. Sie würde ihn keiner Affäre verdächtigen und wusste, auch er würde sie nicht verdächtigen. Aber er hatte ihre Mutter beschuldigt, und obwohl seine Behauptung stimmte, hätte er es besser angehen können. Sie hatte danach kaum mit ihm gesprochen und war am Morgen ohne viele Worte gegangen.

Und doch war sie aufgestanden und hatte die Tür zur Kirche aufgeschlossen, trotz allem, was ihrer Ansicht nach darin geschehen war, und jetzt bemerkte er, dass sie alle Fotos in den Karton geräumt und ihn zurück in die Andachtsräume gebracht hatte. Er wusste nicht, was das bedeutete.

Max und O'Rourke legten sich auf dem Dach richtig ins Zeug. Ein Fleck aus Licht und Schatten tanzte über die Dielen, und die Geräuschkulisse der Vorstadt war am späten Vormittag der Stille gewichen. Der Ton des russischen Films erfüllte die Kirche mit seinen scharfen Konsonanten, und als Max oben auf dem Dach lachte, hatte Jack keine Ahnung, warum.

Die Sonne ging über dem verlassenen Fischerdorf auf. Das Salz färbte sich rot, und die Schatten, die sich nach dem Meer gestreckt hatten, krochen zurück zu den gestrandeten Schiffen. Chelovek und Zhenshchina betrachteten in einiger Entfernung voneinander, wie sich das Licht über die Wüste ergoss. Dann begannen sie laut zu beten, sie sprachen gemeinsam das Vaterunser.

Das war zumindest einfach zu untertiteln. Er musste sich nur für eine Version der Bibel entscheiden; natürlich kam nur die King-James-Bibel in Frage. Aber dann fiel ihm auf, dass sie nicht mehr im Einklang sprachen. Einer der beiden benutzte mehrmals ein falsches Wort. *Geheiligt werde dein Regen. Gib uns Donnerstag unser täglich Brot.* Das Script half nicht weiter, es wiederholte einfach das normale Gebet. Aber die Schauspieler, vielleicht waren sie auch Wahnsinnige, hielten sich nicht daran. Er würden den ganzen Bildschirm mit Untertiteln füllen müssen, oder mit einer Folge von Kapitulationen. *Weiß nicht. Keine Ahnung. Wüsste ich auch gerne.*

Offenbar hatten sie sich vorgenommen, einen unübersetzbaren Film zu schaffen, aus einer obskuren russischen Auffassung von Stolz heraus, eine Schikane aus dem Kalten Krieg. Am liebsten hätte er Max vom Dach gezerrt und sich erklären lassen, was das bedeuten sollte, aber er hatte immer noch nicht mit ihm reden können. Vielleicht stimmte seine Geschichte nicht einmal.

Seine Gedanken wanderten zu St. John und seiner Ambulanz. Hoffentlich hatte er nicht zu viel verraten. Die Johanniter waren hinter dem Manuskript her: St. John hatte gelogen, oder vielleicht kannte er die Wahrheit nicht. Vielleicht gab es innerhalb des Ordens eine Geheimtruppe, die nach dem Schlüssel suchte, das Manuskript zu entziffern. Jack war enttäuscht, dass Ripleys Alchemie versagt und er seine Behauptungen widerrufen hatte. Was war geschehen? Fehlte immer noch ein Teil des Manuskripts? Das glaubte er nicht. Sieben Lagen, sieben *langues* – mehr gab es nicht. Etwas anderes musste der Schlüssel sein, vielleicht ein anderes Dokument. Ripley hatte sich zu den Karmelitern in Lincolnshire zurückgezogen, um das Manuskript zu studieren und seine letzten Bücher zu schreiben – oder um nach dem Schlüssel zu suchen? *Ich suchte, aber ich fand ihn nicht: Ich fand ihn nicht.*

Jack wandte sich wieder Chelovek und Zhenshchina zu, die aufgehört hatten zu beten und sich in einer Sanddüne an einen rostigen Schiffsrumpf lehnten. In ihren Stimmen lag Verzweiflung, zumindest kam es Jack so vor. Er konnte keine Silbe von dem verstehen, was sie sagten. Es hatte fast unmerklich begonnen, mit einigen Wörtern, die er nicht kannte; er hatte sie für regionale Ausdrücke gehalten. Doch der Dialekt wurde immer breiter und verlor bald jede Bedeutung. Langsam zweifelte er an allem, was er wusste. Er hatte die beiden für ein altes Ehepaar gehalten, aber vielleicht waren sie unverheiratete Geschwister oder hatten sich gerade kennengelernt.

Der Sand verdunkelte sich, als Wolken vor der Sonne vorüberzogen, aber Jack hatte genug gesehen. Er hielt das Band an, schaltete den Monitor aus und fuhr zum Depositum Fidei.

Dort sah es aus, als wären Plünderer eingefallen: Die Hälfte der Regale war leer, die halbe Sammlung stapelte sich turmhoch auf dem Boden. Die Luft war voller Staub, und auf die Bücher fielen helle Sonnenstrahlen. Sandy saß in einem Meer vergilbter Katalogkarten, von denen sie eine Handvoll eingehend betrachtete. Auf ihr Gesicht hatte sich eine Schicht braunen Staubes gelegt. Er hockte sich neben sie.

»Was ist hier los?«

Sie blickte zu ihm auf. »Am Wochenende findet die Auktion statt, aber die ganze Sache ist ein Alptraum, wir wissen nicht einmal, was alles hier ist. Wir haben viel mehr, als wir gedacht haben. Jetzt haben wir ganze Teams, die das Ganze katalogisieren sollen.«

Er betrachtete das heilige Durcheinander um ihn herum. Wie immer ging der Kampf Chaos gegen Ordnung. Sie hatte recht, sie hatten einfach viel zu viele Bücher, es sprengte jedes vernünftige Maß. Darunter waren zu viele falsche Wege, zu viel Erfundenes, und alles in allem zu viel Glauben.

Sandy nahm die Stapel in Augenschein. »Es gibt Schlimmeres, als im Regal zu verstauben, oder? Das sage ich mir immer wieder.«

»Niemand wird dich im Regal verstauben lassen.«

»Sie nehmen mich heraus, blättern ein bisschen herum, und dann stellen sie mich zurück. Ich bin ein Leihbuch. Oder schlimmer, eine Zeitung oder Zeitschrift.«

»Du bist überfällig.«

»Finde ich auch. Wie geht es deiner letzten Hoffnung?«

»Ganz gut.«

»Beth geht es gut?«

Sie hatte einen Scherz machen wollen, aber an ihrem Blick erkannte er, dass es ihr nicht gelungen war. Fast immer war sie zuversichtlich und stark, aber manchmal durchwanderte sie wüste Einöden, in denen nur sie und ihr Baby sich liebten, aber niemand anders für sie da war. Er wusste nicht, woran es lag: Sie war attraktiv, freundlich und durchaus bereit. Vielleicht gab es einen wichtigen Punkt, an den sie nicht glauben konnte.

»Ich suche ein paar bestimmte Karmeliter«, sagte er.

»Ich weiß nicht genau, wo was ist. Vielleicht stehen die Sachen noch da, wo sie vorher waren, sie können aber auch ganz woanders gelandet sein.«

»Wo waren sie denn?«

Sie deutete hinter ihn. »Unten an der Treppe.«

»Danke.«

Hier war kein System erkennbar. Ganze Regale hatte man leergeräumt, andere unangetastet gelassen. Manchmal fehlte jedes dritte Buch, manchmal formten die Lücken Muster, die er nur erahnen konnte. Alle Religionen der Welt waren vertreten mit ihren Evangelien und Sutren, mit ihren eifersüchtigen und großzügigen Göttern. Es gab zu viele von ihnen, und keiner konnte helfen.

Er fand eine alte Aufnahme des Karmelgebirges, das sich über der Jesreelebene und dem Mittelmeer erhob. Wie er las, hatten dort Einsiedler und Propheten Zuflucht gefunden, seit Elia die Baalpropheten geschlagen hatte, der neuzeitliche Orden der Karmeliter aber wurde erst später während der Kreuzzüge gegründet. Sie flohen aus dem Heiligen Land, bevor es zum letzten Mal an die Sarazenen fiel, und siedelten sich erfolgreich in England an. Doch gegen Ende des fünfzehnten Jahrhunderts, als George Ripley zu ihnen ging, nahm ihre Zahl stark ab, und kurz nach seinem Tod wurde der Orden in England von Heinrich VIII. zusammen mit allen anderen aufgelöst, seine Klöster wurden zerstört oder aufgelöst.

Die Regale ragten enger und höher auf, je weiter er in das

Archiv vordrang. Aus seinen Untiefen erklangen Stimmen, ebenso wie Schritte unter und hinter ihm. Mehrfach geriet er in Sackgassen und musste den gleichen Weg zurückverfolgen. Die Lampen wurden trüber und seltener, und wenn er nah herangehen musste, um die Titel zu entziffern, spürte er den Staub in der Kehle.

Er weinte beinahe, als er über die Auflösungen las. 1534 sandte Heinrich Thomas Cromwell mit einem Heer Bevollmächtigter zu den Klöstern, Abteien und Konventen, um ihre Eigentümer zu schätzen und wenig später ihren ganzen Besitz zu beschlagnahmen oder zu vernichten. Die schlimmste Zerstörungswut traf die Klosterbibliotheken: Bücher riss man wegen ihrer Einbände und Intarsien auseinander, mit Manuskriptseiten wurden Kerzen umwickelt oder Schuhe geputzt. Heinrich wählte aus jeder Bibliothek eine Handvoll Bücher für seine eigene Sammlung aus, der Rest wurde entweiht, hunderttausende Titel gingen verloren. Als Jack auf die Katalogisierer horchte, vernahm er einen dumpfen Nachhall. Er war froh, dass Ripley nicht mehr erlebt hatte, wie seine Schriftrollen als Fischverpackungen und Heizmaterial missbraucht wurden.

Aber einige Werke hatten überlebt. Das Book of Kells wurde ebenso wie andere Schätze von Mönchen herausgeschmuggelt, und sogar einige von Cromwells Besuchern nahmen manches mit. Jack verspürte eine zaghafte Erleichterung. Vielleicht ein Zehntel war erhalten geblieben und zum großen Teil in die anderen großen Horte des Wissens gelangt, in die Universitäten. Das Manuskript musste jemand heimlich in eine dieser geschützteren Bibliotheken in Oxford oder Cambridge gebracht haben, verborgen unter einer Robe oder einem Wams – zusammen mit seinem Schlüssel, falls Ripley ihn gefunden hatte.

Als Jack ein leises Geräusch hörte, blickte er auf und sah Dev, der ihn anstarrte. Er hatte sich an einem Bücherregal hochgezogen und stützte sich nun schwankend mit einer Hand auf einem Band von James Strongs Bibelkonkordanz ab. Sein Overall war voller Papierkrümel.

»Was machst du denn hier?«, fragte Jack.

Dev streckte das dralle Kinn vor. *»Ter scholpal tikim pu-naschi.«*

Kleinkinder formten alle Laute, die es gab, jedes Klicken und Pfeifen. Aber das hatte anders geklungen als Devs übliches Gebrabbel, und etwas daran ließ Jack das Blut in den Adern gefrieren. In einem Winkel seines Hirns formte sich ein dunkler Schatten, aber er konnte ihn nicht klar erkennen. Erstaunt sah er Dev an.

»Owal lekim sowal tokim«, sagte Dev.

Ein langgezogener Ton klang in Jacks Ohren nach. Er hörte sich an wie ein großer Chor, der gemeinsam ein unverständliches Wort sang. Es ließ ihn auf dem Boden sitzend erstarren. Er fragte sich, warum Devs Geplapper so vertraut klang.

Allmählich wurde das Kind ungeduldig. *»Owal lekim oos owal tokim.«*

Dann dämmerte es ihm. Er hatte genau diese Worte in den Andachtsräumen zu Dev gesagt, worauf der Kleine in lautes Schreien ausgebrochen war. Damals hatte Jack den Satz für ein Bruchstück von Vollkommenheit gehalten, jetzt hatte er keine Ahnung, was er war. Wie hatte Dev ihn behalten können? Und warum klang er aus dem Mund des Kindes so anders, ganz alt und ernsthaft und voller Andeutungen? Jack zitterte und merkte, dass es im Archiv still war: Die Katalogisierer waren gegangen. Mit einer Hand hob er Dev hoch.

»Wir suchen mal lieber deine Mum.«

Peter lehnte an der Theke neben dem Eingang; mit seiner dunkelblauen Hose und den schweren Stiefeln sah er sehr ernst aus. Seine Polizeimütze hielt er in den Händen. Sandy nahm Dev auf den Arm und wischte ihm den Bücherstaub ab.

»Da bist du ja«, sagte sie. »Ich dachte schon, dich hätten sie auch katalogisiert.«

»Beth hat mir gesagt, wo du bist«, erklärte Peter. »Das hier haben wir von den Kameras beim Institut; wir glauben, diese beiden haben den Sprengstoff platziert.«

Er reichte Jack einen Stapel gefalteter Seiten, die aufeinanderfolgenden Bilder einer Überwachungskamera. Darauf gruben zwei Männer in Overalls in einem Beet aus Rindenmulch neben dem Forensischen Institut. Sie standen schräg zur Kamera, ihre Gesichter waren nicht zu erkennen. Der eine war dunkelhäutig oder vielleicht braungebrannt, der andere hatte einen Kinnbart, aber keinen Schnauzer.

»Habt ihr sie erwischt?«, fragte Jack.

»Nein, wir wissen nicht, wer sie sind.« Er warf Sandy einen verschmitzten Blick zu. »Wir dachten, Sandy war vielleicht mit wenigstens einem der beiden mal verabredet.«

Sandy beugte sich über die Bilder. »Sind sie Singles?«

Sie sahen aus wie ganz normale Gärtner. Ihren Gesichtern konnte man nicht ablesen, warum sie irgendetwas in die Luft jagen sollten. Aber als Jack genauer hinsah, entdeckte er bei beiden auf dem Handgelenk eine Tätowierung – zwei einfache, gewundene Zeichen. Das verschwommene Videobild war undeutlich, aber er erkannte beide wieder.

»Draußen auf der Bank liegt ein Kerl, der könnte dir gefallen«, sagte Peter. »Ziemlich entspannter Typ. Ist gerne draußen.«

»Sehr lustig.«

Die kopflose Schlange, der Kringel mit dem Punkt darüber,  und . Als er noch dachte, das Manuskript enthalte eine vollkommene Sprache, hatte er beide für stimmhafte Plosive gehalten, für *b* und *d*. Jetzt wusste er nicht, was sie waren, aber dort sah er sie, auf den Handgelenken der Bombenleger.

Er hatte an sich gezweifelt und war unaufmerksam geworden. Standen sie in Verbindung mit den Johannitern, vielleicht als ihr militanter Arm? Oder gehörten sie einer völlig anderen Gruppierung an, deren einziger Name einer unbekannten Sprache entstammte und die noch ältere Anrechte auf das Manuskript besaß? Steckten die Katalogisierer auch mit drin, und versorgte O'Rourke alle mit Informationen über ihn? Er hatte keine Ahnung, wer sie waren oder was sie wollten. Aber es gab sie, und sie waren hinter ihm her.

Beth lag mitten im Mittelschiff auf dem Boden. Bis auf die Lichtinseln der Stehlampen neben ihr war die Kirche dunkel. Sie sah aus wie eine Bühnenleiche, als sei sie aus dem Schnürboden abgestürzt. Sie trug die Hose, die sie immer zur Arbeit anhatte, und einen schwarzen BH. Jack zog die Tür hinter sich zu und schloss ab; er hatte Mühe, sich halbwegs zu beruhigen. Beth rührte sich nicht.

»Frierst du nicht?«, fragte er.

»Es ist nicht kalt.«

Sie zeichnete. Im Lichtkegel lag Zeichenpapier, zerknüllte Versuche waren über den Boden verstreut. Sie kniete sich vor das Papier, das Gesicht zwei Fingerbreit über dem Stift. Er merkte, wie er in der Kirche ruhiger wurde.

»Was ist das?«

»Du stehst mir im Licht.«

»Entschuldige.«

Er drückte sich an der Lampe vorbei und stellte sich über

sie. Sie hatte sich selbst gezeichnet, mit einfachen Strichen: ein ovales Gesicht, die langgezogenen Rundungen ihres Körpers. Die Augen und der Mund drückten Qualen aus. Mit Gegenständen und Landschaften hatte sie immer Probleme, sie bekam die Formen nicht richtig hin, aber ihre Figuren waren stets einfach und herzzerreißend. Wie die Haltung ihres Kopfes.

Er ging vor ihr in die Hocke und sah, dass sie weinte. Sie trug noch das Make-up von der Arbeit, die Wimperntusche rann ihr in schwarzen Tränen die Wangen hinab.

»Was ist los?«

»Nichts. Ich … ich zeichne nur ein bisschen.«

»Bist du das?«

»Wie findest du es? Ist mir ziemlich ähnlich, oder?«

Er setzte sich neben sie auf den Boden. Die Anstrengung des Zeichnens ließ die Muskeln ihrer Schultern hervortreten. Die Gestalt befand sich seitlich der Mitte, sie ragte in eine Ecke des Blatts.

»Hat es einen Titel?«

»Ich weiß nicht. Irgendetwas Verzweifeltes. *Sonnenschein und Blumen*, etwas in der Art.«

»Ein Tag am Strand.«

Als sie zu ihm aufsah, wurde ihm klar, was er gesagt hatte, ohne es zu meinen. Ungelenk stand er auf; das Bild und ihre Tränen und der tiefe Schmerz, auf den sie immer wieder trafen, beunruhigten ihn.

»Du erkältest dich noch«, sagte er.

»Es ist nicht kalt.«

Aber es war sehr wohl kalt; er spürte das Alter und die Leere der Kirche, ihr Körper war von Gänsehaut überzogen. Er beugte sich vor, um ihre Schultern warmzureiben. Das Abbild sah ihr ähnlich, es kauerte sich zum Schutz gegen die Kälte zusammen.

»Hast du heute Judy gesehen?«, fragte er.

»Nein.«

»Hast du sie gefragt?«

»Was gefragt?«

»Ob es wahr ist.«

»Es ist nicht wahr.«

Er senkte den Blick und sah, dass sie mit dem Daumen über den Rand der Zeichnung gestrichen und ihr Selbstporträt verwischt hatte. Sie trat aus Nebel hervor, sie löste sich auf; so sah sie noch trauriger aus. Sie rollte das Blatt zu einem Zylinder zusammen und hielt es mit beiden Händen fest. Er versuchte, ihr in die Augen zu sehen.

»Fragst du sie noch?«

Sie legte das Bild weg und umschlang seinen Nacken. »Es reicht. Genug Fragen.«

Aber ihre Lippen an seinem Hals waren eine Frage, ihre Finger an seinen Knöpfen eine ganze Reihe von Fragen. In ihrer Berührung lag ein Zögern, das er seit dem ersten Mal nicht mehr gespürt hatte. Die Wölbung ihres Rückens, die Neigung ihrer Hüften – sie fragte ihn etwas, als sie zusammen zu Boden sanken. Etwas über Judy, über Frank, über ihn oder sie. Und er antwortete, so gut er konnte. Er drängte sich an ihren Körper, stimmte in ihren Rhythmus mit ein – aber er wusste, dass er nicht antwortete, ebenso wenig wie das Wiederholen einer Frage eine Antwort gab. Er starrte ihr in die Augen und beobachtete jedes Zucken in ihrem Gesicht. Er wollte ihr antworten, doch er konnte es nicht.

Die aufgehende Sonne überflutete die Kirche mit rosa und orangefarbenem Licht. Jack beobachtete, wie es über das Bett strich und Beths nackte Füße streifte. Wie seltsam, dass man mit einer Frau im Schein der Dämmerung aufwachen und so wenig über sie wissen konnte. Die blauen Adern über ihrem Brustbein, die dunklen Schatten ihrer Achseln, mehr nicht. Man konnte tausendmal neben einem Menschen aufwachen und wusste doch nicht, was seine ersten Gedanken waren.

Wenn sie sich räkelte, sah es immer so aus, als wolle sie ihren Körper in eine winzige Lücke quetschen. Sie ließ den Blick auf ihm ruhen und sah dann schnell weg; die Haltung ihres Kopfs wirkte so vorwurfsvoll, dass er dachte, er hätte sie während der Nacht verletzt. Als wäre er zu hart oder zu rasch in sie eingedrungen oder hätte den falschen Namen zu ihr gesagt, doch daran lag es nicht. Es hatte mit den Fragen zu tun, aber er wusste nicht, was das alles sollte.

»Hast du was?«

»Nein.«

Manchmal schlief sie in einem Slip oder T-Shirt, aber sie war nie unnahbarer, als wenn sie nackt war. Sie ließ sich berühren, aber sie zog sich in ihre Haut zurück und fühlte nichts. Es erleichterte ihn, als sie sich aufsetzte und ihren Bademantel überstreifte. Das Lächeln, das sie ihm schenkte, überzeugte ihn nicht. Sie meinte, es ginge ihr gut, trotzdem beschloss er, ihr in die Bibliothek zu folgen.

Beth hatte einen Abschluss in Geisteswissenschaften und einen Master in Informationsmanagement, und während des Studiums hatten sie und Sandy von Dewey und der chinesischen Enzyklopädie gehört. Jack hatte zahlreiche Bücher in und über verschiedene Sprachen gelesen, übersetzte Bücher und Bücher, die vom Übersetzen handelten, aber er hatte nie eine Universität besucht. Manchmal wünschte er sich, er hätte es. Ihm gefiel, wie ernsthaft und unnütz das Studieren war, und welche entschlossene Nutzlosigkeit gerade auf höchster Ebene herrschte. Besonders gerne hätte er eine der alten Universitäten besucht, als sie noch jung waren, mit brandneuen Colleges und hellen, unberührten Kalksteinmauern.

Jede der rivalisierenden Universitäten besaß ein College, das nach dem heiligen Johannes benannt war, und das erschien ihm als guter Ausgangspunkt. Das St. John's College in Oxford wurde erst 1555 gebaut, mehr als ein Jahrzehnt, nachdem die Auflösung der Klöster beendet war, aber das in Cambridge entstand bereits 1511 auf dem Gelände des früheren St. John's Krankenhauses. Erleuchtung und heiliges Wissen – Jack spürte das Knarren der Bücherstapel, als er über die alten Studenten und Gelehrten las auf der Suche nach Hinweisen auf das Manuskript oder seinen Schlüssel. Die Geister der Bücher füllten die Regallücken, und durch die Bibliothek brandeten das Rascheln der Seiten und Diskussionen im Flüsterton; es klang wie der Wind oder das Meer.

Beth war den ganzen Tag über immer wieder kurz verschwunden. Wenn sie an den Regalen entlangwanderte, konnte man ihr ansehen, dass sie etwas suchte. Mehrfach setzte sie zum Sprechen an, drehte sich dann aber weg, als wäre ihr eingefallen, dass er ihr nicht helfen konnte. Vielleicht hatte sie auch die Bibliothek mit ihrem ewigen *psst* zum Schweigen gebracht.

In der Sammlung seltener Bücher, hinter den alten Karten mit ihren ungewohnten Küstenverläufen und weißen Flecken, traf er auf einen dünnen Mann, der aus Dreiecken zu bestehen schien; seine Nase bildete eine Hypotenuse, sein Bart die Schenkel eines langen, gleichseitigen Dreiecks. Das Porträt des Mannes leitete eine Abhandlung über ein kompliziertes Symbol aus Kreuzen und Kreisen ein, das eine Einheit aller Dinge darstellen wollte, der Sonne, des Mondes, der Elemente und des Gebrauchs von Feuer. Aus seinen Linien konnten alle Alphabete der Welt geformt werden. Jack hatte dieses Zeichen als Vertiefung in seinem Manuskript gesehen; jetzt las er, dass dieser Mann John Dee war, seit 1543 ein Student am St. John's College in Cambridge, und dass er nach der Aufhebung der Klöster Europa bereist und die umfassendste Sammlung von Büchern und Manuskripten in England zusammengetragen hatte. Darunter Bücher über Mathematik, Astronomie und Astrologie, Kartographie und Schifffahrt und vor allem über Magie.

Jack konnte den alten Zauberer fast neben sich stehen sehen, obwohl sein Anblick durch die fehlenden Seiten seiner Tagebücher und Notizen getrübt wurde, durch seine Sprache voller Anspielungen und durch die Einmischung von Verlegern, die ihn in Misskredit bringen wollten. Dee flackerte in seiner Ecke, als verlöre er sich in einem Sturm aus Bücherstaub. Er tauchte die Gänge und fahrbaren Regalleitern in ein fahles Feuer, während er über seinen Büchern und Papieren brütete und mit seinen Prismen und Globen hantierte.

Als sein Fleisch welkte und sich Bart und Knochen spitz abzeichneten, wandte er sich von seinen Vermessungen ab und hob das Antlitz, um die Engel anzurufen. Mit suchendem Blick starrte er in Jacks Richtung, aber er konnte nicht klar sehen. Er baute aus seinen Kristallen und Linsen Fenster in andere Welten und weinte, als er begriff, dass er kein Seher war.

Jack konnte das Zusammenspiel der Steine und Linsen, aus denen Dees Vorrichtung bestand, nicht durchschauen. Aber er gewann erste Einblicke, dort in der Bibliothek, und sie stimmten mit den Diagrammen seines Manuskripts überein. Alles passte zusammen. Dee hatte Küstenlinien und Kegelschnitte gezeichnet, bis etwas geschah, durch das er sich den Engeln zuwandte. Er hatte das Manuskript in der Bibliothek vom St. John's College gefunden, und darin wesentlich mehr als eine perfekte Sprache gesehen, so etwas wie eine andere Ebene. Jack war nicht sicher, was es bedeutete, aber es war etwas Mystisches, eine Verbindung zu den Engeln, eine neue Art der Alchemie.

Dee durchkämmte England auf der Suche nach jemandem, der in seinem Kristall lesen konnte, aber keinem aus einer langen Reihe von Medien gelang es, ihn zu überzeugen. Ein Prophet erzählte ihm, er würde eine vergrabene Truhe voll wertvoller Bücher neben einer Burgruine finden, doch dort war nichts. *Viele Jahre, an vielen Orten, fern & nah, in vielen Büchern, & mannigfachen Sprachen, suchte & lernte ich; und ich besprach mich mit zahllosen Männern, um darin eine Ahndung, einen Hauch, einen Lichtschein zu finden.* Jack wusste, wie er sich fühlte. Doch herausgekommen war bei der Sache nichts.

Dann folgte Edward Kelley, ein Apothekenhelfer und Fälscher aus Worcester mit tiefliegenden Augen und langem, zinkenförmigem Bart. Er behauptete, ein rotes Pulver gefunden zu haben, das Blei in Gold verwandeln konnte, und ein seltsames Bündel Papiere – nicht in einer Burg, sondern in den Ruinen der Abtei von Glastonbury. Er hatte von Dees Versuchen gehört und war sicher, dass die von ihm entdeckten Papiere den Schlüssel zu dessen Welt der Engel enthielten.

Jack las den Abschnitt ein zweites Mal. Das musste der Schlüssel sein, den George Ripley gesucht hatte: das Dokument, mit dem sich das Manuskript endlich enträtseln ließe. Ripley hatte ihn nicht gefunden. Er war nicht bei den Karmelitern im englischen Boston, sondern bei den Benediktinern in Glastonbury. In diesem Teil Englands schienen die meisten Legenden zu blühen. Jack las in ebenso vielen Geschichtsbüchern wie Sagenerzählungen über die Abtei. Sie galt als Englands erste Kirche, die Joseph von Arimathäa mit dem Jesuskind und später mit dem Heiligen Gral aufgesucht hatte, und als Grab von Artus und Guinevere. Bevor die Moore trockengelegt wurden, hatte sie hoch oben auf der Insel Avalon getrohnt. Sie war nach Westminster die reichste Abtei und eines der letzten Opfer der Aufhebungen; die Ruinen müssen noch neu gewesen sein, als Kelley ihr wahres Geheimnis entdeckte.

Rasch wandte Jack sich wieder Dees Geschichte zu. Kelley starrte in Dees Schau-Stein, der auf einem Sockel lag, und beschrieb die Geister im Raum: Einer besaß extrem lange Arme, einer hielt eine Kanne Wasser, ein anderer eine Trompete. Vierzig Kinder in weißen Seidengewändern, ein hübsches Mädchen von sieben oder neun Jahren, das zwischen den Büchern in Dees Bibliothek umherstreifte – und sie alle trugen Buchstaben oder Nummern, an Ringen oder Amuletten oder auf Tafeln, geschrieben in ihre Herzen oder auf die Adern ihrer Brust, und die Zeichen ergaben die Sprache der Engel. Galas, Gethog, Thaoth, Horlwn, Innon, Aaoth, Galethog … Dee schrieb sieben Jahre lang alles auf, während sie gemeinsam nach Amsterdam, Krakau und Prag reisten und Fürsten und Kaiser mit dem Versprechen blendeten, sie könnten Blei in Gold verwandeln.

Wenn Kelley ein Betrüger war, dann ein gerissener, der lange Gespräche mit Engeln erfand und Sprachen wiedergab, die er behauptete, nicht zu kennen. Dee ließ sich von ihm langsam, aber zutiefst überzeugen. Selbst als Kelley ihm erzählte, sie sollten dem Willen der Engel zufolge ihre Frauen miteinander teilen, fügte er sich ihren Anweisungen: Er bat Kelley nie wieder, in den Stein zu blicken, aber er schickte seine junge Jane in das Bett des Scharlatans. Kelley reiste nach Prag, um Kaiser Rudolf durch geschickte Täuschungen zu erleichtern, und Dee zog geschlagen mit seiner Familie zurück nach England. Kelley behielt den Schau-Stein und ihre Gestelle und Altäre, ebenso wie die meisten der Bücher, die sie gemeinsam zu Rate gezogen hatten – aber Dee behielt das rote Pulver und die Papiere aus Glastonbury.

Als Jack von einem alten Druck des *Wahren und getreuen Berichts über das, was sich viele Jahre lang zwischen Doctor John Dee und verschiedenen Geistern zugetragen* aufblickte, sah er mitten in der Luft Umrisse verblassen: Dee mit seinem Stein und dem Kompass, Kelley mit seinen Versprechungen, der lange Zug der Seelen. Jack war nicht sicher, was er zwischen den Bücherstapeln gesehen hatte. Die Engel hatten den Stein der Weisen versprochen, ihn aber nicht überbracht. Sie hatten Prophezeiungen gemacht, die nicht eintrafen. Aber die Sprache, die sie den Alchemisten gelehrt hatten, verließ ihn nicht. *Od saga toltorg camliax I astel od I chamascheth* – dabei stürmten Farben auf ihn ein. Das klang wie eine Sprache, die Engel sprechen würden, falls es Engel gab. Konnten Dee oder Kelley sie wirklich erfunden haben?

Das war keine philosophische Sprache, es war eine Sprache von überbordender Herrlichkeit. Einzelne Wörter drückten ganze Sätze aus: *Bams* bedeutete *lass sie vergessen*, *moooah* hieß *es dauert mich* und *apachana* bezeichnete *schleimige Dinge aus Dreck.* Sie besaß nicht die Perfektion, die Wilkins gesucht hatte, aber vielleicht eine andere Form der Vollkommenheit. Während Jack weiter nach vorne blätterte, wurde ihm klar, wie diese himmlische Sprache auch die anderen Theorien in dem Manuskript beinhalten könnte: Sie stellte eine Verwandlung dar, eine geheime Botschaft, einen endlosen Gesang. Die Gelehrten, die sich mit dem Manuskript und seinen Teilen befasst hatten, behielten alle auf ihre Art recht. Und Dee hatte zwar nichts mit großer Klarheit gesehen oder verstanden, aber vielleicht war er dem Schlüssel am nächsten gekommen. Die Sprache der Engel: Jack spürte, wie sich Wärme von der Brust bis über die Schultern ausdehnte.

Beth sah müde aus, als wäre sie noch weiter durch die Bibliothek gelaufen als er. Sie blickte hinauf zu den Oberlichtern.

»Ich bin mit Sandy auf einen Drink verabredet«, sagte sie.

»Wohin geht ihr?«

»Ich weiß nicht, sie hat da so eine Bar entdeckt.«

»Klingt lustig.«

»Du denkst an dieses Ding von Thorn morgen?«

Er rieb sich die Augen. »Welches Ding?«

»Die Preisverleihung.«

»Oh«, sagte Jack. »Klar.«

Sie zögerte und fuhr mit den Fingern über die ledernen Buchrücken. »Willst du mit in die Bar kommen?«

Er dachte, er sollte mitgehen. Aber er bekam Kelleys Papiere nicht aus dem Sinn, seinen Schlüssel aus Pergament oder Hadern.

»Ich mache lieber hier weiter.«

Nachdem sie sich weggedreht hatte, meinte er, ihr ein Stückweit Erleichterung angesehen zu haben. Aber er hatte nicht genau genug hingesehen, und dann war sie gegangen.

Nach John Dees Rückkehr nach England war so gut wie nichts über oder von ihm geschrieben worden. Jack arbeitete sich durch ganze Bücherstapel, bis er eine Fußnote fand, die von Dees Tod in den letzten Tagen des Jahres 1608 berichtete. Die wenigen Trauergäste in seinem Haus in Mortlake zeigten sich überrascht, wie wenig von seiner großen Bibliothek übrig war. Dees eigene Schriften waren nirgends aufzufinden, nur Gerüchte sprachen von ihnen: Sie waren im Augenblick seines Todes zu Staub zerfallen, ihre Schrift hatte sich entflammt. Die späteste Erwähnung Dees fand Jack in einer Biographie des Antiquars Robert Cotton, der die Gerüchte gehört hatte, es aber für wahrscheinlicher hielt, dass Dees Bücher irgendwo versteckt waren. Während der folgenden zehn Jahre kaufte er die umliegenden Felder auf und pflügte sie um auf der Suche nach dem geheimen Schatz des Magiers.

Die Regale begannen sich um Jack zu drehen, als er über diesen neuen Sammler las, der sich in Bibliotheken ebenso rasch zurechtfand wie Beth. Cotton hatte ein Talent dafür, bereits seltene Manuskripte aufzutreiben, die sich später als unbezahlbar herausstellten. Viele Schätze aus den Klöstern waren bereits in seiner Bibliothek aufgetaucht, unter den Büsten von Caligula und Nero: das Lindisfarne-Evangeliar, die einzigen Handschriften von *Beowulf* und *Sir Gawain und der Grüne Ritter* – und nach langer Suche fügte er ihnen still die ausgegrabenen Papiere von John Dee hinzu. Cottons Bibliothek stellte bald die größte Privatsammlung aller Zeiten dar, sie übertraf diejenige von Dee und blieb selbst unübertroffen.

Aber säkulare Bibliotheken waren vor den Königen Englands nicht sicherer als geistliche. Cotton war zugleich Politiker, und die alten Papiere in seiner Sammlung gehörten zu den besten Belegen über die Zuwendungen und Beschneidungen der Macht Karls I. Der König und seine Berater fürchteten die Informationen, die er gesammelt hatte; sie bezichtigten ihn des Verrats und beschlagnahmten jedes Regal und jeden Druck von Julius bis zu Domitian. Es war, als hätte man ein gesundes Organ entfernt, der Antiquar starb im folgenden Jahr. Die meisten Bücher wurden Cottons Erben zurückgegeben, aber viele traf das Urteil, vom gemeinen Henker verbrannt zu werden.

Jack musste die Zeile noch einmal lesen, doch da stand es: Bücher, denen Ketzerei oder Verrat vorgeworfen wurde, ließ man auf öffentliche Plätze in Westminster und Cheapside bringen und vom Henker in Brand stecken. In Jacks Magengrube breitete sich ein flaues Gefühl aus. Die Gerichte und das Parlament hatten im Laufe von Jahrhunderten tausende von Seiten dem Feuer überantwortet: Erörterungen über das Leben nach dem Tod, Aufrufe, sonntags Sport zu treiben. Und als der König Cottons Bibliothek durchsuchte, verbrannte er eine Reihe von Rechtssprüchen über die Macht der Krone wegen Aufwiegelei, mehrere Bücher über das Wesen der Dreifaltigkeit wegen Blasphemie, und als angebliche Fälschung einen langen, seltsamen Brief an die Abtei von Glastonbury.

Als Jack den Lesesaal verließ, hatte er den Eindruck, all diese Bücher seien unbeschrieben, die Seiten an den Kanten vergilbt, aber ansonsten leer, die Ledereinbände ohne Prägung. Zu Hause in der Kirche hatten die Filmposter ihre Wörter und Buchstaben verloren. Und das Manuskript, jetzt wieder in seinem Versteck in der Krypta, war schrecklicher als je zuvor; er würde seine Sprache und seine Geheimnisse nie verstehen. Er saß allein auf dem Boden und beobachtete, wie das Licht verblasste und Schatten das Mittelschiff erfüllten. Er war zu müde, um aufzustehen und die Lampen einzuschalten, und als die Dunkelheit auf Wände und Dach übergriff, merkte er, dass er froh darüber war. Er konnte nichts lesen, und er wollte nichts sehen.

Er dachte, er würde schlafen, als Beth nach Hause kam. Er hörte sie an der Tür, ihre Schritte auf den Dielen, aber er träumte. All das träumte er, sie war noch unterwegs, oder ihre Rückkehr war bis in seinen Traum gedrungen.

»Jack?«

Seine Gedanken waren in die Sprache der Engel gefasst, in die wenigen Wörter, die Dee aufgeschrieben hatte, bevor sein Schlüssel verbrannt und die Sprache für immer verloren war. Die Sprache war wunderbar, sie enthüllte die Seele, sie würde sie durchströmen und sie alles lehren, und sie war verbrannt.

»Du schläfst ja.«

Vielleicht tat er das, obwohl seine Augen geöffnet schienen; er konnte entlang der Dielen sehen. Seine Brust hob und senkte sich, der Atem blieb ihm fast in der Kehle stecken. Er wollte diese Sprache nicht verlassen und zurück in die Welt fallen.

»Sieh, Jack schläft.«

Sie war betrunken, das hörte er an ihren Schritten, als sie hinter ihm herumging. Sie verteilte ihre Kleidung auf dem Boden der Kirche, und er spürte, wie nackte Schatten ihn liebkosten und sanft weckten. Vielleicht war das *iudra,* der Schatten eines nackten Menschen. Dafür musste ein eigenes Wort existieren.

»Schlaf, Jack, schlaf.«

Er schlief, vielleicht tat er auch nur so, und starrte im Schlaf auf die Kirchentür. Sie krabbelte neben ihn ins Bett, ihr Schamhaar drückte gegen seinen Hintern, mit den Fingern fuhr sie seine Hüfte entlang. Die Düfte ihres Abends strichen über ihn: Rauch, Alkohol, Parfüm. Er nahm an, dass sie einen netten Abend gehabt hatte.

»Jack, ich habe über unseren Leuchtturm nachgedacht.«

Sie flüsterte.

»Der Leuchtturm in der Wüste, der durch die Leute hindurchscheint? Ich dachte, das ist ja alles ganz schön. Aber was ist, wenn das Licht nicht stark genug ist? Es schafft es nicht hindurch, nur bis an dich heran. Dann kannst du nichts richtig sehen.«

Er versuchte, ihr zu folgen, aber ihre Gedanken drifteten davon, sie folgten der ganz eigenen Logik der Betrunkenen.

»Ein Licht, das durch einen hindurchscheint … aber ein solches Licht gibt es nicht, Jack. Alles passiert im Schatten, alles siehst du nur aus den Augenwinkeln. Und wenn du dann hinschauen willst, wenn du versuchst, dich umzusehen …«

Sie nickte ein und dämmerte zu ihm in den Traum herüber. Wenn er aufwachte, würde er sie erschrecken und in Verlegenheit bringen. Er wartete, damit sie ihn einholen konnte. Am Morgen würde alles gut sein, er würde das Rätsel am Morgen lösen.

»Es ist das Zwielicht, Jack. Es gibt kein anderes Licht.«

Autoscheinwerfer streiften die bunten Fenster und warfen Farben an die Decke; Ellipsen, die zu Kreisen schrumpften und sich wieder langzogen. Ein *semoroh*-Licht; es war ihm zuvor nie aufgefallen.

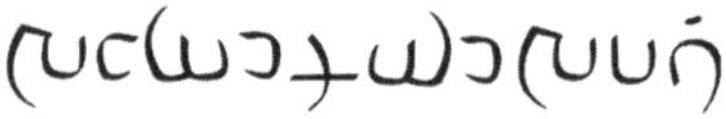

Als Jack wach wurde, war es spät, und er fühlte sich erschöpft. Beth war fort.

Lilien aus zerknülltem Papier bedeckten den Boden, sie waren dort verstreut worden, während er geschlafen hatte. Als er sich bückte, um sie glattzustreichen, machte sich dabei sein alter Rücken bemerkbar. Er fand die gleiche Gestalt, die sie schon zuvor gezeichnet hatte: ein Gesicht aus drei Linien, der lange Schwung ihres Körpers. Aber dieses Mal war jede Linie doppelt. Jeder Strich besaß einen Geist oder war der Geist eines anderen, wie aus der Sicht eines Schielenden oder Betrunkenen.

Ein Tag am Strand. Auf dem nächsten Blatt hatte sie sich dreifach gezeichnet, in Rot und Grün und Blau. Die Linien wurden unsicherer, leicht verwackelt. Die Zeichnung besaß eine gefällige Asymmetrie, die grüne Beth befand sich weiter von der roten und blauen entfernt als diese beiden voneinander. Das Bild war gut, und er glaubte fast, er würde es verstehen.

Ein weiteres Bild zeigte sie viermal: In Schwarz und Gelb, einem rosafarbenen Ton und Hellblau. Die Farben deuteten etwas an. Er wusste nicht, wo Beth war. Sie hätten bei Thorns Preisverleihung sein sollen. Die anderen Bilder glichen ihren Vorgängern oder waren unfertige Entwürfe. Er ließ sie wieder zu Boden fallen.

Die Gesellschaft der Nordmänner war gegründet worden, um Handelsmöglichkeiten zu erforschen, mit Windparks und Kartonagen, aber sie förderte auch die Übersetzung von Literatur, von Mythen und Dichtung. Ihre Jahresfeier wurde an einem glücksverheißenden Tag in einem Vortragssaal unweit der Innenstadt abgehalten.

Jack kam zu spät und blieb hinten im Raum stehen. Die Nordmänner waren groß gewachsen oder kräftig, mit Haar wie Silber oder Kupfer und Augen voller Sturm. Nach einer Diskussion über neue Erkenntnisse über die Sagas und die Herkunft alter Karten wandten sie sich der altnordischen Tradition der Kenningar zu. Ein Rabe war ein Kampfschwan, ein Kampf ein Streit der Schwerter, ein Schwert eine Blutschlange, Blut der Trank der Raben: So konnte es ewig weitergehen. Am Ende waren sich alle einig, dass Thorn einen würdigen Gewinner eingereicht hatte. Sie saßen zusammen und dachten über die Segel und Sonne der Seele nach, und ihre schön geschnittenen Gesichter legten sich dabei in Falten.

Jack fand, dieses Zusammenzwängen von Wörtern wirkte ein wenig kläglich. Es war eine Sprache von Zwergen, ganz anders als die Sprache der Engel. Er spürte unwillkürlich eine Hoffnungslosigkeit die ganze Veranstaltung überschatten. Er wollte nicht dort sein. Nie hatte das Manuskript wichtiger gewirkt oder für ihn weniger greifbar. Seine Macht überstieg Jacks Vorstellungskraft: Die Johanniter und die Bombenleger würden alles tun, um es in die Hände zu bekommen, und seine einzige Hoffnung lag darin, es vorher zu übersetzen. Aber er wusste nicht, wie.

Nach der Feier versammelten sich alle auf dem Parkplatz und gratulierten einander. Sandy zerrte Dev über den Asphalt, dann nahm sie ihn auf die Hüfte. Stumm betrachtete er Jack, die dicken Finger gegen das Gesicht gepresst.

»Sie waren gut, oder?«, fragte Sandy.

»Ganz in Ordnung.«

Sie senkte die Stimme. »Aber warum können sie nicht einfach *Liebe* sagen? Erzählt das nicht Thorn.«

»Nein, ich sehe das auch so.«

Ihre Miene hellte sich auf. »Wie nennen sie wohl einen Spaten?«

»Mach doch nächstes Jahr auch mit.«

»Den Erdengram. Den Schlachtenglanz der Kartoffeln.«

Die schwachen Sonnenstrahlen ließen die Erde dampfen. Ein paar Nordmänner hatten herausgefunden, dass sie beide Krieger und Dichter waren, jetzt nannten sie einander Schmelzbaum und Sohn des Elends. Jack schüttelte über alle den Kopf und wandte sich wieder an Sandy.

»Danke, dass du gestern Abend mit Beth ausgegangen bist.«

Ein fragender Ausdruck huschte über ihr Gesicht. »Schon gut.«

»Ich wollte nur sagen, es tut ihr gut, mal rauszukommen.«

»Mir tut es auch gut, den Kleinen zur Oma zu geben und was trinken zu gehen. Auch, wenn es nur ein ruhiger Abend wird.«

Jack hob die Augenbrauen. »Wie sieht es denn dann aus, wenn ihr einen draufmacht?«

Sie lächelte verlegen. »Ach, du kennst mich ja. Wie ging es ihr heute Morgen?«

»Ganz gut, glaube ich. Ich dachte, sie wäre hier.«

»Unsere Schichten werden ständig umgelegt.«

»Stimmt.«

Ash hatte einige Untersuchungen für einen Artikel über die Vinland-Karte durchgeführt. Die Karte bewies, dass die Wikinger im elften Jahrhundert Amerika entdeckt hatten, war aber wahrscheinlich eine Fälschung. Er unterhielt sich mit Peter unter den Jacarandabäumen. Als er Jack sah, winkte er ihm mit einer bandagierten Hand zu.

»Wer ist das?«, fragte Sandy.

»Ich habe dir von ihm erzählt; ich dachte, er würde dir gefallen.«

Sandy blickte skeptisch drein. »Er hat ja gar keine Hände.«

»Ist das ein Problem?«

»Findest du nicht, es könnte eines sein?«

»Na, ich weiß ja nicht, wonach du suchst.«

»Wirklich nicht?«

In ihrer Stimme klang Frust mit, und als sie Dev auf die andere Hüfte hob und ihn ansah, entdeckte Jack dieses Gefühl auch in ihren Augen. Sie ließ sich von ihnen einiges gefallen, da könnte sie leicht einen falschen Eindruck bekommen.

»Doch, natürlich«, sagte er. »Das weißt du doch.«

»Ich dachte es jedenfalls.«

»Natürlich weiß ich das.«

Er sah ihr in die Augen, bis sie ihm glaubte, vielleicht zu lange. Sie strich sich eine Haarsträhne aus dem Gesicht und drehte sich weg.

»Alle sind entweder schwul oder vergeben«, sagte sie.

Jack deutete mit einer Kopfbewegung in Ashs Richtung. »Komm, ich stelle ihn dir vor.«

»Ist schon gut.« Sie ließ Dev, der die Augen nicht von Jack nahm, einmal hüpfen. »Ich bin heute Nachmittag schon mit einem anderen Mann verabredet.«

»Also ist alles in Ordnung?«

»Ja, sicher.«

Jack ging hinüber zu der Baumreihe. Thorn stand neben der Tür des Vortragsraums und unterhielt sich mit einigen

Frauen über Liebe. Ihre stahlgrauen Augen blitzten. Peter warf ihnen einen ungeduldigen Blick zu, als er Jack Platz machte.

Ashs Hände waren geschient und locker verbunden. Er hielt sie steif vor sich. Jack wusste nicht, was er tun sollte; er streckte die Hand aus, ließ sie dann aber sinken.

»Wie geht es dir?«, fragte er.

»Das meiste sieht schlimmer aus, als es ist. Ich hatte Glück.«

»Und das Labor?«

»Steht bald wieder. Alle würden die Explosion am liebsten selbst untersuchen, aber der Auftrag wird extern erledigt; sie glauben, wir wären zu befangen.«

»Die Haftbefehle sind inzwischen rausgegangen«, sagte Peter. »Wir haben ihre Namen und die Anschriften, unter denen sie zuletzt gemeldet waren.«

»Wer sind sie?«

»Kriminelle.« Peter zuckte mit den Schultern. »Einer ist wegen Fälscherei bereits verurteilt worden.«

»Damit dürfte es allerdings nichts zu tun haben«, sagte Ash. »Wir haben an einigen Sachen gearbeitet, aber keine davon hatte etwas mit Dokumenten zu tun.«

»Außer meiner«, sagte Jack.

»Richtig. Keine außer deiner.«

»Hast du jemandem davon erzählt? Von meiner Sache?«

»Wem denn?«

»Wem auch immer.«

Ash warf ihm einen merkwürdigen Blick zu. »Jack, kein Krimineller interessiert sich für dein Manuskript. Zumindest nicht in den letzten paar hundert Jahren.«

»Wem hast du davon erzählt?«

»Ein paar Laborassistenten haben die Spektroskopie übernommen, aber sonst weiß nur ich davon.«

»Was für Laborassistenten?«

Ash hob die Hände. »Jack, du warst nicht der Grund. Es ging nicht um dich.«

Die Geste war spontan, aber der Anblick der verbundenen Handflächen ließ Jack innehalten. Ash mochte unvorsichtig gewesen sein, aber er gehörte nicht zur Verschwörung, er wusste nicht, was Jack wusste.

»Tut mir leid.«

»Schon gut. Weißt du mittlerweile, was es ist?«

Jack schüttelte den Kopf. »Ich dachte, ich hätte ein anderes Dokument gefunden, das alles erklärt, aber wie sich herausgestellt hat, wurde es verbrannt.«

Ash antwortete mit einem vielsagenden Schulterzucken. »So was kommt vor.«

»Ja, aber das ist so barbarisch. Ich kann nicht glauben, dass die Menschen früher Bücher verbrannt haben.«

»Die Menschen haben früher Menschen verbrannt.«

»Das war genauso. Man hatte es für schuldig befunden, eine Fälschung zu sein, und dazu verurteilt, vom Henker verbrannt zu werden.«

Ash legte den Kopf schief. »Fälschungen wurden vom Henker verbrannt?«

»Genau.« Ihm fiel etwas an Ashs Blick auf. »Warum?«

»Ach, nichts, ich dachte nur gerade an etwas, das ich vor ein paar Jahren für Thorn untersucht habe.«

»Was war es?«

Ash kniff die Augen zusammen. »Es war … richtig, ein Fragment aus Northumbria. Er dachte, es könnte eine der Quellen für die *Saga von Egil* sein. Sehr überzeugende Arbeit, ein altes Stück Pergament und die richtige Tinte – aber wie sich zeigte, frühestens aus dem siebzehnten Jahrhundert.«

Jack hatte Ashs Leidenschaft für Fälschungen vergessen;

jetzt verspürte er einen leichten Ärger. Andere Dokumente waren ihm egal, sie waren allesamt zu trivial.

»Das Interessante dabei war, dass wir es zurückverfolgt haben und die Fälschung wahrscheinlich vom Henker selbst stammte. Der hatte behauptet, er hätte das Dokument einem seiner … heute würde man wohl sagen, einem seiner Klienten abgenommen. Aber es gab überzeugende Anhaltspunkte dafür, dass der Klient das echte Fragment besessen haben musste, er war nämlich ein Nachfahre von einem der Verfasser.«

»Der Henker war ein Fälscher?«

»Ich nehme es an. Jedenfalls haben wir bei den Henkern in England eine unglaubliche Fälschertradition festgestellt. Testamente und Besitzurkunden, aber auch Gedichte und Palimpseste – alles. Alle haben das gemacht, und einige waren richtig gut darin – viel besser als darin, Leute zu töten, wenn man den Geschichten glaubt. Also kann es gut sein, dass derjenige, der deine Dokumente verbrannte, sie überhaupt erst gefälscht hat, oder dass es einer seiner Freunde war.«

»Ich glaube eigentlich nicht, dass es gefälscht war.«

»Wie auch immer.«

Jack sah etwas in dieser Geschichte aufblitzen, war jedoch nicht sicher, was. Er fragte sich, woher Ash so viel über Henker wusste. Gehörte er am Ende doch dazu, fütterte er Jack mit Informationen? Er versuchte sich vorzustellen, welche Absicht Ash verfolgte, doch dann sah er Beth an der Einfahrt des Parkplatzes.

Sie trug die Hose und Bluse, die sie immer für die Bibliothek anzog: Offenbar hatte sich ihre Schicht verschoben. Ihre Bewegungen wirkten irgendwie anders als sonst, und ihr Blick schien leicht verwundert, als wäre sie ein Engel, der sich zwischen den Welten bewegte. Aber als sie Thorn erreichte, wurde sie wieder sie selbst und gab ihm einen Kuss auf die Wange.

»Es tut mir schrecklich leid, ich wollte doch hier sein.«

»Schon gut. Du kennst das alles schon.«

Sie lächelte. »Das waren die weltbesten Metaphern, und du bist der weltbeste Dichter.«

»So steht es auf meiner Urkunde.«

»Wirklich?«

»In Runen. Das ist die weltbeste Urkunde.«

»Großartig.«

Als sie zu Jack hinüberblickte, wirkten ihre Augen plötzlich unergründlich und sehr alt. Die rote, verbrauchte Sonne versank bereits wieder, und aus irgendeinem Grund bezweifelte er, dass sie in der Bibliothek gewesen war, doch er mochte nicht nachfragen. Die Schwester des Mondes sandte tief am Himmel ihre letzten Strahlen aus, und er konnte eine Frau nicht fragen, wo sie gewesen war.

Das Kirchendach war nicht zugedeckt, aber die Nacht war mild und trocken. Ein sanfter Westwind kräuselte sich über das Loch im Dach. Die steinernen Wände sahen aus wie die Geister von Steinen. Jack dachte an die Burg, bei der Dee nach seiner Truhe voller Bücher gegraben hatte, an die Ruinen der Abtei, wo Kelley seinen Brief gefunden, und an die Felder, die Cotton umgepflügt hatte – und an die Krypta unter ihren Füßen, in der er das Manuskript gefunden und in dem er es wieder versteckt hatte. Es war erstaunlich, dass überhaupt ein Buch das Feuer, das Wasser und die Erde überstanden hatte und dass es auch andere als finstere Zeiten gab.

Beth lief zwischen den Lampen umher, im Arm den Stapel Zeichnungen, die er am Morgen zusammengesucht hatte, mit den Selbstporträts in ineinandergreifenden Farben.

»Ich weiß nicht, was ich mir dabei gedacht habe«, sagte sie.

Er glaubte, es wäre ihr peinlich, aber er blickte zu ihr hinüber, sah ihr Gesicht und spürte das Gewicht ihrer Worte, und sie erschienen ihm eher wie eine ungeschönte Beichte.

»Nicht?«, fragte er.

»Vielleicht war ich noch betrunken.«

Sie nahm sich eine Seite nach der anderen vor, strich sie auf dem Oberschenkel glatt und zeichnete kopfschüttelnd mit dem Finger die Linien nach. Sie hielt die Blätter dicht vor sich und dann weiter weg. Mit tiefliegenden Augen sah sie Jack an.

»Man wacht auf und weiß, dass man schlecht geträumt hat. Man fühlt sich einfach nicht gut, man weiß, die Träume waren seltsam. Aber man kann sich nicht an sie erinnern.«

Vielleicht war sie immer noch betrunken. Hatte sie in Kaffeebechern und Flachmännern Schnaps versteckt? Ihr Blick war fest, ihre Bewegungen waren langsam, aber grazil, und er glaubte nicht, dass sie jetzt betrunken war oder dass sie es gewesen war, als sie die Zeichnungen angefertigt hatte.

»Ach?«, fragte er.

»Man glaubt, vielleicht kam jemand darin vor, den man kennt, jemand, der tot ist, aber man kann sich nicht erinnern, weil es einfach zu absurd war. Wie eine Farbe, die man zum ersten Mal gesehen hat.«

»Was für eine Farbe?«

»So eine Art… siehst du, das meine ich.«

Wieder dachte er, dass seine fast entdeckte Engelssprache alle Wörter enthalten hätte, die sie brauchte. Sie hielt die Bilder in der Hand, die sie drei- und vierfach zeigten; sie betrachtete die Stellen, wo sich ihre Konturen überschnitten.

»Weißt du, alles in der Welt besteht aus diesen Farben«, sagte sie. »Es sind alles Mischungen aus Rot und Grün und

Blau, oder aus Cyan, Magenta, Gelb und Schwarz. Aber wenn man eine dieser Farben verliert, dann verschwinden Dinge, die Grenzen verschwimmen, verstehst du?«

Er nahm es zumindest an. »Wie bei einer alten Reklametafel oder einer Verpackung, die lange in der Sonne gelegen hat. Und alle darauf sind gelb oder blau – oder cyanfarben, müsste ich wohl sagen.«

»Oft sind sie cyanfarben. Cyan hält sehr lange.«

»Und warum?«

»Das liegt irgendwie an der Tinte.«

Er fühlte sich besser. Zumindest redeten sie miteinander, sie benutzten die gleiche Sprache. Er wollte fragen, was die Farben bedeuteten. Aber das war zu direkt, es würde sie damit abschrecken. Außerdem dachte er bei dem Wort Tinte schon wieder an Fälschungen, an Vitriol und Gallen, und die verflochtenen Bilder erinnerten ihn daran, dass Fälscher manchmal eine schwarze Linie über eine gelbe zeichneten, um das Aufspalten alter Tinte nachzuahmen. Laut Ash war das bei der Vinland-Karte gemacht worden. Und die Henker waren zumindest bei manchen Dokumenten, die ihnen in die Hände gefallen waren, so vorgegangen – sie hatten getreue Kopien angefertigt, und das ließ ihn hoffen.

Als Jack die Bibliothek erreichte, war sie noch geschlossen. Die Tage wurden kürzer, und die Sonne, die noch tief am Himmel stand, tauchte die Silhouette der Stadt in ein blasses Gelb. Das Gras war kühl von Schatten und Tau. Ihm fiel auf, dass er sich häufiger als gewöhnlich umblickte, auf der Suche nach Bombenlegern und Fälschern. Dann öffneten sich die Türen der Bibliothek, und er schlüpfte hinein.

Ash hatte recht: Bücher zu verbrennen war unzivilisiert, aber Menschen zu verbrennen – oder bei lebendigem Leib in siedendes Wasser zu werfen, sie auszuweiden und zu vierteilen – war etwas, von dem er kaum glauben konnte, dass es so oft und vor so kurzer Zeit erst geschehen war. Er las über Hinrichtungen wegen hunderter verschiedener Vergehen, von der Übersetzung der Bibel bis dahin, sich fälschlicherweise als Edelmann auszugeben. Soweit er das sehen konnte, waren sie alle von einem gewissen Jack Ketch vollzogen worden, den er für unglaublich beschäftigt hielt, bis ihm klar wurde, dass so in England der Spitzname für Henker lautete.

Der erste Ketch vermasselte eine Reihe von Enthauptungen, indem er vier, fünf Schläge brauchte, um den Hals zu durchtrennen, und damit diejenigen seiner Opfer – seiner Klienten – besonders erzürnte, die ihn zusätzlich dafür bezahlt hatten, es richtig zu machen. Vielleicht war seine Axt zu stumpf oder sein Arm zu schwach, jedenfalls stritt er in einem Pamphlet jede Arglist oder Trunkenheit ab, machte aber seinen Namen dadurch nur unsterblich.

Gerichtsakten und Berichte belegten, dass Dokumenten- und Münzfälscher bis ins achtzehnte Jahrhundert auf dem Scheiterhaufen verbrannt wurden. Fälscher von Stempeln und Siegeln, Quittungen und Wechseln hingegen erfuhren eine humanere Behandlung und wurden einfach gehängt. Sie entstammten allen Schichten der Gesellschaft, sie waren Bankiers und Beamte, Kerzenzieher, Zuckerbäcker – und sogar Henker; zumindest einen Unglücklichen traf es, im November 1786:

> 599. JACK KETCH wird vorgeworfen, ein gewisses Pamphlet fabriziert und gefälscht zu haben, unter dem Titel *Streitschrift gegen jegliche willkürliche Ursupation oder Beeinträchtigung der Souveränität des höchst ehrenwerten Unterhauses oder der Rechte, Besitztümer und Freiheiten der Menschen im Allgemeinen &ct.*
>
> 2ter Punkt. Wie Punkt eins, jedoch betreffs einer gewissen Schrift, vorgeblich verfasst von *John Asgill*, mit dem Titel *Abhandlung zum Beweis, daß gemäß dem Bund des Ewigen Lebens, wie in der Bibel verheißen, der Mensch aus dem Diesseits in besagtes Ewiges Leben verrückt werden kann, ohne das Stadium des Todes zu durchlaufen.*
>
> 3ter Punkt. Wie Punkt eins, jedoch betreffs einer gewissen Petition mit dem Titel *Eine Petition zur Befürwortung der Duldung von Sport am Tage des Herrn.*

Es waren fast einhundert Punkte aufgelistet, und Jack erkannte beinahe alle Titel wieder. Abhandlungen über die Dreifaltigkeit, Zweifel an der Macht Karls I., unautorisierte Übersetzungen. Vor wenigen Tagen erst hatte er über sie gelesen. Das hier war die große, verlorene Bibliothek, eine Sammlung von Ketzerei, Verleumdung und Aufwiegelung, Jahrhunderte von anstößigen Schriften, die auf den Scheiterhaufen verbannt worden waren. Jack fragte sich einen Moment lang, warum sie alle in dieser Anklageschrift aufgeführt waren. Er erahnte vage ihre Verbindung, kurz bevor der Ankläger sie ihm enthüllte:

> Der Buchhändler *William Beardmore* wird aussagen, in den Räumen des Gefangenen alle von mir aufgeführten Schriften entdeckt zu haben; und dass die Schriften in der That seine Räume überfüllten und als Wände und Möbel dienten. Ich beabsichtige nicht, Zeugen für die Anfertigung der Fälschung beizubringen; ich bitte Euer Lordschaft zur Kenntnis zu nehmen, daß alle von mir genannten Schriften von diesem *Gericht* oder unserem *Parlament* dazu verdammt wurden, vom gemeinen Henker verbrannt zu werden, ebenso wie jede Kopie derselben; und deshalb zu schließen, dass der Inhalt des Hauses nicht sein kann, was er vorgibt, und daher Fälschungen darstellen muss.

Beardmore sagte ausführlich über den Inhalt von Schränken und Regalen des Henkers aus. Er erklärte Ketchs Ausgaben für vortrefflich und getreu, stimmte allerdings zu, dass sie tatsächlich Fälschungen sein mussten. Jack ließ sich beinahe überzeugen. Aber er wusste, wie unverwüstlich Bücher sein konnten, und sein Bedürfnis, die Papiere aus Glastonbury und den Schlüssel zum Manuskript zu finden, schienen fast stark genug, um die Geschichte entsprechend zurechtzubiegen. Deshalb war er von Ketchs Verteidigung weniger überrascht als damals das Gericht.

Gefangener. Werthes *Gericht,* es wurden Fälschungen angefertigt, aber nicht von mir, und es befinden sich auch keine in meinem Besitz. Alle Papiere, die verbrannt werden sollten, wurden kopiert. Die Fäschungen wurden dann verbrannt und die echten Dokumente verwahrt.

Gericht. Was meinen Sie damit? Von wem gefälscht? Von wem verwahrt?

Gefangener. Von den anderen, Euer Gnaden. Den anderen Henkern.

Gericht. Was?

Gefangener. Immer, wenn ein Dokument verbrannt werden sollte, Euer *Gnaden,* hat der Henker eine gute Kopie angefertigt und diese stattdessen verbrannt, und das Dokument hat er behalten und weitergereicht.

Jetzt, da wir keine Dokumente mehr verbrennen, reichen wir sie nur weiter, so wie sie an mich weitergereicht wurden. Aber die Fälschungen stammen von den früheren Henkern; sie wollten die Schriften nicht verbrennen.

Gericht. Sie wollten sie nicht verbrennen? Warum nicht?

Gefangener. Nun, Euer Gnaden, das ist barbarisch, nicht wahr?

Das war es also – eine Sippe von Henkern, die nicht davor zurückschreckte, ihre Mitmenschen in Stücke zu hacken, die aber die Nacht durcharbeitete, um mit ihren Federn und Vergrößerungsgläsern ein Pamphlet zu retten. Jack fand, das ergab auf eine perverse Art durchaus Sinn. Das Gericht konnte es nicht glauben. Es befand Ketch für schuldig und ließ seine Fälschungen verbrennen. Den Henker selbst verurteilte es zum Tod durch Hängen. Aber die Geschworenen mussten Ketchs Geschichte ausgesprochen anrührend oder originell gefunden haben, denn sie empfahlen ihn der Gnade Seiner Majestät an, und seine Strafe wurde in eine lebenslängliche Verbannung in die neuen Kolonien von New South Wales umgewandelt.

Jack wusste nicht, ob Beth an diesem Tag arbeitete. Er hatte sie die Bücherwagen umherschieben und Bestellzettel abstempeln sehen, aber er wusste nicht, wann das gewesen war. Als er die Liste der verbrannten Dokumente ein zweites Mal durchging, überkam ihn das Gefühl, Beth sei zum Teil in der Bibliothek und zum Teil irgendwo anders. Vielleicht war es die rote Beth, die durch die Gänge streifte und deren Haut die Farben des alten Papiers widerspiegelte. Die blaue Beth watete in der Bucht durch das Wasser oder saß zwischen Himmel und Meer an Franks Grab. Die grüne Beth konnte überall oder nirgends sein. Hatten die Bilder das bedeuten sollen? Es erschien nicht unbedingt richtig, und auch nicht hilfreich. Es war nicht mehr als ein Eindruck.

Die Vorwürfe gegen Ketch umfassten keine an Abteien gerichteten Briefe: Das Gericht in Old Bailey hatte Jacks Schlüssel nicht in die Hände bekommen. Aber er glaubte nicht, dass es einen Unterschied gemacht hätte. Indem das Gericht Ketchs Verrat an den Henkern keinen Glauben schenkte, hatte es die Weiterführung ihrer geheimen Arbeit ermöglicht. Der neue Ketch hatte einfach weitere Fälschungen verbrannt, während der alte auf seine Fahrt in die Verbannung gewartet hatte. Die Originale waren unangetastet geblieben, davon war Jack überzeugt.

Er wusste nicht, was der Henker mit ins damalige Neuholland gebracht hatte: die echten Dokumente oder nur weitere Kopien. Doch zwischen Original und Fälschung zu unterscheiden war im Grunde längst unerheblich geworden. Und ihm war immer noch nicht klar, warum der Henker das alles getan hatte. Ketch konnte nicht gewusst haben, dass ein bestimmter alter Brief vielleicht den Schlüssel zu einem älteren Manuskript darstellte, das im Jahr seiner Geburt ein Sammler von einem Bankrotteur ersteigert hatte und das später Londons gelehrteste Köpfe vor Rätsel stellte, um schließlich zu einem Mönch nach Land's End geschickt zu werden – der wahrscheinlich auf dem gleichen Wege von dem Brief erfahren hatte wie später Jack, just als Ketch für dessen Fälschung verbannt worden war.

Und der Mönch war ihm gefolgt. Jack durchströmte das Gefühl, wie verwandelt zu sein: Über einen dunklen Pfad war er endlich nach Hause gelangt. Er hatte die Spur des Manuskripts von den Johannitern über seine Aufteilung und Rekonstruktion und schließlich bis zu Constant verfolgt. Man hatte es auseinandergerissen und zusammengefügt, vergraben und wieder ausgebuddelt, und seine Enträtselung hatte es schließlich in die Krypta unter ihrer Kirche und in Jacks Hände geführt. Er erinnerte sich vage an eine zweite Suche, die das Manuskript berührte, an ein weiteres Rätsel, zu dem es gehören könnte, aber er wusste nicht mehr, worum es da ging; er konnte nur an den letzten Schlüssel denken.

Aber er fand keinen Beweis dafür, dass Ketch jemals in Australien eintraf. Im Mai 1787 wurde er auf die *Friendship* gebracht und stach mit dem Rest der Ersten Flotte Richtung New South Wales in See: elf Schiffe, achthundert Sträflinge, fünfhundert Marinesoldaten und Besatzungsmitglieder, eine Bibel und ein Gebetbuch. Die Flotte war um etwa vierzig Seelen ärmer, als sie nach acht Monaten und vierundzwanzigtausend Kilometern die Bucht von Sydney erreichte; es hatte Geburten, Tote und Fälle von Fahnenflucht gegeben, und Jack

Ketch war verschwunden. Er wurde auf keiner der Passagierlisten erwähnt und fiel bei keinem Antreten auf. Es gab keinen Vermerk, dass er von Bord gegangen oder gestorben war. Er kam schlicht nie an.

Jack wusste jetzt, dass Beth nicht in der Bibliothek gewesen war, den ganzen Tag über nicht. Er hatte Ketch in allen Ecken und Winkeln jeder Etage gesucht. Ein weiteres Mal ging er zwischen der Sammlung seltener Bücher und dem offen zugänglichen Bereich entlang, aber Beth war nirgends zu finden. Er wusste nicht, was sie tat, wenn sie nicht arbeitete.

In der Bibliothek herrschte eine seltsame Leere, nur ein paar Studenten und Hobbygenealogen waren dort. Plötzlich überkam ihn Einsamkeit und die Angst, tätowierte Bombenleger oder verdächtige Freiwillige würden ihn beobachten. Und wenn sie nicht hier waren, wenn sie die Kirche gefunden hatten und Beth noch dort war – er war hin und her gerissen. Aber am wichtigsten war immer noch das Geheimnis von Jack Ketch.

Er durchforstete Tagebücher und Aufzeichnungen in eleganter Schreibschrift, Briefe voller Heimweh, die man als Pamphlete veröffentlicht hatte, Aquarelle und Bleistiftskizzen aus der Kolonie, über ihre Unzugänglichkeit und ihre eigenartigen Tiere. Er las über die gescheiterten Beziehungen zwischen den Siedlern und den Aborigines, die nach anfänglicher Neugier auf beiden Seiten zu einem Austausch von Speeren und Blattern geführt hatte. Welchen Unterschied hätte es gemacht, wenn sie miteinander hätten sprechen können? Sie hatten eine Art Pidgin entwickelt, aber das war keine richtige Sprache. Skorbut hatte den Gelenken und Zähnen der Kolonisten zugesetzt, obwohl rund um die Bucht Früchte und Beeren in rauen Mengen wuchsen.

Jack fand in New South Wales keinen Hinweis auf Ketch, nichts, was ihn an den Henker erinnert hätte. Es war zu spät: Was auch mit ihm geschehen war, hatte sich während der Reise ereignet. Auf jedem der Schiffe hatte mindestens ein Marinesoldat ein Reisetagebuch geführt, über Hitze und Krankheiten und diese schrecklichen Breitengrade. Die Sträflinge der Flotte hatten kein Tagebuch geführt und wurden nur erwähnt, wenn sie krank wurden, starben oder weitere Verbrechen begingen. Nur selten wurden sie überhaupt erwähnt.

Wir fanden heraus, dass unbekannte Sträflinge mit großem Einfallsreichtum und Geschick einige Vierteldollarmünzen aus alten Schnallen, Uniformknöpfen und Zinnlöffeln geprägt haben. Eine gründliche und sorgfältige Suche nach dem benutzten Apparat wurde durchgeführt, doch umsonst; nicht die kleinste Spur oder Überbleibsel eines solchen Geräts wurde bei ihnen gefunden.

Jack durchforstete den Bericht nach weiteren Hinweisen auf die Falschmünzer, aber er fand keine. Das natürliche Licht verblasste, nur die Neonröhren der Bibliothek erhellten den Raum; die Sonne versank hinter den Wolkenkratzern. Die Zeit wurde ihm knapp. Er legte das Tagebuch zurück auf den Stapel und nahm sich das nächste vor.

6. Juli. Wind noch immer ungünstig, Flotte hat kaum 1° Breite in einer Woche geschafft. Sind jetzt bei 6°36'N & immer ungeduldiger, den Gleicher zu überschreiten, dem wir uns nähern wie Achilles sich der Schildkröte. Wasserration auf 1 ½ Liter pro Tag reduziert & ununterbrochen Sonne; einige Sträflinge und Mannschaftsmitglieder berichten von unerklärlichen Sichtungen & Geräuschen; Klopfen und stöhnenden Frauenstimmen außen am Rumpf, fahlen Lichtern am Horizont, wo kein Land liegt etc. Ein Seemann behauptet, die *Friendship* würde so schlecht vorankommen, weil sie versucht, durch Sanddünen zu segeln; er wurde in Eisen gelegt und über die Eigenheiten tropischer Winde belehrt.

Jack gegenüber stand ein Schreibtisch mit einer flackernden Neonlampe, an dem ein blasser, junger Mann eine Zeitschrift las. Jack sammelte die Tagebücher ein und ging an einen anderen Tisch. Der junge Mann las einfach weiter.

7. *Juli.* Man sollte mich neben ihn in Eisen legen, denn heute habe ich seltsame Dinge gesehen, die nicht einmal Hitze & Flaute erklären können. Tagesanbruch & wollen bei leichter Brise gerade Fahrt aufnehmen, als steuerbord großer Aufruhr ausbricht. Häufig Schwärme von Delphinen, fliegenden Fischen etc., doch heute Morgen nichts anderes als ein nackter Mann im Wasser, so salzig wie Lots Weib. An Bord gehievt stellt er sich als Matrose ebendieser Brigg heraus und sagt, er sei Mittwoch über Bord gegangen & seitdem geschwommen, unser alter Kahn immer gerade außer Reichweite. Armer Tantalos! Niemand glaubte, er wäre einer von uns, aber er stand auf der Mannschaftsliste & als wir ihn zu seiner Koje brachten, waren seine Papiere in Ordnung & er war sehr erleichtert, wieder bei seiner Bücherkiste zu sein. Nicht einmal ich erkannte ihn, so hatte die See ihm zugesetzt, habe aber den Tag mit ihm verbracht & ihn für höchst angenehm befunden & kann kaum glauben, dass wir beinahe unseren werten Gefreiten Wm. Fide verloren hätten.

Mit einem Mal senkte sich Stille auf die Bibliothek, und als Jack aufsah, bemerkte er, dass der junge Mann verschwunden war. An seiner Stelle tauchte ein anderes Bild auf: hoch aufgeschossene Eukalyptusbäume, die schmale Bucht und die abschüssigen Strände der Zeit, als die Erste Flotte den Äquator überquerte. Die Seeleute hielten sich nicht mit den Zeremonien auf, die normalerweise den Hemisphärenwechsel begleiteten. Die Unreinen unter ihnen waren zu Neptunshöflingen geworden, aber das waren nicht die wichtigsten Verwandlungen. Der Fälscher hatte sich an der Mannschaftsliste zu schaffen gemacht und sein Meisterwerk war er selbst: Er hatte sich ausgezogen und mit Salz bedeckt, dann hatte er Jack Ketch davontreiben lassen, um als neuer Mensch aufzutauchen. Als Fälschung – aber das würde keinen Unterschied machen dort, wo er hinging.

Jack musste lachen über die Verwandlung von Ketch und darüber, was er mit seinen verbotenen Büchern und Papieren angestellt hatte. Sein Namensvetter war also ebenfalls Übersetzer, ebenfalls Fälscher. Jack schlug lachend auf den Tisch, weil er der Lösung des Rätsels schon so lange so nah gewesen war. Ihm hatten zu viel Latein und Religion im Kopf herumgespukt, um über die Namen und ihre mögliche Bedeutung nachzudenken. Die Antwort war die ganze Zeit zum Greifen nahe gewesen.

Es war schon nach sechs, als Jack dort eintraf, und das Depositum Fidei – ein Archiv religiöser Schriften, aber auch das Archiv von Fide – hatte bereits geschlossen. Die Sonne übergoss die Wolken mit ihrer letzten Farbe, und die reflektierten Rot- und Orangetöne ließen die gläsernen Hochhäuser der Stadt wie gemalt aussehen. Die Baracken wirkten wie neu, als er den Innenhof überquerte und laut genug an die Tür hämmerte, um die Sträflinge in ihren Hängematten aufzuwecken.

Nichts rührte sich. Er klopfte erneut und spähte durch das Fenster. Im spärlichen Nachtlicht bewegte sich ein Schatten zwischen den Regalen – sogar mehr als einer, und Jack drückte sich an die Wand, um sie zu beobachten. Sie trieben durch das Zwielicht, vereinten und teilten sich, wie nur Schatten es können, und er dachte wieder an die Johanniter und fürchtete, sie wären ihm zuvorgekommen – bis ihm die bevorstehende Auktion einfiel und die Katalogisierer, die eine Bestandsübersicht erstellen sollten.

Schließlich sah er Sandy am Fenster vorbeigehen. Er hatte den Eindruck, sie sei enttäuscht, als sie ihn erkannte, aber sie deutete auf die Eingangstür und antwortete mit einem amüsierten Nicken, als er einen Finger an die Lippen legte.

»Was willst du hier?«

»Ich muss etwas suchen«, sagte er leise.

»Jack, hier versinkt alles im Chaos, wir wissen nicht, wo was ist.«

»Niemand weiß, wo das ist.«

»Komm doch einfach wieder, wenn alles fertig ist.«

»Dann ist es zu spät.«

Sie gab die Tür frei. »Na gut. Aber du musst allein zurechtkommen.«

Er betrat das düstere Gebäude. »Hast du zufällig Beth gesehen?«

»Wieso?«

»Sie war heute nicht in der Bibliothek.«

»Ist sie zu Hause?«

»Weiß ich nicht.«

»Warum fährst du nicht hin und siehst nach?«

»Bring mich doch bitte unauffällig nach unten.«

Sie verdrehte die Augen und brachte ihn die Treppe hinunter in die Bibliothek, die aus Ketchs verbotenen Büchern erwachsen war; aus einer einzigen Kiste voller Bücher und Dokumente – die vielleicht gefälscht waren, das würde man nie wissen – war Fides Archiv des Glaubens geworden.

Die Jahrhunderte hatten das Archiv in ein Labyrinth voller Sackgassen verwandelt. Nachdem er einige Mal abgebogen war, wusste er nicht mehr, wo er sich befand. Er zog Bücher ein Stückchen hervor, um seinen Weg zu markieren; wenn er zurückging, fehlten seine Zeichen oder waren versetzt. Vielleicht gehörten die Katalogisierer doch zu seinen Feinden; wenn sie nicht selbst Johanniter waren, steckten sie mit ihnen unter einer Decke und suchten mit ihm um die Wette. Sie waren in der Überzahl und besser organisiert. Sie konnten hinter ihm die ganze Bibliothek umbauen. Wenn er das Geheimnis jemals löste, würde er damit begraben werden.

In den unteren Geschossen hingen die Decken niedriger, die Regale – hier nicht mehr aus Aluminium, sondern aus dunkler Eiche – drängten sich enger aneinander, und die Bücher wurden zunehmend esoterisch. Sie zogen seine Aufmerksamkeit auf sich, als er versuchte, rasch an ihnen vorbeizugehen. John Dee war unter ihnen, mit seiner teuflischen Apparatur: *Ein Gefährte der Höllenhunde, ein Anrufer und Beschwörer verruchter und verdammter Geister.* Kabbalisten erklärten sich die Welt, indem sie die Buchstaben der Thora, die zuerst in schwarzen Flammen auf weißem Feuer geschrieben waren, neu ordneten. Die Templer tauchten wieder auf, unter den Freimaurern und Rosenkreuzern – erst nur als Gerücht, später als Tatsache – und selbst in der Royal Society, wo das Manuskript seine Spuren hinterlassen hatte.

Die Treppe führte ihn tiefer, als er es für möglich gehalten hätte. Die Sammlung des Henkers war dermaßen umfangreich, dass Jack sich fragte, warum sich dieser so sehr für Religion interessiert und was ihn tatsächlich hierhergeführt hatte. Sicher war es nicht nur Pech gewesen, dass man ihn entdeckt und verhaftet hatte. Er musste es förmlich darauf angelegt haben.

Hatte er herausgefunden, was der Brief aus Glastonbury bedeutete? Vielleicht hatte er etwas über das Manuskript gehört – Gerüchte unter den Gefangenen, Geständnisse der verlorenen Seelen –, was ihm Angst eingejagt hatte. Ketch waren Düsternis und Schrecken vertrauter gewesen als John Dee und Edward Kelley, bei denen sich die Wege von Brief und Manuskript zuletzt gekreuzt hatten. Vielleicht hatte er als Erster seine wahre Bedeutung verstanden – als Erster und bislang Einziger. Das Gelübde der Henker hatte ihm verboten, den Brief zu vernichten, deshalb hatte er ihn ans Ende der Welt gebracht und unter Meditationen und Andachten vergraben. Und aus dem Wunsch, ihn zu verbergen, war diese Sammlung entstanden. Geheimgesellschaften, Tätowierungen und Gelübde – die flackernden Lampen tauchten die Winkel des Archivs in schummriges Licht.

Jetzt stießen die Regale aneinander und versperrten ihm den Weg. Jack musste über sie hinwegklettern, sich unter ihnen hindurchbücken und sich dazwischenquetschen. Er stellte sich vor, wie Constant diese okkulten, ketzerischen Gänge mit seiner eigenen schwarzen Flamme erkundet hatte. Es wurde wärmer, und obwohl er nur einige Stockwerke hinabgestiegen war, fühlte er, dass das Labyrinth ihn tief unter die Erde führte, unter die Eisenbahntunnel und die Fossilien unvorstellbarer Beuteltiere. Ihm wurde schwindlig von all den Alchemisten und Kabbalisten und dubiosen Gestalten, den Schichten aus Licht und Dunkelheit, Wahrheit und Gerücht, Geschichte und Geschichten und den endlosen Verwandlungen.

Die Katalogisierer hatten Verstärkung bekommen. Er konnte sie überall hören, er sah sie kurz auftauchen, bevor sie wieder zwischen den Regalen verschwanden. Die Auktion würde bei Tagesanbruch beginnen, wie eine Hinrichtung. Welche Tiefen er auch erkundete, durch welche schmalen Büchergassen er sich auch quetschte, sie waren vor ihm dort gewesen: Ein Flüstern, ein Muster im Staub sagten ihm, dass er zu spät kam.

Als es plötzlich still wurde, merkte er, dass er allein war. Die Katalogisierer waren offenbar fertig, der nächste Tag war bereits angebrochen. Sein Versagen lag ihm flau im Magen. Er befand sich tief unter der Erde und wusste nicht, wie er nach oben finden, wohin sein erster Schritt führen sollte. Er hatte seit Wochen nicht richtig geschlafen. Es hieß, man müsse nur jedes Mal die gleiche Richtung wählen und immer auf links oder auf rechts vertrauen. Jack entschied sich für links. Er bog ab und strich mit der Linken über die staubigen Regale. Er wollte nur noch nach Hause und schlafen.

Doch wenig später sah er, dass der Bücherstaub bereits Spuren seiner Finger trug – er lief im Kreis. Er ging noch eine Runde und zog dabei einen weiteren Kreis im Staub. Das ergab keinen Sinn. Entweder war das Labyrinth eine Art Möbiusband mit einer Dimension zu wenig, oder das hier war das Ende des Irrwegs, sein Herz und Zentrum. Eine weitere Runde bestätigte ihm, dass er sich in einem geschlossenen, mehrere Meter breiten Quadrat aus Regalen befand, in das kein Weg hineinführte.

Er zog einen Armvoll Bücher hervor und traf auf eine weitere Schicht, ein weiteres Bücherregal. Hinter ihnen Dunkelheit. Als er die Bücher schubste, fielen sie in großen Staubwolken zu Boden. Er steckte den Kopf in die Öffnung, dann die Schultern, und schlängelte sich schließlich durch das Loch. Auf der anderen Seite stand er auf und klopfte sich den Schmutz ab.

Überall um ihn herum reichten Regale bis zur Decke. Er befand sich in einem Raum von der Größe der Krypta, dessen Wände vollständig aus Büchern bestanden. Genauer gesagt aus Bibeln, wie er feststellte, als er die Regale besah – in Latein und Griechisch und verschiedenen englischen Übersetzungen, katholische Bibeln, anglikanische Bibeln und Bibeln jeder anderen Glaubensrichtung. Ein Allerheiligstes, geschaffen aus hunderten alter Bibeln, sogar mit einer Großen Bibel aus der Zeit von Heinrich VIII., die auf einem hölzernen Lesepult lag. Durch die Lücke, die er aufgebrochen hatte, drang schwaches Licht, das sich in den goldenen und silbernen Intarsien der Bibeln brach.

Sicher hatte Ketch dieses Feste gebaut, um das Geheimnis des Manuskripts vor Eindringlingen zu schützen – oder war es andersrum? Jack hörte weder sein Herz schlagen noch das Blut durch seine Adern rauschen, sondern nur das Knarren des Leders, als er die Große Bibel aufschlug. Er blätterte die ersten Seiten um und sah Illuminationen, rote Lettern und gotische Schrift. Er überflog das Alte Testament. Bei den Psalmen stockte er.

In der Mitte der Bibel klaffte ein viereckiges Loch, gut einen Zentimeter tief und von den Ausmaßen eines kleinen Buchs. Das war ein alter Trick, ein guter Ort, wenn man etwas verbergen wollte. Er glaubte nicht, dass man dafür die Bibel nehmen sollte, aber jemand hatte ein Geheimversteck in diese Große Bibel geschnitten.

Als er genauer hinsah, erkannte er, dass der Bibeltext um das Loch herum verlief. Die Bibel war extra gedruckt worden, um etwas zu verbergen.

Doch das Loch war leer.

Sie waren vor ihm hier gewesen. Die Katalogisierer hatten die Kammer gefunden, sich hineingegraben und den Brief für die Auktion hervorgeholt. Jemand mit einer Tätowierung, ein Ehren- oder Gnadenritter bot jetzt für ihn. Jack musste von hier weg, sonst würde er nie das Rätsel lösen. Lag das Manuskript noch sicher in der Krypta, oder waren sie dort auch bereits gewesen? Er hatte sich für den rechten Weg entscheiden sollen, für Steuerbord; Steuerbord war immer richtig.

Er schaffte es nicht, den Raum zu verlassen.

Diese vielen alten Bibeln. Die ersten Fragmente, für die William Tyndale verbrannt und erdrosselt worden war. Die Coverdale-Bibel. Cranmer und Douay und die Verbannten in Genf. Die falschen Bibeldrucke, in denen von faulen Propheten, stehenden Fischen und seligen Platzmachern geschrieben steht. Für einen Brief gab es bessere Verstecke als die Große Bibel auf einem Lesepult mitten im Raum.

Er suchte in den Regalen nach den weniger auffallenden Bibeln, nach den kleinen, ramponierten Bibeln, den unbeliebten Übersetzungen. Er zog sie aus dem Regal, und jede war intakt. Er hoffte auf eine der unzähligen Ausgaben der King-James-Bibel, doch der Brief war nicht zu finden. Er versuchte es mit allen Büchern, deren Rücken leer war, ohne Intarsien oder Prägungen, aber das waren alles normale Bibeln. Er suchte weiter.

Eine Bibel, vielleicht die einzige, die ihm mehr bedeutete als die King-James-Bibel, erkannte er wieder. Es war die Vulgata, die erste Übersetzung in gesprochenes Latein und das heroische Werk des heiligen Hieronymus, des Schutzpatrons der Übersetzer und Bibliothekare.

Die Ausgabe war alt und abgegriffen, und sie wirkte dünner, als sie es sein sollte. Sie konnte kaum als Versteck gedient haben, er wusste nicht einmal, warum sie ihm aufgefallen war. Aber als er den rissigen Einband berührte, verspürte er das vertraute Gefühl von Haut, so als hätte er eine Hand ergriffen. Er zog das Buch hervor, und der Einband rutschte herunter: Er war leer. Die Vulgata war nicht da, an ihrer Stelle befand sich ein Brief.

Die Blätter waren rauer als die seines Manuskripts, sie bestanden nicht aus Vellum, sondern aus gröberem Pergament. Er faltete sie auseinander und hielt sie in das Licht. Der Brief war in einer gehetzten, kleinen Schrift verfasst. Die erste Seite trug die Überschrift *Epistola ad Johannem abbatem Glastoniensem*, das Datum lautete *Id. Mai. AD MCCXCI* – Mitte Mai 1291. Nach Glastonbury war er von Akkon aus geschickt worden, dem letzten Außenposten der Kreuzfahrer im Heiligen Land.

Ein leises Kratzen drang durch die Bibliothek. Die unzähligen Seiten dämpften den Ton, doch er war deutlich zu hören. Jack war dort nicht sicher. Er stopfte sich den Brief in die Jacke und kroch durch die Bücherwand zurück. Er wusste jetzt, wohin er gehen musste.

Der Wind fegte vom offenen Meer her auf das ansteigende Land zu, auf die laute Stadt mit ihren Vororten, aber im Windschatten des Leuchtturms blieb alles still. Das Feuer erstrahlte und erlosch in einem Rhythmus, der einen glauben machte, viele Jahren seien verstrichen. Die Eisengallustinte hatte sich in das Pergament gefressen, und an manchen Stellen schien das Licht durch die Wörter hindurch auf die nächste Seite, als wäre der Brief mit Flammen geschrieben.

Sein Instinkt hatte Jack hierhergeführt. Er hatte das Gefühl, die Johanniter würden ihm an eine solch gottlose, verlassene Landspitze nicht folgen, sie sei sicherer als die Kirche. Ihm fiel wieder die Geschichte ein, die er Beth hier erzählt hatte, und ihn beschlich das Gefühl, an einem solchen Ort könnten auch besondere Wahrheiten emporsteigen, wie die Gischt der Brandung unter ihm. Er spürte, dass alle Geheimnisse zusammenliefen und die Antworten in Reichweite gerückt waren.

> Apostolicus namque Romanae sedis ultra montanas partes quantocius profectus est cum suis archiepiscopis episcopis abbatibus et presbiteris coeptique subtiliter sermocinari et predicare dicens Fratres uos oportet multa pati pro nomine Christi uidelicet miserias paupertates nuditates persecutiones egestates infirmitates fames sites et alia huiusmodi.

Mit Latein hatte er immer seine Probleme gehabt, er konnte es sich höchstens vom Französischen und Italienischen her zusammenreimen. Er arbeitete sich durch die ersten Zeilen, indem er die Wortstämme identifizierte und die Endungen riet. *Apostolicus Romanae sedis* hatte etwas mit dem Papst zu tun, *ultra montanas* hieß jenseits der Berge. Es ging um Erzbischöfe, Bischöfe und Äbte, Elend, Armut, Nacktheit – es war leichter als gedacht. Ihm fiel Constants eingeritzter Vers aus dem Pfingstwunder wieder ein: *Wie hören wir denn ein jeglicher seine Sprache, darinnen wir geboren sind?* Zungen aus Feuer senken sich vom Himmel herab, darauf in etwa lief es hinaus: Jack konnte den Brief in seiner eigenen Muttersprache lesen.

Und so machte sich der Papst so bald als möglich auf, um jenseits der Berge mit seinen Erzbischöfen und Bischöfen und Äbten und Priestern Predigten zu halten und mit großer Sprachgewalt zu verkünden: »Brüder, ihr sollt in Jesu Namen viel Leid erdulden: Elend, Armut, Nacktheit, Verfolgung, Not, Krankheit, Hunger, Durst und vieles mehr.«

Urbans Armee aus einhunderttausend Räubern und Bauern und einigen Rittern erlitt viel mehr im Namen Jesu, als ihr Papst vermutet hatte, doch zuerst fielen Edessa, dann Antiochia und schließlich Jerusalem seinen kriegerischen Pilgern zu, und das Heilige Land war dem Christentum zurückgegeben, wenn auch nur kurz.

Denn die Kreuzfahrer lernten bald, dass sie Elend, Nacktheit und alles andere deutlich lieber anderen zufügten als selbst erlitten, und der Rückfall Jerusalems an die Mohammedaner nach nur neunzig Jahren hätte unsere Könige und Fürsten nachdenklich machen können ob ihres Vermögens, den Willen des Herrn umzusetzen.

Doch statt sich von diesem ermüdenden Irrglauben abzuwenden, haben sie ihre Überzeugungen bekräftigt und ihre Mühen verdoppelt, um Jerusalem von Saladins großzügiger Herrschaft zu befreien. Aus diesem Grund reiste ich von unserer Abtei nach Akkon, um als Beichtvater und Berater seiner Hoheit Edward zu dienen, wenngleich meine Gründe, zwanzig Jahre lang zu bleiben, andere waren.

Vielleicht hatte er die Zeiten falsch verstanden und Subjekt und Objekt vertauscht. Aber ihm war klar, was er in Händen hielt: einen Augenzeugenbericht der Kreuzzüge, der zweihundert Jahre lang verloren und noch länger versteckt gewesen war. Selbst, wenn es sich um eine Kopie aus dem achtzehnten Jahrhundert handelte, änderte das nichts: Was zählte, war die Geschichte. Und selbst, wenn die Geschichte erfunden war, lag das so lange zurück, dass ihr auch diese Tatsache bereits einen Wert verlieh. Mit der Zeit wurden alle Fälschungen Originale. Einen Augenblick lang dachte er, er würde damit auf jeden Fall berühmt werden, und vielleicht auch reich – doch nur für einen Augenblick.

Der Brief ging weiter. Prinz Edward hatte England 1270 mit seinem Beichtvater und tausend Rittern verlassen, einem Bruchteil der Armee, die Jerusalem beim ersten Mal eingenommen hatte. Er wollte seine Vettern bei Karthago treffen, doch als er dort angelangte, war Ludwig an der Pest gestorben, und Charles traf Vorbereitungen für die Heimkehr. Edward zog mit seinen dreizehn Schiffen weiter, konnte jedoch weder Akkon noch Jerusalem retten.

Wir sahen, dass alles, was vom Königreich blieb, den vielen neuen Militärorden zugefallen war – den Rittern des Tempels und des Hospitals, vom Hl. Thomas und Hl. Lazarus und des Deutschen Ordens –, die sich um die Reste balgten wie die Hunde unterm Tisch. Vereint könnten sie die Sarazenen an einem Nachmittag schlagen, aber sie lassen sich ebenso wenig vereinen wie der Nord- und der Südwind gemeinsam blasen können. Und so entstehen immer kunstreichere Festungen und Intrigen gegeneinander, und sie wetteifern lüstern im Abschlachten der Bauern, die sicherlich Ungläubige sind, aber doch wenig Anteil an der Rückeroberung Jerusalems haben.

Der einzige Orden, der sich nicht durch Habgier und Blutvergießen hervortat, war der frühere Orden der Karmeliter. Seit den Tagen des ersten Tempels bewirkt eine besondere Kraft in diesen Bergen, dass sich Ritter von ihren Schwertern trennen, Händler von ihren Gewürzen und Stoffballen und Pilger von ihren Gedanken an die Heimat, um wie Bienen in den dortigen Höhlen zu leben. Ihre Regeln schreiben Armut und Arbeit vor, Abstinenz von Fleisch und Klatsch und Besitz nur als Gemeinschaft. Sie hätten dem Aufruf des Papstes in Clermont im Geiste nicht näherstehen können, oder sich weiter von den Ausschweifungen der militärischen Orden entfernen; doch jetzt sind sie nicht mehr unter uns.

Als die Sarazenen die Heilige Stadt noch einmal wie einen reifen Apfel von einem niedrigen Ast pflückten, hatte der letzte Karmeliter die Berge bereits Richtung England verlassen. Und viele in Akkon vertrauten mir an, dass das Schicksal des Königreichs in diesem Moment ins Verderben umschlug, dass ohne den Einfluss der Karmeliter die Templer und Johanniter neue Abgründe der Schurkerei entdeckten und dass das Verschwinden der ruhigen Eremiten nicht in Voraussicht des Falls Jerusalems erfolgte, sondern es einleitete und noch mehr Leiden verursachen würde.

Endlich fügte sich das Bild zusammen. Hier waren die Johanniter, die von Anfang an hinter dem Manuskript her waren und es immer noch verfolgten; sie hatten seine einzelnen Lagen verstreut und wollten sie jetzt zurück. Und die Karmeliter, denen George Ripley nach England gefolgt war, nachdem er die Johanniter ausbezahlt und das Manuskript wieder vereint hatte. Wollte er den Schlüssel finden, wollte er wissen, woran sich die Mönche erinnerten und was sie Jahrhunderte zuvor aus dem Karmelgebirge mitgebracht hatten?

Der Wind drehte sich. Die Blätter in Jacks Hand raschelten, die Stadt raunte ihm in all ihren Sprachen zu, in ihren traurigen, trunkenen Liedern, ihrer großen Bitternis. Er glaubte, die Schritte der Johanniter hören zu können, das Klicken und Entzünden eines Feuerzeugs. Das Feuer des Leuchtturms warf ihre Schatten hinter sie und ließ ihre Tätowierungen deutlich sichtbar werden – beinahe konnte er sie lesen. Sie standen für ältere Geheimnisse, als er sich hätte vorstellen können. In einer von Franks Zeitschriften hatte er gelesen, dass man in den Höhlen von Karmel uralte Überreste gefunden hatte, die älter waren als jede überlieferte Geschichte und jeder Mythos, älter als Gilgamesch, die Flut, die Gaunergötter. Das Pergament flatterte in seiner Hand.

Ich überzeugte sieben Johanniter, ihr heimtückisches Handeln für einige Stunden aufzuschieben und mich in die Berge zu begleiten. Der Bergrücken ist lang und schmal, zur See und nach Akkon hin fällt er steil ab, auf der anderen Seite Richtung Jerusalem jedoch ist das Gelände sanfter; er ist mit vereinzeltem Buschwerk bedeckt und voller Höhlen. Das Kloster lag verlassen da, nach dreißig Jahren ohne Glauben oder Pflege begann es zu zerfallen. Aus der Zelle des Priors, dem Refektorium und der

Kapelle waren alle Schemel und Tische entfernt worden, alle Kanzeln und Kreuze, und das Vieh hatte man getötet oder freigelassen. Nur ihre Bücher waren zurückgeblieben, wertvolle Kopien von Augustinus und Anselm und Beda, sogar die Vulgata lag mit gebrochenem Rücken auf dem Höhlenboden.

Während wir diesen unwürdigen Anblick betrachteten, vernahmen wir in einiger Entfernung ein leises Geräusch. Zunächst hielten wir es für Wasserrauschen, bis wir sahen, dass die Quelle, welche die Mönche umgeleitet hatten, ausgetrocknet war. Wir folgten dem Geräusch aus dem Kloster hinaus und einen schmalen Pfad den nördlichen Berghang hinunter, wo wir in einiger Entfernung eine Höhle fanden, die sich deutlich von den anderen unterschied. Sie war breit und tief, doch sehr niedrig, deshalb mussten wir uns alle bücken, um hineinzusehen. Die Sonne drang nicht weit hinein, aber auf der Decke und den Wänden tanzten Farben, glänzendes Rot und ein Gold wie von strahlenden Engeln. Die Farben drangen aus wundersamen Konstruktionen aus Holz und Glas, in denen verschiedene Tinkturen auf kleiner Flamme köchelten, und das Licht schien durch Kristalle und Linsen.

Diese überraschende Vorrichtung wurde von einem noch erstaunlicheren Hüter beaufsichtigt. Der Mann war groß und so fett wie ein König von Jerusalem, obwohl seine Kost nur aus Honig und Heuschrecken bestand. Sein kahler Schädel wölbte sich grotesk, als beherbergte er zwei oder drei Gehirne. Seine Haut war so weiß wie die Christusvision des Johannes, so weiß wie Wolle, weiß wie Schnee; aber seine Augen glichen nicht Flammen, sondern waren winzig und versunken und stumpf, und seine Kleider so zerlumpt und dreckig, wie es keine Vision zeigen würde.

Er blinzelte kläglich, als wir ihn umringten und fragten, wer er denn sei; er blickte auf seinen Apparat und dann auf uns und schien nicht sprechen zu können. Obendrein besaß er keinen einzigen Zahn mehr, sondern nur glattes, rosafarbenes Zahnfleisch wie ein Baby.

Die Worte, die er schließlich sprach, waren anders als alles, was ich bisher gehört hatte. Ich kann nicht sagen, ob seine Sprache dem Englischen näher war oder dem Lateinischen oder Griechischen oder einer der Wüstensprachen, aber sie war besser und schlechter als sie alle: Besser, da sie den Lippen des Wahnsinnigen entstieg wie Musik, sie drängte sich zu fließenden Motiven und Phrasen, ohne wie unsere Sprachen je zu stottern oder zu stolpern, und mein Geist füllte sich mit Gedanken und Bildern, deren Reinheit mich glauben machte, ich wüsste, was der Mann sagte, obwohl ich kein Wort verstand; und sie war dennoch schlimmer als alle anderen Sprachen, weil diese plötzlichen Gedanken genau meinen dunkelsten Geheimnissen und schändlichsten Zweifeln entsprachen und meine schlimmsten Befürchtungen bestätigten über Himmel und Erde und unseren Platz zwischen ihnen.

Er wandte sich an die Johanniter und sprach jeden einzeln an, und ich wusste, dass sie ihn ebenso wie ich verstanden. Zu einem sprach er von Männern, die gemeinsam Sünden des Fleisches begingen; er mahnte uns, die Liebe sei so selten zu finden wie eine frische Feige in der Wüste und solle deshalb nie verschwendet werden; dieser Mann verzog wütend und, ich glaube, bedauernd das Gesicht. Einen anderen warnte er, er würde nie den Respekt seiner Freunde oder Rivalen erlangen, was er auch im Heiligen Land tat, und er solle an einem anderen Ort sein Glück suchen. Und so redete er mit jedem der Ritter in seiner sanften Sprache, bis sie es nicht mehr ertrugen und vereint begannen, ihn brutal in Stücke zu hacken.

Während sie ihn verstümmelten, sprach er immer weiter, und obwohl sich seine Stimme vor Schmerz und Wut verzerrte, blieb seine Sprache so unmissverständlich wie zuvor. Ich weiß nicht, warum er mein Geheimnis für seinen letzten Fluch aufsparte: Vielleicht gab er mir die größte Schuld, obwohl ich kein Schwert besaß und es auch nicht erhoben hätte; vielleicht war meine Schande die größte, vielleicht teilten wir alle im Heiligen Land sie. All deine Zweifel sind die Wahrheit, schien er zu sagen. Es gibt keine Götter und keine Ungläubigen, und wir sind allein. Wir sind Versehen, wir sind Gerüchte, die nichts tun, als sich zu verbreiten. Uns bleibt nichts anderes, als unter uns selbst Bedeutung und Verstehen zu schaffen und es zu einer Zuflucht zu formen, wo es keine gibt. Und indem ihr mich tötet, zerstört ihr alles, was wir sind und sein könnten, und das umsonst. Und dann starb er, und sein Tod war nicht gnädig.

Wie hören wir denn ein jeglicher seine Sprache, darinnen wir geboren sind? Ägypter und Libyer, Juden und Bekehrte, Johanniter von sieben *langues*, aus Frankreich, Italien und Deutschland und ein perplexer Beichtvater aus der Abtei von Glastonbury – aber Jack vermochte sich kaum zu wundern, er war auch nicht bestürzt, denn das Gleiche geschah ihm selbst. Er konnte dieses mittelalterliche Latein lesen, er spürte, dass er die Konstellationen deuten konnte, die der Leuchtturm auf das Meer zeichnete – und er konnte seine Feinde im Wind hören und wusste, sie suchten noch immer nach dem Brief. Er musste ihn zurück ins Archiv bringen, bevor sie merkten, dass er fehlte.

Die Ritter gratulierten sich gegenseitig, dass sie einen Mann beseitigt hatten, der eine geringe Gefahr für Papst und Christentum hätte bedeuten können, und verließen die Höhle. Seither sind sie alle gestorben, sie gingen auf verschiedene heilige und unheilige Art in den Freitod; nur ich bin übrig.

Ich blieb damals zurück, im Staub und dem Blut des Wahnsinnigen und den Scherben und Splittern seines Apparats, und fragte mich, was wir getan hatten. Dann fiel mir auf, dass seine gekrümmte Hand schwarz vor Tinte war und dass neben ihr ein sonderbares Buch lag, ein Kodex in Vellum, unberührt vom Sand und dem blutigen Abschlachten, und als ich ihn aufschlug, sah ich, dass er in einer unbekannten Schrift verfasst war, die Arabisch oder Hebräisch oder sogar diesem Latein in gewisser Weise ähnelte, aber keine dieser Sprachen war. Es war die himmlische oder diabolische Sprache des Wahnsinnigen, und zwanzig Jahre lang habe ich versucht, sie zu entziffern, denn ich sehne mich danach, sie noch einmal zu hören. Ich habe das Buch den weisesten Männern jeden Glaubens und auch Ungläubigen vorgelegt, doch keiner kann mir helfen oder ist noch gewillt, mir zu helfen.

Denn unser letztes Aufgebot an Berserkern und Marodeuren übertraf selbst die Templer und Johanniter an Derbheit und Grausamkeit, und die Mohammedaner haben genug von uns.

Die Mamelucken haben mit ihren Katapulten und Onagern die äußeren Wände durchbrochen. Sie greifen den Verfluchten Turm an und werden bald die Stadt erreichen. Einige Schiffen warten am Kai, sie verlangen Preise, als sollten sie uns zum Mond segeln, aber ich werde nicht heimkehren und vorgeben, in der zivilisierten Welt wäre mehr Sinn vorhanden als hier im Reich der Kreuzfahrer. Ich schreibe Euch einfach, was hier geschehen ist, und erwarte dann das Schicksal, das jeden Christen und Ungläubigen erwartet.

Hankin Kirk

Jack faltete den Brief zusammen und steckte ihn zurück in seine Jacke. Dann stand er auf. Das Leuchtfeuer strich über die Stadt. Er beobachtete den Weg des Lichts und dachte an das Manuskript, das in der Krypta versteckt lag. Es war von einem Wahnsinnigen geschrieben worden, inmitten des tosenden Irrsinns der Geschichte, und es hatte achthundert Jahre lang Männer in den Wahnsinn getrieben – aber in ihm steckte Wahrheit, alles besaß einen Grund. Jack konnte ihn nicht klar erkennen, aber er wusste genug darüber. Er wusste, wo es begonnen hatte, und mit ihm würde es enden.

Als er den Wagen die lange Straße vom Leuchtturm hinuntersteuerte, berührten die Räder kaum den Boden. Er hatte die ganze Zeit über richtiggelegen – nicht genau richtig, aber beinahe. Das Manuskript enthielt doch eine vollkommene Sprache; keine philosophische Sprache, die jemand erfunden hatte, aber vielleicht eine uralte Sprache der Wüste und der Nomaden, der Deltas und Halbmonde – unser aller Muttersprache. Sie war eine Sprache der Menschen, aber sie schuf Engel. Man musste sie nicht erlernen, es genügte, sie zu hören, um sie zu verstehen.

Das Licht der Straßenlaternen huschte über ihn und ließ sein Gesicht im Rückspiegel immer wieder anders aussehen.

Auf seinem Weg in die Stadt fühlte er sich unbesiegbar. Nicht nur die Sprache war entscheidend, sondern auch was das Manuskript beschrieb. Wenn der Wahnsinnige nicht nur auf gut Glück etwas dahergeredet hatte, wenn der Apparat mit den brodelnden Kolben und präzisen Linsen ihm irgendwie das Herz der Kreuzritter gezeigt hatte, dann war sein Manuskript die Schiffsladungen Silber wert, die Ripley nach Rhodos gesandt hatte. Es war eine Verbannung in die Kolonien wert und jedes Unheil, das diejenigen ertragen hatten, die sein Geheimnis lüften wollten. Mit der vollkommenen Sprache könnte Jack alles sagen; aber mit einer solchen Apparatur könnte er endlich die Welt verstehen.

Seine gute Laune verflog augenblicklich, als er die Baracken erreichte und auf der anderen Straßenseite parkte. Der Wind fuhr heulend durch die Schluchten der Stadt. Vor dem Archiv stand ein Polizeiwagen, dessen Blinklicht über die Sandsteinmauern strich. Durch das aufblitzende Licht schien alles zweimal zu geschehen, die Welt teilte sich in Rot und Blau auf. Er dachte kurz, sie wären seinetwegen hier, sie hätten seinen Diebstahl entdeckt. Aber in den Baracken war es dunkel, die Katalogisierer waren verschwunden. Ein Schauder lief ihm den Rücken hinunter. Er klopfte an die Scheibe des Wagens.

»Was ist passiert?«, fragte er.

Der Polizist schüttelte den Kopf. »Jetzt werden schon Bibliothekarinnen angegriffen. Was ist nur aus der Welt geworden.«

»Großer Gott.«

Die Straße kippte unter ihm weg; er machte einen ungelenken Schritt, um nicht hinzufallen. Die Gedanken vieler Herzen, Wahrheit im Verborgenen und die Bedeutung der Dinge. All die Geheimnisse, das Geraschel, das Gekratze im Staub.

Die Stufen der Bibliothek waren blutverschmiert – plötzlich befiel ihn eine erschreckende Vision all der düsteren Bedeutungen, die ans Licht gebracht wurden, der Bedeutungen, denen man nicht nachforschen sollte.

Jack rannte zum Krankenhaus – vorbei an den alten Regierungsgebäuden, deren Sandsteinmauern hell im Mondlicht erstrahlten, an den Säulen und Bogen mit ihren tiefen Schatten, den Bäumen, die sich nach ihm streckten. Er rannte mitten auf der Straße und lief zwischen den letzten Taxis hin und her. Der Henker hatte recht gehabt: Der Brief und das Manuskript hätten nie zusammenkommen dürfen. Das maßlose Unheil war bereits eingetreten, und er wünschte, es hätte jemand anderen getroffen, nur nicht Sandy.

Es hieß, sie hätte eine Form der Aphasie und könnte sich nicht an die Namen von Dingen erinnern. Eines ihrer Augen war geschwollen und blutunterlaufen. Sie war mit dem Kopf auf eine Stufe geschlagen und hatte eine Gehirnerschütterung davongetragen. Sie lag im Krankenbett und versuchte stirnrunzelnd, richtig zu reden. Peter strich ihr über die Stirn, als wolle er ihr Wörter übermitteln; er schien den Tränen nahe. Thorn hielt Peter am Arm fest und drehte sich nach Jack um.

»Da bist du ja«, sagte er.

Jack ging zu ihr hinüber. »Sandy, was ist passiert?«

»Die, ich. Bib … Bibliothek? Bin hingefallen.«

Er runzelte die Stirn. »Bitte?«

Sie starrte ihn durchdringend an, und Peter hielt sich eine Hand vor den Mund.

»Ich … springt. Ein Mann.«

Die Männer sahen einander an; sie bemerkte den Blick und zog die Stirn kraus.

»Der Mann, springt … ich.«

»Wer war er, mein Herz?«, fragte Peter. »Wie hat er ausgesehen?«

Sie zuckte zusammen und griff mit der Hand ins Leere, als wollte sie das Wort aus der Luft pflücken. Es gab ohnehin zu wenige Wörter, um Menschen zu beschreiben. Sie verzog das Gesicht und schüttelte den Kopf.

»Die Ärzte sagen, sie kommt wieder in Ordnung«, erklärte Thorn. »Es ist kein bleibender Schaden.«

»Gott sei Dank.«

»Eine Art … Schwellung, weißt du? Druck. Aber das geht wieder weg.«

»Dev«, sagte sie.

»Es geht ihm gut«, antwortete Peter. »Er ist bei seiner Oma. Ihm geht's gut.«

»Dev.«

Jack beugte sich vor, ergriff ihre Hand und führte sie an sein Gesicht. Er mochte gar nicht darüber nachdenken. Wenn ihr etwas Schlimmeres zugestoßen wäre, wenn sie ihnen genommen worden wäre, wenn Dev jetzt ganz allein dastünde. Das Blut auf den Stufen zur Bibliothek – er bekam dieses Bild nicht aus dem Kopf. Und jetzt lag Sandy hier und rang um Worte.

»Es tut mir so leid«, sagte er und spürte, dass alle ihn ansahen.

Er hatte nicht gewusst, dass ihm Beths Schritte so vertraut waren, aber jetzt erkannte er ihren Rhythmus aus Absatz und Ballen und dem gelegentlichen Schlurfen. Er drehte sich um, als sie in der Tür stand.

»O mein Gott, was ist passiert?«

»Sie wurde angegriffen«, sagte Peter. »Vor den Baracken.«

»Wer war es, Sandy? Weißt du, wer es war?«

Sandy überdachte die Frage, dann schüttelte sie energisch den Kopf.

»Ein … befremdet.«

»Er war befremdet?«

»Sie hat eine Gehirnerschütterung und Aphasie.«

»Du Arme.«

Jack hätte Beth am liebsten gefragt, wo sie gewesen war und warum sie so lange gebraucht hatte. Aber natürlich konnte er es nicht. Er spürte die unausgesprochenen Fragen und wusste, dass es ihr ebenso erging.

»Vor dem Archiv. Ich kann's kaum glauben.«

»Kannst du uns gar nichts über ihn sagen?«

Sandys Augen blitzen auf. Sie setzte sich auf und strich sich über den Oberarm.

»Er hatte Haube.«

»Eine Haube?«

Sandy runzelte die Stirn. »Haut. Inte.«

»Eine Tätowierung?«

»Tätowierung, eine Tätowierung.«

Jack sackte in sich zusammen. Er hatte sich ein Fünkchen Hoffnung zugestanden, dass dies nicht sein Fehler war, dass es sich um sinnlose Gewalt handelte und die Täter nicht zurückkommen würden.

»Was für eine Tätowierung?«, fragte er.

Sie bedachte Jack mit einem Blick, der zu sagen schien: »Ach, komm schon.« Aber er ignorierte ihn ebenso wie die Blicke der anderen und rieb über die Stelle, an der sie die Tätowierung angedeutet hatte.

»Sandy, wie sah die Tätowierung aus? Was war es?«

»Jack.«

Das erste Wort, das Beth zu ihm sagte. Verblüfft fiel ihm das auf, und er bemerkte, dass die anderen ihn und Beth ansahen, als hätten sie etwas Abscheuliches an sich. Er sah, wie er sich in ihren Augen spiegelte und konnte sich selbst nicht erkennen.

Schweigend fuhren sie nach Hause. Sandy hatte ihm geholfen, den Brief zu finden, der das Manuskript erklärte, und sie war von einem Fremden mit Haut-Tinte zusammengeschlagen worden. Er hoffte, dass sie in dem städtischen Krankenhaus sicher war vor dem Zugriff der Johanniter – aber immer noch waren überall Malteserkreuze, wenn auch rote statt schwarze. Sie waren keine Schatten mehr, sie hatten Gestalt angenommen und besaßen Fäuste. Er wollte Beth alles erklären, sie warnen, aber wo sollte er anfangen? Die Scheinwerfer strahlten zu hell, der Kies knirschte zu laut, als er die Auffahrt hinaufschlich und kurz in der Dunkelheit nach Bewegungen Ausschau hielt.

In der Kirche angekommen zog er die Vorhänge zu und drehte die Stehlampen von den Fenstern weg. Dann öffnete er die Falltür und stahl sich in die Krypta. Er war sicher, die Katalogisierer wären dagewesen und hätten das Manuskript mitgenommen, doch es lag noch immer unter dem Stein, wo er es gefunden hatte. Er nahm es mit ins Mittelschiff.

Beth kam aus dem Bad und knotete ihren Bademantel über einem Flanellpyjama zu. Sonst hatte sie immer in T-Shirt und Boxershorts geschlafen, oder in einer alten Jogginghose und einem Unterhemd. Ihm war schleierhaft, warum sie sich so übertrieben anzog. Als sie zwei verschiedene Socken und eine Strickmütze überstreifte, fragte er: »Frierst du?«

»Nein, eigentlich nicht.«

»Soll ich die Heizung andrehen?«

»Ich würde mir gerne etwas anschauen.«

»Heimvideos?«

»Nein, etwas anderes. Einen Film.«

»Klar, was du willst.«

»Ich störe dich auch nicht, ich nehme die Kopfhörer.«

»Ist schon gut.«

Sie durchstöberte die Videosammlung, während er an seinen Schreibtisch zurückkehrte und Hankin Kirks Brief aus der Jacke zog. Er hätte ihn gerne zurück ins Archiv gebracht, aber wahrscheinlich hätte das nichts genützt. Sie wussten bereits, dass er fehlte. Jetzt hatten sie es auf ihn abgesehen. Erst Ash, jetzt Sandy – wer würde der Nächste sein?

Oben auf der Klippe, bei dem unsteten Licht, den Sternen und dem Meer hatte er das Manuskript für eine Art Wunder gehalten. Eine Sprache, die die Welt vereinte, und einen Apparat, der das wahre Wesen der Dinge enthüllte – er hatte das Gleiche gesehen wie Dee und Kelley, er hatte die Engel sprechen hören. Aber als er zum ersten Mal seit beinahe tausend Jahren das Manuskript neben den Brief legte, sah er, dass alles ein großer Fehler war. Der Tölpel und der Scharlatan hatten keine Ahnung gehabt, nur der Henker hatte klar gesehen. Die Wahrheiten, die Kirk im Karmelgebirge gefunden hatte, waren schrecklich, sie hatten den Beichtvater und seine Begleiter zerrissen. Es waren Wahrheiten, wie Jack sie von Anfang an im Manuskript erahnt hatte.

Kein Wunder, dass die Johanniter hinter ihm her waren. Sie hatten gesehen, was es anrichten konnte, und ahnten, welche Macht es jedem verleihen würde, den es nicht vernichtete. Die nackte Wahrheit zu sehen, ohne den Blick abzuwenden – wie würde das einen Menschen verändern, was würde es aus ihm machen? Vielleicht einen Engel – aber einen Engel der Apokalypse, einen Zerstörer von Welten.

Jahrhundertelang hatten sie gesucht, und jetzt standen sie vor seiner Tür. Wer hatte ihn verraten? Hatte Ash etwas gesagt, aus Sorglosigkeit oder mit Absicht? Oder Thorn oder Peter? Hatte Sandy den Katalogisierern geholfen, hatten sie seinen Namen und sein Versteck aus ihr herausgeprügelt?

Als das Telefon klingelte, schreckte er zusammen. Es war Mitternacht. Weil Beth wegen der Kopfhörer nichts mitbekam, hob er ab, hörte aber nur Stille am anderen Ende. Doch es war keine völlige Lautlosigkeit, sondern die Art von annähernder Stille, die die Anwesenheit eines anderen verriet. Dann brach die Verbindung ab.

Er drehte sich um, um ihr davon zu erzählen, und sah, welchen Film sie schaute. Die rostigen Schiffe und endlosen Dünen erinnerten ihn an die Zeit vor dem Sturm und vor dem Regen am Donnerstag, der ihn aufgefressen hatte. Der Film war just an der Stelle, an der er ausgeschaltet hatte. Die Wolkendecke wurde dichter, erst fielen vereinzelte Regentropfen auf den Sand, dann wurden es mehr. Der Regen wurde stärker, und Chelovek stand in dem versandeten Kanal und reckte ihm das Gesicht entgegen, während Zhenshchina weinend unter einem geneigten Schiffsrumpf kauerte. Jedes Mal, wenn auf sie geschnitten wurde, weinte sie noch heftiger.

Beth spürte, dass er neben ihr stand, und zog eine Ohrmuschel beiseite. Aus dem Hörer drang blechern, wie die Russen sich stritten, und Jack versuchte, sie zu verstehen.

»Woher hast du das?«, fragte er.

»Aus dem Apparat.«

»Das war noch nicht fertig.«

»Tut mir leid, Jack.«

»Schon …«

Er setzte zu einer Antwort an, doch dann sah er, dass sie ebenfalls weinte. Er starrte sie an. Sie weinte nicht oft, zumindest früher nicht.

Verwirrt blickte er auf den Bildschirm.

»Ich wusste gar nicht, dass der Film so traurig ist.«

»Jack.«

»Vielleicht kannst du ihn mir ja erklären.«

»Sieh doch.«

Chelovek hatte angefangen zu singen. Es war ein altes, russisches Lied, Jack hatte es schon früher gehört. Es handelte von einem betrunkenen Bauern. Chelovek hatte eine gute Singstimme, einen kräftigen Bariton. Seine Untertitel erschienen in Kursivschrift, um das Singen anzudeuten.

Die Untertitel ergaben keinen Sinn. *Jfeef34r werrij4d edij39f*, sang Chelovek. *Leok2er weri$f l8r(rf c* efr.* Sie erschienen eine halbe Sekunde nachdem er den Mund öffnete und blieben für die richtige Zeit auf dem Bildschirm. Jeweils nur zwei Zeilen, fünfzig bis sechzig Zeichen, alles Unsinn.

Zhenshchina schimpfte in der gleichen Un-Sprache mit ihm. *Dij8ojj doewdww 23d @ef8u*, schrie sie. *_Dew%H weu#(hRr cS&F!*

Jack runzelte die Stirn. »Da stimmt doch was nicht, oder?«

Sie schüttelte bedächtig den Kopf. »Offenbar nicht.«

»Was ist passiert?«

»Am Anfang war alles in Ordnung. Dann kamen ein paar Rechtschreibfehler, einfache Buchstabendreher. Dann sind ganz unsinnige Wörter aufgetaucht, mit Zahlen und Symbolen. Das hier hat nach etwa zwanzig Minuten angefangen.«

»Ist das auf dem Band?«

»Ich weiß nicht, ich schätze schon.«

Er hatte ein ganzes Skript voller Unsinn produziert. Jede Nuance hatte er abgewogen, hatte über Synonymen und

Redewendungen gebrütet, und jetzt blieb nichts als Rauschen.

»Das Programm macht offenbar Murks.«

»Ja, scheint so.«

Er wusste, dass es daran nicht lag. Das Programm speicherte alles, was er eintippte, und kopierte es auf das Videoband. Es würde getreu seinen Wahnsinn übertragen.

»Mach das aus«, sagte er.

Er wollte nicht daran denken. Dann setzte er sich wieder an seine Rohübersetzung des Manuskripts und merkte, dass er sie nicht lesen konnte. Er rieb sich über die Stirn, aber die Zeichen blieben unscharf. Mit allem in der Kirche war es das Gleiche, mit den Postern und den Stapeln ungelesener Zeitschriften. Nichts davon konnte er lesen.

»Wir sind schon ein Paar, was, Jack?«

»Das kannst du laut sagen.«

»Du hast so lange daran gesessen …«

»Ich weiß nicht mal, was das sein soll.«

»Und ich bin mittlerweile … keine Ahnung. Nicht mehr ich selbst, völlig unsicher.«

»Du bist wunderbar.«

Aber das war ein Reflex. Sie ist hübsch: Ja, ist sie. Was für ein schönes Kleid: Ich kaufe dir so eines. Er wusste nicht, ob es ihm ernst war, er wusste nicht einmal, was er da sagte. Er konnte nichts verstehen. Die Untertitel, von denen er wusste, dass sie Kauderwelsch waren, sahen für ihn genauso aus wie die Zeitschriften, die es wahrscheinlich nicht waren.

Der Film lief weiter, aber die Untertitel ergaben immer noch keinen Sinn. Er hörte die blechernen Dialoge und wusste, wie die Übersetzung lauten sollte, gleichzeitig war ihm bewusst, dass die Buchstaben auf dem Bildschirm etwas anderes bedeuteten. Doch Beth sah weiter zu, sie war wie gebannt.

»Ich habe heute Abend Mum besucht«, sagte sie.

»Da warst du also?«

»Ich habe sie gefragt.«

»Was denn?«

»Ich habe sie gefragt, ob sie eine Affäre hat.«

Jack starrte sie an. »Was hat sie geantwortet?«

Beth drehte sich vom Fernseher weg. Sie sah aus, als wären ihre Konturen unscharf, verwischt, wie auf ihren Zeichnungen. Ihre Lippen zitterten.

»Sie hat gesagt, sie hätten Probleme gehabt und wären sich nicht immer einig gewesen. Sie wollten nicht, dass ich mir Sorgen mache, deshalb haben sie mir nicht alles erzählt.«

»Beth.«

»Und dass sie sich immer geliebt haben. Immer.«

Die Worte klangen noch weniger überzeugend als aus Judys Mund, vor weniger als einer Woche. Klangen sie in Beths Ohren auch so? Sicher wusste sie, wie restlos der Verrat an ihr war, deshalb sah sie so kläglich und zerrissen aus. Sicher würde sie die Worte ihrer Mutter nicht als Beweis gegen Jack verwenden.

»Es tut mir leid«, sagte er, dabei war er sich nicht sicher, ob sie wusste, was er meinte.

Der russische Film war zu Ende, die unsinnigen Untertitel verblassten schließlich, und Beth hängte sich den Kopfhörer um den Hals. Sie verzog das Gesicht zu einem Ausdruck der Sehnsucht, der Zhenshchinas glich, und einer Zuneigung, die über alles hinausging, was zwischen den Russen geschah. Und anders als Zhenshchina stand sie auf, kam zu ihm herüber und drückte ihm die Handflächen zwischen die Schenkel, als sie sich vorbeugte, um ihn voller Traurigkeit zu küssen; und wieder spürte er die alten Wogen der Zärtlichkeit und Hoffnung die Untiefen seines Herzens umspülen, und wie immer wünschte er, er hätte die Worte, um ihr das zu sagen.

Zum ersten Mal seit dem Hagelsturm vor drei Wochen schlief Jack einen tiefen, erschöpften, traumlosen Schlaf. Selbst als er in der schwindenden Dunkelheit aufwachte, Beth noch an ihn gekuschelt, hatte er einen Augenblick lang das Gefühl, die Welt wäre weniger bedrohlich und viel logischer, als er geglaubt hatte. In das Loch in der Decke waren neue Balken eingefügt, das morgendliche Dämmerlicht schien in einem zarten Blau durch die Abdeckplane. Die Schatten in der Kirche waren nichts weiter als Schatten.

Dann hörte er auf dem Kirchhof ein leises Geräusch, und obwohl wahrscheinlich nur eine Elster über den Kies hüpfte, genügte es schon, um ihn daran zu erinnern, dass es draußen nicht sicher war: Sandy lag im Krankenhaus, die Johanniter kamen dem Manuskript immer näher. Und als Beth sich von ihm wegrollte, versuchte er zu begreifen, was am vorigen Abend geschehen war. Was hielt sie von dem, was Judy ihr erzählt hatte, und was würde sie jetzt tun? Hatte sie ihm seine ungeschickte Hilfe verziehen? Die Nacht war eine Erleichterung gewesen, aber beim Aufwachen schien alles wieder beim Alten.

Reglos lag er im trüben Licht, bis sie eine halbe Stunde später aufwachte. Sie machte sich langsam fertig, schleppte sich über die Dielen und mühte sich mit ihren Strümpfen ab. Als sie sich bückte, um ihm einen Kuss zu geben, hörte er das müde Knacken ihrer Knochen.

»Geh heute nicht zur Arbeit«, sagte er.

»Ich muss.«

»Es ist da draußen nicht sicher.«

»Ich weiß, es ist schlimm. Arme Sandy.«

»Für dich ist es genauso wenig sicher.«

Sie zog sich die Schuhe an. »Mir passiert schon nichts.«

Er schluckte schwer. »Es gibt… Was Sandy zugestoßen ist. Und was beim Forensischen Institut passiert ist. Das waren keine Zufälle.«

Besorgt sah sie ihn an. »Was denn?«

»Das waren…« Er wusste nicht, was er sagen sollte. Wer war es denn genau? Die Johanniter-Ambulanz, irgendein Kult? Er wusste, wie beides klingen musste, sogar für Beth – besonders für sie. »Es hatte etwas mit dem Manuskript zu tun«, beendete er den Satz.

Sie blinzelte ein paarmal. Ihm gefiel nicht, wie sie ihn ansah, als wäre er ein Fanatiker an einer Straßenecke. »Ich muss los«, sagte sie.

Er schnappte sich seine Autoschlüssel. »Ich fahre dich.«

»Nein, schon gut.«

In ihrem Blick lag eine Art erschöpftes Mitleid. Mit den Schlüsseln noch in der Hand sah er zu, wie sie sich die Jacke zuknöpfte und das Haar hochsteckte. Als sie die Tür öffnete, zuckte er zusammen, aber er konnte nichts machen. Er konnte sie nicht in der Kirche festhalten.

Vielleicht war sie woanders sicherer. Die Explosion im Labor hatte nicht Ash gegolten, ebenso wenig wie die Prügel Sandy. Beth sollte der Kirche so weit wie möglich aus dem Weg gehen. Sie würden hierherfinden, wer sie auch waren; sie würden kommen. Und ihm fiel nur eine mögliche Verteidigung gegen sie ein, nur eine Waffe.

Die Sonne stieg höher, die Farben des Buntglases zogen über den Boden. Max und O'Rourke kletterten auf das Dach, ohne ihn zu stören. Sie wirkten hastiger als sonst. Ihre Schatten glitten über das schrumpfende Loch, als er Brief und Manuskript aufschlug und nach seiner Rettung suchte, nach den geheimen Worten, die ihn schützen würden, wenn er sie nur lesen könnte.

Kirk hatte die Sprache des Wahnsinnigen als flüssig und musikalisch beschrieben; seine Sprache würde also viele der Eigenschaften besitzen, die Jack vorausgesetzt hatte, als er das Manuskript noch für Wilkins' vollkommene Erfindung gehalten hatte. Seine Notizen über Plosive und Liquiden konnten immer noch zutreffen, die Vokale und Konsonanten würden sich immer noch aneinanderreihen. Er blätterte erneut sein Notizbuch durch und fand die Stelle über Babel und Schinar. Sie hatte ihm nicht die gleichen kraftvollen Bilder gezeigt wie den Kreuzfahrern, aber er hatte sie noch nie gesprochen gehört, und vielleicht machte das den Unterschied aus. Sprache war natürlich, aber Lesen eine Erfindung; es betraf einen anderen Teil des Gehirns.

Falsch – einmal hatte er die Worte gehört. Er hatte nur nicht zugehört. Dev hatte im Archiv eine Zeile davon gesagt, und in Jacks Geist hatten sich Gestalten erhoben – vage und konturenlos, aber das nach nur einer Zeile. Jack versuchte sich daran zu erinnern, was das Kind gesagt hatte: eine kleine Umstellung, eine leichte Vokalverschiebung. Er änderte und variierte seine Übertragung der Zeichen, wobei es ihm durchaus peinlich war, den Rat eines Kleinkinds anzunehmen, aber dann fiel ihm ein, was Kirk über seinen Wahnsinnigen geschrieben hatte, über den geschwollenen Kopf und die fehlenden Zähne. Er wusste nicht, was es mit dem Kopf auf sich hatte, aber ohne Zähne hätte der Mann kein *f* sprechen, sondern nur mit den Lippen ein Art *ph* bilden können. Jack übertrug den Abschnitt noch einmal.

Ter scholpal tikim p naschi owal lekim s owal tokim. Schol muschom p ekayi bekh epim s p ahuki latim is Schinarim s p esti him. Akim p toki as rapim tizh wim azh atuki eph wim as kultim s as bergim takh kir kotim namti ukh ostikim s wim azh tuki eph wim as nipim atiph wim ozh scherte alukh tikir phaltim. Er barakim p scherti as akim bekh schim alukh tikir phaltim s akim p khepi as atuka tar kultim. Er kim p nipe as Babelim tizh re barakim p schim babi as schol tikir lekim s barakim p bekh schim scherti as akim alukh tikir phaltim.

Er las den Text laut vor, während die Handwerker auf dem Dach rumorten. Er versuchte, die Aussprache des Kindes nachzuahmen, aber er hatte nicht genug von ihm gehört. Und doch fühlte er sich in Gedanken auf die versandeten Auen versetzt, zu der großen Zusammenkunft und dem Turm, der zum Himmel reichte – es war der halbfertige Turm von der ersten Seite des Manuskripts, aber plastisch und voller Details, wie die Stereoskopie der Kirche, die sie im Archiv gefunden hatten. Constant hatte auf der Seite einen Verweis auf die Genesis notiert, und der Mönch hatte damit mehr als eine Anspielung gemacht: Die Geschichte war mehr oder weniger eine Nacherzählung der biblischen Ereignisse. Jack griff nach der King-James-Bibel, und das Manuskript, der Brief und die Bibel schienen sich zu einer unbehaglichen Dreifaltigkeit zu vereinen.

Es hatte aber alle Welt eine Zunge und eine Sprache.
Da sie nun zogen gen Morgen, fanden sie ein eben Land
im Lande Sinear, und wohneten daselbst, und sprachen:

Wohlauf, laßt uns eine Stadt und Turm bauen, des Spitze bis an den Himmel reiche, daß wir uns einen Namen machen! denn wir werden sonst zerstreut in alle Länder.

Und der Herr sprach: Siehe, es ist einerlei Volk und einerlei Sprache unter ihnen allen, und haben das angefangen zu tun; sie werden nicht ablassen von allem, das sie vorgenommen haben zu tun. Wohlauf, laßt uns herniederfahren, und ihre Sprache daselbst verwirren, daß keiner des andern Sprache vernehme!

Also zerstreute sie der Herr von dannen in alle Länder, daß sie mußten aufhören, die Stadt zu bauen. Daher heißt ihr Name Babel, daß der Herr daselbst verwirret hatte aller Länder Sprache, und sie zerstreuet von dannen in alle Länder.

Mit zitternden Fingern fuhr er die Zeilen entlang, erst im Manuskript, dann in der Bibel. Sie schienen sich vollkommen zu entsprechen: *Teh scholpal tikim p naschi owal lekim s owal tokim* hieß *es hatte aber alle Welt eine Zunge und eine Sprache.* Also bedeutete *owal* offenbar *eine*, *lekim* hieß *Zunge* oder *sprechen* und *tokim* wahrscheinlich *Sprache.* Substantive schienen auf *-im* zu enden, Adjektive auf *-al*, also bedeutete *scholpal tikim* wahrscheinlich *alle Welt.* Der Rest war weniger verständlich, aber Jack war sicher, dass er die Einzelheiten herausbekommen könnte.

Ihm wurde schwindlig, als er langsam die mögliche Bedeutung dieser alten Geschichte erahnte. Die Erklärung in der Genesis war nicht wörtlich zu nehmen, aber vielleicht hatte alle Welt tatsächlich einst eine Sprache gesprochen. Die Sprache von Babel wurde nicht von einem nervösen Gott in sechstausend Teile zerschmettert, sondern von den Kräften des Sprachwandels, so vorhersehbar und chaotisch wie das Wetter. Und vielleicht verbargen sich in der Erzählung noch andere Wahrheiten. *Sie werden nicht ablassen von allem, das sie vorgenommen haben zu tun:* Was könnte die Welt erreichen, wenn jeder jeden anderen perfekt verstehen könnte?

Jemand stieg die Stufen zum Portal hinauf und rüttelte an der Klinke. Jack verdeckte das Manuskript mit dem Brief, den Brief mit seinem Notizbuch, sein Notizbuch mit der Bibel und versteckte den ganzen Stapel unter dem Schreibtisch. Jetzt machte sich jemand am Schloss zu schaffen. Es war noch vor Mittag; Beth würde erst in einigen Stunden aus der Bibliothek kommen. Jack stand auf und ging rückwärts in die Andachtsräume, dabei stieß er gegen die Kirchenbänke. Die Tür öffnete sich, und plötzlich stand Beth im Vestibül.

Noch bevor er sich beruhigen konnte, sah er, dass sie nicht allein war. Ein Mann in mittleren Jahren – ein alter Mann – stand hinter ihr und starrte in die Kirche. Er hatte einen runden Kopf, einen feinen, grau-braunen Haarkranz, wässrige Augen und eine glatte, gebräunte Kopfhaut. Er trug einen alten Anzug, der aussah, als sei er aus einem Teppich geschneidert, dazu eine Wollkrawatte mit einem ungewöhnlichen Knoten. Mit einer Hand presste er sich eine Tweedmütze an die Brust. Er sah nervös aus, und Beth biss sich auf die Lippen und blinzelte unaufhörlich. Jacks erster Gedanke war, der Mann würde sie gefangen halten; sie bewegte sich so steif, als würde er ihr eine Waffe in den Rücken pressen.

»Ist alles in Ordnung?«, fragte er.

»Ja, sicher«, antwortete sie. »Das ist Sam. Er ist ein alter Freund der Familie.«

Jack versuchte in ihrem Gesicht zu lesen, er wartete auf ein Kopfschütteln, das für jeden anderen unsichtbar wäre. Etwas schimmerte in ihren Augen, aber nicht das, wonach er suchte. Es schien keine Angst zu sein; er konnte ihren Ausdruck nicht recht deuten. Der alte Mann betrat mit einem zögerlichen Schritt das Mittelschiff und streckte die Hand aus. Sie fühlte sich wie Papier an.

»Du bist früh zurück«, sagte Jack zu Beth.

»Ich habe zufällig Sam getroffen«, sagte Beth. »Wir haben uns unterhalten.«

Das schien schwer vorstellbar; Sam hatte immer noch keinen Ton gesagt. Jetzt räusperte sich der alte Mann, und Jack wusste nicht, was er sagen sollte. Doch etwas an ihnen überzeugte Jack, es war, als seien sie noch in die Fäden eines langen Gesprächs verwoben. Wenn Sam wirklich ein Freund der Familie war, hatten sie bestimmt über Frank gesprochen. Was hatte er ihr erzählt?

Über ihnen erklang ein dumpfer Schlag, und Sand rieselte von der Decke. Jack sah hinauf und bekam ein paar Körner in die Augen. Blinzelnd rieb er sich über das Gesicht.

»Iswinitje«, rief Max zu ihnen herunter. Also sprach er doch Russisch, und Jack verstand ihn – alles andere aber war durcheinandergeraten. Er machte die Augen wieder auf. Beth blickte mit dem panischen Gesichtsausdruck nach oben, den er erwartet hatte, als sie hereinkam. Alles war falsch.

Sie drehte sich zu Jack um. »Können wir mit Sam ins Labor fahren?«

Er hatte immer noch ein Sandkorn im Auge. »In welches Labor?«

»Das Forensische Institut, wo dein Freund arbeitet.«

In Jack stieg Entsetzen auf. »Warum?«

»Er hat eine … Er kann darüber nicht reden. Er muss etwas analysieren lassen. Ich dachte, dein Freund – Ash, richtig? – könnte ihm vielleicht helfen.«

Jetzt war es also aus. Jack hatte seine Spuren so gut wie

möglich verwischt, er hatte die Kirche gegen seine Feinde gesichert, und am Ende kamen sie über Beth an ihn heran. Er blickte ihr tiefer in die Augen auf der Suche nach dem Aufflackern, das ihm sagte *nicht* oder *es tut mir leid*, aber da war nichts. Sie tat das nicht gegen ihren Willen, sie wusste es einfach nicht besser.

Sam bemerkte sein Zögern. »Es tut mir leid, Sie heute Morgen zu stören«, sagte er. »Ich hatte allerdings gehofft, Sie könnten mir helfen. Diese … Analyse, wie Beth sagte. Sie ist etwas heikel, um ehrlich zu sein, und auch recht eilig.«

Seine Stimme war sanft, sein Akzent vornehm. Aber die Drohung hinter seinen Nettigkeiten und in der Art, wie er *Beth* sagte, war nicht zu verkennen. Wenn er nicht bekam, was er wollte, würde sie dafür zahlen müssen. Wenn sie es nur wüsste – aber da stand sie und tauschte mit dem alten Schurken Blicke aus, als teilten sie ein Geheimnis. Was blieb Jack schon übrig? Er nickte und holte seine Schlüssel.

Als er ihnen durch die Kirche folgte, fiel ihm auf, dass an den Fersen von Beths Strümpfen Sand haftete. Er musste vom Dach stammen, aber Jack wusste nicht, wie er dorthin gelangen konnte.

Da sie ihn bereits gefunden hatten, nahm er den direkten Weg. Die Nebenstraßen hätten ihm mehr Zeit zum Nachdenken verschafft, aber mit Beth im Wagen konnte er kein Risiko eingehen. Warum zum Forensischen Institut und nicht zum Hauptquartier der Johanniter? Stand Ash im Zentrum der ganzen Sache, hatte er beinahe seine Hände verloren, als er sein eigenes Gebäude in die Luft jagte? Oder hatte er sich absichtlich verletzt, um den Verdacht von sich abzulenken? Jack verfluchte sich dafür, ihm vertraut zu haben. Die Zeichen waren da gewesen: seine Faszination für alte Dokumente, sein

Beharren darauf, das Manuskript sei gefälscht. Jack war durch Peter auf ihn gekommen – war auch Peter darin verwickelt? Konnte er überhaupt jemandem trauen?

Die letzten Herbstwochen hatten einen unruhigen Himmel mit sich gebracht. Aufgewühlte Wolken zogen an der Sonne vorüber, als Jack auf der Hauptstraße in die Stadt fuhr. Es herrschte dichter Verkehr, trotzdem half ihm dieser Aufschub nichts. Hätte er doch nur mehr Zeit gehabt und das Rätsel des Manuskripts lösen können. Schweißperlen rannen ihm den Nacken hinunter, als er die Kupplung trat und in einen anderen Gang schaltete.

»Ihre Kirche ist wirklich nett«, sagte Sam auf dem Rücksitz.

»Sie kannten sie schon, oder?«, fragte Beth.

Im Rückspiegel sah Jack, wie Sam Beth einen Blick zuwarf. Er wirkte wie eine Frage. »Im Laufe der Jahre bin ich sicher tausendmal daran vorbeigefahren«, sagte er. »Vielleicht war ich auch einmal bei einer Hochzeit oder einer Beerdigung drin. Ich bin nicht besonders gläubig.«

»Ich auch nicht«, sagte Beth.

Vielleicht machte sie genau das Richtige, wenn sie bei dieser Scharade mitspielte und so tat, als sei Sam tatsächlich ein freundlicher alter Mann in einer Notlage und sogar ein Freund der Familie. Jack wusste nicht, wie viel Zeit sie mit ihm verbracht hatte; vielleicht den ganzen Vormittag und damit lange genug um herauszufinden, wie sie sich am klügsten verhielt.

»Wohnen Sie hier in der Nähe, Sam?«, fragte Jack, beschämt darüber, dass seine Stimme kippte.

»Ja«, antwortete Sam. »Schon immer.«

»Es hat sich sicher alles sehr verändert.«

»Ja und nein.«

Wie natürlich alles klang, kaum anders als eine ganz normale Unterhaltung zwischen zwei Männern verschiedenen Alters, die sich gerade kennengelernt hatten. Nichts ließ darauf schließen, dass dieser alte Mann Jack insgeheim in sein wahrscheinliches Verderben dirigierte, und das im Namen eines tausendjährigen Ordens, der auf ein mächtiges Manuskript versessen war – doch plötzlich überkamen Jack Zweifel. Warum hatte Sam keinen Versuch unternommen, das Manuskript mitzunehmen? Er hatte nicht einmal danach gesucht.

»Sam wohnt direkt unten an der Bucht«, sagte Beth.

Erkannte Jack im Rückspiegel einen dankbaren Blick? Er schaute kurz zu Beth hinüber und sah die verlegene Wärme in ihrem Gesichtsausdruck, die Tränen in ihren Augen. Vielleicht wusste der alte Mann doch nichts über das Manuskript – Jack wollte gar nicht daran denken. Denn etwas ging vor sich, und wenn es keine Verschwörung war, dann hatte Jack keine Ahnung, was es sein konnte.

Das Laborgebäude war in den zehn Tagen seit der Explosion beinahe völlig wiederhergestellt worden. Die Pathologen und Chemielaboranten würden wissen, welche Mauern neu waren und wo die Wandfarbe nicht zum Rest passte, aber wahrscheinlich würde es keinem anderen auffallen. Jack scharrte mit dem Fuß über das Gras auf der Suche nach weiteren Beweisen. Er hob ein funkelndes Prisma aus Glas auf und drehte es hin und her. Dann verschloss er es in der Faust und reckte das Kinn vor, während er Sam und Beth in das Forensische Institut folgte.

Jenseits des neuen Walls aus Metalldetektoren und aufgestockten Wachen und der sterilen Korridore sah er die wahren Auswirkungen der Explosion. Bei seinem letzten Besuch hatten die Lampen jeden Winkel des Labors ausgeleuchtet, jetzt gab es dort Schatten und Verstecke. Trotz der verstärkten Sicherheitsmaßnahmen wirkte das Gebäude verletzlich.

Ash schien nicht besonders erfreut, ihn zu sehen, was Jack ihm nicht übel nehmen konnte. Wenn Sam mit dem Manuskript nichts zu tun hatte, dann auch nicht das Labor oder Ash – ihre einzige Gemeinsamkeit war Jack. Ash versuchte, sein Unbehagen mit Hilfsbereitschaft zu überspielen. Aber er hatte recht: Egal, was hier vor sich ging, sie waren alle in Gefahr. Wenn die Johanniter Jack noch nicht gefunden hatten, waren sie sicher nicht mehr weit, und er hatte sich von der Kirche und dem Manuskript weglocken lassen.

Widerstrebend willigte er ein, Sam und Beth mit Ash allein zu lassen. Bevor er nach draußen ging, spähte er durch die getönten Eingangstüren; sie öffneten und schlossen sich, während er wartete. Am Himmel standen immer noch vereinzelte Wolken, das Licht glänzte hell. Jack hockte sich hin, den Rücken an der Wand, und beobachtete das Auto und den Park dahinter. Die Bäume, Häuser und Menschen schienen wie in sich bauschendes Papier gehüllt. Tief in ihnen lag etwas verborgen, das nur Jack sehen konnte. Sie hatten ihre wahren Namen vergessen, aber er würde sie erinnern.

Als Beth das Labor verließ, hatte er den Eindruck, sie hätte die Tür zweimal geschlossen, und während ihre Schritte über den Vorplatz hallten, sah es so als, als gäbe es zwei Beths, und jede würde sich im Kielwasser der anderen bewegen, wie auf ihren Zeichnungen. Sam folgte ihr, auch seine Konturen schienen nicht ganz klar zu sein.

»Wie war's?«, fragte Jack.

Sam lächelte ihn matt an. »Danke schon mal. In ein paar Tagen weiß ich mehr.«

»Ich hoffe, es ist nichts Ernstes«, sagte Jack.

»Es ist ernst«, antwortete Sam. »Aber nicht lebensbedrohlich.«

Beth flackerte kurz, dann war sie wieder sie selbst. »Kannst du Sam zurückbringen? Ich muss in die Bibliothek.«

»Ich fahre dich hin.«

»Schon gut, ich gehe zu Fuß. Ein kleiner Spaziergang tut mir gut.«

»Ich wollte noch nach Sandy sehen.«

»Ich besuche sie nach der Arbeit, dann kann ich sie von dir grüßen. Bring lieber Sam nach Hause.«

»In Ordnung.«

Aber sie hatte sich schon auf den Weg gemacht, durch den Park Richtung Stadt, wo leichter Wind über die Häuser flatterte. Er drehte sich zu Sam um.

»Wohin soll's gehen?«

»Einfach zur Kirche. Ich will keine Umstände machen.«

Sam sah immer noch nervös aus, seinen blassen Augen konnte man so etwas wie Sorge ablesen, aber er klang entspannter: Ash hatte ihm offenbar bei seinem Problem geholfen. Jack war verwirrt. Er hatte keinen Schimmer mehr, was das alles sollte. Sam drehte sich zu ihm um.

»Sie machen Untertitel, richtig?«

»Stimmt«, sagte Jack.

»Für ausländische Filme.«

»Meistens.«

»Ich weiß, das klingt jetzt dumm, aber haben Sie diesen einen Film gesehen, diesen englischen Film – ich meine, er war auf Englisch, aus Amerika, glaube ich. Da gab es auch Untertitel, aber da stand dann, was die Figuren wirklich gedacht haben. Also sagt zum Beispiel ein Junge: ›Freut mich, Sie kennenzulernen, Mrs. Soundso‹, aber im Untertitel steht: ›Hat die einen Quadratarsch!‹«

Er stützte einen Ellbogen in das offene Fenster und trommelte mit den Fingern auf das Dach das Citroëns. Dann legte er den Kopf schief und strich sich über die schlaffe Haut am Hals. Er roch nach Zigaretten, obwohl er nicht geraucht hatte.

»Ich glaube, den habe ich gesehen«, sagte Jack.

»Und dann sagt sie: ›Was machen Sie denn so, Johnny? Und welche Schule haben Sie besucht, und das ist ja interessant.‹ Und unten steht: ›Du lässt mal schön die Hände von meiner Tochter!‹«

Er faselte einfach drauflos, und Jack konnte plötzlich alles sehen, was er verborgen hatte. Woher kam dieser geschwätzige Fremde?

»Der arme Johnny antwortet: ›Ach, ich bin, ich weiß nicht, ich bin Physiotherapeut und habe die weltbeste Schule für Physiotherapeuten besucht‹, aber die Untertitel sagen natürlich: ›Großer Gott, ich kann nicht glauben, dass Betty später so einen Hintern bekommt!‹«

Er konnte den Satz kaum beenden, weil er so lachen musste; er wischte sich über die Augen und grinste hilflos. Jack gefiel dieser neue Sam. Menschen, die Witze erzählten, hatten so etwas Einfaches und Großzügiges an sich. Er wünschte, er könnte das auch. Es gab ein paar Witze über das Übersetzen, aber die waren alle schrecklich ... Und Sam hatte aufgehört zu lachen. Er sah Jack von der Seite her an.

»Jedenfalls dachte ich immer, so was wäre ganz schön praktisch.«

»Stimmt.«

»Ich meine, nicht für Hintern, sondern wenn man mal wieder einen Affentanz aufführt und eigentlich nur fragen will: ›Ist zwischen uns alles in Ordnung?‹ Oder: ›Ich mag dich, magst du mich auch?‹ Oder sich auch nur bedanken will, wissen Sie.«

»Das wäre wirklich praktisch.«

»Mir kommt es nur immer so vor, dass hinter viel Gerede oft kaum etwas steckt.«

Jack nickte. »Wie Nixon in China, als er diesen elend langen Witz erzählt, etwa eine halbe Stunde lang, und Zhou übersetzt; er sagt fünf Wörter zu Mao und den anderen, und sie lachen sich alle fast zu Tode. Und Nixon sagt zu Zhou: ›Das ist unglaublich – ihr Leute habt nicht nur Sinn für Humor, eure Sprache ist auch noch wahnsinnig effizient. Wie konnten Sie die ganze Geschichte in fünf Wörtern erzählen?‹ Und Zhou sagt: ›Das hätte zu lange gedauert. Ich habe einfach gesagt: *Er erzählt Witz. Lacht lieber.*‹«

Als sie die Kirche erreichten, stellte Jack den Wagen an der Straße ab, und Sam stieg aus und ging über den knirschenden Kies. Er sah zu dem Buntglas hinauf, als würde er sich zurückerinnern, als wäre er schon einmal dort gewesen. Jack fragte sich immer noch, wer Sam wohl war, bis er nach einem letzten »Auf Wiedersehen« um die Ecke bog und mit einem schnarrenden *tch* eine Zigarette anzündete; da wusste Jack es.

Die Kirche war fertig. Max und O'Rourke hatten die letzten Steine ins Dach gesetzt und die Abdeckplane entfernt. Das Hafenrelief lag zu hoch, um es richtig zu sehen, aber es war dort: eine Struktur inmitten einer ebenen Fläche, ein zarter Schatten. Abgesehen davon war alles wie vorher. Als sei nichts passiert, als hätte es keinen Hagelsturm gegeben, keine Krypta und kein Manuskript, keine Explosion und kein Forensisches Institut.

Doch alles war wirklich passiert. Vor zwei Wochen hatte er das Manuskript ins Forensische Institut gebracht, und gerade war er mit dem alten Mann erneut dort gewesen. Sam hatte mit dem Manuskript nichts zu tun, er war Judys rauchender Freund, ihr alter oder neuer Liebhaber. Jack hatte die ganze Zeit über recht gehabt, leider. Beth hatte Judy nicht geglaubt, als sie alles abgestritten hatte – falls sie das überhaupt getan hatte – und war am Morgen zurückgekehrt, um Sam im Haus anzutreffen. Sie war sicher am Boden zerstört. Aber Jack war von ihrer Hilfe für den alten Mann gerührt, von der Zuneigung, die sie ihm entgegengebracht hatte. Zwischen ihnen spielten noch andere Gefühle eine Rolle, die Jack nicht verstand. Er wusste nicht, was für Gefühle das waren, aber er wusste, wie er es herausfinden konnte.

Er holte das Manuskript unter dem Stapel hervor. Die Johanniter hatten sich nicht hereingeschlichen und es gestohlen, O'Rourke war nicht damit verschwunden: Jack konnte es noch schaffen. Er hatte erahnt, wie das Manuskript zu entziffern sein könnte, bevor Beth mit Sam nach Hause gekommen war. Jetzt erkannte er, wie es all ihre Probleme lösen konnte. Er schlug es wieder auf bei der Geschichte über Babel, die erste Sprache und den zum Untergang verdammten Turm. Sie war eine Parabel auf mehr Dinge, als Jack gedacht hatte.

Sprache ermöglichte es zu lehren, zu lernen und zusammenzuarbeiten. Sie machte einen klüger, als man tatsächlich war. Es ging nicht um die Schultern von Riesen, sondern um ihre Bibliotheken. Die Sprache vor Babel hatte alles ausgedrückt, sie hatte das gesamte Menschsein umfasst. Sie war eine Sprache gewesen, mit der man alles machen konnte, was man sich vorgestellt hatte, und in der man sich mehr vorstellen konnte, als man für möglich gehalten hätte. Sie hatte die Welt vereint und beinahe bis in den Himmel gehoben.

Gott hatte den Turm einstürzen lassen und die Menschen verstreut, und vielleicht hatte er gut daran getan. Aber tausende von Jahren später hatten Mönche in einer Höhle eines heiligen Bergs einen Wahnsinnigen gefunden, der sich an diese erste Sprache erinnerte, und an alles, was sie ausmachte. Er hatte den Turm wiederaufgebaut – nicht aus Ziegeln und Lehm auf einer weiten Ebene, sondern in seiner Höhle, aus Stein und Glas. Der Apparat maß höchstens einen Meter, aber er ermöglichte den Ausblick, den der erste Turm beinahe erreicht hatte. Durch ihn konnte man die Wahrheit sehen. Er zeigte die Welt aus den Augen von Engeln. Er wurde nicht nur durch sie geschaffen, sondern er *war* in jeder entscheidenden Hinsicht die erste, beste und einzige Sprache.

Die Skizzen der Kolben und Verstrebungen verschwammen auf dem Vellum. Nacht senkte sich über das Mittelschiff. Jack rief im Krankenhaus an, um zu hören, ob Beth Sandy schon besucht hatte; man sagte ihm, Sandy sei bereits entlassen worden. Er versuchte, Beth in der Bibliothek zu erreichen, aber niemand konnte sie finden: Sie war offenbar irgendwo zwischen den Regalen verschwunden oder auf dem Heimweg. Er machte sich Sorgen um sie, weil sie im Zwielicht draußen war, aber bald würde alles in Ordnung sein. Mit dem Apparat des Wahnsinnigen würde er jeden Angriff vorhersehen und ihnen immer einen Schritt voraus sein. Er würde ihre Schwachstellen erkennen. Und wenn er alles herausgefunden hatte, was Beth wissen musste, dann würde er einen Weg kennen, es ihr zu sagen.

Er setzte sich wieder an sein Notizbuch und übertrug weiter die Schrift. Er ließ den Turm hinter sich, arbeitete sich durch Darstellungen verschiedener Kulturen und der Sackmenschen in ihrem Königreich aus Pflanzen. Während sich die Seiten füllten, hatte er das Gefühl, das Manuskript zu häuten und seine geheime Struktur freizulegen, die Balken und

Pfeiler seines Gerüsts. Im Gewirr seiner Schrift entstanden neue Formen und Strukturen, eine zerklüftete Küste, topographische Karten von Orten, die er nie gesehen hatte. Wenn er sich sicher war, einen Abschnitt richtig übertragen zu haben, las er ihn laut vor und lauschte darauf, wie die Worte im Mittelschiff widerhallten.

Mit dem neuen Dach hatte sich der Klang der Kirche verändert. In seinem Kopf waren keine richtigen Bilder, aber auch keine richtigen Klänge. Aber etwas war da: eine Art Trauer mit einem Hauch Hoffnung, die er als *saudade* erkannte, ein plötzlicher Einblick in das Elend, den er für *litost* hielt, und alle Gefühle, die leichter zu übersetzen waren. Er prüfte die Sprache bis ins Kleinste. Sie war wunderbar, aber die Gefühle waren trotzdem schwer zu fassen.

Es war schon nach elf, und Beth war immer noch nicht zu Hause. Er rief bei Sandy an, aber niemand hob ab. Dann rief er Peter an, der ihm sagte, er habe Sandy zu ihren Eltern gefahren; ihre Gehirnerschütterung sei auskuriert. Peter erklärte sich bereit, bei seinen Kollegen nachzufragen, ob Beth in einem der Krankenhäuser war. Aber er meinte, es würde ihr sicher gut gehen.

Jack war sich da nicht so sicher. Er dachte daran, wie sie eilig das Forensische Institut verlassen hatte, und an ihre Verbindung zu Sam. Diese schimmernde Glatze, der schiefgelegte Kopf – in Jack stieg ein beunruhigender Verdacht auf. Er versuchte, sich an den Mann auf Beths Fotos zu erinnern, an den Mann, an den er nicht geglaubt hatte. Er ließ den Blick durch die Kirche schweifen, doch Beth hatte die Bilder weggeräumt. Er suchte nach dem Pappkarton, fand ihn aber weder in den Andachtsräumen noch in der Küche noch unter einer der Kirchenbänke.

Die Bruchstücke der Kirche, der Kinderschänder, den sie

glaubte, gefunden zu haben. Jack hatte ihr Vernunft eingeredet, und schließlich hatte sie Judy konfrontiert und Sam gefunden. Jetzt war sie in Sams Analysen im Forensischen Institut verwickelt, und ihre Fotos waren verschwunden. In Jacks Magen machte sich ein flaues Gefühl breit. Er dachte, sie hätte die Suche nach dem imaginären Mann aufgegeben, aber das stimmte nicht. Sie glaubte, der Mann auf den Bildern sei Sam.

Er hatte die Gefühle nicht verstanden, die in der Kirche, im Auto und im Labor auf sie eingestürmt waren. Er hatte angenommen, sie sei ängstlich, durcheinander oder einfach überwältigt gewesen. Jetzt glaubte er, das alles würde zwar stimmen, aber im Grunde hätte sie sich verloren gefühlt. Sie hatte sich selbst nicht mehr gekannt und war jetzt auch für ihn verloren. War sie wenigstens in Sicherheit, bei einer Freundin oder bei Judy? Es war zu spät, sie noch anzurufen, und zu kompliziert. Er wünschte, er hätte seinen Apparat gebaut, seinen Blick auf die Wahrheit. Seine Umschrift ragte über die Zeilen im Notizbuch hinaus und füllte die ganze Seite. Er las die Worte leise der Nachtluft und den Steinwänden vor, er probierte verschiedene Betonungen und Akzente aus und sah neue Farben, hörte überirdische Musik, aber das genügte nicht.

Mitten in der Nacht schlich er sich aus der Kirche und fuhr durch die Vororte. Im orangefarbenen Licht der Straßenlaternen wirkte alles flach. Das Manuskript hatte er bei sich, er sah immer wieder hinein, während die Ampeln ihren Kreislauf von Rot zu Grün durchliefen. Mittlerweile konnte er es lesen, ohne es zu transkribieren. Er verstand es nicht, aber er konnte es lesen.

Er hielt vor Judys Haus an. In einem der Schlafzimmer

brannte ein mattes Licht, vielleicht eine Kerze, und hinter den Vorhängen bewegten sich geschmeidige Schatten. Jack beunruhigte es, ihr Geheimnis so enthüllt zu sehen, aber in gewisser Weise fühlte er sich auch privilegiert. War Sam immer schon dort gewesen, für jeden unsichtbar? Er wusste es nicht, noch nicht. Weitere Schatten verdichteten sich auf der Straße, mit schärferen Spitzen und Konturen. Er musste zur Kirche zurück.

Beth war nicht nach Hause gekommen. Die Kirche war leer und kalt, das ganze Gebäude eine Krypta. Jack schlief erschöpft ein und wachte wenige Stunden später mit den ersten Sonnenstrahlen wieder auf. Noch einmal durchsuchte er die Andachtsräume nach dem Karton mit den Zeichnungen und Fotos – er schien ihm die wichtigste Spur zu Beth zu sein. Wenn er doch nur die Fotos noch einmal sehen könnte, die Vergrößerungen, die sie überzeugt hatten. Aber der Karton blieb verschwunden.

Der Filmprojektor stand wie immer auf einer der Bänke. Der kleine, graue Kasten reckte zwei Arme hoch, als würde er sich ergeben. Jack fiel auf, dass der Film nicht durch den Schlitten gefädelt war, sondern auf beiden Seiten von den Spulen herunterhing: Jemand hatte ihn durchgeschnitten. Jack hielt ein Ende gegen das Licht und sah winzige Bilder von Beth und Judy am Strand; jedes Quadrat war beinahe identisch mit dem vorherigen.

Also hatte sie ihm doch etwas dagelassen. Aber sie hatte auch etwas mitgenommen: Als er den Film aufrollte, merkte er, dass die Enden in unterschiedlichen Winkeln abgeschnitten waren und nicht zueinanderpassten. Offenbar hatte sie ein einziges Bild – mehr konnte es nicht sein, nur das Zwinkern eines mechanischen Auges – herausgeschnitten und mit ihm das Gleiche gemacht wie mit den anderen, nämlich es so lange vergrößert, bis sich Formen und Farben auflösten.

Er suchte eine Schere und Klebeband, um den Film möglichst gut zu flicken. Seine Finger waren starr und ungeschickt; die Reparatur fiel eher dürftig aus. Er fädelte den Film ein und baute direkt im Mittelschiff die Leinwand auf.

Sie waren wieder am Strand, Frank und Judy und die kleine Beff, und bedienten abwechselnd die Kamera. Sie war sieben oder acht, ihre Eltern Ende zwanzig, jünger als Jack und Beth jetzt. Der Film war alt, das Bild wackelig. Alles war ein wenig schneller als in Wirklichkeit, die Wellen rollten zu rasch an den Strand und wieder zurück. Beff wollte unbedingt schwimmen, sie zerrte an ihren Eltern und sprang auf und ab. Andere Schwimmer und Sonnenanbeter sahen ihr lächelnd zu. Der Tag war sonnig, auch wenn die Farben des Films verblasst waren und die Morgendämmerung die Kirche erhellte. Als die Kamera über den Strand schwenkte, erkannte Jack ihn. Es war der schmale Streifen Sand bei Camp Cove.

Das Bild wurde kurz dunkel, als das Klebeband durch das Bildfenster lief. Der Projektor ließ sich nur anhalten, wenn die Blende geschlossen war, deshalb musste Jack den Film vor- und zurücklaufen lassen. Der ganze Strand führte im Einklang einen zittrigen, sich wiederholenden Tanz auf, einem Schritt vor folgte ein Innehalten, dann ein Schritt zurück. Jack suchte in der Menschenmenge, unter den verschwommenen Beobachtern, bis er Sam gefunden hatte.

Bei seiner Körperhaltung und der Art, den Hals zu recken, konnte er es wirklich sein. Er hatte Haare, aber sie wurden bereits dünner. Es gab einen Moment, in dem er direkt in die Kamera sah, dieser Moment war länger als alle anderen. Das Bild war nicht ganz scharf. Sam hatte sie an jenem Tag gerettet; er war ihr ganzes Leben lang da gewesen. Es konnte auch jemand anders sein, aber wahrscheinlich war es Sam, und das hatte Beth genügt.

Der Himmel war düster und verhangen, überall herrschte Zwielicht. Sie fuhren den ganzen Tag lang, Jack saß am Steuer, Judy neben ihm, Sam vorgebeugt auf dem Rücksitz. Obwohl es zwecklos erschien, mussten sie immer in Bewegung bleiben; an jedem Park voller Schatten und jedem Rauchergrüppchen fuhren sie langsamer, zu Hause sahen sie nach, ob Licht an war oder sich etwas rührte. Jedes Mal kehrten sie zur Kirche zurück, bevor eine noch längere Runde sie weiter durch die Vorstädte führte.

Sam und Judy hatten keinen Ton zueinander gesagt. Judy suchte unablässig mit starrem Blick ihre Seite ab, um den Mund einen Ausdruck der Traurigkeit, aber nicht der Überraschung – als wäre etwas, von dem sie schon immer gewusst hatte, dass es geschehen würde, endlich eingetreten, und als sei es zumindest nicht schlimmer, als sie es sich vorgestellt hatte. Sam rutschte unruhig auf der Rückbank hin und her, er versuchte Judys Blick im Rückspiegel zu erhaschen und hielt sich an ihrem Sitz fest, sodass seine Finger ihre Schultern streifen konnten.

Jack kam die Situation mit dem Mann und der Frau seltsam vertraut vor, und er glaubte, dass er die Atmosphäre im Auto verstand, ebenso wie andere Konflikte, die er früher nie begriffen hatte. Sam hatte getan, was er tun musste, und konnte es nur zum Teil bedauern. Judy war wütend, aber gleichzeitig verliebt, schon lange; und auch wenn sie sich nicht umsah, lehnte sie sich doch zurück und ließ zu, dass er sie berührte.

Als sie endlich etwas sagte, wandte sie sich an Jack. Beinahe trotzig sah sie ihn an.

»Wahrscheinlich findest du mich schrecklich.«

Und das war sie, so wie alles schrecklich war, das sich als nicht so fehlerlos und einfach herausstellte, wie es hätte sein sollen: verfallene Städte, trunkene Götter, schwache Eltern. Sie saß dort mit ihren schrecklichen Begierden, und sie war schrecklich. Jack hatte sich ihr nie näher gefühlt. Aber er sah in die andere Richtung, hinaus in das Zwielicht und auf die Straße.

»Ich will einfach nur Beth finden.«

Sie hatten den Großteil ihres Lebens auf dieser ansteigenden Landzunge zwischen der Bucht und dem Meer verbracht. Sogar in den drei Jahren mit Beth hatte er beinahe die ganze Gegend mit ihr gemeinsam erkundet, sie waren in den Parks spazieren gegangen oder hatten hier Partys gefeiert. Alles hier erinnerte ihn an sie. Für Judy musste es noch schlimmer sein, und selbst für Sam, wenn er schon so lange zu ihrem Leben gehörte.

Er drehte sich wieder zu Judy um, die ihn immer noch anstarrte. Er blickte an ihr vorbei durch ihr Fenster und hoffte, sie würde es ihm nachmachen, aber sie biss nicht an. Dann sah er sie direkt an.

»Ich finde dich nicht schrecklich.«

»Doch, das tust du. Du glaubst, ich wäre unsensibel und hätte mich Hals über Kopf in diese Sache gestürzt.«

»Nein, überhaupt nicht. Ganz im Gegenteil.«

Sie zog eine Augenbraue hoch. »Oder dass ich nur darauf gewartet habe, dass Frank stirbt. Dass ich es kaum erwarten konnte.«

»Auch das nicht.«

»Du glaubst, ich hätte nicht gewartet. Aber das habe ich, und ich hätte es noch viel länger getan. Nicht darauf, dass Frank stirbt. Ich habe darauf gewartet, dass er zurückkommt.«

Jack warf Sam durch den Rückspiegel einen Blick zu. Der alte Mann gestattete sich ein winziges Zucken des Mundwinkels. Judy bemerkte Jacks Blick, so wie sie alles zu bemerken schien, und sah ihn von der Seite her verärgert an.

»Zehn Jahre lang hat er so getan, als würde er diese verdammte Kirche reparieren. Zehn Jahre, während ich alt und faltig wurde und er nicht glauben wollte, dass da nichts läuft, dass wir einfach nur zusammen Mittag gegessen haben. Als würde ich nicht mit ihm essen gehen, nach dem, was passiert ist.«

Im Spiegel schlug Sam die Augen nieder. »Du musst das nicht …«

Judy brachte ihn mit einer Geste zum Schweigen. »Sam sagt, es hätte sie damals auch jemand anders retten können. Und dann wäre ich mit demjenigen essen gegangen, egal, wer er war. Nur essen, sonst nichts. Aber Frank hatte solche Schuldgefühle, dass er dachte, ich müsste ihn betrogen haben. Beinahe wollte er es, er dachte, er würde es verdienen. Manchmal war er ein echter Idiot.«

In ihrer Stimme klang eine müde Zuneigung mit, die Jack kurz dazu brachte, ihr zu glauben: Alles war in Ordnung gewesen, bis Frank eines Tages losging, um Eis zu holen, und nicht zur Stelle war, um seine Tochter zu retten. Und dann hatte sein Stolz ihn in die Kirche verbannt. Er hatte nicht den Glauben verloren, sondern nicht stark genug an die Liebe seiner Frau geglaubt. Vielleicht war das einer der Gründe, sogar der wichtigste, aber Frank verdiente mehr.

»Er wusste es nicht?«

»Was denn?«

»Warum Sam überhaupt am Strand war.«

Sie sah ihn mit jenem Blick an, der bei ihr schnell ins Verächtliche umschlagen konnte. Doch dann wurde ihr Ausdruck sanfter, und sie schaute weg.

»Nein, er wusste es nicht.«

»Beth hat sich das nämlich nach den Fotos und dem Film zusammengereimt. Und er hatte das ganze Zeug bei sich in der Kirche, und jede Menge Zeit.«

»Beth hat es sich nicht zusammengereimt. Sam hat es ihr erzählt.« Sie starrte so wütend in den Spiegel, dass Sam sich zurücklehnte und aus dem Fenster schaute. »Ich habe ihm gesagt, dass sie von meinem Mann ist und nicht von ihm«, fuhr sie fort. »Sobald ich es wusste. Eine Frau weiß so was, es war für mich gar keine Frage. Das war unverantwortlich und unglaublich leichtfertig. Meine Ehe wäre beinahe beendet gewesen, bevor sie richtig angefangen hatte. Aber es hätte schlimmer kommen können.«

Während Judy sprach, beobachtete Jack Sam, doch der alte Mann starrte nur mit leerer Miene in den Spiegel. Er hatte dreißig Jahre lang über alles nachdenken können, eine lange Zeit zum Nachschleichen und Beobachten, und noch mehr Zeit, um essen zu gehen und zu warten: Ihn würde nichts überraschen. Nur Judy hatte das Gefühl, noch darüber reden zu müssen.

»Und ich hätte es Frank erzählt, wenn er jemand anders gewesen wäre. Ich hätte es ihm erzählt und gewartet, bis er mir vergibt. Aber ich wusste, dass er das nicht tun würde. Wegen seiner Kirche und seiner Familie – wegen allem, wovor ich mich anfangs so gefürchtet habe. Also habe ich stattdessen so getan, als wäre es nicht passiert. Ich hatte es sogar vergessen bis zu diesem Tag am Strand.«

Sam lächelte traurig. »Aber du kannst mir nicht übel nehmen, dass ich neugierig war.«

»Ich habe es dir doch gesagt.«

»Das stimmt, aber ich konnte es nicht wissen, nicht so wie du. Ich habe mich immer gefragt, was wäre wenn. Wie es hätte sein können. Eine Woche und man stellt sich für den Rest seines Lebens solche Fragen.«

Sie hatten viel geredet, und doch lief es auf ebenso wenig hinaus wie Nixons Witz. Sie sagten nicht mehr als *versteh mich,* so wie jeder es tat: *Versteh mich und liebe mich trotzdem.* Jack wusste, dass er Beth enttäuscht hatte, so viel war ihm klar, aber er begriff erst allmählich, wie tief sein Versagen reichte, dass er vieles für sich behalten und sie damit allein gelassen hatte, die Fassade ihrer Familie zu erkennen und dahinterzublicken. Das Manuskript bot zwar Antworten, aber nicht diejenigen, die sie suchte.

Er dachte, sie würden sie vielleicht auf dem Friedhof oben auf der Klippe finden, wo sie im Zwielicht über dem Meer auf Franks Grab lag. Dort würde sie mit den Fingern die präzise eingemeißelten Buchstaben nachzeichnen, Ehemann von Judy, Vater von Beth, keine von beiden so treu, wie sie dachte. Jack glaubte, er würde ihre Bilder jetzt verstehen, er würde die Farben verstehen. Aber sie war nicht dort.

Das Zwielicht wollte nicht weichen. Die Scheinwerfer beleuchteten nur schwach die ansteigende Straße auf der schmaler werdenden Landzunge. Die Fahrt nach Osten war unausweichlich, alles zog sie in diese Richtung. Judy sah sich um und wandte sich dann unsicher an Jack.

»Wo sind wir hier, wohin fahren wir?«

»Es ist nicht mehr weit.«

»Das ist nicht ... Du glaubst doch wohl nicht, sie könnte ...«

»Nein, das nicht.«

Nach Norden und Osten riefen sie die Klippen, die lockenden Treppen hinauf, bis zu den wackligen Absperrungen; alles Orte des Kummers. Er glaubte nicht, dass sie – er hätte nicht gedacht, dass sie ...

»Ach, der Leuchtturm. Du hast mir schon Angst gemacht.«

»Du mir auch.«

Er ließ den Motor laufen und rannte über die Straße und das feuchte Gras. Über ihn strich das blasse Feuer des Leuchtturms hinweg. Der Hügel war glatt, einmal rutschte er aus. Sie riefen ihm hinterher, als er die Kuppe erreichte, den Abhang hinunterstolperte und über den letzten Zaun bis an den Abgrund kletterte. Sie würde nicht wie diese Selbstmordtouristen vom Aussichtspunkt springen, sie würde hier springen.

»Jack!«

»Das ist zu gefährlich!«

Er konnte nichts sehen. Auf dem Felsvorsprung lag kein zerschmetterter Körper, nirgendwo flatterte eine Bibliotheksbluse an einem Baum, kein Schuh wurde in der Brandung hin und her geworfen. Aber er konnte nicht durch die Gischt hindurchsehen, und das Meer könnte sie schon weit hinausgetragen haben.

»Um Himmels willen, Jack!«

Sie beugten sich über den Zaun. Er lauschte auf die Wellen, ob ihre Schreie darin widerhallten. Über den Horizont wischten Lichtstrahlen, die in der zunehmenden Dunkelheit dichter wurden. Er starrte hinaus auf das Meer, und wie ein Tanker in der Ferne tauchte ein neuer Zweifel auf. Hierher hatte sie ihre Freunde gebracht. Sie war nicht hier, und doch, und doch … Er hatte angenommen, dass sie allein sein wollte, aber was war, wenn sie zu einem anderen gegangen war?

»Jack, was machst du da?«

»Sie ist nicht hier.«

Seine Kleidung waren nass vom Gestrüpp, seine Hände schmutzig und kalt. Er hatte sich an Steinen und Ästen Kratzer geholt und ein Knie angeschlagen. Plötzlich befiel ihn eine bleierne Schwere. Zu wem war sie gegangen? Wen hatte sie kennengelernt?

Sie war seit anderthalb Tagen verschwunden. Jack hatte gehofft, sie früher zu finden. Das hatten sie sicher alle. An dem Ort, der am offensichtlichsten war, hatten sie bislang nicht nachgesehen, an dem Platz, der sie alle verband.

Das Meer lag grau, beinahe schwarz, vor ihnen. Es ging nur ein leichter Wind und regnete auch nur wenig. Der Sand bildete eine nasskalte, pockige Kruste, die unter ihren Füßen nachgab. Ein paar Vögel zogen noch ihre Kreise. Auf der einen Seite lag die Bucht, auf der anderen das Meer. Rote und grüne Leuchtfeuer wiesen den Weg nach Hause.

Vor zwanzig Jahren waren sie alle hier gewesen. Etwas war geschehen, auch wenn sie sich nicht einig waren, was. Eine Rettung oder eine Sabotage, ihre Tränen im Sand. Ein Wiedersehen ohne Trennung, eine verworrene Mischung aus Anfängen und Enden.

Und jetzt waren sie wieder hier. Frank war damals kurz weggegangen, jetzt hatte er sie für immer verlassen. Sie hatten Beth einmal gerettet, sie aber erneut verloren. Er hatte gedacht, sie würden sich vielleicht streiten. Stattdessen saßen sie nur im Sand, ein Stück voneinander entfernt; sie saßen im

Sand und sprachen kein Wort. Sie starrten hinaus aufs Meer und zeichneten Muster in den Sand oder ließen ihn aus ihren Fäusten rieseln. Sie blieben, bis es dämmerte und schließlich die Nacht anbrach. Jack saß etwas weiter von den beiden entfernt und beobachtete sie. Sie waren alle alt, und keiner von ihnen verstand irgendetwas.

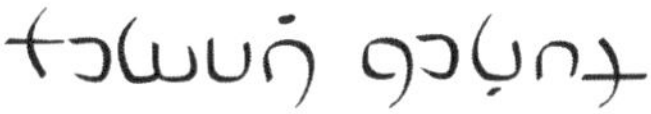

Jack verbrachte die Nacht an der Grenze zum Delirium. Schweißperlen tropften von seinem Körper und zersprangen wie heruntergefallenes Kristall. Die Zeit lief vorwärts und rückwärts. Er träumte oder erlebte oder stellte sich ihre Rückkehr tausendmal vor. Sie gab ihm in verschiedenen Sprachen Rätsel auf. Sie stand am Fenster, neben dem Portal. Während der Nacht kam sie ständig nach Hause, und doch kam sie nie. Er blieb allein mit Geistern und Gewisper, das ihn alles glauben machte. Zuerst musste er einen unmöglichen Apparat bauen. Zuerst musste er eine Verschwörung der Schatten zerschlagen. Die Last erstickte ihn beinahe. Irgendwo in seinem Kopf schlug eine Tür zu. Wohin war sie gegangen? Wen hatte sie getroffen? Wann würde sie nach Hause kommen, und wann würde sie aufhören zurückzukehren?

Er stand auf, als sich am Himmel die ersten Boten der Dämmerung zeigten, der Mond noch hoch stand und die Sterne schienen. Er umklammerte seinen Kopf mit den Händen, damit er nicht platzte, und wandte sich dem Einzigen zu, was ihn aufrechthielt, dem Einzigen, was sie beide noch retten konnte.

Sein Kopf füllte sich mit finsteren Andeutungen, als er das Manuskript von Anfang an las – als würde er einen Film durch dickes Glas ansehen oder einer geflüsterten Geschichte zuhören. Die Menschen wurden verstreut und redeten in vielen

Sprachen: Es ging um den zerschmetterten und verlassenen Turm, aber vielleicht noch um etwas anderes. Der nächste Abschnitt behandelte alle Kulturen der Welt, er beschrieb ihre Sprachen, Schriften und Handzeichen. Dann – hier war er sich nicht ganz sicher – die anderen Sprachen des Universums, alles, was man lesen konnte: die Ringe von Baumstämmen, die Konstellation der Sterne, die Bahn der Planeten und die chemischen Verbindungen, die Leben erschufen. *Wir sind Versehen und Gerüchte, die nichts tun, als sich zu verbreiten*, hatte der Wahnsinnige Kirk erzählt. Das erinnerte ihn an die DNA, und Jack fand eine Seite voll mit den gleichen vier Zeichen, die in verschiedenen Kombinationen wiederholt wurden. Erde, Luft, Feuer und Wasser, oder wofür A, C, G und T auch immer stehen mochten – er wusste es nicht, aber eines war klar: Es war ein großes Chaos. Die zweiundsiebzig Sprachen nach Babel konnten es nicht einmal ansatzweise beschreiben.

Doch es gab einen Ausweg – einen Apparat, der alle Sprachen auslegen konnte, mehr noch, der alles übersetzen konnte, ein Brennglas der Wahrheit. Er würde jedes Geheimnis erklären. Auf einen Menschen gerichtet, zeigte er dessen Vergangenheit und mögliche Zukunft. Auf die Welt gerichtet, würde er einem seine Geliebte deutlich zeigen.

Die Beschreibung des Apparats machte den größten Teil des Manuskripts aus, angefangen bei den Materialien, die man dafür brauchte, den Pflanzen und Mineralien. Die Bilder in Jacks Kopf waren nicht deutlich genug, aber Wilkins hatte alles in seiner Schrift beschrieben: Lapislazuli, Färberröte und Färberwaid, dazu Grieblinge, womit Trüffel, Zimtkassie oder Spargelwurzeln gemeint sein konnten. Constant hatte auf das Buch der Offenbarung verwiesen, und Jack schlug den entsprechenden Vers nach: *Der erste Grund war ein Jaspis, der andre ein Saphir, der dritte ein Chalcedonier, der vierte ein Smaragd.* Die Alchemisten hatte ihre Symbole für Blei und Gold und Quecksilber hinzugefügt. Darunter waren ein paar, die er nicht bestimmen konnte, sonderbare Kristalle in Farben, wie er sie noch nie gesehen hatte. Aber er musste nur so viel davon verstehen, um die Maschine bauen zu können, nur so viel, um Beth zu finden.

Jede Zutatengruppe umringte einen Kolben, ein rundliches Gefäß oder eine Flasche. Alle Behältnisse fanden ihren Platz in der Apparatur, die am Ende beschrieben wurde. Sie wurden von Holzklauen festgehalten, durch Hebel nach oben bewegt, über einer Flamme erhitzt und in Prismen entleert. Sie wurden von Pfeilen durchdrungen und in Licht gebadet, und der Apparat erstrahlte in ihren Farben. Die Anweisungen waren nur schwer zu verstehen, sie schlugen ihre Wurzeln in jeden Bereich der Sprache – *färberwaid den galligen Schwamm, vergolde saffranig das myrrhende Quecksilber* –, aber er würde sie schon bald problemlos lesen können.

Das Ende des Manuskripts mit dem brennenden Turm und dem Regen verstand er nicht. Einige Zeichnungen waren ihm früher nie aufgefallen: eine Frau, die einem Buch entstieg, zwei Bilder, die vollkommen identisch wirkten, sich bei näherem Hinsehen aber als völlig unterschiedlich erwiesen. Da waren Weinflaschen und Steinskulpturen, Stürme und Musik und der höchste Turm einer Stadt, der in der Wüste aufragte. Es änderte nichts. Er wusste, wofür der Apparat vorgesehen war und hatte zumindest einen groben Bauplan. Er wollte sofort anfangen, sich auf Baustellen Holz und in Labors und Gärtnereien die Zutaten besorgen. Aber er konnte sich nicht entscheiden, ob er hinausgehen und nach ihr suchen oder zu Hause auf sie warten sollte.

Normalerweise spürte er es, wenn sie bald nach Hause kam, zumindest glaubte er das; eine Verwirbelung der Luft schien sie anzukündigen. Doch während der Morgen verstrich, spürte er nichts. Sie schien ferner denn je, als er die dicht beschriebenen letzten Seiten des Manuskripts untersuchte; er sah Geheimnisse aufblitzen, kam allerdings nicht weiter. Sie wirkte unsäglich fern, als wäre sie in andere Dimensionen geflüchtet.

Das Manuskript brach seine eigenen Regeln, es entfernte sich von seinem vertraut gewordenen Alphabet und führte neue Zeichen ein: einen Picknicktisch, ein Bierglas. Sie passten nicht recht, sie gehörten nicht zu dem vollkommenen Alphabet. Er hätte aufmerksamer sein müssen.

Denn hier war ein Zeichen, das er übersehen oder falsch betrachtet haben musste; er war sicher, es vorher nicht bemerkt zu haben, denn daran hätte er sich erinnert. Er hatte es vorher nicht gesehen, wenigstens nicht im Manuskript. Das Zeichen war einfach, es bestand aus zwei Linien, die sich schnitten. Eine beiläufige Glyphe, die sich in den Text einfügte und leicht übersehen werden konnte. Aber diese gekreuzten Linien waren unverkennbar.

Sie waren Beths Tätowierung.

In seinem Kopf überschlugen sich tausend Gedanken. Die tätowierten Bombenleger, das düstere Labor, die geheimnisvollen Johanniter. Sandy, die sprachlos im Krankenhaus lag, das Blut auf der Treppe. Vor ihm tat sich der Boden auf, er stand vor einem Abgrund. Wenn sie eine von ihnen war, schon immer gewesen war – jetzt warte mal. Wenn sie wusste, was der Apparat war, wenn sie gesehen hatte, was er – jetzt warte. Wenn alles, was sie gesagt hatte, alles, was er an ihr versucht hatte zu verstehen – warte, warte. Er versuchte, sich zu bremsen, aber es gelang ihm nicht.

In der Kirche herrschte schon Durcheinander. Die Andachtsräume standen voller Plastiktüten und Pappkartons. Die Küche quoll über vor Sachen, die sie ständig neu kauften, weil sie nicht mehr wussten, dass sie sie bereits besaßen. Er durchwühlte hier einen Stapel, hob da eine Klappe hoch, sah sich dort einen Schuhkarton an. Ständig musste er sich daran erinnern, dass er wach war.

Ash hatte ihm erzählt, dass alles Spuren hinterließ. Ein Zettel, eine Quittung, Hotelshampoo, eine Busfahrkarte. Irgendein Hinweis darauf, wo sie sein konnte. Er suchte den ganzen Nachmittag lang bis in den Abend hinein. In der Krypta lag nur Wein; nichts Neues verbarg sich unter den Steinplatten. Judy meldete sich, hatte aber auch nichts Neues zu berichten. Er rief in der Bibliothek und bei jedem der Bibliothekare an. Er rief bei der Polizei an und – vorsichtig – bei den Krankenhäusern. Er rief die Küstenwache an. Nirgends ein Zeichen von ihr.

Hatten sie sich Beth geschnappt, um ihn zu bestrafen, als Warnung an ihn? Oder hatten sie sie auf ihre Seite gezogen, war sie immer eine von ihnen gewesen? Alles wirkte so unsinnig. Die Tätowierung hatte sie sich vor Jahren stechen lassen, lange bevor er das Manuskript gelesen hatte – oder sie, wie er angenommen hatte. Veränderte sich das Manuskript in seinen Händen? Er hatte das Gefühl, es würde sich von innen wie von außen gegen seinen Schädel pressen und seinen Kopf in Papier verwandeln.

Natürlich fand man es immer an der letzten Stelle, an der man nachsah. Wenn man es gefunden hatte, suchte man nicht weiter. Unter dem Bett, hinter Kartons und Büchern, war seine letzte Stelle, dort fand er einen zusammengefalteten Zettel. Als Jack ihn aufschlug, schien er leer zu sein. Dabei wies er Vertiefungen auf wie das Manuskript. Etwas war darauf geschrieben worden. Das Blatt stammte von dem Notizblock neben dem Telefon, an einer Kante hing noch ein Stückchen Klebestreifen. Die Handschrift gehörte nicht Beth, die Nachricht war nicht von ihr. Die Buchstaben sahen aus, als stammten sie von einem Kind oder von jemandem, der beim Schreiben große Mühe hatte. Sie ergaben eine Adresse.

Er fuhr beinahe eine Stunde lang Richtung Südwesten, weg von der Bucht und dem Meer, während das Licht immer mehr abnahm. Die Straßen wurden breiter, die Häuser und der Abstand zwischen ihnen größer. Wer hatte die Adresse dort eingekratzt? Wer wohnte dort? Warum hatten sie Beth hierhergelockt? Das Manuskript hatte er mitgenommen. Sollten sie damit machen, was sie wollten, solange sie Beth freigaben.

Das Haus unterschied sich von seinen Nachbarn nur darin, dass es leer stand. Das sah er sofort, als er davor anhielt. Geschlossene Fensterläden, verstreutes Laub, weder Fußabdrücke noch Reifenspuren, zu viel Werbepost. Und im Innern, wo der Widerhall der Geräusche seiner Bewohner verklungen war, breitete sich Stille aus.

Er klopfte, dann versuchte er, durch die Gardinen zu spähen. Er zog ein Bündel Kataloge aus dem Briefschlitz und sah dort hindurch, konnte aber nichts erkennen. Dann stieg er über ein niedriges Tor und ging seitlich am Haus entlang. In der Küche gab es nicht viel zu sehen, nur nackte Wände und einen einfachen Tisch. Darauf stand ein Werkzeugkasten, der langsam Staub ansetzte, auf dem Boden daneben ein Pappkarton.

Der Garten war voll Laub, dunkelrot und braun vom nahenden Winter und schleimig vom Regen. Kahle Bäume streckten sich gegenseitig die Äste entgegen. Zwischen ihnen lag ein unförmiger Gegenstand in eine Plane und Sackleinen gehüllt. Die Abdeckungen flatterten im Wind, und er sah Sand aufblitzen. Als er die Plane beiseitezog, besprühte er sich mit dem angesammelten Regen.

Sie war lebensgroß und aus Sandstein. Sie sah so aus wie am Strand, nass vom Meer und mit Sand bedeckt. Sie lag auf dem Rücken, ein Bein angewinkelt, den Kopf nach hinten gestreckt, ihr steinernes Haar ergoss sich auf den Boden. Steinerne Brüste, geschwungene Schenkel, eine nackte, steinerne Scham. Er strich über ihre raue Haut und betrachtete sie mit Tränen in den Augen. Dann blinzelte er und schluckte schwer. Er machte einen Schritt zurück, aber der Boden war nicht dort, wo er ihn erwartet hatte.

Ein Bett aus Laub umfing ihn mit einem Seufzer, als er hinfiel. Er saß inmitten der Blätter und betrachtete sie. Die Skulptur war faszinierend, und sie zeigte eindeutig Beth. Er erkannte ihre Körperhaltung, ihre Positur, die Rundung ihrer Waden, die Art, wie sie ein Bein über das andere schlug. Doch es gab auch Dinge, die er noch nicht kannte.

Er grub sich durch das Laub und traf auf Sand. Das hier war ein Vorstadtstrand oder eine Wüste, verdeckt von verwelkten Blättern, umringt von kahlen Bäumen. Wie lange hatte Max gebraucht, um diese Statue zu meißeln? Er war schnell, aber sie bestand aus so viel Stein und Sand. Hatte sie nackt hinten im Garten gelegen, waren Blätter auf sie gefallen, als sie dort lag? Hatte sie zuerst für ihn posiert oder ihn erst gevögelt? Wann hatte die Lügerei begonnen?

Der Schwung Kataloge, den er aus dem Briefschlitz gefischt hatte, lag neben ihm, er war mit ihm zu Boden gefallen. Aber es waren gar keine Kataloge. Als er sie durchschaute, fand er einen Brief an Beth darunter, mit einer maschinengeschriebenen Adresse. Der Umschlag war mit dem Logo und der Anschrift des Forensischen Instituts bedruckt und trug den Aufkleber und Barcode eines Kurierdienstes. Sie hatten keine Zeit verloren.

Hier draußen war jedes Haus eine Kirche, ein Schrein für einen großen Traum. Aber das hier war mehr, das war ein Tempel zu Beths Ehren. Als es Nacht wurde, saß er im Laub, die Hände voller Sand und sie rings um sich. Er starrte auf die Statue und fragte sich, wer sie wirklich war, wer sie früher einmal war.

Jack konnte nur mit Mühe der Straße folgen, als er zurück in die Stadt fuhr. O'Rourke musste das Manuskript damals gesehen haben, und jetzt hing auch Max mit drin. Er musste irgendwo eine Tätowierung haben. Von Malta aus waren die Ritter nach St. Petersburg gegangen, vielleicht sogar nach Wladiwostok. Sein Haus in der Vorstadt, das Hauptquartier ihres Geheimausschusses, wo sie sich trafen, um … Er konnte sich nicht länger etwas vormachen.

Sie war nicht in die Verschwörung verwickelt, sondern vögelte einen Bauarbeiter. Er hatte zu lange gezögert, ihr von Judy zu erzählen, er hatte sie glauben lassen, in der Kirche seien schreckliche Dinge passiert. Er hatte alles falsch gemacht, und Max war dort gewesen mit seinen blassen Augen und dem leeren Blick, und Untreue lag ihr im Blut.

Die vielen Geheimnisse, die unentdeckten Wahrheiten. Er wusste bereits zu viel. Er konnte nur hoffen, dass unter allem eine bessere Wahrheit lag, etwas Uraltes, das diese ganzen Rückschläge zur großen Erlösung führen würde. Er parkte in der Auffahrt und schloss sich in der Kirche ein. Zweimal überprüfte er seine Zutaten. Er listete alles auf, was er brauchte: Holz, Klemmen, Flaschen, Linsen, Pflanzen, Mineralien. Er ging die Diagramme durch und versuchte, die Verben für mischen, vermengen, kochen zu erraten. Er versuchte, nicht an sie zu denken.

Er war nicht aufmerksam gewesen, er hatte sie nicht verstanden. Das Licht, das durch einen hindurchschien: Er besaß es nicht. Er hatte kurze Blicke auf sie erhascht, auf den kleinen, einzigartigen Kern, der sie und sie allein ausmachte, aber nur für einen Moment. Vielleicht hatte Max besser abgeschnitten mit seinen durchdringenden Augen, seinem vorwurfsfreien Blick. Max hatte vom Dach heruntergeblickt und sie im Bett gesehen; er hatte ihre Tätowierung bemerkt und gewusst, dass sie zu ihnen gehört. Nein – er hatte einfach ihren Körper gesehen und sie begehrt. An diesem oder am nächsten Tag hatte er ihr seine Adresse in die Hand gedrückt. Für den Apparat würde er Bolzen und einen Bohrer benötigen, und kleine, heiße Brenner. Er überlegte, wie wichtig wohl die Form der Kolben war und wo er Hiobstränen herbekam.

Sie war in letzter Zeit spät nach Hause gekommen und angezogen ins Bett gegangen. Tagsüber allerdings war sie nackt gewesen: Sie war nackt für Max, aber nicht für Jack, sie posierte für Max und vögelte ihn, vielleicht auf dem Sand und den Blättern, während ihre Statue langsam Form annahm. Es gab keine Bibliothek, keine Überstunden und keine Ablage, auch keine Drinks mit Sandy. Es gab nur Sand und Stein und Haut und Blätter und Sex. Sie trug einen Schlafanzug, weil Jack es sonst wissen würde, er würde den Schlamm sehen und den Sand und die Handabdrücke auf ihrer Haut, die neuen Tätowierungen – und er würde Bescheid wissen.

Ihm blieb immer noch das Manuskript und alles, was es ihm bringen würde. Es schien jetzt nutzlos, aber bald wäre es mehr, es wäre alles. Draußen war es nicht sicher. Die Schatten verdichteten sich, die Ritter waren ihm auf der Spur. Er würde hierbleiben und die Maschine bauen, und nichts würde ihm dann verwehrt bleiben.

Bei geschlossener Falltür war es dunkel in der Krypta; er sägte und hämmerte im Schein der Lampen. Er zerbrach Weinkisten wegen ihres Holzes und Krüge und Flaschen, um daraus Kolben und Linsen zu machen. Das Portal war verriegelt, die Hintertür verschlossen, die Fenster mit Decken verhängt. Der Filmprojektor war am einen Ende mit Holz und Schnur verbunden, am anderen Ende wartete eine flache Glasplatte darauf, das letzte Bild einzufangen. Das Licht würde von den Spiegeln und Linsen und Prismen weitergeleitet und gebrochen werden und schließlich von den Tinkturen, die er herstellen würde, verwandelt.

Als das Telefon klingelte, ignorierte er es, bis ihm Beth einfiel. Aber es meldete sich niemand. Er hörte nicht einmal ein Atmen, sondern nur den undeutlichen Klang einer Präsenz. Lichtreflexe tanzten auf dem Dielenboden, und er hörte seine Gedanken aus dem Telefon widerhallen. Alles in der Kirche erinnerte ihn an Beth. Hoch über sich im Dach sah er den gemeißelten Stein und hoffte auf einen weiteren Hagelsturm. Er legte auf und stahl sich wieder unter die Erde.

Tag und Nacht verstrichen ohne Unterschied. Wenn er zu müde war, um sich zu konzentrieren, schlief er ein, zwei Stunden lang unter einer Decke in einem der Andachtsräume. Wenn er das Mittelschiff betrat, überraschten ihn jedes Mal die Tageszeit und der Winkel, in dem das Licht in die Dunkelheit fiel. Er wusste nicht, wie lange er an dem Apparat gebaut hatte. Es war ihm nicht lange vorgekommen, aber als er sich die Komplexität der Apparatur anschaute, wurde ihm klar, dass es Tage gedauert hatte. Sie hatte sich ausgedehnt, neue Arme und Beine bekommen und die Krypta ausgefüllt.

Er zerbrach ein Thermometer und ließ das Quecksilber über den Boden eines Krugs wirbeln. Er fand bunte Kreide und verbrannte einen Holzlöffel, um Holzkohle zu erhalten; der Löffel war vom Cajun-Fisch schon halb verbrannt. Karneol war eine Variante des Chalcedon, einer Art Quarz, und Quarz befand sich in seiner Uhr. Er schraubte sie mit einem Messer auf und nahm den Kristall heraus. Von einem Angelversuch waren noch einige Senkbleie übrig – sie waren lieber im Mondlicht schwimmen gegangen. Dazu ein Stückchen Sicherungsdraht und der Grünspan von den Wasserrohren im Bad, in dem sie so viele Stunden verbrachten hatten. Beth hatte ihm einen goldenen Ring geschenkt. Er rollte ihn zwischen den Fingern hin und her, und mit einem Schlag fielen ihm drei, vier Dinge über sie ein.

Thorn und Peter riefen an, um zu fragen, ob er etwas von Beth gehört hatte. Sie klangen besorgt, aber er brachte es nicht über sich, ihnen etwas zu sagen. Judy rief an, um zu hören, wie es ihm ging, und um ihm zu sagen, Beth würde es sicher bald wieder gut gehen, sie bräuchte nur etwas Zeit. Noch mehr Phantomanrufe, und Anrufe, die er ignorierte oder verpasste. Er wünschte sich, sie würden ihn in Ruhe lassen. Er wollte einfach den Apparat fertig bauen.

Am dritten oder vierten Tag klopfte es zaghaft an der Tür, er dachte kurz, das wäre Beth, und verspürte all die unübersetzbaren Gefühle. Aber als er das Portal öffnete, stand dort Sandy im hellen Tageslicht auf der Treppe inmitten von Post und Zeitungen. Auf ihrem Gesicht zeichnete sich immer noch schmerzlich die Prellung ab, ein violett-schwarzer Fleck auf ihrer dunklen Haut. Sie hatte sich geschminkt und die Haare zurechtgemacht. Sie trug einen engen Pullover, und als er die Rundung ihrer Brüste bemerkte, fühlte er sich erst schuldig, setzte dann jedoch eine trotzige Miene auf.

»Hallo, Jack.«

»Wie geht es dir?«

»Und dir?«

Sie sah besorgt aus, aber auch zerknirscht. Ihm war klar, was das bedeutete, und warum sie gekommen war. Sie berührte ihn am Arm, aber er zuckte zurück.

»Du wusstest es«, sagte er.

Er sah ihr an, dass sie überlegte, es abzustreiten. Als sie allerdings erkannte, wie entschlossen er war, resignierte sie merklich. »Ich dachte, das wäre nur eine Phase, sie wäre verwirrt und sollte es am besten … ich weiß auch nicht. Es hinter sich bringen, diesen Handwerkerflirt. Ich dachte nicht, dass es etwas Ernstes ist.«

»Nichts Ernstes.«

»Es tut mir leid, Jack. Ich habe sie angefleht, es nicht zu tun, richtig angefleht. Ich fühle mich schrecklich, es ist für uns alle eine Katastrophe. Du weißt doch, ihr wart meine letzte Hoffnung.«

»Du hättest es mir sagen müssen.«

»Es tut mir entsetzlich leid.«

Das sah man ihr an. Mit einem gequälten, tränenreichen Blick presste sie sich den Handballen gegen das Gesicht. Er spürte, wie seine Wut verflog, und ergriff ihren Arm.

»Hier draußen ist es nicht sicher.«

Sie sah ihn mit dem gleichen Ausdruck an wie die anderen im Krankenhaus. »Nicht sicher?«

»Ich kann dir nichts darüber sagen, es ist zu gefährlich. Sie haben Tätowierungen, Sandy. Du … du bist schon einmal angegriffen worden, und das war meine Schuld; ich weiß, wer es war.«

»Was soll das heißen?«

»Der Fremde – der Fremde mit der Tätowierung.«

Sie blickte zu Boden, sodass er in ihrem Gesicht nicht lesen konnte. Die Verbindung zwischen ihnen war plötzlich abgerissen, und er konnte nicht erkennen, was sie verbarg.

»Erinnerst du dich?«, fragte er.

Sie antwortete leise und zögerlich. »Das war kein Fremder.«

»Du hast doch gesagt…«

»Das war der Kerl, mit dem ich verabredet war. Wir hatten uns vorher schon ein paarmal getroffen. Ich war spät dran, weil ich die Auktion vergessen hatte. Wir haben uns gestritten. Er hat das gemacht.«

Warum log Sandy für sie? Sie hatten ihr noch mehr Gewalt angedroht – sie hatten ihr Kind bedroht. Wut und Scham überkamen ihn. Der kleine Dev, der ihm so viel beigebracht hatte – das war zu viel.

»Komm rein«, sagte er. »Sie können jeden Moment wieder hier sein.«

Sie sah ihn an, als wäre er verrückt. »Jack, was ich eigentlich sagen will, ist…«

»Ich weiß – ich weiß, was hier los ist.«

Sie sah ihm in die Augen. »Ich hätte es dir noch erzählt. Aber ich habe mich so geschämt, mich mit einem… er war kein guter Mensch. Keiner von euch würde verstehen, warum ich mich mit so jemandem einlasse.«

»Komm rein.«

»Nein, schon gut, Jack.«

Sie erwiderte seinen Blick, und beinahe glaubte er ihr. Schatten glitten an den Fenstern vorbei und verdunkelten das Mittelschiff. Es war nicht sicher, nicht einmal hier. Er konnte nichts für sie tun; er musste sie gehen lassen. Jeder würde sich um sich selbst kümmern müssen.

Er schloss die Vordertür ab und ging zurück in die Krypta.

Mineralien und getrocknete Pflanzen lagen in kleinen Häufchen auf dem Steinboden – Holzkohle und Chalcedon, Maulbeere und Grieblinge, alles nach den Anleitungen des Manuskripts geordnet. Er zündete Kerzen an und kniete sich hin, um die Zutaten zu vermischen, sie mit Rasierklingen abzuschaben und im Mörser zu zerstoßen. Aus manchen wurde bunter Staub, aus anderen eine dicke Paste. Das legierte Quecksilber stockte und wurde dunkler, mit einem grünen Schimmer. Er arbeitete geduldig, neue Kraft durchströmte seine Hände. Er hatte weder Lapislazuli noch Färberröte noch Malachit, aber er hoffte, es würde auch so gelingen.

Die Chemikalien zeigten sofort eine Reaktion, sie schäumten und ließen Gerüche und Dämpfe aufsteigen. Die Gläser standen aufgereiht nebeneinander, wie die Flaschen, auf denen Beth ihren Blues gespielt hatte, und die Wolken, die aus ihnen stiegen, vermengten und verquickten sich. Er hatte das Gefühl, ein Teil seines Gehirns würde Funken sprühen, als flösse Champagner hinter seinen Augen. Er wusste, dass er an der Schwelle einer großen Entdeckung stand. Gerüchte über verlorene Sprachen, der Traum einer vollkommenen Sprache, aufgegebene Übersetzungen, geheimnisvolles Unheil. Seine Hoffnungen, was das Manuskript sein konnte und, wie er jetzt wusste, was es tatsächlich auch war: ein universeller Übersetzer, ein Auge der Wahrheit, ein Schlüsselloch in das Herz und das wahre Wesen der Dinge.

Ein gleichmäßiger Rhythmus hallte durch die Krypta, der die Dunstschwaden durcheinanderwirbelte. Die Gläser bebten, wenn er sie auf ihre Podeste stellte; die Kerzenflammen flackerten, wenn er sie unter den Kolben positionierte. Hitze stieg auf, Farben tanzten. Einige der Mixturen wurden hell und flüssig, bei anderen formte sich eine körnige Ablagerung unter einer andersfarbigen Flüssigkeit. Er zog Seile straff und fügte weitere Balken hinzu, um das zusätzliche Gewicht zu tragen.

Die Möglichkeiten seines Apparats machten ihn schwindlig. Der russische Film ließe sich problemlos übersetzen, eine einheitliche Feldtheorie fände Platz auf einem Bierdeckel. Die heillosen Verstrickungen zwischen Beth und ihren Eltern oder tragische Liebesgeschichten: Wenn so etwas noch einmal vorkam, wäre er vorbereitet. Er könnte den Apparat auf sich selbst richten und andere hinsehen lassen; dann würde er verstehen und verstanden werden. Die Gedanken stürzten nur so auf ihn ein, während er den Apparat betrachtete, der zum Leben erwachte.

Von den brodelnden Tinkturen stiegen malvenfarbige und kobaltblaue Gasschwaden auf. Berauschende Gerüche wehten durch die Krypta. Als er den Filmprojektor einschaltete, tanzte ein Flackern zwischen den Gläsern und Spiegeln umher. Die Tinkturen lenkten die Lichtstrahlen ab oder färbten sie ein, die Prismen spalteten sie und vereinten sie wieder. Der Apparat war in der dunklen Krypta in ein Gewirr aus Licht gehüllt. Er fuhr mit der Hand durch die Lichtstrahlen und spürte, wie ihre Wärme auf ihn überging.

Aber das Licht war gedämpft und unruhig, und die Strahlen ungleichmäßig. Das konnte von der Zerbrechlichkeit der Wahrheit herrühren, doch er wusste genau, dass er etwas falschgemacht hatte. Er hatte zu sehr an den Zutaten gespart. Er stellte die Apparatur neu ein und rührte die Tinktur um. Aber wie er auch die Spiegel und Prismen ausrichtete, wie nah oder weit auseinander er die Linsen justierte oder wie viele Kerzen er unter die Kolben stellte, der Lichtstrahl erreichte nicht die Glasplatte. Dunkel und schmutzig hing sie da und wartete. Der Apparat war unvollständig.

Das Klingeln des Telefons schallte durch die Kirche. Ein halbes Dutzend Anrufe war gekommen, nie hatte sich jemand gemeldet. Er überlegte, ob die Johanniter nur darauf warteten, dass er ihren Apparat fertigstellte. Wenn Beth darin verstrickt war, könnte sie ihn nicht mehr beschützen. Wenn sie nichts mit der Sache zu tun hatte, gab es überhaupt keine Rettung mehr für ihn. Die Präsenz am anderen Ende der Leitung, dieses Beinahe-Atmen jagten ihm Angst ein; er spürte, wie sie ihm den Nacken hinunterkroch. Aber er musste abheben.

»Hallo?«

Seine Stimme fühlte sich eingerostet und spröde an. Er wusste nicht, wann er zum letzten Mal etwas gesagt hatte. Vielleicht hatten sie ihn nicht gehört.

»Wer ist da?«

Jemand war am anderen Ende. Was wollten sie wohl hören? Vielleicht das Brodeln der Tinkturen oder das Summen des Lichts. Schweiß lief ihm den Hals hinunter.

»Hören Sie, wenn Sie es auf mich abgesehen haben, dann kommen Sie her, klar? Und wenn Sie es auf den Apparat abgesehen haben, dann hören Sie verdammt noch mal auf, ständig anzurufen, und lassen mich weiterbauen.«

Der Zorn tat ihm gut. Seine ganze Wut, seine Enttäuschung. Bei jedem neuen Schritt wurde er geschlagen, aber ihm blieb noch sein Zorn.

»Dann werden wir schon sehen, okay? Dann sehen wir, was passiert. Verdammt.«

Er schlug das Telefon gegen die Wand, dann hielt er den Hörer wieder ans Ohr. Die Stille wurde durchbrochen, er hörte ein Luftholen – wie auf einer Aufnahme, wenn jemand ansetzt zu singen. Doch dann folgte nichts, nur ein langsames Ausatmen und Stille.

Und dann das verräterische Ratschen eines Feuerzeugs.

»Sam?«, fragte er.

Er hörte Stille, die gleiche Stille, die tonlose Präsenz, die er schon so oft gehört hatte. Langsam fügte sich alles zusammen, wenn auch außerhalb seiner Reichweite. Das Telefon schien heiß zu werden.

»Warum rufen Sie an? Wie lange rufen Sie schon an?«

»Es tut mir leid.« Damit legte Sam auf, es folgten ein statisches Knacken und dann echte Stille.

Jack riss das Telefon aus der Wand und knallte es auf den Boden. Er schlug die Computertastatur auf den Schreibtisch, bis die Buchstaben herausfielen und überall auf dem Boden lagen. Er nahm eine Kiste Wein und zerschlug jede Flasche daraus an der Wand; nachher war er voller Glas und Wein. Das Zerstören schien zu helfen. Vornübergebeugt lauschte er auf sein hämmerndes Herz, während der Wein an ihm herablief.

Ein neues Hämmern – es klopfte an der Tür. Jetzt kamen sie ihn schließlich holen. Er ließ die Flasche sinken. Das Klopfen hörte auf und setzte dann in einem merkwürdigen Rhythmus neu ein. Er schlich zur Tür, achtete darauf, dass keine Diele knarrte, und dachte an den Hagelsturm und den herabstürzenden Stein, mit denen alles angefangen hatte. Oder hatte alles vor tausend Jahren begonnen, war alles und selbst dies hier längst unlesbar in dem Manuskript beschrieben?

»Jack?«

Sie benutzten Thorns Stimme. Jack drückte das Manuskript an sich, als er zum Portal ging. Er sah sich die letzten Abschnitte an, die Seiten, auf denen er nichts lesen konnte. Sie zeigten Bilder von Schatten mit Umhang und Kapuze, die helle Zeichen auf der Stirn trugen. Eine Kirche mit einem schiefen, leeren Grabstein. Und enge, horizontale Linien wie Dunkelheit oder Nebel; er war überzeugt davon, in ihnen einen Mann zu erkennen, der sich vor seinen Feinden versteckte.

»Bist du da?«

Das Portal war alt, ein paar Bretter hatten sich zusammengezogen, zwischen ihnen hatten sich Spalten gebildet. Durch sie sah er Tageslicht, Haut und einen silbernen Schimmer. Es sah wirklich wie Thorn aus. Er presste das Gesicht an die Tür, dann machte er vorsichtig auf.

»Da bist du ja«, sagte Thorn. »Was ist los mit dir?«

Jack starrte ihn an. »Und mit dir?«

Thorn sah wie ein anderer Mensch aus. Eine tiefe Sorgenfalte verschandelte seine ebenmäßigen Züge, und das Silber seiner Haare und Augen und seiner Haut wirkte matt und trübe.

»Ist Beth wieder da?«, fragte er.

»Noch nicht.« Jack brachte nicht über die Lippen, dass er nicht mehr an ihre Rückkehr glaubte oder dass er nicht wusste, was er tun würde, falls sie doch käme. Thorn sah besorgt aus, aber Jack glaubte nicht, dass es um Beth ging.

»Ich wusste nicht, wohin ich sonst gehen sollte«, sagte Thorn.

»Was ist denn los?«

Thorn folgte Jack in die Kirche, wo er sich im Mittelschiff umsah, die herumliegende Kleidung betrachte, die zertrümmerten Geräte, die grünen Glasscherben. Er starrte auf die Vorhänge, mit denen die Fenster verdunkelt waren, und sah dann nervös Jack an.

»Peter ist weg«, sagte er.

»Weg wohin?«

»Er hat jemand anderen.«

»Wen?«

Die neuen Falten gruben sich tiefer in Thorns Gesicht. »Sandy.«

»Was?«

»Sie waren ständig zusammen, zum Tanzen, weißt du. Und seit dem Angriff ist er bei ihr geblieben, falls der Kerl zurückkommt.«

»Welcher Kerl?«, fragte Jack.

»Der, den sie gesehen hat. Der sie geschlagen hat.«

Jack war verblüfft. Mehr Verschwörungen, mehr Tätowierungen. Oder hatte Sandy doch die Wahrheit gesagt? Es war verzwickter, als er gedacht hatte, oder vielleicht auch viel einfacher. Thorn wandte den Blick ab.

»Er hat gesagt, er … er hätte sich in sie … verliebt.«

Also hatten Peter und Sandy eine neue Tragödie gefunden, eine dieser tränenreichen Bindungen, die Jack nicht ganz verstand. Vielleicht war es durchaus folgerichtig: Sie hatte nur jemanden gewollt, der sie und ihr Kind liebte, und Peter war immer zur Stelle gewesen. Aber es würde sie zerreißen, sie würden sich kaum gegenseitig Trost spenden können.

»Ich meine, er hat nie … Er war doch immer … Er sagt, es sollte egal sein, dass sie eine Frau ist. Wie soll ich … Was soll ich denn jetzt machen?«

Und Jack erkannte, dass Thorn bei aller Zurückhaltung wahrscheinlich hingebungsvoller und leidenschaftlicher war als Peter und dass tief in ihm etwas Unaussprechliches und Erschreckendes ruhte. Seine Wunden würden schwären und nie verheilen.

»Ich kann dir helfen«, sagte Jack. »Ich weiß, was da hilft. Aber ich brauche ein paar Sachen.«

»Was für Sachen denn?«

»Färberröte. Ich brauche Malachit. Färberröte und Malachit.«

»Wovon redest du da?«

»Hast du Lapislazuli?«

»Was soll ich haben?«

»Ich will dir helfen. Ich brauche Lapislazuli.«

Thorn runzelte die Stirn. »Wie in dem Manuskript.«

Jacks Herz hämmerte wild. »Was weißt du über mein Manuskript?«

»Was meinst du damit?«

»Hast du welches oder nicht?«

»Jack, du bist verrückt.«

»Ich versuche, dir zu helfen.«

»Was ist nur los mit dir?«

Jack wusste es nicht. Er senkte den Blick und sah, dass er Thorn am Kragen gepackt hielt. Er öffnete die Fäuste.

»Tut mir leid.«

Aber Thorn war bereits gegangen.

So viel Unheil hatte das Manuskript ausgelöst – den Wahnsinnigen hatte man abgeschlachtet, Kirk war verschwunden und Constant in die Verbannung geschickt worden. Sandy hatte Schläge erlitten, Ash Verbrennungen und Thorn ein gebrochenes Herz. Jack war von Schatten verfolgt, von Stille bedroht und schließlich verlassen worden. Es war egal, ob der geheime Kult des Manuskripts das alles oder einen Teil davon verursacht hatte. Es war egal, ob es überhaupt einen Kult gab. Das Manuskript war dafür verantwortlich, so oder so.

Lapislazuli, Färberröte und Malachit. Mehrfach überprüfte er die Seiten, um sicherzugehen, dass er sie brauchte. Die Namen standen da, und die Steine und Pflanzen waren mit ihren genauen Farben abgebildet. Leuchtendes Ultramarin, helles Grün, die rötlich violette Tinktur. Sie passten genau. Die Worte standen dort und auch die Bilder, daran gab es nichts zu rütteln.

Er starrte auf die Farben des Manuskripts, die im Kerzenschein aufleuchteten. Sie passten genau, sie waren perfekt, und mit einem Mal wurde ihm klar, warum. *Wie in den Manuskripten?* Diese Farbstoffe waren echt, synthetische gab es noch nicht. Das Book of Kells, die illuminierten Bibeln, alle alten Bücher. Die Pigmente auf dem Vellum ahmten die Zutaten nicht nur nach, sie waren die Zutaten selbst. Das Rotviolett war tatsächlich Färberröte, das Hellgrün Malachit und das Ultramarin Lapislazuli. Und dass er das letzte Mineral nicht hatte identifizieren können – auch das war egal, denn es befand sich dort auf der Seite.

Er schabte mit einer Rasierklinge Farbpartikel von der Seite, wobei er darauf achtete, das Vellum nicht zu beschädigen. Er fühlte, wie ihm Schweiß auf die Stirn trat und in die Augen rann. Aber er bekam ein kleines Häufchen von jeder fehlenden Zutat zusammen.

Die Flüssigkeiten reagierten sofort auf die neuen Pigmente. Ihre Farben leuchteten auf und verstärkten das Licht der Kerzen und des Projektors. Eine brodelte strahlend blau, eine zweite blutrot, die dritte drachengrün. Eine weitere war klar und beinahe unsichtbar. Der letzte Kolben enthielt eine Farbe, die er noch nie gesehen hatte; er konnte sie nicht einmal annähernd beschreiben oder sagen, ob sie eher rot oder grün oder blau war.

Er beobachtete, wie die Krypta in allen vorstellbaren Farben erstrahlte, und dann über das sichtbare Spektrum hinaus ins Infrarote und Ultraviolette gehend. Die Sterne standen wieder an den Wänden, sie dehnten sich bis in weite Ferne, bis hin zu neuen Planeten und Galaxien. Wieder nahmen sie ihm jedes Gespür für Entfernungen, und er hatte das Gefühl, er würde mit seinem Apparat mitten im All schweben.

In der letzten Glasscheibe sammelte sich ein reines, weißes Licht. Gebannt starrte er die Scheibe an, während sie wie der Mond durch eine zarte Wolkendecke aufstrahlte. Er konnte es kaum glauben, aber der Apparat funktionierte – das Auge öffnete sich.

Er hielt die Hand vor den Projektor, um das Licht abzufangen. In der ersten Tinktur breitete sich Dunkelheit aus, die weitergetragen wurde und jedem Kolben eine neue Farbe verlieh. Das Grün wurde rötlicher, das Rot bläulicher und die unsichtbare Flüssigkeit nahm einen Goldton an. Die Veränderungen vollzogen sich allmählich, als würde der Apparat das Licht verlangsamen.

Dann traf der Schatten auf die Glasplatte am Ende, und er sah jeden Teil seiner Hand: die Schleifen und Wirbel, seine Zukunft in Linien und Falten, die Schichten seiner Haut, die Risse, das fließende Blut. Er sah die Zellwände beiseitegleiten und die unendlichen Kombinationen seiner DNA hervortreten. Als er die Hand zurückriss, verging der Schatten nur langsam, das Bild bestand noch einen Augenblick lang fort.

Ihm fiel Beths Heimvideo auf, dessen Ende noch immer von der Rolle im Projektor baumelte. Er fädelte den Film ein und schaltete den Motor an.

Sie waren zusammen am Strand, die Wellen rollten zu rasch ans Ufer, und er dachte an das erste Mal, als er mit Beth den Film gesehen hatte und die Bilder auf ihren Körper projiziert wurden. Judy hatte Beth und Frank dabei gefilmt, wie sie Sandburgen bauten und sich gegenseitig einbuddelten. Der Film war ein typisches Heimvideo. Der Apparat vergrößerte die Aufnahmen und durchzog sie mit Streifen und Maserungen, aber darüber hinaus sah der Film aus wie immer, wie ein kleines, aber getreues Abbild auf der Glasscheibe.

Dann tauchte ein Stück weiter eine verschwommene Figur auf, mit kahlem, zur Seite geneigtem Kopf. Vor Jacks Augen teilte sie sich in zwei Gestalten auf: Die eine blieb weiter hinten, während die andere größer und deutlicher wurde, je näher sie kam. Es war Sam, und während sein Abstand zur Kamera immer geringer wurde, verzerrte und verdoppelte sich der ganze Hintergrund, als würde man schielen und mit einem Auge Sam den Strand entlang folgen. Jack hatte das Gefühl, er würde in zwei Teile gerissen. Frank hatte nichts bemerkt und machte weiter wie gehabt. Aber Beffs Bild verlangte nach Jacks Aufmerksamkeit. Als sie ihr Schäufelchen in den Sand stieß, schob sich eine Silhouette über sie, eine aschgraue Kontur. Es war Beths Zeichnung mit dem gequälten Gesicht und den angedeuteten Armen, die sie um sich geschlungen hatte. Der halbe Sam lächelte ihr anderes Abbild an, während sie den Strand entlanggingen, und schließlich bemerkte Frank, dass Judy zur Hälfte verschwunden war; etwas, das aussah wie sein Geist, löste sich von seinem Körper und versickerte im Sand.

Der Film war vorbei, sein weißes Endband schnappte über die Rolle, als das zerrissene Abbild von Beth auf dem Glas verblasste. Jack presste sich eine Hand an die Stirn, gegen den schmerzenden Schädel. Der Apparat hatte durch die verschwommene Szene am Strand hindurch und in den Tunnel der Zukunft geblickt – er hatte die Wahrheit gesehen. Eine überprüfbare Wahrheit, die Jack kannte und die ganze Zeit über hätte kennen sollen.

Also funktionierte der Apparat. Das Manuskript hatte sein düsteres Versprechen gehalten, das Versprechen, das Jack ihm zum Preis von Schweiß und Unheil entrungen hatte. Sprachen auszulegen, Fenster zu öffnen und die Vorhänge beiseitezuziehen. Schatten und Tätowierungen kreisten ihn ein und scharten sich um die Kirche, aber er besaß die unumstößliche Wahrheit. Er hatte kobaltblaue, zinnoberrote und smaragdgrüne Tinkturen, unsichtbare und unbeschreibliche Farben, und die Wahrheit war in seinem Keller. Er befand sich in schrecklicher Gefahr, sie waren nicht mehr weit, doch jetzt konnte er sich vielleicht verteidigen.

Allerdings hatte er den Apparat nur an Dingen getestet, die er bereits wusste, dabei gab es Geheimnisse, die seit tausend Jahren auf ihre Enthüllung warteten. Den Test, den wahren Test, würde das Manuskript darstellen. Alles, was der Wahnsinnige geschrieben hatte, die Geheimnisse des Universums, seine vergessenen Sprachen, seine exotischen Redewendungen. Eine Sprache, die alles erschaffen konnte. Er hatte genug entziffert, um den Apparat zu bauen, und bereits das hatte ihn alles gekostet, aber die Übersetzung war nicht mehr als grob und zweckbetont. Nun würde er das Manuskript richtig lesen können. Die Botschaft, die jahrhundertelang verloren war, würde endlich wiederauferstehen und gelesen werden – er würde sie endlich lesen können.

Das Manuskript erstrahlte bereits im Licht der Kerzen und Tinkturen. Es bebte, als er es zur ersten Linse trug und vor dem Projektor platzierte. Die Lichtstrahlen verdunkelten sich zu einer Palette dunkler Gold- und Brauntöne.

Er schlug wahllos eine Seite auf, dicht beschrieben und ohne Bilder. Dann eilte er zur Glasscheibe, sorgfältig darauf bedacht, die Apparatur nicht anzustoßen. Sein Herz hämmerte, sein Atem ging rasselnd; die Dämpfe waren dichter geworden. Er faltete die Hände zusammen, damit sie nicht zitterten. Vor der Glasscheibe wartete er, bis das Bild entstand.

Es war leer.

Die Schrift war verschwunden. Alle Schleifen und Wirbel, alle kopflosen Schlangen waren weg. Keine Spur von Gallussäure und Vitriol. Die Anmerkungen schimmerten im ultravioletten Licht: Constants Verweise, Wilkins' Realschriftzeichen, die Symbole der Alchemisten, Unterstreichungen und Fragezeichen. Aber sie bezogen sich auf nichts, die Unterstreichungen zielten ins Leere. Es stand nichts da.

Er ging zurück zum Manuskript, auf der Seite stand die Schrift des Wahnsinnigen so dicht gedrängt wie zuvor. Er blätterte bis zum Ende und fand ein Bild eines Mannes inmitten von Farben, daneben die Wörter für Färberröte und Färberwaid. Er strich das Vellum glatt und hielt es in das Licht des Projektors.

Auf dem Glas war kein Bild, nichts als das rissige, verfleckte Vellum. Er sah mögliche Formen, Schemen, die eine Hand oder eine Augenbraue andeuten mochten, einen Schiffsmast oder ein Kleid, das im Wind flatterte. Wie Gebilde in Wolken, das Wiesel und der Wal, wie der Mann oder der Hase im Mond. Aber dort war kein Bild, da war nichts.

Die Farben waren verschwunden, ebenso der Text. Er blätterte weiter zurück und wartete, bis sich die Glasscheibe füllte. Dichte Marginalien, mehr nicht. Er versuchte sich daran zu erinnern, was er dort vorher gesehen hatte: eine Frau, die einem Buch entstieg, Verschwörer und einen wundersamen Apparat. Jetzt war die Seite leer.

Er überlegte, was genau Ash über das Manuskript und seine verfallenden Isotope gesagt hatte. Die Tinte des Wahnsinnigen hatte sich nicht in das Vellum gefressen, wie es Gallussäure und Vitriol normalerweise taten. Und das, was andere geschrieben hatten, war verblasst. Er fragte sich, was das alles bedeutete und was diese Illusion in der letzten Linse hervorrief.

Aber mit einem Teil seines Geistes, der über Instinkt und Vernunft hinausging, wusste er, dass der Apparat funktionierte und er die Wahrheit sah.

Das Manuskript, das wahre Manuskript, war leer.

Seine vergessene Sprache, seine vollkommene Sprache, sein Universalübersetzer – sie existierten nicht. Er hatte geglaubt, was er wollte. Das Manuskript hätte alles sein, er hatte ihm jeden Sinn entnehmen können. Es hätte alles bedeuten können, und was hieß das? Dass es am Ende nichts bedeutete.

Er sagte sich, das könne nicht wahr sein, es würde keinen Sinn ergeben. Wenn der Apparat funktionierte, dann besäße das Manuskript keine Bedeutung – aber wie konnte er dann den Apparat bauen, wie hatte er ihn dazu gebracht zu funktionieren? Doch die Antwort hämmerte leise in seinem Gehirn. Der Entwurf war seine eigene Erfindung, wie alles andere auch, und eigentlich hatte er den Apparat nicht gebraucht, um zu erkennen, dass das Manuskript leer war. Er hatte ihn nur gebraucht, um sich auf die Wahrheit vorzubereiten.

Er blätterte im Manuskript und las die silbern glänzenden Anmerkungen, die vielen lebenslangen Obsessionen. Sie bezogen sich entweder auf nichts oder aufeinander, sie bestätigten nur sich selbst. Im kalten Licht der Wahrheit erkannte er das geheimnisvolle Unheil, vor dem er gewarnt worden war. Es gab keine Verschwörung der Schatten, keine geheime Sekte. Eine kriminelle Bande hatte die Bombe im Forensischen Institut gelegt, Menschen hatten ihre eigenen Gründe, sich tätowieren zu lassen, und die Johanniter waren eine anständige karitative Organisation. Das Unheil war nichts anderes als die Betörung und der Fluch, unbedingt verstehen zu müssen. Das hatte ihn von Beth abgelenkt, sodass er ihr nicht helfen konnte, und daraus war alles andere entstanden: ihre Verwirrung, ihre Affäre. Er dachte an Constants Gekritzel, an seine

Offenbarung. *Und ich nahm das Büchlein von der Hand des Engels und verschlang's; und es war süß in meinem Munde wie Honig, und da ich's gegessen hatte, grimmte mich's im Bauch.* Das war das Unheil, und die Schuld lag allein bei ihm.

Er fiel gegen die Wand der Krypta und glitt an ihr zu Boden. Am Ende all seiner Mühen hatte er nichts erreicht und alles zerstört. Verzweifelt suchte er im Manuskript nach etwas, an dem er sich festhalten konnte. Aber er fand nur den Jahrhunderte überspannenden Wahnsinn von fehlgeleiteten Zwangsneurotikern, denen er sich angeschlossen hatte. Er wünschte, er könnte jemand anderem als sich selbst die Schuld geben.

Die Kerzen flackerten, die Tinkturen wurden träger und verloren ihre Farbe. Das letzte Licht des Apparats zeigte ein Bild. Etwas war doch dort. Er konnte sich nicht vorstellen, wie es dorthin gekommen war. Dann wurde ihm klar, dass jemand die zögerlichen Linien nachgezeichnet haben musste; die Tinte war in das Vellum gedrungen und im Licht wieder sichtbar geworden.

Der Turm mit der Spitze voller Feuer. Jemand hatte *Babel?* daneben geschrieben, und *Pharos,* und von Constant stammte der Verweis *Hld 3*. Darunter fand er eine Nachricht von Beth in ihrer präzisen Bibliothekarinnenschrift.

Sie lautete: *Finde mich.*

Jack stolperte aus der Kirche auf den Friedhof und blinzelte in die plötzliche Helligkeit. Die Sonne stand direkt über ihm. Er kniete neben Constants schiefem Grabstein nieder und wusste, das Grab konnte genauso gut einem anderen gehören. Knirschend ging er zur Vorderseite der Kirche. Vor dem Portal stapelten sich die Zeitungen von mindestens einer Woche. Seit dem Hagelsturm war ein Monat vergangen, zwei Monate seit Franks Tod. Die Kirche war verschlossen, die Fenster verhangen. Er legte das Manuskript zusammen mit den Briefen von Johnson und Kirk in seine Umhängetasche. Als er die Wagentür zuschlug, fiel ihm die letzte Bibelstelle ein, auf die der Mönch verwiesen hatte: *Es gibt so viele Arten von Sprache in der Welt, und nichts ist ohne Sprache.*

Die Welt wirkte endlos. Nach der Krypta und der Kirche und der Stadt schien der Horizont einer anderen Dimension anzugehören. Nirgends war etwas Markantes zu sehen. Felder mit hohem, vertrocknetem Gras huschten verschwommen vorbei, während er unter stetem Rattern der Landstraße folgte.

Er fuhr Richtung Nordwesten, landeinwärts auf das entgegengesetzte Ende des Staates zu. Er hatte mit Sattelschleppern um die Wette geklappert und die blauen und ockergelben Ebenen der Berge erklommen, während Nebeltröpfchen an den Fenstern Schlieren zogen. Hinter Bathurst kannte er weder die Städte noch die Gegend. Er musste sich ganz auf seinen Orientierungssinn verlassen, um durch die Berge hinunter ins Tal zu finden.

Wind pfiff durch die Fenster und fuhr zwischen die Blätter des Manuskripts. Beim Fahren starrte er auf das Vellum. Er begriff nicht, wie er sich so hatte täuschen können. Er hatte sich von den Verheißungen des Manuskripts blenden lassen und gedacht, es wäre genau das, was er am dringendsten brauchte. Doch das war keine Entschuldigung.

Die geraden Straßen wirkten wie Landebahnen für die Sonne. Er fuhr den ganzen Tag lang, vorbei an Satellitenschüsseln jeder Größe und Mobilfunkmasten mitten im Nirgendwo. Er sah Plakatwände, deren Farben zu Cyan oder Magenta verblasst waren. Die Straße wirkte hypnotisierend, und ständig in

Bewegung zu sein fuhr ihm in die Knochen: Wenn er anhielt, um sich ein wenig zu recken, lehnte er sich vor, als müsste er sich gegen den Wind stemmen. Die Grasdecke wurde immer niedriger und riss zu einzelnen Flechten auf, zwischen denen heller Sand hervortrat. Die Wolken teilten sich, und die Sonne holte ihn ein. Meist befand sich neben der Landstraße eine weitere Straße aus abgefahrenem Asphalt, durch den Unkraut hervorbrach. Es gab Städte, die an den alten Straßen lagen, und Städte, die einfach im Nichts standen. Er fuhr schneller, als es erlaubt war, so schnell er nur konnte.

Die Nacht verbrachte er im einzigen Hotel vor Ort. Die Stadt hatte früher vom Bergbau gelebt. Ihre Hauptstraße, die nicht einmal Gehwege besaß, war zu Asphaltschollen aufgebrochen. Die anderen Straßen bestanden nur aus Erde, fast die ganze Stadt war Erde. Ein steter Wind wehte roten Staub in die Ecken. Er hatte keinen Koffer auszupacken, hatte weder Zahnbürste noch Kleidung zum Wechseln dabei. Er schob das Manuskript unter das Bett, ohne zu wissen, warum er es überhaupt mitgenommen hatte, und stand in seinem Zimmer, während die Wüste gegen das Fenster anstürmte. Ein Bild zeigte das Hotel vor hundert Jahren, mit Pferden und Kutschen auf der Straße.

In der Bar saßen Fernfahrer, alte Bergarbeiter und Vertreter. Ein junges Pärchen parkte sein Wohnmobil und kam für ein paar Bier und eine Dusche herein. Er setzte sich und aß ein zähes Steak. Die Gastwirte waren verheiratet, das sah er an ihren Falten und der Art, wie sie einander Platz machten. Das junge Pärchen saß an einem Tisch in der Ecke. Bis auf das Klappern von Besteck und Gläsern war alles still.

Niemand konnte ihm helfen.

»So was habe ich noch nie gehört.«

»Wie kommen Sie denn darauf?«

Sofort wallte seine alte Paranoia auf, und er suchte auf ihrer Stirn nach Tätowierungen. Aber all das lag hinter ihm. Er war ein Übersetzer aus der Stadt und suchte nach etwas, das nicht existierte.

»Nur so eine Frage«, antwortete er.

»Ist nicht mal das Merkwürdigste, was wir gehört haben, oder?«

»Vor eine Weile gab's ein paar Typen, die haben ein Meer mitten im Land gesucht.«

»Sind gestorben, richtig?«

»Sind längst tot.«

Er wollte sie fragen, ob sie Beth gesehen hatten. Aber Orte wie dieser erinnerten sich nicht an Menschen. Selbst eine große, schlanke Frau mit auffallend schöner Haut würde wie so viele andere nur durchkommen, wie Auftragsmörder und Wahnsinnige, Zigeuner, Trunkenbolde und Wunderheiler, deren Wege sich am Rande der Wüste kreuzten und die nichts als einen Strudel aus Staub hinterließen, der sich bald in den gemächlichen Gezeiten des Sandes verlor.

Am nächsten Morgen nahm er das Manuskript, kaufte Kaffee und Benzin und fuhr weiter Richtung Nordwesten. Zu beiden Seiten erhoben sich Sanddünen. Der Wagen fuhr schwankend und stampfend die Straße hinauf. Die Dünen sahen aus wie die Körper von Riesen. Er stellte sich vor, er würde Beth dort liegen sehen, ihr Schienbein oder ihre Ellenbeuge, an der roter Staub herabrieselte.

Er fuhr über Teer und Asphalt, auf unbefestigten Straßen mit hartem Schotter und aufspritzendem Sand. Das Ansteigen und Abfallen der Dünen folgte mathematischen Kurven. Zäune umschlossen drei Seiten Niemandsland. Manche Straßenschilder waren so durchlöchert von Schrotkugeln, dass man sie nicht mehr lesen konnte. Salzseen und ausgetrocknete Seen und stark tonhaltige Böden, und gelber und roter Sand, die ineinanderflossen.

Manchmal hielt er an und ging ein paar Schritte. Er wusste, wenn er den Wagen hinter einer Düne aus den Augen verlor, würde er ihn vielleicht nie wiederfinden. Er ging zwischen den Spinifex und Stachelkopfgräsern in die Hocke und berührte die Erde.

Er hatte das Gefühl, er könnte jeden Moment eine bestimmte Stelle wiedererkennen und wissen, wo er sich befand. Als er die Dünen betrachtete, verschwanden die alten Schatten aus seinen Augenwinkeln. Er kehrte zum Wagen zurück und fuhr schwitzend weiter, seine Kleidung bald völlig durchnässt.

Stirnrunzelnd starrte er auf das Manuskript, auf die Dinge, die er zu wissen glaubte, bis der wahre Unsinn wieder zutage trat. Er versuchte sich anzugewöhnen, es so zu sehen, wie es wirklich war. Aber im Grunde dachte er nicht an das Manuskript, sondern an Kirks Brief, der beinahe ebenso alt war, und daran, was der zahnlose Wahnsinnige zu ihm gesagt hatte. Uns bleibt nichts anderes, als unter uns selbst Bedeutung und Verstehen zu schaffen, wie eine Zuflucht, wo es keine gab. Das war es, das musste die tiefste Wahrheit sein.

Eine Kreuzung sah so aus wie die andere. Er versuchte, anhand der Sonne Norden zu finden, und überlegte für jede Kreuzung im Voraus die richtige Richtung. Er glaubte nicht, dass er eine der Straßen bereits zweimal befahren hatte. Mittlerweile war es nicht mehr so wichtig, wohin er fuhr, solange er nur vorankam.

Die Menschen wirkten zunehmend überrascht, ihn zu sehen, als die Städte immer weiter auseinanderlagen, die Dünen höher anstiegen und sich die Salzseen weiter erstreckten. Er saß dann in einer Ecke, aß altbackene Sandwiches oder trank starkes Bier und bezahlte mit seinem letzten Geld. Er kaute und hörte zu und ließ Andeutungen fallen.

»Ein Binnenmeer? Wer kommt denn auf so was?«

»In der Wüste gibt es ständig Trugbilder. Man sieht Wasser am Horizont, erreicht es aber nie.«

»Und wenn es doch einmal ein Meer gab? Müsste dann nicht noch irgendwas da sein? Eine, ich weiß nicht, eine Werft oder eine Helling, ein Wellenbrecher.«

»Ihr Städter.«

Sie hatten ihre eigenen Legenden. Etwa über Testpiloten, die in Panik gerieten und dachten, sie würden auf dem Kopf fliegen und gleich ins Meer stürzen, und die nach einer Rolle stattdessen in Wolken aus Sand krachten. Von Männern, die eine Ölquelle leergepumpt hatten und hinuntergestiegen waren, um sie sich anzusehen, in eine tropfende, glänzende Kathedrale aus Erde, und jetzt durch die Wüste liefen und Sand aßen. Es hatte seit tausend Donnerstagen nicht geregnet. Sie konnten ihm keine Antworten auf seine Fragen geben.

»Sie sind ganz schön weit gefahren, und das umsonst.«

»Ich wusste gleich, dass Sie verrückt sind, als ich Sie gesehen habe.«

Er sah verrückt aus. Er merkte, dass sein Blick wirr wurde und sein Haar vor Staub und Schweiß starrte. Seine Haut spannte sich und brannte, die Bartstoppeln waren mehrere Tage alt. Seine Kleidung war abends tropfnass und morgens starr. Er blickte den Menschen zu tief in die Augen und stellte unmögliche Fragen. Er war so auffällig, wie man es in diesem riesigen, anonymen Land nur sein konnte.

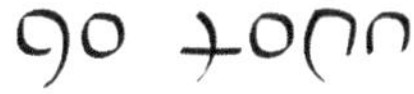

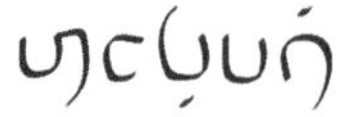

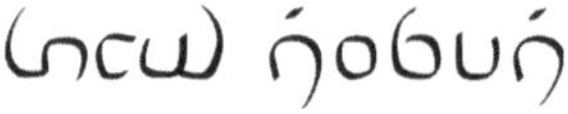

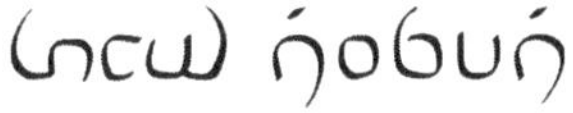

Die Steine in den Bachbetten waren vom Wind glattgerieben und voller Wüstenluft; wenn man sie in ein Lagerfeuer legte, zerplatzten sie zu Pfeilspitzen. Er kratzte Salz aus Seen und wunderte sich über ihren rosafarbenen Schimmer. Legenden berichteten über Massaker, das Blut von Forschern. Er suchte die Ufer nach Ruinen ab. Er hielt am Dingozaun und öffnete das Tor. Jeder Ort war ein Ort, von dem es kein Zurück mehr gab.

Es gab Getuschel über den Tod von Robert O'Hara Burke und William John Wills, deren Suche nach einem Binnenmeer in der Wüste geendet hatte, wo ihre Haut sich wie feinstes Papier abpellte. Die Untersuchungsmethoden im neunzehnten Jahrhundert waren zu primitiv, um solche Theorien zu überprüfen, welche in der Stadt ohnehin nie ernst genommen wurden. Aber in der Wüste hielten sie sich, und manche behaupteten noch immer, die Forscher seien in Wahrheit ertrunken.

Endlich fand er es, nach Tagen oder sogar Wochen unterwegs. Die Sonne ging gerade unter, als er ein offenes Tor in einem Drahtzaun erreichte, der sich zu beiden Seiten der Straße nur zehn Meter weit erstreckte. Der Asphalt war abgenutzt, aber nur durch Wind und Sand. Die Zufahrtstraße reichte nicht weit genug; wenige hundert Meter hinter dem Tor wich sie nackter Erde. Er merkte, wie die Räder einsanken, und trat vorsichtig das Gaspedal weiter durch.

Von Weitem hatte er ausgesehen wie ein Kranbaum oder ein Bohrlochkopf. Aber die Form stimmte nicht, und jetzt ebenso wenig die Farbe, als er im Violettorange des Himmels erstrahlte. Er hielt das Gaspedal durchgedrückt; die Nacht brach an, und er konnte nicht bis zum nächsten Morgen warten. Aber die Straße wurde immer weicher, von den Reifen spritzten dicke Sandfontänen auf – und dann blieb er stecken.

Er kletterte auf das Dach und blickte sich in der einsetzenden Dunkelheit um. Am perfekten Bogen des Horizonts war kaum etwas zu erkennen. Hinter ihm befand sich die vom Tor eingefasste Straße, vor ihm der Sonnenuntergang. Er sah sich selbst wie aus großer Höhe – die leere Wüste, das Tor, die Straße, den Wagen. Den Himmel, der allmählich von Gold zu Schwarz wechselte.

Er ragte zwanzig, dreißig Meter in die Luft, wie ein knochiger Daumen. Der Wind hatte seine Tünche bis auf eine hauchdünne Schicht abgetragen, an manchen Stellen schimmerten die blanken Steine durch. Die gläserne Kuppel war noch intakt, die Linse über ihm erstarrt. Er stand auf einem Felsvorsprung, der sich sanft aus der Wüste erhob. Klippen zogen sich wie eine Küstenlinie vor ihm entlang und fielen mehrere Meter ab zu einem Meer aus sanften Dünen, das sich Richtung Westen erstreckte. Der Sand der Dünen war so hell wie am Strand.

Der Leuchtturm neigte sich um einige Grad zur Seite, als sei der Felsvorsprung gekippt. Die rostige Metalltür an seinem Fuß war mit einem Vorhängeschloss versperrt, fiel aber aus den Angeln, als Jack die Klinke berührte. Der Generator unten im Leuchtturm war verrostet, als bestünde die Luft aus salziger Gischt. Unter dem Rost stand die Zahl 1976 eingestanzt.

Mühsam und ängstlich wegen der Schrägelage des Leuchtturms kletterte er hinauf, die Umhängetasche fest umklammert. Die Stufen waren wie neu, als hätte sie vorher nie jemand benutzt. Er dachte an die glatten, abgerundeten Kanten in der Krypta und den Andachtsräumen seiner Kirche, ihrer

Kirche. Er verspürte jetzt weder Hunger noch Müdigkeit, als sei er nicht tage- und wochenlang durch die Wüste gefahren. Sein Herz hämmerte, während er hinaufging, doch nicht vor Anstrengung.

Die Treppe führte durch eine rostige Falltür in den Lichtraum. In der Linse vor der dicken Glühbirne brachen sich zitternd vergrößerte Spiegelungen. Der Raum war ringsum verglast. Er blickte auf das Meer aus Dünen hinab, während die Sonne unterging. Orangefarbene Strahlen glitten über den Sand, der aussah wie Wellen. Sein Blickwinkel oder das sich verändernde Licht spielten ihm einen Streich, sie ließen ihn glauben, die Dünen bewegten sich und würden auf ihn zutreiben.

Er konnte kaum glauben, dass er den Leuchtturm gefunden hatte. Die Dünen plätscherten gegen die Klippen, der Wüstenwind trug das Geräusch der Wellen zu ihm. Er sammelte totes Holz und trockenes Gestrüpp ein, das er dann eilig die Treppe hinaufschleppte, während das Licht schwand und der Himmel sich in einem immer dunkleren Blau färbte. Das meiste Holz war zu sandig, um zu brennen. Er räumte einen breiten Halbkreis Richtung Auto neben dem Leuchtturm frei.

Die Sonne war untergegangen, aber der Horizont schimmerte noch golden. Er stieg zum Lichtraum hinauf, einem Zimmer ohne Ecken oder Wände. Er stellte die Umhängetasche ab, setzte sich mit dem Rücken zum Glas auf den Steinboden und hielt ein Streichholz an seine Zunderpyramide. In der Wüstenluft brannte das Feuer heftig. Er musste es klein halten und ständig mit Zweigen und stacheligen Gräsern füttern. Hinter ihm zeigten sich die Sterne, der Widerschein des Feuers tanzte auf dem Glas. Es überzog die Sanddünen mit einem matten, rötlich gelben Flackern.

Der Lichtraum kam ihm vor wie eine Raumkapsel, die in den kalten Erdschatten eintrat und ohne Hoffnung auf Rückkehr durchs All trieb. Vielleicht war das die eigentliche Enttäuschung: Er hatte den Leuchtturm gefunden, doch was nun? Rings um ihn nur Leere und Schweigen und eine Landschaft, die geduldig darauf wartete, ihn zu besiegen und zu vergessen. Geheimnisse und Verleumdung, reale und phantastische Dinge. Irgendwo müsste Licht sein, in der Luftspiegelung einer Stadt oder von mit Lichterketten behangenen Lastwagen auf der Landstraße. Doch da war nichts, der Horizont wurde in vollkommene Dunkelheit getaucht, während die letzten Erinnerungen am Himmel verblassten.

Er spürte, wie das Manuskript ihn rief, seinen Trost und seine Zerstreuung. Er griff danach und zog es aus der Tasche hervor. Es ergab einen Sinn, auch wenn er jetzt Bilder sah, die vorher nicht dort gewesen waren. Satellitenschüsseln, endlose Zäune. Ein Mann in einer Laterne mitten in der Wüste, der schlief, während die Sonne den Horizont krümmte. Eine Frau mit wunderschöner Haut: ein Traum.

In der dritten Nacht merkte er, dass er nicht allein war. Draußen flogen Schattengestalten über das Meer aus Dünen hinweg. Das Feuer sandte weiches Licht inmitten der Dunkelheit über die Wüste, in das die Gestalten kurz hineinglitten, um dann wieder zu verschwinden. Zuerst hielt er es für eine optische Täuschung. Aber sie waren immer da, und nach und nach erkannte er ihre Muster, wusste, wo er suchen musste. Vermummte Gestalten warteten in der Wüste, mit gesenkten Köpfen, die Arme in den Falten ihrer Gewänder verborgen.

Sie waren hinter dem Manuskript her, sie wollten es immer noch. Sie waren ihm sogar in die Wüste und bis zu diesem Leuchtturm gefolgt. War Beth bei ihnen? Würde gleich ein Gewand zu Boden gleiten und ihre blasse Haut enthüllen, diese wunderschöne Haut, die er so gut kannte? Stirnrunzelnd versuchte er, sich an seinen Entschluss zu erinnern und an die Überzeugung, an der er hatte festhalten wollen, aber er konnte nur an die Verheißungen des Manuskripts denken. Die Gedanken vieler Herzen, die Bedeutung der Dinge. *Welcher will, daß allen Menschen geholfen werde, und zur Erkenntnis der Wahrheit kommen.*

Was wäre, wenn er den Apparat noch einmal bauen würde, hier in seinem Leuchtturm in der Wüste? Mit dem durchgehenden Horizont und freiem Blick in alle Himmelsrichtungen. Der alte Leuchtturm auf Pharos hatte einen so gewaltigen Spiegel besessen, dass man damit das gekrümmte, seitenverkehrte, verräterische Konstantinopel ausspähen konnte. Mit einem neuen Auge der Wahrheit könnte dieser Leuchtturm in das Herz und in viele Herzen des Universums blicken. Er würde seine Tage und Nächte damit verbringen, in die Wahrheit einzutauchen. Schatten gegenüber wäre er immun. Was würde das aus ihm machen? Einen Engel, und vielleicht einen Gott.

Der Apparat, die Tinkturen, die Pflanzen und Mineralien. Wo sollte er sie in der Wüste finden? Kreide und Quecksilber, Maulbeere und Grieblinge, Chalcedon und Karneol. Würde er den Generator reparieren können? Er erinnerte sich an die Farben des Auges, diese wunderschönen Farben. Färberröte und Malachit, Lapislazuli …

Er schreckte aus dem Schlaf auf. Sein Herz hämmerte, er war schweißgebadet – wie hatte er einschlafen können? Er blinzelte und konnte trotzdem nicht richtig sehen, er konnte die Dunkelheit nicht wegwischen.

Das Feuer erstarb.

Er kroch hinüber zu dem Häufchen glimmender Asche. Der Lichtreif um den Leuchtturm herum war geschrumpft, wie ein Schal, den man zum Schutz gegen die Kälte enger zieht. Die

Dunkelheit kam näher, und mit ihr die Schatten, die Geheimsekte des Manuskripts.

Er kniete sich hin und blies in das Feuer, und für einen kurzen Moment flackerte es auf. Er glaubte, sich selbst in der Glut zu sehen, eine wilde, kniende Figur, den Bart in warmes Licht getaucht, mit winzigen, blutunterlaufenen Flammen in den Augen. Um ihn eine unendliche Wüste voller Feinde, vor sich ein Feuer, das beinahe ausging.

Vergebens suchte er nach Zunder. Der Mond war untergegangen, aber die Sterne schienen hell und kalt: Das Morgengrauen war noch Stunden entfernt. Er hatte schon einen breiten Streifen vor dem Leuchtturm leergeräumt, weit über den geschrumpften Lichthof hinaus. Er würde nichts Brennbares mehr finden, zumindest nicht, bevor das Feuer erlosch. Der Gedanke ließ ihn schaudern. Das Feuer ging aus, die Dunkelheit stürzte auf ihn ein. Die Nacht würde ihm den Verstand rauben, und die tätowierten Schatten würden über ihn herfallen. Er musste das Feuer am Leben erhalten.

Aber er hatte nichts mehr, was er verbrennen konnte.

Er hatte nur noch das Manuskript.

Das brachte er nicht über sich. Noch einmal las er es im matten Schein der Glut. Herzen, Wahrheit, Bedeutung. Alle Geheimnisse der Welt standen ihm offen. Jede Verheißung, alles, was er wollte.

Neben ihm glitt etwas durch das Licht. Er fuhr herum und sah, wie die Dunkelheit sich zu einer bedrohlichen Gestalt verdichtete, dann ein Gewand, eine Tätowierung, ein Kreuz, das Glitzern eines Messers. Die Gestalt blickte sich um und schien den Schatten hinter ihr zu winken. Jack stürzte zum Feuer und blies mit seinem letzten Atem hinein, und der Schatten zitterte und riss die Arme hoch. Jacks Puls raste, als der Schatten mit der Wand verschmolz. Er wusste, sie würden zurückkommen.

Das Feuer musste weiterbrennen. Aber es ging nicht nur um die tätowierten Fremden, da war noch mehr. Warum war er überhaupt hierhergekommen? Nicht wegen des Auges der Wahrheit. Das existierte nicht. Es gab andere Gründe.

Das Manuskript war voller Sand und Schweiß. Er schlug es auf und wischte es ab, und die Seiten bewegten sich im Schein des Feuers, ihre Fasern fingen die Farben auf. Er dachte an Kirks Wahnsinnigen und seine Worte. Es gab keine Wahrheit – man erfuhr so selten eine Wahrheit, egal, wie tief man vordrang. Aber vielleicht gab es etwas anderes, eine andere Art der Wahrheit. Man rang um Trost und Verstehen, man konnte Bedeutung und Verständnis erschaffen. Vielleicht gab es keine Wahrheit im Universum, keine dahintreibenden Galaxien der Wahrheit. Und doch mochte es kleine Nischen der Wahrheit geben, welche die Menschen gemeinsam erschufen und an denen sie sich versammelten wie um ein Feuer.

Er riss ein Blatt aus dem Manuskript und hielt es über das ersterbende Feuer. Plötzlich bekam er Angst, das Vellum könnte sich als unzerstörbar erweisen. Und einen Augenblick lang strichen die Flammen über seine Oberfläche, ohne es zu berühren. Im nächsten Moment sprang das Feuer über, und die Kanten flammten auf. Er ließ die Seite fallen, Erleichterung durchströmte ihn und wärmte ihn in der Wüstennacht.

Er hatte reichlich, und die Seiten brannten langsam; er könnte das Feuer mit ihnen tagelang am Leben erhalten. Er legte ein paar Seiten nach und sah zu, wie die Flammen sich grün und blau und golden verfärbten, wenn die Pigmente Feuer fingen, die Chemikalien verbrannten und die Flammen die Wüste in neue Farben tauchten.

Chelovek tanzte draußen in der Wüste, am Rande des Lichts. Er sah Jack unverwandt an, der Tanz galt ihm. Bald hörte Jack in seinem Kopf Musik, ein russisches Volkslied, etwas über den Regen.

Als er den Blick hob, sah er, dass das Glas in Cheloveks Farben glitzerte, in dem rötlichen Braun des sowjetischen Filmmaterials. Sie stammten von dem Feuer und den Pigmenten des Manuskripts – die Farben ergossen sich in die Wüste und hatten sich durch eine Täuschung in Chelovek verwandelt, der geduldig in der Wüste tanzte.

Das Manuskript schlug Funken, und das Glas verfärbte sich. Jetzt leuchtete es nicht mehr in Cheloveks Farben, und er tanzte auch nicht mehr. Es waren Beths Farben. Die Farben der Heimvideos, der Strände und Grillfeste, ihrer Haut, die braun und wieder blass wurde, ihres dunkler werdenden Haars. Er suchte die Wüste nach ihr ab, ohne etwas zu finden – ihre Silhouette blieb allein auf dem Glas und spiegelte die Farben des Feuers. Sie schwamm bei Camp Cove, als Mädchen und als Frau. Sie war rot und blau und grün, sie war cyan und magenta, gelb und schwarz. Sie kniete sich flackernd hin, um über die Hälse der Weinflaschen zu blasen, und die gehauchten Töne heulten durch die Wüste.

Er wusste, was das hieß. Er wollte sie berühren, seine Hand geriet in das bunte Licht, sein Schatten fiel über sie und versperrte ihm den Blick. Am Horizont ließ ein Blitz eine kleine Steinkirche mit einem beschädigten Dach und einem einzigen Grabstein aufleuchten. Seine Fingerspitzen stießen gegen das Glas, und er wusste, was das bedeutete; er wusste, was alles bedeutete. Aber jetzt war es zu spät. Oben im Lichtraum sackte er zusammen und beobachtete die Blitze in der Ferne, große Schiffe, die in der Wüste zerfielen, Dünen, die gegen die Klippen brandeten und Sand hoch in die Luft gischteten.

Pharos war der erste Leuchtturm der Welt, und er sollte Schiffe nach Alexandria geleiten. In drei Stufen erhob er sich über die Insel. In einer achteckigen Kammer auf seiner Spitze brannte ein großes Feuer, das ein gebogener Spiegel auf die Bucht lenkte. Mit dem Spiegel konnte man bis nach Konstantinopel sehen; er konnte genug Sonnenstrahlen auffangen, um vorbeifahrende Schiffe in Brand zu stecken.

Ptolemaios II. sperrte zweiundsiebzig Gelehrte in Zellen oder Andachtsräume auf der Insel, bis sie die Septuaginta fertig hatten, ihre Übersetzung des Alten Testaments ins Griechische für seine große Bibliothek am anderen Ende der Bucht. Er wies den Architekten an, den Leuchtturm ihm zu widmen, aber der Architekt meißelte seinen eigenen Namen in den Stein, bevor er seinen Ungehorsam mit weichem Putz verdeckte, in den er *Ptolemaios* schrieb. Der König war längst tot, als der Putz zerbröckelte und die erste Inschrift sichtbar wurde: *Sostratos der Knidier, Sohn des Dexiphanes; den rettenden Göttern für die Seefahrenden.*

Der König war tot, aber der Architekt lebte weiter. Er saß im Lichtraum und sah dem Leuchtfeuer zu, wie es über die Bucht strich. Der Putz bröckelte, enthüllte seinen Namen, und die rettenden Götter belohnten ihn mit ewigem Beobachten: Sie formten ihn in ihrem Bild. Er betrachtete die Gezeiten und den Schlick des Deltas, der ins Meer geschwemmt wurde. Er sah die Sandstürme in der Wüste, die wie große Wogen hinter der Stadt aufstiegen; Wolken aus Sand, die auf Sandmeere niederregneten.

Als die Bibliothek am anderen Ufer brannte, sah er die Wörter und Zeichen auf den Flammen treiben. Er blickte auf eine dunklere Welt. Die zweiundsiebzig Gelehrten strömten aus ihren Zellen und deuteten auf die Zeichen der Thora, zuerst in schwarzen Flammen auf weißem Feuer geschrieben, neu geschrieben, als sie aus der brennenden Septuaginta in die Luft über Alexandria aufstiegen. Ihre Neuordnung erklärte das Universum, und die zweiundsiebzig nickten, als hätte sich vieles bestätigt, das sie als erwiesen angenommen hatten.

Er senkte den Blick und sah, dass seine Hände mit Schrift bedeckt waren; er riss sich die Kleidung vom Leib, seine ganze Haut war mit Schrift überzogen. Er packte eine Handvoll Sand und rieb, bis seine Haut weg war. Aber in seinen Adern pulsierte noch immer Schrift; er zog sie heraus, wie Luftschlangen hingen sie vom Lichtraum. In seine Knochen waren schwarze Zeichen gebrannt, die er nicht erkannte, aus Punkten und Wirbeln und Schleifen. Er fiel gegen die Wand und sah, wie der Leuchtturm Imperien zeigte, die zusammenbrachen, und Ritter auf Kreuzzügen; er sah zu wie ein Gott oder Engel.

Nach anderthalb Jahrtausenden erschütterte ein Erdbeben den Leuchtturm und ließ ihn auf den Grund der Bucht stürzen. Er beobachtete, wie der Spiegel matt wurde und verkrustete, wie Seegras seine Knochen umschlang und wie der Sand und die Gezeiten seinen Namen abtrugen. Lange Zeit sah er nichts als Fische. Dann untersuchten Taucher die Ruinen und ließen triumphierend Luftblasen aufsteigen, als sie seinen Leuchtturm erkannten. Die Bibliothek von Alexandria wurde schließlich wieder aufgebaut, doch das wusste er nicht, und ohnehin sollte sie bald wieder versinken, weil ihr Architekt vergessen hatte, das Gewicht der Bücher einzuplanen.

Er träumte, er hätte einen Leuchtturm mitten in der Wüste gefunden. Man sagte, zumindest hatte er es einmal gehört, die Leute würden von weit weg kommen, ihre Wagen abstellen, einander im Sand vögeln und sich dann für immer lieben. Das Licht dort war so hell, dass es durch einen hindurchschien; so hell, dass man sich selbst und die anderen wirklich erkannte. Er war sicher, dass ihm einmal jemand davon erzählt hatte.

Als er ihn fand, war er verlassen und kaputt. Er saß im Lichtraum, den Sandstein im Rücken, und sah zu, wie die Sonne hinter einem Meer aus Dünen unterging. Er zündete ein Feuer an, während der Wind auffrischte und die Luft mit Sand füllte. Er sah Stürme am Horizont, als einsamster Mann der Welt. Er horchte auf die Geräusche des Meeres und dachte, hier könnte er für immer bleiben.

»Jack.«

Er träumte, dass Beth zu ihm kam, was einmal das große Ziel gewesen sein musste. Sie sah gut aus, braungebrannt von der Wüste. Sie trug Shorts, ein Shirt und Wanderstiefel. Ihre Haut war braun und glatt und fantastisch, und sie lächelte ihn an.

»Jack, wach auf.«

Mühsam öffnete er die Augen, aber alles blieb gleich. Der Leuchtturm, die Brandung aus Dünen. Das Feuer ging wieder aus, draußen war alles dunkel. Beth zog an seinem Kragen und starrte ihm in die Augen.

»Gott sei Dank. Wie lange bist du schon hier?«

Er versuchte zu sprechen, aber ihm versagte die Stimme. Er schnappte wie ein Fisch und versuchte auszuatmen. Sein Mund fühlte sich nach Kreide an. Zur Entschuldigung antwortete er dem Traum von Beth mit einem Kopfschütteln. Es machte nichts.

»Hier, trink das. Du siehst schrecklich aus.«

Das Wasser war kalt und nasser, als er es sich hätte vorstellen können. Es riss ihn aus seiner Benommenheit. Das war kein Traum. Beth war hier, die wunderbare, schöne Beth.

»Du bist gekommen.«

Tränen stiegen ihr in die Augen. »Ich kann kaum glauben,

dass du hier bist. Ich kann kaum glauben, dass ich diesen Ort gefunden habe und du hier bist.«

»Du … du hast einfach so hergefunden?«

»Ich bin losgegangen, ich wusste nicht recht, wohin. Und dann bin ich den Gerüchten gefolgt.«

»Es gab Gerüchte?«

»Überall, die Leute sprechen überall darüber. Ein Leuchtturm, der aus Versehen in der Wüste gebaut wurde. Genau wie du gesagt hast. Jemand hatte ihn entdeckt. In jedem Pub, in dem ich war, hat man darüber gesprochen, in jeder Fernfahrerkneipe. Zuerst waren es nur Gerüchte von Gerüchten, niemand wusste etwas Genaues. Dann hatten einige diesen Mann tatsächlich getroffen, der den Turm gefunden hatte. Sie haben gesagt, er wäre verrückt, völlig irre.«

»Meinten sie mich?«

Sie grinste. »Die Beschreibung passt jedenfalls.«

»Wie hast du mich im Dunkeln gefunden?«

»Du bist in einem Leuchtturm.«

Er nickte. »Ich habe etwas, das dir gehört.«

Der Umschlag vom Forensischen Institut, mit Beths Namen und der Adresse von Max. Er trug Schweißflecken und war in seiner Tasche verknickt. Sie nahm den Brief und senkte den Blick.

»Woher hast du den?«

Er sah sie nicht an. Das Feuer ging beinahe aus, deswegen riss er weitere Seiten aus dem Manuskript und warf sie zerknüllt auf die Brandstelle. Sie fingen Feuer und ließen neue Farben aufsteigen. Sie sagte kein Wort mehr. Als er ihren Blick erwiderte, sah er Tränen in ihren Augen.

»Wo ist er?«

Sie wischte sich über die Augen. »Das hat nichts bedeutet, Jack. Ich war so durcheinander, ich habe mich verloren gefühlt und … mir hat einfach gefallen, wie er mich angesehen hat, ich brauchte das. Es tut mir so leid. Aber ich habe ihn schon lange fortgeschickt. Wir konnten ja gar nicht miteinander sprechen. Er war schlimmer als du.«

»Beth, es tut mir leid, ich …«

»Schon gut, Jack. Mir tut es auch leid. Aber jetzt sind wir hier.«

»Gott sei Dank bist du gekommen.«

Sie betrachtete die Wände des Leuchtturms, die Fenster zur Wüste, die flackernden Sanddünen. »Hast du das gemacht?«

»Vielleicht, ich weiß nicht. Ich glaube, wir haben es beide gemacht.«

»Es gefällt mir.«

Sie hielt den Umschlag in beiden Händen, las die Adresse und betrachtete die Lupe und das forschende Auge. Er starrte sie an, auf ihrem Gesicht spiegelten sich verschiedenste Emotionen wider. Ihre gebräunte Haut stand ihr gut. Sie ließ den Brief in die Flammen fallen, wo er Feuer fing, schwarz wurde und sich zusammenrollte.

»Bist du sicher?«

Sie sah zu, wie sich der Umschlag öffnete, der Brief darin aufklappte und sich das amtlich blaue Papier zu Origamiblüten verzog. Die Kanten glühten, er sah die Wörter *Beth* und *Tochter* schwarz werden. Er wandte den Blick ab, obwohl es unnötig war; das Feuer hatte den Brief bereits verzehrt.

Sie drehte sich zu ihm um. »Können wir jetzt runtergehen?«

»Einen Moment noch.«

Er warf den Rest des Manuskripts ins Feuer, Funken und Asche stoben auf. Er befürchtete schon, er hätte das Feuer gelöscht, doch dann umschlang es knisternd und prasselnd die Blätter. Das Vellum rollte sich zusammen und warf Blasen, und wieder entstiegen dem Feuer neue Farben. Die Seiten brachen auseinander und schienen zu schmelzen, während sie brannten. Es roch schrecklich, wie nach versengter Haut.

Der Sand drang überallhin. Er hüllte ihre verschwitzte Haut ein und kratzte sie, wenn sie über ihn rollten. Er wehte über sie und in ihre Münder, wenn sie sich küssten. Seine Hände zitterten auf ihren Brüsten. Sie umklammerte seinen Po und kratzte ihm Sand vom Rücken. Die Dünen brandeten gegen sie und wollten sie nach unten ziehen, aber sie kämpften sich an die Oberfläche, kletterten übereinander und schüttelten sich den Sand aus dem Haar.

Die Flammen waren nicht stark genug für einen Leuchtstrahl, aber der Lichtraum schimmerte und sandte warme Farben auf die Dünen und ihre Körper, leuchtende Grün- und Blautöne und ein Orange wie Haut bei Sonnenuntergang. Er sah sie an, als sie sich aufsetzte und die Hände über ihren Körper gleiten ließ, über ihre perfekte Haut, die dunklen Brustwarzen, ihr zerzaustes Haar. Die bunten Flammen waren nicht hell genug, um sie zu durchdringen, aber sie waren so hell, dass er sie sehen konnte. Er blickte unter ihre Haut und sah sie, den Teil von ihr, der zurückblieb, wenn alles andere abfiel; er sah mit dem gleichen Teil seiner selbst. Er sah in ihre weit aufgerissenen Augen und verstand.

Das Manuskript brannte bis zum Morgen.

Jacks Manuskript basiert auf einem Kodex in unbekannter Schrift, den Wilfrid Michael Voynich 1911 in der Villa Mondragone in den Albaner Bergen nahe Rom fand und der sich jetzt in der Beinecke Rare Book and Manuscript Libary der Universität Yale befindet. Im Laufe der Zeit wurde behauptet, das Manuskript sei eine Geheimschrift, eine natürliche Sprache, eine künstliche Sprache und eine Fälschung, aber bislang liegt keine überzeugende Übersetzung vor.

Die wörtlichen oder abgewandelten Zitate stammen aus der *Gesta Francorum et aliorum Hierosolimitanorum* eines anonymen Autors (um 1100), aus *Mysteriorum Liber Primus* von John Dee (um 1581), der King-James-Bibel (1611), *Mercury, or, The Secret and Swift Messenger* (1641) und *An Essay towards a Real Character, and a Philosophical Language* (1668) von John Wilkins; *A True & Faithful Relation of What passed for many Years between Dr John Dee (A Mathematician of Great Fame in Q. Eliz. and King James their Reignes) and some spirits* (1659) von Méric Casaubon; *The History of the Worthies of England* (1662) von Thomas Fuller; *Journal of a Voyage to New South Wales* (1790) von John White und »Die analytische Sprache von John Wilkins« in *Inquisitionen. Essays 1941–1952* von Jorge Luis Borges. Daneben haben sich viele weitere Quellen als unschätzbar erwiesen, nicht zuletzt *The Codebreakers: The Story of Secret Writing* (1967) von David Kahn und *Die Suche nach der vollkommenen Sprache* von Umberto Eco.

Vielen Dank allen bei sci.lang.translation, vor allem Ray Steiner und Andy Gronski für die russischen Redewendungen; Joe Regal für seine hilfreichen Anmerkungen zu einem frühen Entwurf; Jenny Darling für alles; Michael Heyward und Michael Williams; Madeleine Shaw und ganz besonders Joni Henry.